D1857156

litradukt

Georges Anglade

Das Lachen Haitis
Neunzig Miniaturen

litradukt

Bibliographische Information der Deutschen Bibliothek:
Die Deutsche Bibliothek verzeichnet diese Publikation in der Deutschen Nationalbibliographie; detaillierte Bibliographische Daten sind im Internet unter http://dnb.ddb.de abrufbar.

2008

Ungekürzte Ausgabe
litradukt, Literatureditionen Manuela Zeilinger-Trier,
www.litradukt.de

Die französischen Originale erschienen unter den Titeln „Les blancs de mémoire", „Leurs jupons dépassent", „Ce pays qui m'habite" und „Les allers simples" sowie gesammelt unter dem Titel „Rire haïtien.Haitian Laughter" (französisch / englische Ausgabe)

Aus dem Französischen von Peter Trier
Korrektorat: Pia Hufnagel
Umschlagbild: Ölgemälde „Eclats" (Ausschnitt) von Philippe Rouzier, geschaffen für „Rire haïtien. Haitian Laughter".
Umschlaggestaltung und Satz:
Jens Draser-Schieb für Designbüro von Clar, www.vonclar.de
Herstellung: Books on Demand GmbH, Norderstedt
Printed in Germany

ISBN 978-3-940435-06-4

Die Zusammenstellung dieses *lodyans*-Buches verlangte die fortwährende Prüfung jeder Geschichte, die berücksichtigt werden sollte, die Wahl unter verschiedenen Möglichkeiten, sie zu behandeln, und die Anordnung jedes Stücks im Gesamtmosaik.

Für die Person, die täglich die Rolle des „Polkapartners" spielte: M.

Inhalt

Sagten Sie lodyans?

Die *lodyans* ist ein Erzählgenre, das sich in Haiti als Kunst der Miniatur entfaltet hat. Durch die kräftige Verkleinerung des Maßstabs, die seinen Schöpfungen vorausgeht, bleiben wie bei einer mittelalterlichen Buchmalerei, einem japanischen Bonsai oder einfach der kleinen Karte eines riesigen Gebiets nur die wesentlichen Züge übrig; jede Miniatur wird damit zu einer „Zwergsaga", die die gewaltigen Ausmaße des Originals sichtbar werden lässt.

Die *lodyans* ist also die haitianische Kunst der Kürze, die vor einem Jahrhundert, zwischen 1899 und 1908, in der Port-au-Princer Tageszeitung *Le Soir* den Übergang von der Mündlichkeit zur Schriftlichkeit vollzog; den Anstoß dazu gaben zwei Meister-*lodyanseurs*, nämlich Justin Lhérisson und Fernand Hibbert[1]. Und die Ansammlung dieser Miniaturen zu einem selben Thema, einem selben Umstand, einer selben Epoche oder im Laufe eines Lebens lässt sie ein Mosaik bilden, eine Metaerzählung, ein Fresko, die Autobiographie einer Generation, eben alles, was dieses Buch ist, bei dem es sich um die Autobiographie der sechsten haitianischen Generation handelt, jener Generation, die den zweihundertjährigen Jahrestag im Jahr 2004 als Großväter erlebt hat. Die so definierte *lodyans*, Miniaturen, die ein Mosaik bilden, kann die Form einer Sammlung von Erzählungen, eines Fortsetzungsromans[2] oder auch eines Theaterstücks annehmen.

Die *lodyans*, deren Entstehung am Zusammenfluss von Mündlichkeit und Literatur (man gebraucht dafür den schönen Ausdruck *oraliture*) die gesamte Entwicklung des haitianischen Volkes begleitete, zählt wie der Voodoo, das Kreolische, der Warenvertrieb durch die *madansara*, das Zunftwesen (*compagnonnage*) der bäuerlichen Gärten, die haitianische Malerei etc. zu den bedeutendsten kollektiven Schöpfungen dieses Volkes. Und die *lodyans* ist die verbreitetste, populärste und auch älteste erzählende Ausdrucksform dieses tiefen Volkes in seinem abgelegenen Land.

Wir haben es also mit der haitianischen Fiktionsform par excellence zu tun[3], da sie als Einzige der haitianischen Kultur entstammt und anscheinend auf keine andere Literaturgattung der Welt zurückzuführen ist. Sie steht am Ursprung des *Lachens Haitis*, ganz so, wie man in der Literatur von der russischen Seele, dem jüdischen Witz oder dem magischen Realismus spricht. Haitianisches Lachen der *lodyans* also, das überdies etwas außerhalb ihrer nicht zu Verwirklichendes und nur von ihr Realisierbares mit sich führt. Auf ihre unverwechselbare Art versteht sie besser als alle gesellschaftlichen Konstruktionen der Wissenschaft und alle politischen Manifeste, den Träumen vom Ausbruch im täglichen Leben einer Gesellschaft nachzuspüren, die seit ihrer karibischen Erfindung vor dreihundert Jahren lebendig eingemauert ist. Die *lodyans* ist ein Kind der Zuckerrohrfelder, so wie der afro-amerikanische Blues ein Kind der Baumwollfelder ist.

Tirer des lodyans, wörtlich „*lodyans* schießen", ist also ein Ritual der wichtigen Momente im Leben Haitis, dem Tausend-Wort-Geschichten zum Lachen, zum Lächeln oder zum irren Grinsen seinen Rhythmus verleihen. Die Wirklichkeit wird mit unterhaltsamen Lügen so sehr ausgeschmückt, dass die Herausforderung an den *lodyanseur* jedes Mal darin besteht, eine *lodyans* zu erzählen, die wirklicher als die Wirklichkeit, wahrer als die Wahrheit ist. Wenn dies gelingt, klingen seine Lügen wahr, und durch eine Folge falscher und plausibler Bilder mit wahrer Kulisse, bevölkert von einer Fülle typisierter Figuren aus diesem oder jenem Charakterzug dieses oder jenes Individuums unter diesen oder jenen Umständen, wirkt wie ein Zeugenbericht, was nur Einbildung, Fabulieren und Malerei ist. Jede Ähnlichkeit mit realen Personen und Ereignissen etc. ist also gemäß der unvermeidlichen Formel, deren gespielte Naivität einen immer zum Lächeln bringt, rein zufällig. Die dreihundert Jahre alte *lodyans*[4] wollte immer eine literarische Schöpfung sein und hat niemals die Lust am Text und den *grand goût des mots*, den Geschmack an und den Hunger nach Worten verleugnet, mit dem sie voll Humor die Widrigkeiten der *vie vieux nègre*, des „Alter-Neger-Lebens" erzählt[5]. Sie ist das typische und einzigartige LACHEN HAITIS. „Ein Volk des Lachens", heißt es oft, wenn man sich mit Recht darüber wundert, dass sie trotz einer dreihundertjährigen verzweifelten Lage lachen; aber weiß man, dass gerade die „Drei Hundertjährigen Kriege" es zu einem Volk von *lodyanseurs* gemacht haben, so wie bereits gesagt wurde, dass die vom Voodoo geforderten bildlichen Darstellungen es zu einem Volk von Malern gemacht haben?

—

[1] „Les lodyanseurs du Soir, il y a 100 ans, le passage à l'écrit", in: *Writing Under Siege*, Amsterdam, New York, Rodopi, 2004, S. 61–87.

[2] *Et si Haïti déclarait la guerre aux USA?*, Montréal, Editions Ecosociété, Reihe „Fiction", 2003, 96. S., deutsche Ausgabe: *Und wenn Haiti den USA den Krieg erklärt?*, Kehl, litradukt, 2007, 100 S.

[3] „L'espace littéraire (de la lodyans)", in: *L'espace d'une génération, entretiens avec Joseph Josy Lévy*, Montréal, Editions Liber, Reihe „De vive voix", 2004, S. 199–247.

[4] „Un antidote à l'érosion des paysages culturels, la lodyans haïtienne", in : *71e Congrès mondial du PEN international, Bled*, Slovénie, 14–21 juin 2005, Ljubljana, Slovenski PEN, 2005, S. 53–59.

[5] „De la lodyans ‚La mort du colonel' : à propos de l'usage du poison, de 1750, l'affaire Makandal, à nos jours …", in: *Frontière*, Bd. 16, Nr. 1, Herbst 2003, Montréal, Centre d'études sur la mort (UQAM), S. 95–97.

Quina

Grabinschrift für eine alte Jungfer

Als ich sie kennenlernte, kam sie mir, dem fünfjährigen Erstklässler, bereits alt vor, und ich hatte zu Hause mitbekommen, wie die Erwachsenen über ihre bevorstehende Pensionierung sprachen. Dies bedeutete, so hatte man mir erklärt, dass Mademoiselle nächstes Jahr nicht mehr unterrichten und dass ein neues und ganz junges Fräulein sie ersetzen würde.

Früher hatte sie einen Vornamen, damals im Oktober 1900, als sie zusammen mit dem neuen Jahrhundert als zwanzigjähriges Mädchen nach Quina kam, um Lehrerin an der Gemeindeschule zu werden. Aber mit der Zeit war der Vorname verloren gegangen, und es war nur das Mademoiselle übrig geblieben. Jeder nannte sie so. Meine Großmutter erzählte mir eines Tages, während sie mich zur Schule brachte, dass sie vor langer Zeit in dieselbe Klasse gegangen waren, dass man bis zur Heirat eine Mademoiselle blieb, dass sie einen sehr schönen Vornamen habe, nämlich Vélianne, zusammengesetzt aus den Namen ihres Vaters Véli und ihrer Mutter Anne, und dass sie aus dem Landbezirk Brodequin stammte.

Ich erinnere mich noch deutlich an Mademoiselles zigste und letzte Klasse, eine gemischte Klasse, in der die Mädchen Haarschleifen in allen Farben trugen, so wie das stets lachende Mädchen mit den großen, hellen Augen, dem ich so gern die Hand gab, wenn wir uns am Freitagnachmittag in Zweierreihen aufstellten, um zur Kirche zu gehen. Ihr Großvater, der Apotheker der Stadt, war seit seiner Studienzeit in der Provence ein glühender Verehrer Mistrals und nannte sie *Merveille*, Wunder, anstatt Mireille.

Die Erwachsenen sprachen nur mit gedämpfter Stimme von Mademoiselle, vor allem wenn meine Tante Thiotte, welche immer an meiner Nase knabberte, zu Besuch kam. Mein älterer Cousin, der älteste Sohn meiner Tante, der schon die Elementarschule abgeschlossen hatte, kannte alle Geheimnisse der Erwachsenen. Er kränkte mich mit der Bemerkung, meine guten Noten kämen daher, dass Mademoiselle in ihrer Jugend in unseren Großonkel, Großvaters Bruder, verliebt gewesen sei, dessen Vornamen ich trug. Er war eines Tages auf einem Schiff, das in Quina eine Ladung Blauholz an Bord nahm, nach Europa aufgebrochen, um die Rechte zu studieren. Mein Cousin wusste alles.

Sie hatte lange auf ihn gewartet und dabei Jahr für Jahr unermüdlich unterrichtet, bis er eines schönen Tages mit einer Französin als Ehefrau zurückkehrte. Sie hatten drei Töchter, die älteste hieß Vélianne. Das Gerücht verbreitete sich aus hundert Mündern. Ganz Quina tuschelte. Von diesem Tag an verließ sie ihr Haus nur noch, um in die Kirche zu gehen und Schule zu halten, weigerte sich rundheraus, irgendwen zu empfangen, und grüßte Großonkel Georges bis zu seinem Tod nicht mehr. Sie blieb der Trauerfeier fern und sprach nicht einmal ihr Beileid aus.

Mademoiselle besaß Charakter und hatte den treulosen Großonkel schon längst von der Liste der menschlichen Wesen gestrichen.

Die Familie hatte sich in dieser Angelegenheit immer schuldig gefühlt, denn Onkel Georges hatte sie durchaus kompromittiert – „aber wie weit soll das noch gehen?“, sagte Tante Thiotte pikiert – , sie sorgte dafür, dass ein extravagantes Abschiedsfest für Mademoiselle veranstaltet wurde, ähnlich den drei oder vier rauschenden Nächten auf dem Hauptplatz, die Quina sich pro Jahr gönnte. Als sie erfuhr, wem sie diese Aufmerksamkeit verdankte, schützte sie eine furchtbare Migräne vor und ließ sich auf dem Fest nicht einmal kurz sehen. Dennoch feierte die ganze Stadt ohne sie bis spät in die Nacht auf dem für den Anlass hell erleuchteten Platz. Es gab ein Feuerwerk aus der Hauptstadt, und der Gendarmerieleutnant gestattete den Gebrauch der Karnevalsböller, die der Apotheker verkaufte. „Man sollte meinen, man ist auf dem Marsfeld“ (dem Marsfeld von Port-au-Prince natürlich), wiederholte das Organisationskomitee die ganze Nacht hindurch immer wieder. Mein Vater, der immer gegen das Projekt gewesen war, machte sich noch lange über die Enttäuschung bei den Damen der Familie lustig.

Es sprach sich indessen schnell herum, dass die Migräne nicht nur vorgetäuscht war und dass Mademoiselle schwer erkrankt war. So krank, dass Pater Laznec, ein dicker, rotgesichtiger Bretone, ihr nach der Messe die Kommunion nach Hause bringen musste. Sie hatte unter strengster Geheimhaltung eine einzige Vorkehrung für ihren Tod getroffen, nämlich die Vorbereitung ihres Grabsteins, den sie aus Furcht vor Indiskretionen des örtlichen Steinmetzen in Les Cayes gravieren ließ. Später erfuhr man, dass der des Lesens unkundige Maurer, der den Stein im letzten Moment aufstellte, eine erkleckliche Geldsumme erhalten hatte, damit er das Grab bewachte und niemand die mit einem violetten Musselintuch verhüllte Inschrift sehen ließ.

Die Damen der Familie zügelten ihre Rachegelüste. Gegen die Meinung meines Vaters, der fand, dass man sich vor der Hartnäckigkeit von Mademoiselles enttäuschter Liebe in Acht nehmen müsse, trafen sie kostspielige Absprachen mit dem Pfarrer, dem dies angesichts des Tarifs für feierliche Messen und Beerdigungen erster Klasse nur zu recht war! Endlich schien Mademoiselle den anderen zu gestatten, sie zu ehren und ihr schlechtes Gewissen zu besänftigen. Im Moment kam das niemand seltsam vor.

Ich trug wie alle anderen Jungen von Quina für den Anlass ein weißes Hemd und eine schwarze Hose. Meine Mutter, eine gute Schneiderin, hatte die Sachen auf der großen Singer mit Pedal genäht, die ihr meine Großmutter zur Hochzeit geschenkt hatte. Aber die von zwei Metallspangen gehaltene schwarze Fliege, die ich am Kragen trug, kam aus dem Ausland. Es war meine erste *rosette*, ich stand dafür bei Mademoiselle in fröhlicher Schuld. Das kleine Mädchen, das von ihrem Großvater, dem Apotheker der Stadt, *Merveille* anstatt Mireille genannt wurde, war ganz in Weiß mit einer weißen Mantille auf dem Kopf. Ich hatte nur Augen für sie zwei Reihen vor mir, denn an diesem Tag stand sie nicht neben mir, um meine Hand zu halten. Aber sie hat sich während der Zeremonie dreimal umgedreht, das schwöre ich. Zumindest habe ich es so in Erinnerung.

Es gab viele Reden, darunter die meines Vaters, der zu Hause lange im Wohnzimmer vor dem Spiegel mit Adlerfüßen geprobt hatte. Dort feilte er immer an der Gestik seiner Reden. Tèdè, Alterspräsident des Zivilgerichts, dessen Haar einer weißen Pferdemähne ähnelte, kam es zu, den Grabstein zu enthüllen. Gemurmel und Gedränge folgten. Damen gaben Ohnmachtsanfälle vor und gluckten unter heftigem Fächerwedeln. Männer unternahmen lobenswerte Anstrengungen, nicht zu lachen. Mein Vater in seinem schwarzen Gehrock und seinem ebenfalls schwarzen Zylinder lachte ganz und gar nicht über Mademoiselles letzten Akt. Die Mütter schleiften ihre Sprösslinge an der Hand vom Friedhof, bevor die, die des Lesens mächtig waren, die Inschrift entziffern konnten. Mein Cousin erklärte mir alles.

Die alte Jungfer mit ihren leichten Küssen und den fest zusammengepressten Knien, die niemals ihre Galerie in Quina verlassen hatte, trotz des Windes, der jeden Tag spitzbübisch vom Berg Maracoif herunterwehte, und seiner Komplizin, der Dunkelheit unter dem gastlichen Laubwerk der Lorbeersträucher am Hauptplatz und auf dem einladenden heißen Sand der Strände, hatte neun Worte eingravieren lassen:

„Mademoiselle Vélianne Brunet
Aus Quina, dennoch als Jungfrau gestorben“

Ein letzter Linealhieb auf die Finger der ganzen Stadt, der Stadt, die durch ihre Hände gegangen war und die wusste, wozu sie im Zorn fähig war.

Von Krabben und Menschen

Sie müssen wissen, dass Quina ein Küstenstreifen ist, der eine Bucht am Fuße des Berges Maracoif halbkreisförmig umfasst. Dieser mit dem Meer verwachsene Halbmond ist ein Land der Krabben, überragt von Terassenfeldern mit roten Bohnen. Und dennoch wurden in Quina, soweit man zurückdenken kann, niemals Krabben und rote Bohnen in einer Mahlzeit gereicht. Das tut man einfach nicht. Eine unpassende Kombination. Sogar ein Angriff, denn der Kombination wird fatale Wirkung nachgesagt. Ohne alle Geschichten von unvorsichtigen Leuten erzählen zu wollen, die ihre kulinarische Kühnheit mit dem Leben bezahlt haben, das bis zu vier Opfergenerationen zurückreichende Lieblingsrepertoire der Köchinnen von Quina, habe ich in meiner Kindheit selbst gesehen, wie Ti-Djo, ein Nachbar „von einer Krabbe gefressen wurde", wie es hier heißt.

Sein Bauch war durch die heftige Vergiftung, die ihn in zwei Tagen dahinraffte, unmäßig angeschwollen. Ich erinnere mich, dass ich mit meinen großen Brüdern durch die Ritzen seiner Hütte in sein Schlafzimmer geschaut hatte – die Bretter waren durch das raue Küstenwetter angegriffen und eingeschrumpft –, um den ersten Toten meines Lebens auf seinem Sterbebett zu sehen. Gelbe Talgkerzen brannten in den vier Ecken des Zimmers, und es roch stark nach Weihrauch wie bei der Segnung am ersten Freitag des Monats. Aber viele dachten wie mein Vater, dass man Quina den Krebsen alles in die Schuhe schob.

Die Totenwache für Ti-Djo war Anlass für einen Krabbengipfel der Koryphäen von Quina, denen bei den verschiedenen Brachyurafamilien innerhalb der Ordnung der Zehnfußkrebse niemand das Wasser reichen konnte. In Ermangelung eines akademischen Lebens in der Provinz boten wenigstens die Totenwachen die Möglichkeit, zu wetteifern, wer der virtuoseste Kenner war, und zur Vorführung der neuesten Entdeckungen. Geheimgesellschaften voll skurrilem Lokalkolorit, wie nur die Provinzen sie beherbergen können. Saint-Marc war bekannt für seine puristischen Grammatiker, die zwar altmodisch aber gefürchtete Debattierer waren, während Les Cayes zu Recht einen hervorragenden Ruf auf dem Gebiet des bürgerlichen Rechts hatte, das Generationen von Zivilrechtlern seit dem neunzehnten Jahrhundert mit allerlei Fundstücken der Gelehrsamkeit angereichert hatten; die Palette reichte von den Anleihen, die das japanische Recht am Ende der Meiji-Ära bei deutschen Gesetzbüchern gemacht hatte, bis zum römischen Recht mit seinen magischen, nur in lateinischer Sprache denkbaren Formeln. In Quina waren es die Krabben.

Es gibt über fünftausend Krabbenarten auf der Welt, und große Farbtafeln illustrieren in den Enzyklopädien die Systematik der Krustentiere. Prosaischer und in Schwarzweiß kann man die

Krabben nach dem *Petit Larousse* in Meeres-, Strand- und Süßwasserkrabben einteilen, aber wir taten uns noch weiter hervor und teilten sie noch feiner in essbare, nicht essbare und tödliche ein. Ein origineller Beitrag von Quina. In Quina ist man eben praktisch und neigt weniger zum Spekulieren als in den Bezirkshauptstädten, aber die *Quinois* sind auch kundige Feinschmecker. Und außerdem lehrte man anhand der zweiundzwanzig lokalen Krabbenarten die nachwachsenden Generationen auch die Mentalität der Menschen dieses Landes.

Mein Lieblingserzähler war ein alter Mann der See. Alle Männer in Quina sind Männer der See, aber dieser war über vierzig Jahre lang, von einem Krieg zum anderen, Koch auf großen Schiffen rund um die Welt gewesen und war gegen 1950 nach Quina zurückgekehrt, nachdem er sich zur Ruhe gesetzt hatte. Er wusste eine Menge Sachen aus sämtlichen Häfen der Welt. Er war sogar Piraten unter schwarzer Flagge entkommen und hatte sich mit Matrosen unter roter Flagge verbrüdert. Ich kann mich wirklich nicht an seinen Namen erinnern, und dennoch kann ich ihn in allen Einzelheiten beschreiben: klein und dünn, helle Haut und spärliches weißes, glattes Haar, das schief auf dem kahlen Schädel lag, mehrsprachig, natürlicher Sohn eines alternden Generals, seit seiner Kindheit hoffnungslos in die natürliche Tochter eines anderen alternden Generals verliebt. Kurz vor der Besatzung zu Beginn des zwanzigsten Jahrhunderts hatte der Vater des Mädchens den Vater des Jungen erschießen lassen oder umgekehrt, was der Kinderliebe ein Ende bereitet und den jungen Mann ins Exil getrieben hatte. Das war zur Zeit der Bajonette.

Die gealterten Liebenden hatten sich füreinander aufgespart, wie sie es sich geschworen hatten, und schickten sich an, endlich kirchlich zu heiraten. Quina erlebte eine schöne maritime Liebesgeschichte und wollte nicht, dass ihnen Schwierigkeiten bereitet wurden, aber nach kanonischem Recht gab es ein Ehehindernis, sagte der neue Vikar in Abwesenheit des Pfarrers, der auf Urlaub in Frankreich war. Dieses Recht war in Quina nicht bekannt, und der Gemeindepfarrer hatte niemals davon gesprochen; als äußerst diplomatischer Mensch hätte er es unter solchen Umständen auch niemals getan. Die Zeit drängte indessen so sehr, dass man nicht auf den Pfarrer warten konnte. Auch eine Beratung mit meinem Paten, Jurist in Les Cayes, bot nicht das erwünschte Schlupfloch in Form irgendeiner Ausnahmeregelung. Man musste also das Verbot kraft Amtes aufheben. Dies geschah in der Präfektur.

Was blieb dem kleinen Pater Pierre Petit, genannt Pèpépé, der im fremden Süden seinen ersten Posten bekleidete, anderes übrig angesichts dieser gelehrten Versammlung, bestehend aus dem Präfekten, dem Leutnant, dem Regierungskommissar und dem Friedensrichter, welche allesamt nach Generälen von der Antike bis zum Kaiserreich hießen: Alexandre P., Turenne A., Desssaix A. und einer von ihnen trug sogar den kompletten Namen Julius Cäsar II? Begeistert von dieser Liebesgeschichte, die es ihr zufolge verdiente, in den Zeitungen von Port-au-Prince zu stehen, war meine Mutter Traupatin. Ich erinnere mich, dass ich sie an diesem Tag in ihrem langen, himmelblauen Kleid besonders schön fand, und bejahte, als mein Vater mich fragte:

„Und, findest du deine Mutter schön?“ Es war das erste Mal, dass er mich nach meiner Meinung fragte. Seitdem verkehrte der alte Mann der See jeden Abend eifrig auf unserer Galerie und lehrte mich in einem Sommer, es war der Sommer 1954, die gesamte Wissenschaft von den Krabben. Ich war zehn Jahre alt.

In Japan hatte er den Riesen unter den Krabben gesehen, groß wie das Lenkrad eines Lastwagens, mit dreieinhalb Metern Beinspannweite, und im Mittelmeer die kleinste, die weniger als fünf Millimeter maß. Die lateinischen Namen, die die *Quinois* sich an den Kopf warfen, habe ich nur für die Extremfälle unter den Krabben behalten, die große *Macrocheira Kaempferi* und die kleine *Sirpus*. Vertières – sein Name ist mir wieder eingefallen, ich wusste, dass es eine berühmte Schlacht war, aber ich hatte vergessen welche, es gab so viele davon im Unabhängigkeitskrieg – bewegte, während er davon erzählte, die Hände wie die Krabben ihr fünftes Beinpaar, das mit den Scheren. Mit der Zeit hatte er eine Ähnlichkeit mit dem Gegenstand seiner Leidenschaft entwickelt. Mit abgekrümmten Händen und ausgebreiteten Fingern tadelte Vertières so die Krabben für ihre Art, seitwärts und niemals nach vorn, niemals geradeaus zu laufen, sowie für ihre Manie, sich gegenseitig am Klettern zu hindern, indem sie sich alle am Ersten festklammerten, der aus dem Korb entkommen wollte. Eine Gesellschaft von Hassenswerten und Intrigenspinnern, die alles auf das niedrigste Maß hinunterstutzt, schloss er mit leiser Stimme, denn in Quina trägt der Wind vom Maracoif abends weit.

Meine Überlegungen über Krabben waren von praktischen Jagdübungen begleitet. Es ist überflüssig und gefährlich, ihnen hinterherzulaufen, wenn sie alle aus ihren Löchern auf die Felder gegangen sind, es reicht ein Krabbenloch mit einem Stein zu verschließen und zu warten, denn keine Krabbe wird dem Artgenossen in seiner misslichen Lage Gastfreundschaft anbieten, er wird aus den anderen Löchern sogar gnadenlos vertrieben und muss allein und verwundbar herumirren. Bei diesen Leuten, sagte der alte Mann, zählt die Liebe niemals. Von allen Tieren ist nämlich die Krabbe das einzige, das nie bei einer Paarung beobachtet wurde. Und in der Provinz spioniert man in diesem Alter weiß Gott der gesamten Fauna hinterher, und die langen Spaziergänge durch den Wald haben oft nur den Zweck, die Tiere mitten im Liebesakt zu überraschen. Die Krabbe lebt nicht familienweise, nicht einmal paarweise, und pflanzt sich nur flüchtig im Wasser fort.

Und dann sprach er ausführlich von den verschiedenen Charakteren all unserer Krabben, von der freizügigsten bis zur widerwärtigsten, von der kleinen hirnlosen Sandkrabbe, von der es heißt, dass ihr Loch nicht tief ist, bis zur zweiundzwanzigsten, der blauen Friedhofskrabbe, deren Vorderbeine kräftig genug sind, um bis zum Totenreich zu graben. Diese Krabben waren behaart, zu erkennen an ihren weit aufgerissenen Augen mit Ringen darum wie um die Augen der Brillenschlange. Das sind die tödlichen Krabben, mit denen man im bemerkenswertesten der haitianischen Wiegenlieder den Kindern Angst einjagt, indem man ihnen androht, dass die Krabbe sie fressen wird, wenn sie nicht schlafen:

„Dodo ti titit manman-l
Si li pa dodo
Krab la va manje-l"

Von der Krabbe gefressen, wenn das Kind nicht schläft, oder vom *tonton macoute* mitgenommen, das war gleichgültig, denn in dieser Zeit der verlorenen Unschuld hatte dieser Butzemann, dieser Popanz von *tonton macoute* seinen gutmütigen Kindermythos noch nicht verlassen, um sich in der schaurigen Milizrealität einzurichten.

Und dann kam Vertières eines Abends nicht wie üblich in der Dämmerung nach dem Abendessen, um *lodyans* zu erzählen. Ich bekam am nächsten Tag die Erlaubnis, ihn bei sich zu Hause über dem Fort aufzusuchen, um zu sehen, was los war. Von einem kleinen Menschenauflauf zum anderen wurde geflüstert, Vertières habe das Schicksal herausgefordert und vor einer Woche – aber niemand wusste, wo oder vor wem – laut verkündet, dass man nur aus abergläubischer Furcht Rot und Schwarz niemals mischte, da ein schwarzes Gericht aus Krabben mit Auberginen und ein rotes aus Bohnen in Sauce zusammen doch so schmackhaft seien.

Er delirierte, verstört von Visionen, schweißgebadet auf seinem Bett, und sein Bauch war schon sehr angeschwollen. Mit seinen verkrampften Händen, die verkrümmt waren wie die Scheren am fünften Beinpaar, versuchte er, etwas Unsichtbares von sich zu stoßen, und behauptete, die menschenfressende Krabbe zu sehen, wie sie mit blauer Livree, dunklen Brillengläsern, ihrer Zahl 22 und einer schwarzroten Flagge in Quina einfiel und alle anderen Arten überrannte, sogar die harmlose kleine Sandkrabbe.

Gleichgültig gegen seine letzte apokalyptische Vision vom Anbruch einer Zeit der Maschinenpistolen war man in seinem Zimmer mit dem Vorbereiten von Weihrauch und gelben Talgkerzen zugange.

Meine erste Überlebenslektion

Meine erste Überlebenslektion erhielt ich sehr früh. In Form eines derart unerwarteten Dialogs, dass selbst ein zerstreuter kleiner Junge sie sein Leben lang behalten sollte. Eine Art erster Schritt, bei dem man an der Hand gehalten wird, damit man nicht fällt. Wie ein gegängeltes Baby. Und es war weder bei Wahlen noch anlässlich irgendeiner Krise. Einfach nur im wöchentlichen Trott des Lebens in Quina. Im Wald eines Markttages mit wild üppiger Fauna und Flora.

Das unbebaute Gelände neben den Austernmangroven wirkte während der Woche seltsam verlassen. Einige streunende Hunde durchquerten es mit der Schnauze am Boden und schnüffelten nach eventuellen Resten. Das triste Aussehen dieser Küstenterrasse wurde durch die weißen Salzfladen, die dem geringsten Grasbewuchs jede Illusion von Leben verboten, noch verstärkt. Die Sonne ließ die Salzkruste am Boden in tausend Funken glitzern, welche in der provinziellen Langeweile von Quina das einzige belebende Element zu sein schienen. Die in der Woche verzweifelt langsam verrinnende Zeit beschleunigte sich abrupt, wenn freitagabends die ersten Lastesel von den weit entfernten Rändern der Stadt zum samstäglichen Markt eintrafen. Fackeln aus einem Dutzend selbstgebauter, mit Rizinusöl gespeister Lampen, *tètgridap* und *bobèche* waren auf langen Stöcken zu verschiedenen Figuren – Kreis, Kreuz, Quadrat, Raute, Pyramide – angeordnet und erhellten die sonst dunkle Hauptstraße. Die Stadt blieb in festlicher Atmosphäre lange wach. Auf volle Lautstärke gedrehte Radios brüllten sich in den Fenstern entlang dieser zum Marktplatz führenden Hauptverkehrsader an *merengues* die Kehle heiser. Tausend, zweitausend, dreitausend Personen ballten sich so nach und nach zusammen, bereit, am frühen Morgen die Küstenterrasse zum Stadtzentrum zu machen, zum *bòdmè* für einen Tag, um zu kaufen und zu verkaufen, aber auch und vor allem, um zu sehen und gesehen zu werden, um zu sprechen und den anderen beim Sprechen zuzuhören, um sich auf den neuesten Stand zu bringen und sich an die Gerüchte anzupassen. Und um Politik zu machen.

Die Politik, diese wichtigste Angelegenheit von allen, fand ihre Agora an Markttagen. Es war das Ereignis der Woche, bei dem das Patenkind seinen Paten besuchte, die Gevatterin den Gevatter, der Wahlagent seinen Kandidaten. Und hundert weitere geduldig geknüpfte Bande zurrten einige locker gewordene Maschen fest. Es war auch der Tag, an dem die Produkte des Meeres, der Erde und des Himmels, der Berge und der Ebenen, von draußen und von drinnen, von gerade und verkehrt, von der rechten und der linken Hand zusammenkamen. Es war der Moment der volkstümlichen Gerichte aus Mais, frittiertem Schweinefleisch, Ölen und Fetten, der stark riechenden *clairin-trempés*, des derb-schlagfertigen Feilschens, der heißen Musik. Letzte samstägliche Exzesse, die im Kontrast mit dem folgenden Tag standen, dem bürgerlich gedämpften Sonntag mit Uncle-Ben's-Reis, käseüberbackenen Gratins, Punsch aus Rum mit mehr Sternen als ein Karnevalsgeneral, dazu klassische Musik. Klavier. Chopin. Die *Polonaise*.

Der samstägliche Markt war eine Pervertierung des Port-aux-Princeschen Begriffs des Wochenendes, er war der große Werktag der kleinen Bankfiliale, der Klinik, des Steuerbüros. Ein regelrechter Kampf und lange politische Fürsprachen waren nötig gewesen, damit das Wochen-„Ende" offiziell die nachfolgende Woche überlappen konnte, denn in Quina schloss das Wochenende den Montag ein, außer leider Gottes in der Schule, was eine Ungerechtigkeit gegen die Kleinen war.

Auf dem samstäglichen Markt wurden auch sämtliche Rebellionen ausgeheckt und nahmen alle Protestbewegungen Gestalt an. Es genügte, dort eine Panik auszulösen, damit alle die Flucht ergriffen und das Gleichgewicht der Region für lange Zeit gestört war, weil ein Markttag ausgelassen worden war. In Port-au-Prince war es dermaßen zur Norm geworden, Unruhen mit der Unterbrechung eines Marktes zu beginnen, dass dafür ein eigener Ausdruck geprägt worden war: ein *kouri*, eine Art heillose Flucht nach der Explosion irgendeines Sprengsatzes. Für den Frieden des Markttages, den Waffenstillstand am Markttag und die Kontrolle des Markttages wurden sämtliche Autoritäten mobilisiert.

Die Militärs, ein Leutnant, ein Sergeant, ein Korporal und vier Soldaten, waren an diesem Tag alle im Dienst. Die Chefs aller zwanzig Landsektionen kamen zu Pferd zu ihrer Unterstützung und meldeten sich bei der als Kaserne bezeichneten kleinen Polizeistation in ihrer kakifarbenen Paradeuniform mit sporenbewehrten Kavalleriestiefeln. Ihre Dolmane waren stolz auf die vergoldeten Knöpfe mit dem Wappen der Republik, das auf der linken Seite getragene sternenbesetzte Abzeichen, Symbol des Amtes, und die beiden Insignien mit der Nationalflagge auf den Kragenspiegeln rechts und links von der ebenfalls kakifarbenen Krawatte. Und jeder Chef dieser blitzenden Landjäger trug den Staatstitel. Nichts weniger. Der Staat war er.

Die zivilen Autoritäten waren in Zivil, und anders als die militärischen und militärisch gekleideten, die ständig in Bewegung waren und hin und her patrouillierten, hatten sie sich auf den Galerien niedergelassen und beherrschten den Markt mit ihren großen Waagen, die den Kaffee in Hundertkilosäcken wiegen konnten. Die Grenzziehung zwischen den Clans mit ihrer verästelten Verwandtschaft war an der Anordnung der Lauben auf dem Markt abzulesen. Politik, Rivalitäten und Bündnisse, für alles war die Familie Grundlage. Je mehr man dem anderen misstraute, desto öliger war die Begrüßung und desto mehr beflissene Höflichkeit legte man in die Gespräche, die auf einer seltsamen Kunst des Echos beruhten: Die Personen wiederholten, wenn sie sich begegneten, genau dieselben Sätze, die an sie gerichtet worden waren:

„Wie geht es Ihnen, lieber Kollege?"
„Wie geht es Ihnen, lieber Kollege?"
„Fahren Sie bald nach Port-au-Prince?"

„Fahren Sie bald nach Port-au-Prince?"

„Ich habe Sie gestern im Club nicht gesehen."
„Ich habe Sie gestern im Club nicht gesehen."
„Und wie geht's der Familie?"
„Und wie geht's der Familie?"

„Grüßen Sie die Familie von mir."
„Grüßen Sie die Familie von mir."
„Also bis bald."
„Also bis bald."

Man kann noch so oft gesagt bekommen, dass man nicht sprechen soll, egal an welchem Wochentag. Niemals sprechen, schon gar nicht am Samstag. Unter allen Umständen so wenig wie möglich sagen. Und, wenn man nicht anders kann, sprechen und dabei nichts sagen, damit niemand sagen kann, dass man gesprochen hat, oder dass man gesagt hat …

Man muss zumindest einmal dabei gewesen sein.

Hochverrat

An der Wand des Flurs, die das Zimmer meiner Eltern von dem der Kinder, meiner älteren Geschwister, trennte, hing an einem Nagel ein Kalender, das unvermeidliche Geschenk zum Jahresende, das der Lebensmittelhändler allen Kunden machte, die bei ihm anschreiben ließen. Jedes Jahr wurde so der alte gegen den neuen ausgetauscht, nicht ohne bei Tisch das neue Bild ausgiebig zu kommentieren. Es entstammte grundsätzlich dem Repertoire der heiligen Bilder aus dem Alten Testament (aber später erfuhr ich, dass diskreter auch Kalender mit Fotos von weißen, sehr leicht gekleideten Frauen mit großen rosa Brustwarzen verschenkt wurden). Dieses Jahr verfolgte ein Auge mit den Strahlen seines stechenden Blicks einen armen, taumelnden Mann, der sich vergeblich in einem Grab zu verbergen suchte. Es war Kain, der gerade seinen Bruder Abel getötet hatte und den das Auge seines schlechten Gewissens immer und überallhin verfolgen würde, so erfuhren wir in einem langen Gedicht, das meine Mutter in ihrer Schulzeit in ihr Gedichtheft geschrieben hatte und das sie uns bis zum letzten Vers aufsagte: „Das Auge lag im Grab und betrachtete Kain."

Diese Geschichte von einem Auge, das einem wegen eines Brudermordes keine Ruhe mehr lässt, hatte mich sehr beeindruckt, mich, der mindestens dreimal pro Tag davon träumte, den einen oder anderen meiner Big Brothers, deren Prügelknabe ich war, zu erwürgen. Ich fand es unerträglich, dass einem wegen einer solchen Tat ständig nachspioniert wurde, einer Tat, für die alle Nachzügler in kinderreichen Familien sicherlich große Nachsicht aufbringen. (Die bequemen mildernden Umstände und der Begriff der Notwehr waren mir damals unbekannt.) Der Schutzengel war bereits hinderlich genug, es war nicht nötig, noch das „weit geöffnete Auge" hinzuzufügen, das ihn „im Finstern fest betrachtete". Und in den Geschichten, die abends auf der Galerie erzählt wurden, war außerdem noch von Funktion und Taten unseres *gwobonzanj* und unseres *tibonzanj* die Rede. Da die Tag- und Nachtgeschichten uns einträchtig mit Engeln einkreisten, konnten wir uns angesichts so scharfer und vielfältiger Bewachung nur warm anziehen.

In dieser Zeit der Entdeckung der himmlischen Spionage fiel mir das Tun meines Vaters auf. An meinem Geburtstag – ich bin am 1. Februar geboren – riss mein Vater immer eine Seite des Kalenders ab. Und hin und wieder eine weitere Seite, bis zum Ende der kleinen Sammlung aneinandergeklammerter Seiten über dem Bild. Mit der Zeit war es zu einem Wettbewerb zwischen meinen älteren Geschwistern geworden, wer von Zeit zu Zeit als Erster oder als Erste eine Seite abriss. Der Gewinner oder die Gewinnerin musste früh aufstehen, um seine Tat zu vollbringen.

An meinem nächsten Geburtstag hatte ich mir vorgenommen, am Ritual teilzunehmen. Ich stand als Erster auf, kletterte auf einen Stuhl, stellte mich auf die Zehenspitzen und riss eine Seite ab, dann, ohne recht zu wissen warum, eine zweite und schließlich eine dritte, um nachzuholen, was ich bislang versäumt hatte, nehme ich an. Wenig später hatte ich das unbestimmte Gefühl, zu weit gegangen zu sein, und versteckte die drei Blätter unter meiner Matratze. Das Auge begann, mich zu betrachten, schielte von der Decke, unter der ich zu schlafen vorgab, auf mich herunter. Als die Hausbewohner erwachten, gab es einen Aufruhr. Die Missetat wurde sofort mir angelastet, und das Schlimmste war, dass alle genau zu wissen schienen, wie viele Blätter ich entfernt hatte. Ich versuchte, Schadensbegrenzung zu betreiben, und behauptete, ich hätte nur ein Blatt genommen. Nichts half. Dann räumte ich zwei kleine Seiten ein. Ebenso erfolglos. Schließlich musste ich zu meiner größten Verwirrung zugeben, dass es drei Seiten waren. Ich musste sie zurückgeben und durfte nur eine behalten. Vielleicht, weil es mein Geburtstag war.

Ich hasste es, der Kleinste, der Letzte, der Nachzügler, das Baby, der Benjamin, der Kümmerling zu sein und nicht zu wissen, welcher meiner unsichtbaren Begleiter dort oben mich so schmählich verraten hatte. Aber ich hatte meinen Verdacht.

Jäger des Liebeszaubers

Das Wichtigste an den großen Ferien war der *fistibal*, eine Steinschleuder, mit der wir die Monate Juli, August und September zwischen dem Zeugnis Ende Juni und dem Schulbeginn Anfang Oktober verbrachten. Man ging nie ohne seinen *fistibal* aus dem Haus, das verstand sich von selbst. Und er war die einzige Knabenwaffe für lange Jagdausflüge, von denen wir meistens ohne Beute zurückkehrten, endlose Schießwettbewerbe auf leere V-8-Dosen und sonstige Colaflaschen und die Ernte der gelben Mangos, die herausfordernd ganz oben im Baum hingen, denn die Hauptsaison der Mangos fiel auf wundersame Weise mit der Periode zusammen, in der wir die meiste Zeit hatten, sie zu pflücken. Und für die Jagd nach dem *wanganègès*, aus dem man ein „Liebespulver" herstellte, um sich der Gefühle der Geliebten zu versichern, einer Art Kolibri, den zu fangen fast unmöglich war, es gehörte schon unverschämtes Glück dazu. In den vier Jahren meiner Kindheitsschulferien bis zum Alter von zehn Jahren erlegte ich schließlich nur einen einzigen, durch dessen Pulver ich *ipso facto* zum *ménage* von Babette wurde, zum großen Verdruss meiner Kameraden im Allgemeinen und von David im Besonderen.

Die erste Etappe war die Wahl der Gummibänder, deren Eigenschaften für das Spannen des *fistibal* von entscheidender Bedeutung waren. Sie wurden aus alten Autoschläuchen zurechtgeschnitten, ein Geschäft, in dem die Reifenflicker das Monopol besaßen. Bei Mascari an der Kreuzung Nr. 44, zwei gute Stunden Fußmarsch von Quina entfernt, da wo die große Straße nach Port-au-Prince und die kleine nach Côtes-de-Fer sich kreuzten, gab es die größte Auswahl. Es gab schwarze und orangene. Ich schätzte die orangenen sehr, welche geschmeidiger und nicht so schwierig zu spannen waren wie die schwarzen. Aber sie waren auch die teuersten, und man musste, um die paar Centime zu bekommen, die man für die orangenen Bänder zusätzlich bezahlen musste, ein gutes Zeugnis heimbringen oder, in Voraussicht eines schlechten Zeugnisses, seit den Neujahrsgeschenken vorausschauend gespart haben. Ansonsten musste man sich mit einem Paar dicker Bänder aus Lastwagenschläuchen zufriedengeben, die fast völlig steif waren und sogar für einen mittelmäßigen Schuss viel Kraft erforderten, oder mit einem Paar Gummis aus Fahrradschläuchen, die sich zu weit ziehen ließen und wenig Schusskraft hatten. Ja, die orangenen waren mit Abstand die besten. Aber andere bevorzugten mit derselben Entschiedenheit bestimmte schwarze Gummisorten.

Nachdem man sich entschieden hatte, welche Sorte Gummibänder man kaufen wollte, kam der Moment, in dem man das richtige Paar wählen musste. Nach langem Zögern und zahlreichen Probedehnungen der Gummibänder in der Auslage des Händlers sowie einer minutiösen Qualitätskontrolle, bei der man sich vergewisserte, dass nicht irgendwo ein kleines Loch war, das unweigerlich immer größer werden würde, dass das Material überall gleichmäßig dick war (man hielt es dazu ins Sonnenlicht), dass es gerade und nicht quer, sondern in Rollrichtung aus dem Reifen geschnitten war, nachdem man all dies geprüft hatte, hatte man die erste Etappe des Ferienbeginns hinter sich: Man hatte sein Paar Gummibänder für den *fistibal*. Denn die Benutzung eines *fistibal* während des neunmonatigen Schuljahres war streng verboten, so sehr, dass der *fistibal* am letzten Ferientag rituell zerstört wurde, so wie man einen Spielkameraden beerdigt. Die Eltern legten großen Wert auf diese Zeremonie, die den Wiederbeginn des Schuljahres einleitete. Auch die Lehrer versäumten es am ersten Schultag niemals, sich zu erkundigen, welches Schicksal wir dem *fistibal* bereitet hatten. Es war wie eine Verschwörung. Und es war eine Art Auszeichnung, denn nur kleine Vagabunden hatten das ganze Jahr über einen *fistibal*. Und wehe dem, der außerhalb der Ferien mit einem *fistibal* erwischt wurde! Das war furchtbar.

Dann musste man eine Astgabel wählen, an der die Gummibänder montiert wurden. Dieser Vorgang dauerte weit länger, er konnte sich eine Woche hinziehen, während der man die Umgebung auf der Suche nach dem richtigen Ast durchstreifte. Manche schworen nur auf Kirschholz, aber ich war für Lorbeerzweige, bei denen man die zwei Gabelenden beliebig zusammendrücken konnte, indem man sie zwei Tage lang festband, am besten in Meerwasser eingeweicht, damit sie bis zum Ende der Ferien nicht wieder auseinandergingen. Aber die Vorliebe für Kirsch- oder Lorbeerholz war auch von den großen Brüdern ererbt. In unserer Familie wurde Lorbeerholz genommen, und bei den Nachbarn hatten *fistibal*-Gabeln aus Kirschzweigen eine lange Tradition. So war es eben.

Blieb noch, das Stück Leder auszusuchen, das den zu schleudernden Stein aufnahm. Für gewöhnlich war die Zunge eines alten Stiefels die beste Wahl, sowohl wegen der Geschmeidigkeit als auch wegen der Größe des Stücks, die erlaubte, es auf das benötigte Maß zu bringen. Aber eine Stiefelzunge war nicht jedes Jahr leicht aufzutreiben, denn ein Paar Stiefel konnte so viele Leben haben wie eine Katze, bis es endlich am Ende seiner Laufbahn für *fistibal*-reif erklärt wurde, letzte Verwandlung eines erfüllten Lebens. Dieses schlussendliche Verdikt lag allein in der Zuständigkeit der Eltern. Man musste sich manchmal mit einem Stück Leder aus einer alten Tasche begnügen, aus dem Oberleder eines Schuhs oder einem alten Sattelgurt, vorausgesetzt, dass dieser breit genug war.

Bei der Einweihung der *fistibal*, der Zeremonie, bei der der erste Stein verschossen wurde, fanden alle Kleinen sich am Kai ein, um sich mit den Möwen zu messen, durch deren brüske Richtungswechsel unsere Schüsse praktisch harmlos waren. Dies war bei weitem die schwierigste Übung. Dann gingen wir in den Schlamm der Mangrovenwälder, um mit mehr Erfolg ein paar Krabbenpanzer zu zerschmettern. Das war einfach. Der Weg zurück in die Stadt führte am *madansara*-Baum vorbei, der riesigen Eiche an der Straßenecke mit der Polizeistation, die immer voll von diesen ständig zwitschernden Vögeln war. Einige Salven wurden auf sie abgefeuert, und gelegentlich fielen einer oder zwei. Mit Glück. Und so folgten die Tage immer gleich aufeinander: vormittags die tägliche Jagd und nachmittags lautstarke Schießwettbewerbe.

Und dann kam der gesegnete Tag, an dem ich einen *wanganègès* abschoss. Nicht, dass meine Freunde regelrecht neidisch gewesen wären, aber sie fanden einfach nicht lustig, dass ich und nicht sie das Glück hatte, einen *ménage* zu bekommen. In unserem zarten Alter schien es uns undenkbar, auf andere Weise eine Freundin zu gewinnen. Ich rupfte den kleinen Vogel vorsichtig, damit der Schnabel und sämtliche Schwanzfedern dran blieben, und legte ihn ausgenommen und gesäubert drei Tage zum Trocknen auf das Blechdach der Küche und der Nebengebäude, die abseits hinten im Hof standen. Jeden Abend verwahrte ich ihn in einem Schuhkarton unter meinem Bett, damit die Nachttiere ihn nicht fraßen. Anschließend zerstieß ich ihn im großen Mörser für Kaffeebohnen, nachdem ich ihn von Schwanzfedern und Schnabel befreit hatte. Das Pulver hatte eine aschgraue Farbe. Ich fegte es mit den Federn in einen kleinen Umschlag und verschloss ihn, wie es sich gehörte, mit den beiden Hälften des langen Schnabels. Ich hatte alle Anweisungen befolgt – es hieß, sie reichten ebenso wie der Name Kolibri bis in die Zeit der Indianer zurück – und war nun bereit, meine Hand mit dem Pulver zu bestäuben und direkt danach die Hand der betreffenden Person zu drücken. Aber meine erfolgreiche Jagd hatte sich bereits herumgesprochen, und die ganze kleine Welt von Quina wusste, für wen ich das mächtige Zaubermittel zusammenbraute. Auch die Betroffene, möglicherweise durch eine Indiskretion ihres Bruders, der zu meiner Bande gehörte, oder, wahrscheinlicher, durch ein letztes hinterhältiges Manöver von David, der ebenfalls ein Auge auf Babette geworfen hatte.

Das Liebespulver erwies sich schließlich als so wirksam, dass ich es nicht einmal zu benutzen brauchte. Ich räumte den versiegelten Umschlag für die nächste Gelegenheit beiseite, denn der *wanganègès* war sehr schwer zu schießen.

Der Tod von Alice C. an einem Sonntag

Ein Schrei. Dann ein anderer. Und noch ein anderer. Von Block zu Block weitergegeben, macht er die Runde im Dorf. Wenn die Klageweiber einander so den Einsatz geben, ist kein Irrtum möglich: Der Tod hat zugeschlagen. Im Viertel am Meeresufer, Genaueres ist im Moment nicht zu erfahren. In jedem Haus von Quina beginnt dann ein Gedränge, das der späten sonntäglichen Siesta nach dem langen Mittagessen ein Ende setzt. Der Küster, der gerade den Angelus geläutet hat, macht mit der Totenglocke weiter, ohne zu wissen, für wen er läutet. Hektische Vorbereitungen bei den Frauen, die irgendetwas Anständiges überziehen, um zu einem noch nicht genau bekannten Ort zu eilen. „Wer kann das sein", fragt meine Mutter, während sie die Treppe herunterläuft und dabei als Haube und Kopftuch die große, schwarze spanische Mantille überwirft, die sie nur zu solchen Gelegenheiten trägt. „Niemand lag im Sterben!"

Als Mama, immer den vor ihr losgelaufenen Frauen nach, bei Familie C. ankam – zunächst gehen nur die Frauen und Kinder hin, die Männer kommen erst viel später zur Totenwache –, waren ihre sämtlichen Nachbarinnen und Freundinnen schon da: Fifie, Man Réa, Man Tigo, Man Émilie und all die anderen, die nach und nach eintrafen, als letzte die, die sich die Zeit genommen hatten, sich stark zu schminken, wie Tante Solange, die noch unverheiratet war. Madame C. Mutter war am Boden zerstört: Alice war in New York gestorben, gerade war ein Telegramm gekommen. An einem Sonntag!

Man muss sagen, dass damals, Mitte der fünfziger Jahre, eine Reise *dorthin* etwas Außergewöhnliches war und dass der einzige Saal des Flughafens von Port-au-Prince mit der gesamten engeren Verwandtschaft, zwanzig bis dreißig Personen pro Reisenden, bis zum Bersten gefüllt war. An die dreihundert Personen grüßten mit einer Mischung aus obligatorischen Tränen und breitem stolzen Lächeln das Dutzend Passagiere, das über eine enge Treppe in die viermotorige PanAm-Maschine stieg. An diesem Tag winkte Alice mit einem weißen Kopftuch – mit heiligen Motiven aus rotem Kreuzstich in den Ecken –, das sie in Nachahmung der Filmszenen aus ihrer Handtasche geholt hatte. *Lebe wohl, Schal, lebe wohl, Kopftuch.* Die unerlässliche Abschiedsrequisite, die man zum unvermeidlichen „Auf Wiedersehen, auf Wiedersehen, bleib nicht zu lange fort" der Begleiter flattern ließ, war von langer Hand vorbereitet und im Dorf ausgiebigst kommentiert worden. Die zu stickenden Muster waren keine einfachen, das heißt unschuldigen gewesen. Vier kleine Mädchen, darunter eine meiner Schwestern, die geschickteste in Handarbeiten, waren unter Wahrung eines subtilen Gleichgewichts zwischen den Familien ausersehen worden, je eine Ecke des Kopftuchs zu besticken, das Alice während ihrer Reise schützen sollte; sie hatten das alle als Ehrung empfunden.

Alices Abreise war beschlossen worden, nachdem man ihr eine heikle Lungenoperation empfohlen hatte. Es gab zwar einen Chirurgen am Sanatorium von Port-au-Prince, der sie ausführen konnte, aber zu ihrem Pech saß er in diesen Monaten gerade zur Begleichung einer obskuren politischen Rechnung, die sich lange hinziehen konnte, im Gefängnis. Es musste eine gewichtige Autorität dahinterstecken, denn keine Intervention führte zu seiner Entlassung. Féfé, Alices älterer Bruder, der seit langem in New York lebte, holte daher seine Schwester für einige Monate zu sich, nachdem er alle Formalitäten für den Eingriff erledigt hatte.

Alice hatte also keine zweite Chance gehabt! Die Damen waren mit dem Herrichten des Hauses zugange, verrückten die Möbel, ließen das notwendige Silberbesteck und das Geschirr für die Totenwache holen und übernahmen jede die Zubereitung eines Gerichts entsprechend ihrem kulinarischen Ruf. Aber Madame C. behielt sich die gelbe Suppe vor, die heiß zu Anbruch des nächsten Tages serviert werden sollte. Ab 5.30 zu Sonnenaufgang, wie es sich gehört, wenn die Männer, die die Nacht über gewacht hatten, aufbrachen und die Frauen sie ablösen kamen. Da es keine Leiche zu tragen und vorzubereiten gab, kümmerten sich die unnützen Leichenwäscherinnen und der beschäftigungslose Totengräber um die schwarzen Tücher, mit denen das Haus zu verhängen war, die weißen Tücher, die über die Spiegel gehörten, und die gelben Talgkerzen, die zu entzünden waren, in ein Trauerhaus gehört nämlich viel Farbe!

Gegen acht Uhr abends, als die verschiedenen Zimmer im Erdgeschoss – denn das Haus hatte einen ersten Stock –, die Laube und der Hof für die Totenwache hergerichtet waren, trafen die Männer vollständig ein, dunkler Anzug und schwarzer Filzhut Pflicht, Hemd bis zum Kragen zugeknöpft, aber ohne Krawatte, die erst bei der Beerdigung getragen wurde. Mit dem ersten kollektiven kräftigen Schluck Planter's Punch kam die Totenwache sogleich in Schwung. Danach musste der Rum im Wechsel mit dem süßen Punsch pur getrunken werden, damit sich schneller jene Berauschtheit einstellte, die die Zungen löst. Man hatte das sonntags geschlossene Lebensmittelgeschäft öffnen müssen, um seinen Vorrat an Flaschen zu plündern. Dieser unerwartete Todesfall hatte alle Leute auf dem falschen Fuß erwischt, auch den Lebensmittelhändler, der an seinen persönlichen Vorrat gehen musste, um nicht mit dem Makel behaftet zu sein, dass ihm während der Trankopfer einer Totenwache der Rum ausgegangen war.

Aus der *lodyans*-Büchse kam die Geschichte heraus, als Alice hier- und dorthin gegangen war, um dies und jenes zu tun, was so und so ausgegangen war! Und dann damals, als Alice von dort und dort auf der Suche nach dem und dem … et cetera et cetera.

Es war noch selten, dass ein Haitianer im Ausland starb. Und wenn schon die Abreise Anlass einer wackeren Familienparade war, so gab die Rückführung einer Leiche Anlass zu einer regelrechten Demonstration der massenhaft und mit der passenden Miene am Flughafen versammelten Verwandten, Freunde und Bekannten … Auch die Szene einiger Frauen, die sich plötzlich in einer täuschend echten Besessenheitskrise wanden, untermalt von geblökten Ausrufen – Aaaah! Ooooh! Eeeeh! –, durfte nicht fehlen. Das ganze Dorf bereitete sich so vor, und es wäre ungehörig gewesen, wenn nicht jede Familie durch einige vornehme Abgesandte würdig vertreten gewesen wäre. Außer Edmonds Lastwagen und dem von Yves, den wie selbstverständlich in Beschlag genommenen örtlichen Fuhrunternehmern, hatte man in Saint-Louis den Lastwagen von Luc und in Vieux-Bourg den von Pierre reserviert. Dank der vier Lastwagen, jeder mit neun Bänken für je neun Passagiere, konnten an die dreihundert Personen zum Flughafen mitfahren und einen unser aller und dieser seit jeher in Quina ansässigen Familie würdigen Trauerzug bilden, um Alice ins himmlische Wunderland zu geleiten.

Die Totenwache nahm ihren Lauf, es ging auf zehn Uhr zu, und man war im Begriff, die Frauen und die letzten Kinder nach Hause zu schicken, damit, wie ich später erfahren sollte, die Männer allein blieben und die weniger anständigen Geschichten erzählen konnten. In diesem Moment erkundigte sich Tante Solange, von der es hinter ihrem Rücken hieß, dass sie keine Gelegenheit versäumte, ihr Englisch zur Schau zu stellen – sie hatte es bei einem Aufenthalt in Jamaika gelernt, wohin die jungen Mädchen manchmal zur Perfektionierung ihrer Ausbildung als Fremdsprachensekretärin geschickt wurden –, Tante Solange erkundigte sich also nach dem Telegramm und erbot sich, den Teil mit den englischen Informationen wie das Absendeamt, Tag und Uhrzeit usw. zu übersetzen. In Quina lebten wir noch im Zeitalter der Briefbeförderung per Schiff und seit kurzem per Flugzeug, und jede Kreisstadt wie wir hatte ein Telefonbüro und einen Telegrafisten. Ich erinnere mich, Monsieur Fontaine täglich per Morsealphabet kommunizieren gesehen zu haben, denn das Telefon war launisch und wenig zuverlässig. Apparate ohne Wählscheibe verbanden manche Ämter und einige wenige Häuser mit der Telefonzentrale, und vier oder fünf kräftige Umdrehungen einer Kurbel genügten, um Monsieur Fontaine an die Leitung zu bekommen und dann mit der Hauptstadt und den anderen Provinzstädten verbunden zu werden. Mit etwas Glück freilich. Was das Telegramm betraf, so war es damals kaum gebräuchlich, es wurde praktisch nur für schlechte Nachrichten benutzt, vor allem solche aus dem Ausland, so dass man es fast überall mit Todesnachrichten assoziierte.

Der Umschlag wurde gebracht. Tante Solange zog mit ihren purpurrot geschminkten Lippen eine neugierige Schnute, während sie den offensichtlich noch verschlossenen Umschlag drehte und wendete. Sie öffnete ihn umständlich, um sich keinen von ihren ebenfalls purpurn lackierten Fingernägeln zu brechen, und las nach unmerklichem Zögern mit einer Stimme, die auf einmal nichts Affektiertes mehr hatte, einer tonlosen Stimme: „Operation gelungen, Féfé."

Madame Grandbousin aus dem Limousin

Der französische Kulturattaché unternahm zum ersten Mal eine Tournee durch die haitianischen Provinzen. Der Befehl dazu war von oben, aus Paris gekommen, seit ein großer Reporter über den Unmut der Provinzen gegen die Compagnie Jean Gosselin berichtet hatte, eine französische Schauspieltruppe, die jedes Jahr bei ihrer Reise zu den französischsprachigen Inseln nur in Port-au-Prince haltmachte und dort drei Stücke spielte, ohne den Provinzen je die mindeste Aufmerksamkeit zu schenken. Mit den Klängen der Ritualtrommeln als Kulisse machte der Artikel den Leser im reinsten *Paris-Match*-Sensationsstil und vor dem Hintergrund völliger Unkenntnis von Sprache und Glauben, Sitten und Gebräuchen querbeet mit dem Kreolischen, dem Voodoo, den *madansara* und dem *plaçage* bekannt.

Die internationale Ausstellung zur Zweihundertjahrfeier von Port-au-Prince im Jahr 1949 hatte die Hauptstadt auf die Titelseiten gerückt, aber die Provinzen waren vernachlässigbar geblieben und vernachlässigt worden. Nur einige gutbetuchte Familien pilgerten mit heiligem Ernst jedes Jahr für eine Woche nach Port-au-Prince, um die Aufführung der drei Stücke zu sehen. Nach ihrer Rückkehr von ihrem „Kulturbad", wie es hieß, hielten einige regelrechte Salons dazu ab und lobten die Qualität der Sprache und vor allem des feinen, ach so feinen französischen Geistes.

Es musste etwas geschehen, aber die Zeiten der öffentlichen Entschuldigung für die Sklaverei oder gar der Rückgabe von in großem Stil unterschlagenen Ressourcen, welche zweifelsohne auf der Agenda des 21. Jahrhunderts stehen werden, waren schließlich noch fern: Es war gerade erst Nachkriegs- und Vordekolonisationszeit. Der Kulturattaché war aufgebrochen und der Präfektur von Quina war täglich per *télédiol* („Fernschnauze"), dem von Mund zu Ohr weitergegebenen Gerücht, über alles Bericht erstattet worden, was der Vertreter Frankreichs auf jeder seiner Stationen entlang der südlichen Nationalstraße RN 200 sagte. Und der Attaché hatte zu allen dasselbe gesagt, auf jeder Versammlung in Grand Goâve, Petit Goâve, Miragoâne. Und so wussten, als Quina als vierte Station an die Reihe kam, die Zuhörer schon alles und waren ungeduldig. Da die Rede lang zu werden versprach, bedeuteten Sie dem Besucher bei jeder Änderung der Stimmlage durch frenetischen Applaus, er möge sich kurz fassen. Diese Technik zum Verkürzen von Reden war in Quina schon vor langer Zeit entwickelt worden, denn ansonsten hätte man nichts anderes mehr gemacht, als Reden zu hören. Und was soll ich sagen, dieser glänzende Einfall funktionierte fast immer, außer bei humorlosen Rednern, die immer eine Weile brauchten, bis sie ihr Unglück begriffen. Jeder wartete nämlich sehnlich darauf, dass die Reden zu Ende waren und man sich auf das Büffet stürzen konnte, das die großen Damen der

Stadt mit Hilfe der Hauswirtschaftsschülerinnen aus der Klosterschule drei Tage lang aufgebaut hatten. Es war ein riesiger, reich gedeckter Tisch im Auditorium ebendieser Mädchenschule, und ich hatte nur Augen für die zwei- oder dreistöckigen Sandwiches in den Nationalfarben der beiden Länder, blau-rot oder blau-weiß-rot. Die Kunst, Brotaufstriche zu färben, stand in Quina in hohem Ansehen.

Der Kulturattaché, der sah, wie die Provinzzuhörerschaft über jeden Halbsatz in helle Begeisterung geriet, und seinen unerwarteten Erfolg genoss, war unerschöpflich: Frankreich hatte soeben einen Trostpreis in Form einer ambulanten Kulturarbeit gespendet. Ein Vortragsreisender würde zur Aufrechterhaltung der französischen Kultur einmal pro Jahr vorbeikommen, um vor der Stadt über ein interessantes Thema zu sprechen. Immerhin hatte ich am Ende den Eindruck, dass er etwas ahnte, als er die französische Sprache als „die schönste Beute aus Ihrem Unabhängigkeitskrieg" bezeichnete und das rhythmische Händeklatschen ihm nicht einmal mehr die Zeit ließ fortzufahren. Die stehenden Ovationen brachten ihn endgültig zum Schweigen und sorgten dafür, dass diese Sentenz seither von jedem französischen Funktionär wiederholt wurde, denn er wurde vor seiner Mission in Quina entsprechend eingewiesen: Wirkung garantiert. So konnten wir endlich zum Wesentlichen übergehen.

Und es kam im Jahr darauf das berühmteste französische Auto aus den Sonntagabendkrimis, der schwarze Citroën von Jean Gabin, gedrungen und kurzbeinig wie der Schauspieler. Man hatte alles bedacht, um die Phantasie anzusprechen. Und es entstieg ihm mit wehender roter Mähne eine rundliche Madame *Grandbousin* aus dem Limousin. So stellte sie sich schon bei der ersten Kontaktaufnahme vor, um Sympathie „zwischen uns Provinzlern" zu schaffen, wie sie mit gezwungenem Stolz sagte. Das Limousin war also eine französische Provinz, das hatten wir nicht gewusst. *Grandbousin* dagegen, das kannten wir. Die lokalen Autoritäten waren überrumpelt und hatten keinen Handlungsspielraum mehr, um die unvermeidlichen Folgen zu verhindern.

Die Missionarin bat, unverzüglich die Schulen besuchen zu dürfen, um uns von den Symbolen der französischen Größe zu erzählen: dem gallischen Hahn, Marianne mit der Jakobinermütze, dem Sechseck als perfekter geometrischer Figur und der französischen Orthografie, die die Elite vom Volk schied … Und sie stellte sich jedes Mal als Madame Grandbousin aus dem Limousin vor, bevor sie, zufrieden mit ihrem Humor, vor ihren betretenen Gesprächspartnern in lautes Gelächter ausbrach. Bei den Kleinen passierte indessen das genaue Gegenteil, sie konnten sich nicht mehr auf ihren Plätzen halten: *Bousin* bedeutet auf Kreolisch „Prostituierte" und *grand bousin, oh là là!* Sie wetteiferten darum, wer den Namen der Dame am häufigsten aussprach, und ließen dabei die höfliche Anrede weg, so dass nur noch das „*grand bousin* aus dem Limousin" übrig blieb; die Schüler auf dem Schulhof skandierten es jubelnd, während sie die vor Rührung über das Echo ihres Wortspiels weinende Dame zu ihrem Auto zurückbegleiteten.

Der Kulturattaché hatte ihr ja gesagt, dass Quina dank der Warmherzigkeit dieser einfachen und arglosen Leute, die obendrein noch ein gutes Publikum waren, der Höhepunkt der Tournee werden würde, gestand sie errötend vor Glück, aber solche Begeisterungsstürme hätte sie sich niemals vorstellen können.

Wie man kleine Machos produziert

Um einen kleinen Macho herzustellen, braucht man viele Kleinteile, die kenntnisreich zusammengefügt werden müssen. Kenntnisreich und geduldig. Das Montageschema ist indessen seit Langem bekannt. Die Provinzen und die Hauptstadt benutzten fast identische, uralte Handgriffe zur Endverarbeitung der kleinen Jungen, auch wenn jede Provinz einige spezielle Extravaganzen pflegte, um sich von den anderen abzuheben. In Quina war es der Gipfel der Glückseligkeit, mit 82 Jahren eines gewaltsamen Todes zu sterben, meuchlings erschossen vom eifersüchtigen Ehemann einer jungen, hoffnungslos in einen verliebten Frau! Aber das Bild erschöpfte sich darin nicht, man musste zunächst sein Vermögen für diese Schöne ausgegeben haben und durfte bei seinem Tod nur einen einzigen Scheck, am besten ungedeckt, für die Beerdigungskosten hinterlassen.

Jeder kleine Junge war also diesem Ideal ausgesetzt, das er Wort für Wort wiederholen konnte, ohne dass er den Sinn recht verstand, auch nicht die frühreifsten und phantasievollsten. Ich erinnere mich, mir in einem Jahr wegen des einzigen 82-jährigen Greises des Dorfes, Vater Gélumet, sehr den Kopf zerbrochen zu haben. Ich fragte mich, warum ein eifersüchtiger junger Ehemann diesen letzten überlebenden *bésigue*-Spieler von Porte-Gaille erschießen sollte, der nur noch langsam, um neunzig Grad gebeugt, mit Hilfe eines Gehwägelchens vorankam, das sein Sohn, der Schweißer der Stadt, für ihn gebaut hatte. Vater Gélumet hatte nicht die körperliche Konstitution für eine solche Großtat. Und bis zu seinem dreiundachtzigsten Geburtstag wurde er nicht ermordet. An diesem Tag beschloss ich tiefer in die Materie einzudringen, nachdem zahlreiche Besucher ihm lautstark ihre Aufwartung gemacht hatten, als müssten sie das große Risiko feiern, dem er so geschickt entkommen war, wie sie mit viel Augenzwinkern sagten. Man musste also, um den für Machos charakteristischen Titel des Frauenhelden zu verdienen, in einem Leben mit soundso viel Hundert Frauen geschlafen haben, und es gab keinen Platz für die, die eher davon träumten, Hunderte Male mit derselben Frau zu schlafen. Ich glaube nicht, dass ich während meiner Kindheit in diesem Zusammenhang ein einziges Mal das Wort „Treue" gehört habe, ein Substantiv, das für das männliche Geschlecht bedeutungslos ist …

Ein Mann musste so viele Frauen wie Gärten haben, und man zitierte den Fall von diesem und jenem Patriarchen, der neunzig oder hundert Kaffeeparzellen in den Bergen und ebenso viele *femmes-jardins* besaß. Es lag sogar eine Art Verachtung für die Suren des Propheten in der Luft, der die Zahl der Ehefrauen auf vier begrenzte. Blutleere Verse. Allerdings, beeilte man sich hinzuzufügen, waren Harems gängige Ausnahmen bei den Muslimen. So entdeckte man die Religionen der Welt und die Vielfalt der Völker aus dem verengten Blickwinkel der männlichen Vertreter der Art.

Ich begann heimlich, die pikanten und schlüpfrigen Bemerkungen aus den literarischen Referenzen, die regelmäßig zur Unterstützung der lokalen Phantasien beschworen wurden, wie die Teile eines so bald wie möglich zusammenzufügenden Puzzles zu sammeln. Der alte Karamasow war der Meistzitierte, er, der sich wünschte, „zufrieden und mit blankem Säbel im Bett einer Frau zu sterben wie ein General auf dem Schlachtfeld". Das Buch sollte mir erst zehn Jahre später in die Hände fallen, ich blätterte es begierig durch und machte eine gerührte Pause bei der Passage, die auf Gott weiß welchem Weg bis nach Quina gelangt war! Ich bemerkte wohl, dass der „blanke Säbel" Dostojewski entgangen war und erst in Quina im Laufe der Zeit hinzugefügt worden war, aber geben wir es zu, er war der Szene würdig. Zugaben dieser Art kamen in den Zitaten auf Quinas *rosa Seiten* für den perfekten kleinen Macho häufig vor.

Womit Quina später großes Rauschen im Blätterwald verursachen sollte, war jedoch die seltsame Begeisterung für Mussolini, die dort herrschte. Da war zunächst das Lied, das ich schon mit acht oder neun Jahren auswendig konnte und noch heute singen kann, auch wenn ich die Melodie nie außerhalb Quinas gehört habe. Seit Kriegsende war sie natürlich überall verschwunden, außer in Quina, wo die sexuellen Erfolge des Duce mehr interessierten als die Misserfolge der Faschisten:

Italien will ich besuchen und suche ein Zimmer jetzt,
doch im Hotel vergeblich mein Flehen –
ich bin müde, sie müssen verstehen –
umsonst, alle Betten besetzt!

Schlafen Sie draußen, sagt der Patrone,
es ist nicht mal mehr Platz auf dem Flur.
Ich widerspreche ihm nicht die Bohne
und sing diese Verse nur:

Viva Mussolini,
der größte Mann hier in Rom!
Und wäre er hier zugegen,
so würd' ich mein Glas auf ihn heben.
Da sagt der Wirt mir sogleich:
Signore, Platz für Sie ist immer,
Sie schlafen in meinem Zimmer.
Viva Mussolini usw.

Einige Anthropologen, Ethnologen und sonstige weiße Geographen auf der Durchreise stürzten sich ab Ende der fünfziger Jahre auf diese faschistische Strömung, die angeblich sämtliche männlichen Mitglieder einer ganzen Gemeinde erfasst hatte. Aber da die Mussolini-Verehrung in Quina durch keinerlei sonstige Erscheinungsformen des Faschismus erhärtet wurde, wetteiferten Examensarbeiten und Dissertationen in Erklärungsversuchen, aus denen sich eine neue Abart des Faschismus herauskristallisierte, ein *petit-nègre*-Faschismus, so genannt in Analogie zu der Bezeichnung des Pidgin-Französischen, eine Art tropischer und provinziell gutmütiger Seitentrieb aus dem europäischen Stamm. Für andere hing diese verdächtige Liebe mit dem prächtigen Dekor des Faschismus zusammen, was zu diesem an farbigen, überlebensgroßen Gestalten fruchtbaren Land und zu der an leuchtenden Führern in beiden Lagern fruchtbaren Weltkriegszeit nicht recht passen wollte: Patton sollte seinen Vornamen mehr als einem Dorf geben, und auch Rommel hatte seine fanatischen Anhänger. Nein, das Ganze blieb ein Rätsel, aber das verhinderte nicht, dass in zwei Jahrzehnten stapelweise Akademisches dazu geschrieben wurde.

Hätten jedoch ihre Studien vor Ort eine Woche länger gedauert, oder auch mehr als eine Woche, das kommt darauf an, dann hätten sie vielleicht bemerkt, was wir Kleinen bereits wussten: Der unerwartete Nachruhm Mussolinis, der hartnäckiger war als der aller anderen Führergestalten, kam von der in Quina verbreiteten Legende, nach der er im Laufe seines Lebens sechstausend Frauen verführt haben soll – wobei ihm die drei Hoden zugute kamen, die ihm ebenfalls zugeschrieben wurden.

Bauchtanz

Das Jahr 1954 war schon eins. Es konnte all die üblichen Bezugsgrößen wie den Koreakrieg, die IV. Republik in Frankreich, die Republikaner mit Dwight Eisenhower in den Vereinigten Staaten und die Russen mit Nikita Chruschtschow, den schrecklichen Zyklon Hazel und den kalten Krieg in den Schatten stellen. Denn 1954 war das Jahr des Hula-Hoop, des Plastikreifens in knalligen Farben, den man durch Hüftbewegungen um die Taille kreisen ließ. Für jeden werdenden Macho, der die Pubertät noch nicht erreicht hatte, war dies das Jahr der ersten Zweifel, und bei den kleinen Mädchen das Jahr der ersten Wagnisse einer an Gewagtem derart reichen zweiten Jahrhunderthälfte.

Bis dieser extrem einfache und bescheidene Apparat zur Schau gestellt wurde – ich meine den Hula-Hoop – , war öffentliches Hüftkreisen ausschließlich den Männern vorbehalten; deren Hüftrollen, -stoßen und -gegenstoßen erreichte in der Karnevalswoche vor Beginn der Fastenzeit Höchstleistungen, nachdem ab Januar drei Monate lang jeden Sonntag Karnevalsbands vorbeigezogen waren. Für ein Mädchen gehörte es sich natürlich absolut nicht, sich bei diesem Happening zu zeigen, bei dem sich junge Männer zusammenfanden, um in einem heidnischen Phalluskult die tierische Brunst nachzuäffen, und in der Tat waren diese Bauchtanzfeste eine reine Männerangelegenheit. Mit Ausnahme der drei Tage, die mit dem Umzug den Höhepunkt des Karnevals bildeten. Die Königinnen auf den bunten Wagen trugen lange, enganliegende Kleider, die sie unter dem vergeblichen Ansturm dröhnender Meringues in sehr würdige, allenfalls neckische Schwingungen versetzten, wobei ihr Gesäß in fischbeinversteifte Unterwäsche gezwängt war.

Der Hula-Hoop, den jeder zu einem der zahlreichen Anlässe wie Weihnachten, Neujahr, Dreikönigstag etc. geschenkt bekommen hatte, war eine Eroberung der kleinen Mädchen, die schnell begriffen, welchen Vorteil sie daraus ziehen konnten, wenn sie sich darauf spezialisierten und Wettbewerbe und Paraden veranstalteten, von denen die auf eigenem Feld geschlagenen Jungen ausgeschlossen waren. Der Vorwand zum Bauchtanz für die Mädchen, diese Aufmunterung, den Hüftschwung zu perfektionieren, rief bei den Jungen mürrisches Schmollen hervor, als sie sahen, dass die Mädchen es viel besser machten als sie. Bald fanden ausschließlich weibliche Wettbewerbe auf Landesebene statt. Während der Sommerferien maßen sich jeden Sonntag in der Hauptstadt die besten Hula-Hoop-Tänzerinnen des Landes: Solo, Duo, Trio …, denn diese Kunst hatte das Niveau eines Bewegungsablaufes erreicht, der den Namen Tanz und den Status des Medienphänomens des Jahres verdiente.

Quina hatte sich mit Annick hervorgetan, der Landesmeisterin in sämtlichen Kategorien, deren Virtuosität aus einer natürlichen Begabung rührte. Mit ihren gerade 12 Jahren war sie wirklich in Form und groß gewachsen, sie hatte sich schon ganz zu Beginn der kollektiven Manie durchgesetzt, bevor die Jungen irgendeine Parade finden konnten. Die Mädchen hatten in diesem Moment methodisch und ein wenig hämisch die den Männern vorbehaltenen öffentlichen Orte in Besitz genommen, indem sie auf dem Hauptplatz, an den Stränden und auf dem Marktplatz trainierten und dabei immer komplexere Figuren vollführten, bei denen der Hula-Hoop vom Kopf bis zu den Füßen hinauf- und hinunterstieg, an den Händen wirbelte, den Arm entlangwanderte und sich wieder vom Kopf zur Hüfte bewegte, wo er auf wundersame Weise schneller rotierte als ein Kreisel. Dann entwickelte Annick Choreographien und brachte den Mädchen Nummern mit mehreren Hula-Hoops zugleich und mit bis dahin nicht dagewesenen Rhythmen und Verrenkungen bei. Das war wohl zu viel für die verunsicherten Jungen, die sich dagegen so gut sie konnten zur Wehr setzten, indem sie ihr übliches Mittel, nämlich Wortspiele in ihrem Geheimjargon, einsetzten. Ti-Ben landete den einzigen Treffer des Sommers, nämlich die Wortschöpfung *fexes*, eine Zusammenziehung der Wörter *fesses* (Hintern) und *sexe* (Geschlechtsteil) nach den Teilen, die der Reifen am meisten beanspruchte. Eine *fexes*-Angelegenheit, nur was für Mädchen.

Der eigentliche Gegenangriff erfolgte zum Schulbeginn im Oktober 1954. Sogar der Stolz, aus dem Nest zu stammen, das die Landesmeisterin stellte, trat in den Hintergrund. Die Mädchen hatten die Ordnung der Dinge erschüttert. Die Jungen begannen, sie bei jeder Gelegenheit niederzuschreien und bezeichneten sie leise, aber laut genug, dass sie es hören konnten, mit sämtlichen derben Ausdrücken, die in Quina von großem zu kleinem Bruder weitergegeben wurden. Für Annick, auf die die Angriffe sich konzentrierten, wurde die Situation nach nicht einmal einem Monat unhaltbar, trotz der Interventionen der Eltern, der Lehrer und sogar des Missionars, der den Jungen von der Kanzel herab verbot, *bully* zu spielen, ein englischer Ausdruck dieses englischsprachigen kanadischen Ordensmannes, der gekommen war, um an der Jungenschule Englisch zu lehren. Der Ausdruck *bully* kam in Mode und setzte sich gegen die kreolische Entsprechung *inférieur* durch, während die französische Sprache sich in Umschreibungen verlor, um das Verhalten der kleinen Schulbandenführer wiederzugeben, das *Maulheld, Prahlhans, Stoffel* oder *Gernegroß* nicht ausreichend zu erfassen vermochten. *Bully* integrierte sich dauerhaft ins lokale Vokabular und wurde wie zu erwarten zum Spitznamen des Priesters. Er trägt ihn auch noch nach fünfzig Jahren.

Annicks Eltern beschlossen, sie schon im November nach Port-au-Prince in die Schule zu schicken. Es ging um ihr Gleichgewicht und um die Fortführung ihrer Schulausbildung, die in Quina so gut wie unmöglich war. Und allen Eltern wurde klar, welche Gefahr der Hula-Hoop für den Ruf ihrer Töchter bedeutete, den es vor Schaden zu bewahren galt. Um Weihnachten praktizierte keine von ihnen mehr öffentlich die revolutionäre Bewegung. Und die Jungen nahmen die Außenräume wieder in Besitz, waren aber dennoch im Inneren erschüttert. Etwas war nicht mehr so wie früher.

Der Reifen war plötzlich aus den zwei Geschäften der Stadt, in denen er erhältlich gewesen war, verschwunden, und das Fieber des ersten Jahres sank überall im Land rapide. Machotum verpflichtet, seine januskӧpfige Herrschaft, die dem einen Geschlecht eine Fratze schnitt und dem anderen zulächelte, hatte nur das Jahr 1954 hindurch gedauert, das Jahr, von dem man nicht ahnte, dass es als Jahr Null, als Referenzjahr gelten würde, Vorbote des Jahres der Pille, des Jahres von diesem, des Jahres von jenem und anderen Jahren dieser Art.

Quinamour

Als junge Witwe eines Anwalts mit großer Zukunft am Gericht von Quina, der nicht die Zeit gehabt hatte, zu Vermögen zu kommen, nahm diese mittellose Mutter, eine Frau mit Temperament im Überfluss, es auf sich, ihre Töchter mit harter Arbeit zum Erfolg zu führen. Dies bedeutete bei uns, sie, koste es was es wolle, bei erster Gelegenheit zu verheiraten, auch wenn man dabei dem Glück etwas nachhelfen musste und die Ehen später möglicherweise wegen der überstürzten Eile zusammenbrachen. Sie schuftete Jahr um Jahr hart in ihrem Geschäft am Marktplatz, bis ihre Nachkommenschaft im heiratsfähigen Alter war. Aber als sie die Ältesten tatsächlich innerhalb von zwei Jahren verheiratete, verwandelte sich die herablassende Sympathie, die sie in der Stadt genoss, bei den Müttern anderer heiratsfähiger Töchter in offene Feindschaft. Die Ankündigung der Verlobung von Amatala, der Dritten, war zu viel für den Heiratsmarkt der Stadt, der Insidergeschäfte witterte und protestierte. So kam es, dass wir in der samstäglichen Abenddämmerung eines Markttages mit dem bislang noch nie gehörten Phänomen von zweihundert im Chor iahenden Eseln konfrontiert waren.

Einen Esel zum Iahen zu bringen ist keine einfache Sache. Das Tier ist nicht umsonst störrisch und weder Zuckerbrot noch Peitsche haben jemals seinen erstaunlichen Schrei provozieren können. Das gewaltige, den Kiefer schier ausrenkende Aufsperren des Maules, das dem hohen Ih! und dem tiefen Ah! vorausgeht – das Geschrei ist erstaunlich weit hörbar, vor allem, wenn man bedenkt, dass es sich um den kleinsten Vertreter der Familie der Equiden handelt – scheint keinerlei bekannten Regeln zu gehorchen. Und so rief das große Geschrei an diesem Samstag, als die Esel im Kohlengeviert des Marktes alle auf einmal zu iahen begannen, eine berechtigte Panik unter der Bevölkerung hervor, die sich um die Wette bekreuzigte und so schnell wie möglich nach Hause eilte. Die einzige plausible Erklärung für dieses zumindest ungewöhnliche Verhalten war das Alte Testament, denn diese zutiefst davon durchdrungene christliche Gemeinde wusste, dass am Tag des Jüngsten Gerichts Trompetenstöße das Ende der Welt verkünden würden und dass jedes ungewöhnliche und etwas lautere Geschrei ein Ersatz dafür sein könnte. Man kann nie wissen, das Böse existiert, und um das Böse ging es an diesem Tag sicherlich.

Man hatte der Witwe den boshaften Spitznamen „die Heiratsvermittlerin“ verpasst und man sagte ihr nach, sämtliche Harpuniertechniken zu kennen, die der Voodoo in Quina für die Liebe bereithielt, nur um nicht zuzugeben, dass ihre Töchter reizend und früh darauf trainiert waren, sich so schnell wie möglich einen Ehemann zu suchen. Was die ersten beiden betraf, so bestand bald Konsens darüber, dass die plötzliche blinde Leidenschaft des Sohnes eines Lebensmittelhändlers vom Meeresufer für die Älteste und eines jungen Bankbeamten für die Jüngere nur durch die Einnahme von dumm machendem Wasser (dem wohlbekannten und vielbenutzten *dlo sot*) zu erklären war. Aber bei Amatala, der Dritten, die wegen der vier As in ihrem Namen den schmeichelhaften und berechtigten Spitznamen Assquartett trug, war mit der besten Partie, die es in der Provinz gibt, einer noch besseren als dem Unteroffizier der Garnison, nämlich dem frisch diplomierten Arzt im Praktikum, in drei Monaten alles so reibungslos eingefädelt worden, dass man flüsterte, die Heiratsvermittlerin schrecke vor nichts zurück, um die Ehemänner ihrer Töchter zu halten. Bis zu diesem Sommer, in dem mein zehntes Lebensjahr zu Ende ging, bestanden meine Kenntnisse *in sexualibus* lediglich aus verstreuten Bruchstücken, die ich in Gesprächen mit den Freunden gelernt oder aus den Aufschneidereien der Älteren aufgeschnappt hatte. Das *Quina erotica* dieser beiden Altersstufen war harmlos. Aber an diesem Nachmittag sollte ich in den entsprechenden technischen Fragen einen gewaltigen Sprung nach vorn machen.

Als letztes Mittel, um einen Mann zu halten, konnte man bei einem der Hexer der Umgebung eine „Hundeklemme" bestellen. Jeder um mich herum und auch ich wusste, dass die Hunde in Quina gelegentlich nach dem Liebesakt aneinander festhängen, da die Scheide der Hündin den Penis des Rüden einklemmt. Die beiden hinterwärts vereinten Liebhaber bilden so ein unzertrennliches, durch seine Geschlechtsteile verbundenes Paar, das die Liebe anheult wie sonst den Mond. Das Bild der aneinander festhängenden Hunde war alles in allem banal, auch wenn die armen Tiere in ihrer misslichen Lage von der Meute der Gaffer grausam verfolgt wurden, bis die Trennung eintrat, doch es hieß, dass auch Menschen diesem Phänomen zum Opfer fallen oder vielmehr von ihm profitieren konnten (ich verstand nicht recht, warum man diese Lage nicht schön und einer großen Liebe würdig fand). Eine Überdosis des bestellten *wanga* genügte, und aus der metaphorischen Verriegelung wurde eine tragisch anatomische. Eine Reihe von Fällen, einer pikanter als der andere, wurden als Belege angeführt, der neueste hatte ganz Quina zusammenlaufen lassen: Zwei Unverfrorene gingen aus Übermut mittags auf den Friedhof, um ihre Liebe auf dem Grab eines berühmten Schürzenjägers, Ti-Prosper A., zu zelebrieren. Es heißt, der Totengräber habe im Gegensatz zu ihnen kühlen Kopf bewahrt und sich ein kleines Vermögen verdient, indem er von den Schaulustigen, die sofort herbeieilten, als die siamesische Pose der beiden Liebhaber bekannt wurde, je eine Gourde Eintritt verlangte. Als einziges bekanntes Gegenmittel war das Iah eines Esels in der Lage, die festgehaltenen Liebenden zu lösen. Gegen diese heikle Bedrohung durch Liebeskrankheiten, Vorstellungen, die im Übrigen im Land weit verbreitet waren, boten die Ärzte im Praktikum in Quina vergeblich ihr Wissen über Vaginismus an: Niemand interessierte sich dafür.

Amatalas Hochzeit sollte in drei Wochen stattfinden, am letzten Samstagabend im September nach Schluss des Marktes und kurz, bevor die großen Ferien zu Ende gingen und die Jugend von Quina nach Port-au-Prince zurückkehrte. Da große Übel große, teure und streng geheime

Maßnahmen erfordern, hatten gewisse Verschwörerinnen, deren sichere Identifizierung wohl nie gelingen wird, aber man wusste schon wer, einen Spezialisten aus Fond-des-Blancs kommen lassen, einen gewissen Ti-Rouge, der angeblich in der Lage war, jeden Esel zum Schreien zu bringen und so den *wanga* der Heiratsvermittlerin zunichte zu machen. Und da die Geschichte vor Gericht endete, wo die Witwe wegen der hintertriebenen Hochzeit Anzeige gegen Unbekannt erstattet hatte, hielt Maître Ti-Michel, mehr denn je Verteidiger der Witwen und Waisen, sein Plädoyer vor Tutu, Richter in erster Instanz. Man erfuhr so, dass Ti-Rouge im Kohlengeviert beim Verbrennen einer Kräutermischung gesehen worden war, deren Zusammensetzung unbekannt blieb, deren beißender Geruch jedoch bei den Menschen ansteckendes Niesen hervorgerufen hatte, so dass sie den Markt fluchtartig verließen, und bei den Eseln im Geviert allgemeines Geschrei. Das Gericht hütete sich wohl, Ti-Rouge vorzuladen, denn der hätte ausgepackt und einige Frauen aus der Bourgeoisie mit hineingezogen, aber es entschied, dass von der Stadtverwaltung zehn Wochen lang eine zusätzliche Marktabgabe von zwanzig Centime pro Eselladung Kohle erhoben werden sollte, damit Amatala am Tag ihrer Hochzeit eine Mitgift von vierhundert Dollar überreicht werden konnte.

Die Berufung

Nachdem wir unsere erste Kommunion gefeiert hatten, wurden wir jeden ersten Freitag im Monat in Reih und Glied zur Beichte geführt. Dem frühnachmittäglichen Ritual ging eine Gewissenserforschung voraus, damit jeder die Zeit hatte, sorgfältig seine Liste von kleinen Sünden zu erstellen. In diesem noch unschuldigen Alter beschränkten sich die Übertretungen auf lässliche, reichlich provinzielle Verfehlungen wie verbotenerweise am Strand, an den der Schulhof grenzte, auf Sandkrabbenjagd gegangen zu sein, sich beim Murmelspiel mit schlechten Verlierern geprügelt zu haben, die einem einen *grison* anstatt der schönen *chelèn* andrehten, mit Steinen auf Mangobäume und andere Obstbäume der Nachbarschaft geworfen zu haben und, vor allem, regelmäßig gelogen zu haben, indem man zu Hause alles in Bausch und Bogen abstritt. Und man kam regelmäßig mit zwei *Gegrüßet seist du, Maria* als Buße davon.

Wir begriffen schnell, dass es praktisch war, die Sündenliste von einer Beichte zur nächsten aufzubewahren. Die Kühnsten tauschten sogar ihre Listen aus, und die Faulsten kopierten die Sünden der anderen. Der Priester döste vor sich hin, während er den Grundschülern zuhörte, nickte oftmals schnarchend ein und griff, solange der junge Sünder das Abschlussjahr der Grundschule noch nicht erreicht und das zwölfte Lebensjahr noch nicht vollendet hatte, niemals ein. Denn wir wussten alle, dass die Übung in der Sekundarstufe schwieriger wurde, da musste man sich nämlich in allen Einzelheiten über seine geringfügigsten unreinen Gedanken auslassen und auf Fragen antworten, die, so behaupteten die Beichtväter, an diesem Ort nichts Indiskretes hatten.

Aber es war auch ein großer Moment für köstliche Lügengeschichten, denn Fantasien, das Unbewusste und die Libido gehörten in Quina nicht zum Vokabular und zum Horizont unserer Selbsterforschung. Die Dinge waren einfach und klar voneinander geschieden: Man sagte die Wahrheit, oder man log, und die ganze zwielichtige Zwischenwelt der Wünsche, Träumereien und geheimen Triebe gehörte zu keiner der Kategorien des nicht zum feinen Nuancieren neigenden kleinen Katechismus. In diese Lücke stieß ich und machte jedes der monatlichen Treffen zu einem Fest des Imaginären. Ich frage mich, ob meine späte Berufung zur Literatur nicht einen frühen Ursprung im Beichtstuhl von Quina hat.

Wie dem auch sei, der Sommer, in dem ich zwölf Jahre alt wurde, war der Anfang eines fantastischen Abenteuers, das achtzehn Monate später in der Untertertia mit Ausgabe der Zeugnisse des ersten Trimesters ein jähes Ende fand. Achtzehn Monate, in denen ich Pater Salomon boshaft köderte. Er war süchtig nach dem Fortsetzungsroman geworden, der mir als Ersatz für das Geständnis meiner Verfehlungen diente, und hatte es sich zur Aufgabe gemacht, diese bedrohte und gequälte junge Seele zu retten. Gequält von den Verlockungen des Fleisches natürlich.

Der Pfarrer hatte diese Schulklientel seinen zweiten Vikar überlassen, einem ganz jungen und frisch angekommenen, und kümmerte sich selbst nur um die Beichte der Damen, die donnerstags den ganzen Tag über stattfand. Dieses Privileg war ihm allein vorbehalten, und wenn er an einem Donnerstag verhindert war, wurde der Donnerstag der Damen verschoben. Seine Gehilfen durften ihn nur bei einer letzten Ölung vertreten. Pater Salomon musste sich als der dienstgradniedrigste unter Gottes Beamten in Quina mit der undankbaren Beichte der Pickligen begnügen.

Es begann mit einer schnellen abfälligen Bemerkung über die „schlechten Angewohnheiten gegenüber dem eigenen Leib". Er hatte im kleinen und großen Seminar der Hauptstadt die Umschreibungen zur Einleitung eines schicklich gedämpften Verhörs gelernt. War die „nur Gott sieht mich" genannte Praxis so verbreitet, dass man davon taub wurde? Aber in den Provinzen kam all dieses hauptstädtische Geziere nicht gut an. Das üppige Quina war ein zu braves Mädchen, um nicht darauf zu drängen, zum Kern der Sache zu kommen, und zwar so, wie ihm der Schnabel gewachsen war. Masturbieren ist hier nicht nötig, mein Vater, denn die Sünde ist Fleisch geworden wie das Wort – und ich gestand mit gerade so viel Zögern, dass es glaubwürdig wirkte, zahlreiche geheime Anträge bestimmter „Donnerstagsdamen" zu bekommen, denen ich nach einigem, nicht sehr glaubwürdigen Sträuben, erlag. Alle waren nur hinter mir her.

Die gesamte weibliche Bevölkerung drohte, von einem ersten Freitag im Monat auf den nächsten, an die Reihe zu kommen, wenn ich meine Taktik nicht änderte. Den wiederholten und immer drängenderen Manövern des Vikars, der mich zur Preisgabe einiger Namen veranlassen wollte, setzte ich das Schweigen und die ausweichende Haltung entgegen, die man uns sehr früh als vornehm beigebracht hatte: Gebt nie etwas zu. Das war die einzige erfolgversprechende Strategie, behaupteten die erfahrenen Männer des Dorfes, und unter dem Dutzend Prinzipien, die den Jungen sehr früh eingeimpft wurden, damit sie so unbeschadet wie möglich durchs Leben kamen, nahm dieses einen wichtigen Platz ein: *Gebt nie etwas zu.*

Nach sechs Monaten wenig wählerischer Tändeleien verlangte mein Beichtvater, der sich inzwischen mit der Anonymität der Damen abgefunden hatte, dass ich meine zahlreichen verbotenen Liebesabenteuer aufgab und mir eine einzige Partnerin erwählte. Er hatte sichtlich den Plan gefasst, mich schrittweise auf einen der Frische der Pubertät angemesseneren geraden Weg zurückzuführen. Ich wurde so nach einem Jahr nach und nach monogam, wenn ich es so ausdrücken darf. Allerdings hatte ich von all den Damen die kesseste behalten. Ihr gewagtes Treiben machte einen so mordsmäßigen Eindruck auf Pater Salomon, dass er mich bat, die lange und boshaft in die Länge gezogene Liste der einleitenden Sünden abzukürzen und zu den Verstößen gegen das sechste Gebot zu kommen – oder war es das fünfte? Reihenfolge und Rang haben sich in meiner Erinnerung verwischt –, die ich bis zum Schluss aufhob. Ich machte ausgiebige

Anleihen in der Liebesromansammlung meiner großen Schwestern, in der der Höhepunkt der Zärtlichkeiten unter tief Verliebten, das kitzelnde Einführen der Zunge in das geliebte Ohr, unweigerlich auf Seite 90 kam. Pater Salomon erwartete mich in seinem durchbrochenen Mahagoniholzkäfig so ungeduldig wie der süchtige Leser einer Fortsetzungsgeschichte einen bestimmten Tag und eine bestimmte Uhrzeit erwartet.

Eine unvorhergesehene Abwesenheit am ersten Freitag im Monat aus Anlass der Aufnahmeprüfung eines Internats in der Hauptstadt versetzte ihn in solche Unruhe, dass er meine Eltern wissen ließ, er sei bereit, mir auch vor nächstem Monat die Beichte abzunehmen, damit sich nicht die unvergebenen Sünden aus zwei Monaten ansammelten. Meine Mutter fand das gut, und mein Vater fand es suspekt. An der Art, wie er die Stirn runzelte, als der junge Ministrant mit der Botschaft des Vikars kam, verstand ich, dass eine dritte Person sich in meine heimlichen Liebeshändel einmischen würde. Mein Vater erkundigte sich übrigens noch am selben Abend bei Tisch, was ich den Priestern wohl so alles zu erzählen hatte, und fragte, bei welchem von den dreien ich regelmäßig beichtete. Unter dem gespielt scherzenden Tonfall fühlte ich, dass sein Misstrauen geweckt war. Meine Schwestern kamen mir zu Hilfe, indem sie sagten, sie fänden mich nicht frömmer als gewöhnlich, und meine beiden älteren Brüder, gute Ungläubige, die mit ihren zwanzig Jahren nicht mehr in die Kirche gingen, lachten aus vollem Halse, da sie all das hinter sich hatten. Meine Mutter ließ durchblicken, dass es immerhin ein Segen für eine christliche Familie war, wenn Gottes Ruf an einen der Söhne erging, und dass die älteren ohnehin selbst für eine Spätberufung verloren waren. Die Stille, die darauf folgte, gab mir den Rest; alle sahen mich an, als trüge ich bereits eine Sutane.

Ich hatte wohl verstanden, dass ich in diesem kleinen Dorf, in dem jeder auf seinem Wachturm auf Ausguck stand, meinen aufregenden geheimen Abenteuern ein Ende bereiten musste. Ich wartete indessen noch den nächsten ersten Freitag im Monat ab, um die Erleuchtung zu enthüllen, die mich zur Beendigung meines Lotterlebens bewogen hatte, und meinen festen Entschluss kundzutun, mich künftig von den verbotenen Alkoven fernzuhalten. Ich trug bei der Schilderung des Damaskusweges, zu dem meine Reise zu den Hochburgen der Port-au-Princeschen Verderbnis geworden war, derart dick auf, dass der Vikar sofort eine neue Aufgabe fand, nämlich mich dazu zu bringen, Gott in den Reihen der „seligen Berufenen" zu dienen. Ich konnte mir freilich so gar nicht vorstellen, wie ich in dem Mahagonikäfig saß und mir das Theater der kleinen Witzbolde anhörte. Ich brauchte eine Ausrede.

Der bretonische Pfarrer ließ mich in sein Büro kommen, um mir zu offenbaren, dass sein zweiter eingeborener Vikar an mir die Zeichen der Berufung wahrgenommen hatte und dass ich diesen Ruf in mir wachsen lassen musste. Seine Freude war groß: Ich drohte zu einem Vorzeigerekruten aus seiner Pfarrei zu werden. Da ich für die Fortführung meiner Schulausbildung nach Port-au-Prince gehen musste, bedrohte er mich sogar mit einem Empfehlungsschreiben an seinen lieben Mitbruder Pater Desjardins, Pfarrer in Saint-Louis-de Gonzague. So viel

Hartnäckigkeit begann mich zu beunruhigen. Ich brauchte Inspiration, und zwar schnell, bevor all das zu weit ging.

Ich ging Anfang Oktober entschlossen zur Beichte und erklärte Pater Salomon sofort ohne Umschweife, dass ich Gott eine Bedingung stellte, damit er mir Klarheit über seine Absichten verschaffte: Wenn ich im Dezember beim ersten Zwischenzeugnis Klassenerster wäre, würde ich sein Angebot in Erwägung ziehen. Es war Geheimnis zwischen ihm und uns, für das er zu beten versprach. Ich war nicht wenig stolz auf meinen Einfall, dessen Wahrscheinlichkeit gleich Null war, denn ich war im nobelsten Internat der Stadt angenommen worden, wo der schärfste Wettbewerb herrschte, und ich vergaß all dies recht schnell in meinem neuen Leben an der Seite dieser Lernbestien. Der Beginn des ersten Trimesters der Untertertia zog sich träge hin, und ich arbeitete nicht mehr als üblich, denn ich war durch das Verschlingen der Bibliothek, in der ich so viele Bücher zum ersten Mal sah, vollauf in Anspruch genommen.

Am sechsten Dezember 1956 stürzte die Regierung Magloire mitten in den Gedenkfeiern zur Landung von Christoph Kolumbus, und die Streiks und Demonstrationen hatten die weihnachtliche Prüfungsperiode gestört, die auf nur zwei Tage verkürzt wurde. Es wurde beschlossen, dass alle sogenannten Sachfächer, das heißt Geschichte Haitis und allgemeine Geschichte, Geographie Haitis und allgemeine Geographie, Naturwissenschaften und Staatsbürgerkunde sowie alle Regeln der lateinischen, englischen und spanischen Grammatik, die meine Kameraden den Schlafsaal herauf und herunterbüffelten, zu einer einzigen Gruppe zusammengefasst werden sollten, welche ein Viertel und nicht mehr über die Hälfte der Punkte ausmachte. Die drei Hauptfächer, Mathematik, französischer Aufsatz und literarische Textanalyse würden je 25 % zur Gesamtnote beitragen. Ich beachtete die Folgen dieser tiefgreifenden Änderung nicht, bis ich mich am Zeugnistag als Klassenerster wiederfand …

Der Mann, der zu viel redete

Es war der Monat, in dem ich elf Jahre alt wurde, und ich begleitete zum ersten Mal einen Onkel, der Friedensrichter war, und seinen Schreiber ins Gebirge, wo sie einen verdächtigen Todesfall aufnehmen sollten. Mein Onkel trug seinen Hut für solche Gelegenheiten in der Hand und der Schreiber sein Register unterm Arm. Ich trug die kleine Tasche mit dem für das Erstellen von Gerichtsdokumenten notwendigen Zubehör: Federmappe, Spitzer, Radiergummi, Lupe, ein Stempelkissen für Fingerabdrücke und einige Löschblätter.

Schauplatz des Verbrechens war ein derart geneigter Hang, dass ich fürchtete, die Kartoffelfelder könnten in den Abgrund kippen. „Hängendes Land" lautet der schöne Ausdruck der Bergbewohner dafür, abschüssige Felder, die in Seilschaften bearbeitet werden. Das Opfer lag gegenüber dem Himmel im Becken einer spärlichen, am Hang entspringenden Quelle, bedeckt von einem Schwarm Fliegen, die aus seinem durch die Totenstarre weit offenstehenden Mund aus- und einflogen. An seinem bereits ziemlich aufgeblähten Körper waren überall dunkle Spuren von Schlägen zu sehen. Damit niemand im Unklaren gelassen wurde, einigten sich die öffentliche Meinung und das Protokoll auf Selbstmord durch Ertränken auf tausend Meter Höhe und sechzig Grad Gefälle, denn die festgehaltene Todesursache musste exemplarischen Charakter tragen. „Trockenes Ertrinken", so einigte man sich und so notierte der Schreiber nach dem Diktat meines Onkels, „eines als *viejo* mit Goldzahn bekannten Mannes." Mein Onkel ging beim Deklamieren auf und ab, nachdem er seine schwarze Melone aufgesetzt hatte, wie das Gesetz es verlangte.

Das Aufsetzen von Protokollen war für ihn immer eine große Gelegenheit sich in juristisch-literarischem Französisch auszutoben, während die nur Kreolisch sprechende Zuhörerschaft vor dem Pomp der Justiz ehrfürchtig erstarrte. Der Schreibgehilfe versäumte es nie, seine Bewunderung für die gewähltesten, bildhaftesten Wendungen zu bekunden und das Publikum mit einer Kopfbewegung zum Applaudieren aufzufordern, während er sich mit seinem Register beschäftigte.

„Mann ohne bekannte Angehörige in aufsteigender oder absteigender Linie, gestorben *ab intestat* und ohne *Kollateralerben*, hinterlässt im Gebirge zahlreiche, mit seinen Ersparnissen als *bracero* gekaufte Felder": Mein Onkel war für den letzten Teil des Satzes unversehens ins Kreolische verfallen. Der in seine Arbeit vertiefte Schreiber notierte alles, so gut er konnte, und behalf sich manchmal kokett mit der Lupe, um einen Abstrich zu vervollkommnen. Beim nochmaligen Durchlesen des Protokolls nannte mein Onkel ihn halblaut einen Dummkopf, da er auch die verschleierte Drohung niedergeschrieben hatte, von der die Umstehenden wussten, was sie zu bedeuten hatte und wie man sie beherzigte. Er musste am Rand des Protokolls den Vermerk „dreizehn Wörter gestrichen" anbringen, um das kundige Auskratzen zu rechtfertigen, durch das der in kreolischer Sprache hinzugefügte Hinweis auf die hinterlassenen Kaffeeparzellen nun unleserlich wurde: *„Tout moun konnen nèg-la kite bon jan tè kafe ak lajan panyòl."* Und schließlich wurden die Daumenabdrücke aller Anwesenden genommen.

Auf dem Rückweg ließ mein Onkel angesichts dessen, was meine verblüffte Miene, mein skeptischer Ausdruck oder mein fragendes Gesicht sein mussten, denn ich hätte mich gehütet, zu sprechen, in drei Stunden Fußmarsch vier Worte wie eine noble Gunstbezeugung für mein jugendliches Alter fallen und schüttelte dabei den Kopf in Richtung des Opfers, das zwei Träger auf eine Tür gebunden mitführten: „Er redete zu viel." Er redete seit seiner Rückkehr aus den kubanischen Zuckerrohrfeldern zu viel von der Gewerkschaftsorganisation der Landarbeiter, der Reform der Wasserversorgung, dem Kaffeepreis für die Erzeuger im Gebirge und vor allem von den Provisionen der Lebensmittelspekulanten. Er sprach „endgültig" zu viel von seinen Reisen und Demonstrationszügen in Santiago und sogar in Havanna während der Arbeiterstreiks. Punkt.

Dieser Tod schien in Quina niemanden zu überraschen. Die vier Greise meines Dorfes, die bei jedem Wetter unter Montalis' Galerie schweigend *bésigue* spielten, fanden auch, dass die Sprache eine fragwürdige Gabe war. Sie hatten erlebt, wie sämtliche denkbaren Unglücksfälle über das Dorf hereinbrachen, weil jemand ein Wort zu viel gesagt hatte oder ein Wort querkam. Sie waren nicht alle der Ansicht, dass es eine Gunst des Schicksals sei, stumm geboren zu werden, aber sie glaubten alle, dass die Sprechzeit der Menschen streng rationiert gehörte: Jeder hätte ein kleines, festes Tageskontingent an Wörtern zur Verfügung gehabt, die sparsam zu gebrauchen man von frühester Kindheit an gelernt hätte. Soweit ich weiß, haben sie bislang als einzige eine Durchschnittszahl von absolut notwendigen Wörtern pro Menschenleben vorgeschlagen: zehn Millionen, wenn man ihnen glauben darf! Ihr barockes Rechenexempel ging von fünfhundert Wörtern pro Tag bei einer lokalen Lebenserwartung von zwanzigtausend Tagen aus.

Diese nicht sehr großzügige Quote würde eine Börse hervorbringen, an der Sprechberechtigungen zwischen denen gehandelt würden, die welche übrig hätten, und denen, die aus diesem oder jenem Grund verschwenderisch damit umgingen, zum Beispiel, weil sie politische Reden hielten. Diese politischen Reden mussten kostenpflichtig sein, denn in Quina bekam man wegen allem und jedem eine politische Rede aufgetischt. Der Schulunterricht und vergleichbare streng geregelte Tätigkeiten wären allerdings davon ausgenommen. So entwickelten sie stundenlang ihr Modell und erweiterten es nach und nach, in kleinen Schritten, damit das zuvor festgelegte Wortkontingent für das Gespräch nicht überschritten wurde. Sie spielten *bésigue* übrigens um Wörter: Der Gewinner durfte eine Tirade zu einem Thema seiner Wahl halten. Ein hart erkämpfter Monolog, denn sie mogelten untereinander auch in einem fort.

Sie waren wortkarge Menschen, die Leute aus Quina, die schweigend vor Boss Pétains Laden zusammenkamen, um dem Ritual der doppelten Einsargung eines redseligen Mannes beizuwohnen. Für zwölf Gourde – damals unter Magloire kostete ein Brett eine Gourde – nagelte der Schreiner des Dorfes ohne viel Aufhebens drei grob bearbeitete Bretter an die quadratischen Stücke, die als Enden dienten, dann wurde der auf seiner Tür wartende Ertrunkene, wie man ihn ja wohl nennen muss, ebenfalls ohne Aufhebens hineingelegt. In Seitenlage, so schmal waren die Särge, die man in Anspielung auf den Namen Magloire, („mein Ruhm"), *madouleur*, „mein Schmerz" nannte. Schließlich nagelte der Tischler auch das vierte Brett auf und wählte dabei sorgfältig die rostigsten und verbogensten Nägel, um die guten, erst ein- oder zweimal benutzten nicht zu vergeuden.

Anschließend baute er einen weiteren, nur drei oder vier Zoll breiten und hohen, aber zwei oder drei Fuß langen Sarg für die große Zunge des Toten, die sich in den nächsten Tagen mitsamt ihrer Wurzel vom Körper lösen würde, um eigenständig ins Totenreich einzugehen. Der längliche Kasten war mit einem Kissen aus vier Dornensorten ausgekleidet worden, welche die vier Himmelsrichtungen des Jenseits symbolisierten. Das Anhängsel sollte für immer auf den Sisal-, Kaktus-, Ananas- und Piniendornen bzw. -nadeln festgespießt bleiben. Der Bürogehilfe von der Präfektur, Iméus, zerriss einen Ein-Gourde-Schein und sprach dazu die rituelle Formel, mit der alle möglichen Dornen um ihren Beistand angerufen wurden: *„pit kou maro zanana kou pengwen."* Er legte eine Hälfte des Scheins gut sichtbar in die kleine Kiste, um der Zunge eine Überfahrt ins Totenreich, einfache Fahrt ohne Rückkehrmöglichkeit, zu bezahlen.

Nach einigen Weihwasserspritzern des Küsters auf diese grob zurechtgeschnittenen und -geklopften Stücke setzten sich die Neugierigen zum Massengrab in der Nähe des Rathauses in Marsch, ohne bei der Kirche haltzumachen, welche vor Selbstmördern grundsätzlich ihre Pforten verschloss. Die Träger vollführten im Laufschritt und mit den Särgen auf dem Kopf einen wilden Wirbel, denn der Tote sollte niemals den Weg zurück in die Welt der Lebenden finden. Seine Zunge ebenfalls nicht. Das seltsame Ballett im Laufschritt wurde von einem ganz in Schwarz gekleideten *gede* angeführt, der die Choreographie mit kreiselnden Bewegungen seines *bâton-serpent* ordnete. Vor und zurück, von rechts nach links, Schwenken auf der Stelle … eins, zwei, eins, zwei und hopp! Selbst der kleine Däumling hätte kaum eine Chance gehabt, den Weg zurück zu finden. Sein Name konnte nun genannt werden, ohne dass er von seinem Weg ins Totenreich abkam, und man konnte, so wie ich in diesem Moment, ohne Angst vor Sie-wissen-schon seine Geschichte erzählen.

Die Stadtverwaltung hatte eine gewisse Zahl von Grabtafeln vorrätig, die sie für Armenbestattungen leihweise zur Verfügung stellte. Auf das Grab der beiden übereinander beerdigten Särge hatte sie eine hundert Jahre alte Votivtafel legen lassen, auf der noch zu lesen war:

„Durch verschlossene Lippen
dringt keine Fliege“

und darunter, in kleineren Buchstaben, die Fundstelle:

„Letzter Satz in *Carmen* von Prosper Mérimée“.

Die schwarze Jungfrau mit dem schwarzen Kind

Eine schwarze Madonna mit einem schwarzen Kind auf dem linken Arm erfüllte uns mit unstillbarer Neugierde. Ihre Bilder und Statuetten wurden auf den Märkten der Gebirgshochtäler überall um Quina herum Richtung Fond-des-Blancs verkauft. Den Pfarrern war diese Frömmigkeit sichtlich ein Dorn im Auge, aber sie hüteten sich, frontal dagegen vorzugehen wie gegen den Voodoo oder gar die Versammlungen voll Musik, rhythmischem Wiegen und Megaphonen der ersten protestantischen Pastoren, die die Gegend durchstreiften. Es war, als ließe der Religionskrieg, dessen Schauplatz das Dorf war, die schwarze Madonna aus. Sie schien den Priestern sogar solche Furcht einzuflößen, dass sie nie von ihr sprachen, als ob es sie überhaupt nicht gäbe. Und dennoch hatte meine eigene Großmutter in einer Ecke ihres Schlafzimmers auf einem kleinen Tisch eine solche schwarze Madonna, zu deren Füßen immer eine gelbe Talgkerze brannte und zu der sie inbrünstig beten konnte, während sie die sieben Kratzer auf ihrer rechten Wange streichelte.

Auf dem Schulhof der Kleinen wurde diese Absonderlichkeit ausgiebig kommentiert. Ich erinnere mich, dass die Schalkhaftigkeit in der Schlussfolgerung „Gott ist schwarz“ gegipfelt hatte, denn mit dieser Mutter konnte der Vater des Kindes keine andere Hautfarbe haben. Und wenn diese Jungfrau das Kind so unbefleckt, wie man uns im Religionsunterricht lehrte, als Folge einer Operation des Heiligen Geistes empfangen hatte, dann war der Heilige Geist eben auch schwarz! Kurz, jeden Abend wurde die ganze heilige Dreifaltigkeit durchgegangen, der Vater, der Sohn, der Heilige Geist und die Jungfrau dazu. Diese Logik war bombensicher aber nicht das letzte Wort, denn ich fühlte vage, dass mir irgendetwas Wichtiges entging, waren doch überall anders, in den Büchern und Kirchen, von den Statuen bis zu den Fenstern und in der ganzen Palette der Heiligenbilder alle Leute weiß. Und dennoch gab es bei mir in Quina eine Madonna mit Kind, und beide waren schwarz.

Das Seltsame war, dass kein Elternteil und auch sonst keiner der Erwachsenen, die uns sonst so schnell in unsere Schranken verwiesen, die Kinder anders als mit einem rätselhaften Lächeln sanktionierte, wenn sie in der Frage von Gottes Farbe von der rechten Lehre abwichen, ganz als handelte es sich um die beängstigende Debatte über die Existenz des Weihnachtsmannes, aus der wir damals noch kaum herausgewachsen waren. Wahrscheinlich musste man noch größer werden, bevor man die Wahrheit erfuhr – wegen solcher Dinge empfand ich meine ganze Kindheit hindurch Hass auf die Tatsache, dass ich nicht groß auf die Welt gekommen war.

Fünf oder sechs Jahre später, als ich kurz davor stand, die Kindheit und Quina zu verlassen, hatte ich immerhin einige der verstreuten Bruchstücke dieser Geschichte von der schwarzen

Madonna zusammengetragen. Freilich nicht alle, es blieb eine dunkle Zone und ein Unbehagen, denn sie hatte vor kurzem im Mittelpunkt von vier Todesfällen gestanden, und nicht irgendwelchen: Ein Pfarrer, der kühner war als der Durchschnitt seiner Mitbrüder, hatte assistiert von einem Küster und zwei Kirchendienern eine bilderstürmerische Expedition gegen die schwarzen Madonnen an den vierzehn Kreuzungen des Kreuzwegs im Hochtal unternommen. Es war zu Beginn der vierziger Jahre während der vom bretonischen Klerus begonnenen Kampagne zur Zerstörung der Voodoo-Kultgegenstände, und dieser Stoßtrupppfarrer hatte darin die Gelegenheit gesehen, ein für alle Mal mit der störenden schwarzen Madonna aufzuräumen, die nicht so weiß war, wie sie hätte sein sollen. Sie konnten genau drei von ihnen zerstören, bis ihre verkohlten Leichen an dem unter dem Namen *Roses-en-fleurs*, „blühende Rosen", bekannten Ort gefunden wurden, der vierten Station, einem kahlen Hügel aus lilafarbenen *roches-à-ravets* mit einer kleinen Mariengrotte auf seinem Gipfel. In ihr stand die Madonna auf einem breiten Zementfundament aus Stufen voll schwarzer Kerzen und schwarz umrandeter Votivtafeln zu ihren Ehren. Dieser hübsche Name verbarg kaum die furchterregende ursprüngliche Bezeichnung des Ortes, nämlich *Aux Enfers*, „in der Hölle", woraus im Kreolischen *Rozanfè* (eiserne Rosen) geworden war, bis um 1925 während der amerikanischen Besatzung ein Anfall von toponymischer Normalisierung diesen bedrohlichen und metallischen Klang in die in der Gegend unbekannten blühenden Rosen verwandelte. Es war dort nie irgendetwas gewachsen, schon gar keine blühenden Rosen, aber man konnte dort immerhin brennen wie in der Hölle, wenn man nicht wusste, dass die schwarze Madonna unantastbar war.

Es war einmal eine zweitausendfünfhundert Mann starke halbe polnische Brigade, sie landete achtzehn Monate vor der Unabhängigkeit, um in den Reihen des französischen Kontingents gegen die Neger von Saint-Domingue zu kämpfen, und vier Monate später, im Oktober 1802, stieß eine zweite halbe Brigade zur ersten. Von den fünftausend polnischen Legionären einer zehnmal größeren Armee sollten einige hundert Überlebende 1804 von Dessalines die haitianische Nationalität und Land erhalten, in Fond-des-Blancs, was unsere betrifft, diejenigen, die am Bevölkern von Quina und an den Verbindungen im Laufe der Geschichte teilhaben sollten, denn in zwei Jahrhunderten und sechs Generationen hat sich eine große Zahl von Familien aus Quina unentwirrbar mit den Familien von Fond-des-Blancs vermischt. Anscheinend waren die Polen verlässliche Verbündete der eingeborenen Truppen, da sie auf diese Weise die ersten Weißen haitianischer Nationalität wurden und in diesem Land ihr Leben als Bauern von der Donau weiterlebten, ein Ausdruck, der sich in der Gegend erhalten hat. Die zweite Generation, die der Halbweißen, kam von 1805 bis 1820 zur Welt, die dritte (auf beiden Seiten) gegen 1840-1845 und die vierte Generation, als das Jahrhundert zu drei Vierteln zu Ende war, nämlich 1875. Das ist die Generation meiner mit neunzig Jahren verstorbenen Großmutter, die ich bis zum Alter von zwanzig Jahren gut gekannt habe und die ebenfalls ihren Großvater, den Sohn des polnischen Weißen, gekannt hatte. All dies reichte schließlich und endlich nicht allzu weit zurück, denn ich hatte aus erster Hand Zugang zum Sohn des Legionärs, der wie alle seinesgleichen die schwarze Madonna als Amulett um den Hals trug, eine über zweihundertjährige Ikone, die noch in meiner Familie aufbewahrt wird.

Es wurde wegen Totschlags Anzeige gegen Unbekannt erstattet und das Verfahren nach den Ermittlungen eingestellt. Der Richter hatte auf eine „Handlung Gottes" geschlossen, nachdem er eine Masse von „sachkundigen Zeugen" hatte vorbeidefilieren lassen. Sie hatten alle ausgesagt, dass dort der Blitz tatsächlich aus heiterem Himmel und bei Sonnenschein einschlagen und alles, was sich dort befand, Menschen und Tiere, verkohlen konnte. Vermutlich hatte der damalige Richter anders als unser heutiger dabei keine Miene verzogen. Die Expedition hatte sich nur zur falschen Zeit am falschen Ort befunden, das war alles. Es scheint sogar, dass der Ort diesem elektrischen Phänomen seinen ersten Namen verdankt, der ihm übrigens im Zuge dieser Affäre wiedergegeben wurde: *Aux Enfers*.

Der Werwolf der Nachbarstadt

Die letzten Ratschläge waren nur kurz gewesen, bevor ich nach Vieux-Bourg fuhr, um das Wochenende bei meinem besten Freund André zu verbringen. Es war das erste Wochenende, das ich bei einem Freund verbrachte. Wir bereiteten auf derselben Schule den Primarschulabschluss vor und waren unzertrennlich geworden. Er wohnte im Übrigen als Pensionär bei der Familie Moulins, unseren Nachbarn am Platz, und wir brauchten so, wenn wir gemeinsam für die Prüfungen lernen wollten, nur durch das Loch zu schlüpfen, das wir in die Kaktushecke gemacht hatten. Es war wirklich nicht nötig, dass meine Eltern noch einmal betonten, dass ich mich gut zu benehmen und stets diskret zu sein hatte, so sattsam war mir schon bekannt, dass man vor allen Dingen nichts sehen und hören durfte, was man nicht sehen und hören sollte. Und dass man so wenig wie möglich sprechen sollte, war ohnehin die goldene Regel, auch wenn sie besonders schwierig einzuhalten war.

Ich ging zwar zu einem Freund, aber auf feindliches Territorium, denn für jede Provinzstadt ist die Nachbarstadt der Intimfeind, die perverse Stadt mit geheimen Riten, die Stadt, über die man so viele Geschichten kolportiert und gegen die man ein soches Misstrauen hegt. Quina hatte das bemerkenswerte Privileg, gleich zwei Nachbarstädte zu haben. Vieux-Bourg und Saint-Louis lagen gleich weit entfernt östlich bzw. westlich von Quina und waren seine Sündenböcke, auf die Quina die überschüssige Galle entleerte, die sich in Jahrzehnten des Stillstandes angesammelt hatte. So wuchs man in Quina in einer allgemeinen Atmosphäre des Misstrauens auf, die jedoch solide Freundschaften und Familienallianzen in diesen zu einer Gemeinde zusammengefassten Städten keineswegs verbot. „Fest gestrickt", hätten sie gesagt, wenn sie etwas vom Stricken verstanden hätten.

Man musste so den Kodex in all seinen Nuancen kennen, um die Regel von den Ausnahmen unterscheiden zu können, sei es auf dem Markt, bei einem Fußballspiel oder während einer Wahl. Der Schiedsrichter eines Matches zwischen zwei Städten musste unbedingt aus der dritten, nicht beteiligten Stadt kommen, und eine Wahl war eine Formalität, bei der die drei Städte turnusmäßig den Abgeordneten stellten. Das war das herrschende Gleichgewicht, das ich vorfand, als ich zu Kriegsende auf die Welt kam, ein *modus vivendi,* mit dem ein jeder zufrieden war und der meine erste lateinische Redewendung aus den rosa Seiten des *Petit Larousse* wurde, dem Lexikon, aus dem ernste Gespräche und Reden für besondere Gelegenheiten so häufig schöpften.

Der Tag bei meinem Freund war gut verlaufen, ausgefüllt von tausenderlei Unternehmungen wie der Besichtigung der Bienenstöcke, die den Honig von den Blauholzbäumen in den trockenen Ebenen lieferten, den Honig, mit dem man dort riesige, dicke Maniokfladen bestrich, während unsere ganz klein, dünn und knusprig waren. Die Leute dort taten diesen Honig zu fast allem, die Männer tauchten abends sogar ihre Zigarre darin ein, bevor sie sie am anderen Ende anzündeten. Bienen summten auch auf dem Stadtwappen am Rathausgiebel, das der Bürgermeister nach dem Vorbild aller nordamerikanischen Staaten und Provinzen mit einem Motto versehen hatte. Die Idee war ihm bei einem kurzen Aufenthalt in Louisiana gekommen. „Vieux Bourg *mirabile visu*", hatte er in Erwartung des Tages, an dem die Stadt groß genug sein würde, um eigene Autokennzeichen zu vergeben, aus den rosa Seiten herausgesucht.

Die Nacht brach über unsere Müdigkeit herein, und man wies mir mein Etagenbett in dem leerstehenden Zimmer von Andrés einige Monate zuvor verstorbener Großmutter an. Ich hätte gern im selben Zimmer wie André geschlafen oder vielleicht im Nebenzimmer, aber es wäre ungehörig gewesen, meine Angst nicht zu bezwingen und mir irgendeine Furcht vor diesem zu abseits, zur rückwärtigen Gasse hin gelegenen Zimmer anmerken zu lassen. Ich schlief wahrscheinlich sofort ein, denn ohne dass ich es damals wusste, war ich mit der seltenen Fähigkeit gesegnet, selbst in den schlimmsten Situationen gut zu schlafen.

Als ich entgegen meiner Gewohnheit mitten in der Nacht aufwachte, bebte das Haus und mein Bett wackelte so stark, dass es auf dem stark geneigten Fußboden Richtung Fenster wanderte. Ich hatte mein erstes Erlebnis mit dem Unerklärlichen und bemühte mich, mich nicht zu rühren, wie man es mir für solche Fälle oft eingeschärft hatte. Leichter gesagt als getan, und wenn ich mit bis zum Hals schlagendem Herzen reglos liegen blieb, dann weil ich nicht wusste, wohin ich laufen sollte. Das Beben des Hauses setzte noch einmal ein, und ich sah deutlich, wie sich ein riesiger schwarzer Falter mit einem Meter Spannweite vom Kleiderschrank der Großmutter majestätisch in die Luft erhob und sich in einer Ecke des Zimmers niederließ, nachdem er absichtlich langsam über mein Bett hinweggeflogen war. Ich war gelähmt vor Schreck, schloss mit aller Kraft die Augen und ballte die Fäuste, um sie bis zum frühen Morgen nicht mehr zu öffnen. Dann hörte ich sehr deutlich zahlreiche aufgeregte Stimmen, die sich in der Nacht unter meinem Fenster und sogar im Haus etwas zuriefen, sowie das Geräusch von hin- und herhastenden Schritten. Ich biss die Zähne fest zusammen, um nicht zu schreien, und schmeckte das Blut von meinen Lippen, auf die ich gebissen hatte.

Bin ich eingeschlafen oder habe ich das Bewusstsein verloren? Ich erinnere mich, am ganzen Körper unkontrollierbar gezittert zu haben. Ich erinnere mich an die Morgenröte, die sich mit dem Vertreiben der Nacht lange Zeit ließ, kleine Lichtflecken auf den Rollläden, die von einem Mal zum anderen nur ganz geringfügig heller wurden. Anscheinend schlief ich bei diesem Spiel der Morgendämmerung vor Ungeduld wieder ein, denn gegen sieben Uhr morgens wurde ich von einem durch die Ereignisse der Nacht ganz erregten André geweckt.

Ich war als Einziger im Haus nicht aufgewacht. Als Einziger in der Stadt, fügte er hinzu. Ich hatte die Gelegenheit zur Teilnahme am ersten richtigen Erdbeben seit Jahren verpasst, und am Stadtrand beklagte man den Einsturz zweier alter Häuser, die wir uns nach dem Frühstück aus Dickmilch mit Honigsirup und Maniokfladen, ebenfalls mit Honig, unbedingt anschauen mussten. Er hatte mir auf dem Schulhof so oft von diesem Morgenmenü erzählt, dass ich es auswendig wusste. Ich beugte mich gerade vor, um einen Blick auf den Falter in der Ecke zu werfen, als André den riesigen, schwarzen, breitkrempigen Hut aufhob, der der letzte Sonntagshut seiner Großmutter gewesen war, und ihn in majestätischem Gleitflug an seinen Platz auf dem Schrank zurücksegeln ließ.

Die Lichter von Paris

Man muss einige der tiefschwarzen Nächte von Quina damit verbracht haben, zu spielen, wer die meisten Leuchtkäfer, die einzige Lichtquelle, zählte, um zu verstehen, welche magische Wirkung eine Stadt auf uns ausübte, die von den großen Leuten die Lichterstadt genannt wurde. Es brauchte viel Fantasie, um bei der Prüfung in Zeichnen, Pflichtfach beim Primarschulabschluss, die jedes Jahr wiederkehrende Aufgabe zu bearbeiten, diese große Stadt in den Lichtschein zu tauchen, der in unseren Erstkommunionsbildern Gott vorbehalten blieb. Dies war unser einziger Anhaltspunkt, um uns eine Vorstellung von Paris zu machen.

Und nun kehrte Ménès' Sohn von dort zurück.

Kurz zuvor hatte er ohne Erfolg die vier Chancen beim rituellen Durchleiden des Abiturs Teil eins verbraucht und sich, da er die körperlichen Voraussetzungen für diesen Arbeitsplatz mitbrachte, für eine neunmonatige Ausbildung zum Sanitäroffizier eingeschrieben. Er war in seine Heimatstadt versetzt worden, mit einer kakifarbenen Uniform, grünen Epauletten und einem Helm, wie ihn die Brüder von der christlichen Unterweisung, die BCU trugen. Ein riesiges, auf dem Rücken getragenes DDT-Sprühgerät vervollständigte das Bild. Der Vorratsbehälter oder Tank, wie wir auf amerikanisch sagten, fasste damals fünfzehn Gallonen, so dass der Sanitäroffizier Hilfe benötigte, um ihn auf den Rücken zu laden, bevor er sämtliche stehenden Gewässer des kleinen Nestes und seiner Umgebung besprühte, denn die hatten den wenig schmeichelhaften Ruf, dass dort pro Saison auf einen Einwohner siebzehntausend Moskitos kamen – noch eine bestechende Berechnung der *bézigue*-Spieler aus Porte-Gaille. In seinem Krieg gegen die Moskitos bestrich er auch die Baumstämme, vor allem die Kokospalmen, bei denen die Aktion begann, mit Kalk, was von den Eigentümern der Kokospalmenbestände sehr geschätzt wurde. Sie empfahlen ihn höheren Ortes, als Präsident Magloire 1954 eine Rundreise durch den Süden unternahm. Zwei Monate später feierte Quina bis zu sehr später Stunde die Bewilligung eines Fortbildungsstipendiums für Ménès' Sohn, und es kam zu einem Menschenauflauf, als er für einen dreimonatigen Aufenthalt in Paris den Lastwagen nach Port-au-Prince bestieg.

Er war gestern Abend zurückgekehrt, mitten in einem Gewitter. Dennoch hatte die Nachricht nächtens die Runde gemacht, kolportiert von Boten, die sie mit einem weißen Handtuch als Regenschutz über dem Kopf wie Gespenster von einem Haus zum anderen weitertrugen. Ich erwartete fiebernd das Treffen mit ihm am nächsten Tag. Alle Jungen gingen gegen elf Uhr vormittags zu einem „Männerbad" an den Morisseaufluss. Es war üblich, sich unter Männern nackt zu bewegen, das Tragen von Badeanzügen war nur notwendig, wenn beide Geschlechter vertreten waren, vor allem sonntags an den Stränden bei den Kokospalmenwäldchen. Ménès'

Sohn trug eine Art Höschen für Mädchen, das er Slip nannte und das er in Paris gekauft hatte, wo er im Übrigen niemals in dem Strom gebadet hatte, der durch die Stadt floss. Bislang waren Boxershorts die einzige bekannte Unterbekleidung in Quina, und wir fanden den neuen Aufzug weibisch; er bekam dies aus dem Mund von Como zu hören, der heimtückisch bemerkte, dass die jungen Leute aus der Hauptstadt entweder als *masisi* oder als Kommunisten aus Paris zurückkehrten, manchmal auch beides zugleich. Der Beginn des Treffens wurde dadurch etwas frostig, auch wenn wir wussten, dass Comos Boshaftigkeit daher rührte, dass er als Sanitäroffizier abgelehnt worden war, da er nicht kräftig genug war, um fünfzig Kilo Gepäck mit sich herumzuschleppen. Ménès' Sohn sprach ausgiebig von den Mädchen von Pigalle, wobei er uns einige Couplets vorsang, von der käuflichen Liebe, die sie auf den Bürgersteigen feilboten, von splitterfasernackten Tänzerinnen, von Lichtern in allen Farben überall und die ganze Nacht lang, von den Preisen und von vielerlei sonstigen Einzelheiten der drei Abenteuer, die er sich mit dem, was von seinem Stipendium übrig war, hatte leisten können. Ich hörte damals auch zum ersten Mal von Parisern in der zweiten Bedeutung des Wortes. Como schäumte vor Wut.

Und dann – mit leiserer Stimme, wie um uns ein großes Geheimnis anzuvertrauen – wollte er entdeckt haben, dass viele der großen Männern aus Quina zugeschriebenen Zitate entweder sehr bekannt waren, weit bekannter, als man sich vorstellen konnte, oder ihren Namen zu Unrecht trugen. „Abreisen heißt, ein wenig zu sterben" hatte möglicherweise nichts mit unseren berühmten Exilanten des letzten Jahrhunderts zu tun, deren Namen einige unserer Straßen mit Stolz trugen. Auch „Gib dem Hungernden einen Fisch, und er wird einen Tag satt sein, lehre ihn fischen, und er wird nie wieder Hunger leiden" war trotz Quinas unbestrittenem Etikett als Land von Fischern möglicherweise eine Entlehnung oder hatte mehrere Väter. Wir waren verstört zu sehen, dass unsere berühmten Aussprüche, ein Kompendium, das jede Provinz eifersüchtig hütete, möglicherweise verborgene gemeinsame wenn nicht zweifelhafte Ursprünge hatten. Como entfernte sich zornig, indem er ihn einen Verräter nannte.

Am Nachmittag besuchte Ménès' Sohn in der Reihenfolge ihrer Wichtigkeit die Honoratioren der Stadt. Er zog dazu in der drückenden Julihitze seine Pariser Jacke aus dunkler, langhaariger Wolle, genannt *gros peau,* an und begab sich zunächst zum Präfekten. Die Erwachsenen hatten sich auf seinen Empfang vorbereitet. Man muss dazusagen, dass in der Hitparade von Quina drei Bücher, welche sowohl beim Apotheker als auch an der Tankstelle erhältlich waren, als sichere Werte galten: *Wie man Freunde gewinnt* von Dale Carnegie, *Konventionen und gute Manieren* von ich weiß nicht mehr wem und *Paris, wie wir es lieben,* ein gedrungener, reich illustrierter Führer mit grünem Pappeinband, mittels dessen man über die großen Boulevards spazierte, Museen besuchte, die Champs-Elysées hinaufflanierte und zum Frühstück in einem Bistro am *zinc* ein hartes Ei, einen *café crème* und warme Croissants bestellte.

Alle wussten, dass Ménès' Sohn zu einem regelrechten Examen ging. Auch er. Seine Hand zitterte ein wenig, und seine Stimme klang nicht mehr so sicher wie am Morgen, denn es würde um andere Themen gehen. Er enttäuschte anfangs nicht vollständig, als er anstelle der von der Hausfrau angebotenen Erfrischungen Wein verlangte. Sollte er also etwas gelernt haben, sollte er zu einer guten Partie für die jungen Damen geworden sein? Aber die Sache nahm sehr bald eine schlechte Wendung, als er nicht wie im Anhang des Reiseführers über die verschiedenen Weiß-, Rot- und Roséweine zu dozieren wusste. Er gab nur zu bedenken, dass die volkstümliche Praxis, zwei ordentliche Löffel Zucker in den Wein zu geben, sich nicht gehörte. Doch wenn der Parisreiseführer sich über diese Frage ausschwieg, so war das andere Werk über Konventionen und gute Manieren eindeutig: Die Geste zeugte von schlechtem Geschmack und hatte zu unterbleiben, das war seit langem bekannt. Dann wurde offensichtlich, dass er zum ersten Mal vom Trocadero hörte, dass er nicht in Versailles gewesen war, um die Gärten und den Spiegelsaal zu besichtigen, und dass er über das Pantheon nichts zu sagen hatte … Und außerdem hatte er nicht einmal in einem der Pariser Arrondissements gewohnt, sondern in Montrouge, das im Reiseführer nirgendwo verzeichnet war. Como hätte gejubelt, wenn er dabei gewesen wäre.

Ich behielt von seinem Besuch etwas ganz anderes im Gedächtnis: Er streckte beim Trinken zuerst vorsichtig die Zunge heraus, legte den Rand des Glases behutsam darauf ab und sog schließlich den Wein mit leisem Plätschern ein. Zwar geziert, aber machte man es im Ausland nicht so? Am nächsten Morgen machte ich es ihm beim Frühstück mit einem Glas Milch nach, aber ich hatte den ersten Schluck noch nicht getrunken, als ich eine Backpfeife und das Verbot erhielt, Ménès' Sohn in irgendeiner Weise zu imitieren, denn der sei „weggefahren aber nicht gereist", wie der väterliche Verweis schloss.

Die Formulierung habe ich wegen ihrer schlagenden Kürze, wenn ich so sagen darf, bis heute behalten. Sie wurde auch übernommen, als die besuchten Stadtoberhäupter nach ihrer Beratung den Fall zusammenfassten. Man konnte also wegfahren, ohne zu reisen. Wenn ich mich noch deutlich an alles erinnere, so gelingt es mir freilich trotz aller Anstrengungen nicht, mir den Namen von Ménès' Sohn ins Gedächtnis zurückzurufen, denn in der nächsten Woche wurde er woandershin versetzt, auf Verlangen der Stadtoberhäupter von Quina, behaupteten seine Familie und seine Freunde, und ich sah ihn nie mehr wieder. Die ganze Stadt ergriff für oder gegen diese Versetzung Partei, und es kam ein weiteres Mal zu einer dauerhaften Spaltung. Die Lichter von Paris verschwanden endgültig aus den Prüfungen zum Primarschulabschluss. Wir hatten lange keinen Sanitäroffizier (wenn ich mich nicht irre, gab es nie mehr wieder einen Sanitäroffizier in Quina). Die Moskitos wurden noch aktiver – ich wage nicht, an die neue Quote von Moskitos pro Einwohner zu denken – und ich kehrte zu meiner ursprünglichen Art zu trinken zurück.

Madame Martineaus Pyrex-Schüsseln

In Quina galten nur Reisen nach Paris etwas, doch gab es im Dorf eine Kaufmannsfamilie, deren Horizont New York war, die andere Stadt, denn zu dieser Zeit schien es im täglichen Leben unserer Provinz nur zwei Städte zu geben. Die Ausflüge nach New York waren subalterne Reisen, von denen man kulturell nichts erwartete, wenn einmal die Kisten voll Waren ausgeladen waren, die sie im Schlussverkauf am Jahresende *en gros* für ihren Gemischtwarenladen am Marktplatz kauften. Ihr Geschäft hieß Mary's, eine Newyorkisierung von Madame Martineaus Vornamen, der eigentlich Maryse lautete. Man fand dort alles, wie es sich durch die Räumungs- und Ausverkäufe der Lieferanten gerade ergab, aber es war vor allem die Abteilung für Damenkleidung, die dem Geschäft eine gewisse Klasse und eine tägliche Kundschaft von Frauen sicherte, welche sich in den vollen Regalen mit Serienkleidung aus demselben Stoff mit demselben Schnitt und in derselben Farbe eindeckten. Bei besonderen Gelegenheiten wie Hochzeiten war es immer noch chic, in die Hauptstadt zu fahren und sich ein Einzelstück anfertigen zu lassen. Das *prêt-à-porter* von Mary's galt nur als zweite Wahl bei den Frauen der Bourgeoisie, deren größte Angst es war, bei einer der Gelegenheiten, zu denen man sich in Gala warf, auf jemand zu treffen, der genau dasselbe Kleid trug wie sie. Was für eine furchtbare Vorstellung!

Aber in Wahrheit fanden sämtliche Kundinnen der Umgebung dort zu sehr günstigen Preisen etwas zum Anziehen, auch wenn sie dann manchmal sonntags in der Messe uniformiert dastanden. Mary's Geschäfte gingen also gut, zu gut vielleicht, denn eines Tages lief das Gerücht um, man habe bei diesen Leuten unwiderlegbare Beweise für einen zweifelhaften Handel mit okkulten Mächten gefunden. Viele im Dorf behaupteten, sie hätten es schon immer gewusst. Die viele Kundschaft, all dieser Prunk, das konnte nicht von ungefähr kommen. Da steckte ganz bestimmt etwas dahinter. Aber was genau?

Alle Ermittlerinnen der Stadt gingen auf die Jagd nach Indizien und berichteten zwei Tage später, dass der Hinweis anscheinend vom Dienstpersonal des Hauses kam, das Anzeichen für den Pakt mit dem Teufel entdeckt haben wollte, aber die behaupteten Tatsachen hielten der Überprüfung nicht stand. Es schien, dass in diesem Haus Porzellan ins Feuer gehen und wieder herauskommen konnte. Selbst die, die am erpichtesten auf Gerüchte aus waren, verwiesen auf eineinhalb Jahrhunderte Unabhängigkeit und die Tradition des Hafens, der früher dem Handel mit Porzellan aus Limoges und Kristallglas aus Baccarat offengestanden hatte, um derartigen Unsinn zurückzuweisen. Voodoo oder nicht, man glaubte das Gerede von Dienstmädchen nur bis zu gewissen Grenzen, diesen Bären ließen sie sich nicht aufbinden.

Keine zwei Wochen später, als die ganze Episode bereits zu den Gerüchteakten von Quina gelegt war, lud die gerade frisch aus New York zurückgekehrte Madame Martineau dreißig handverlesene Damen, ausgewählt unter ihren besten Kundinnen, der lokalen Crème de la Crème, zu einer Vorstellung der Neuheiten von ihrer letzten Reise ein, um sechzehn Uhr wie üblich. Es war nicht einmal nötig, der Uhrzeit den Vermerk „Punkt" voranzustellen, denn die Damentreffen begannen immer genau zur vollen Stunde. Madame Martineau hatte ihren Coup gut vorbereitet und unter der Veranda den großen Tisch mit Blick auf den Garten gedeckt. Es gab Teller, Gläser, Silberbesteck, Servietten usw. in ausreichender Zahl, aber in der Mitte des Tisches standen nur große Untersetzer, vier, um genau zu sein, und warteten darauf, dass man die Lasagne oder eine andere italienische Spezialität der Familie darauf stellte.

Eine Stunde lang gingen die Damen von Stoffproben zu neuen Kleiderkatalogen, von Schnittmustern zu den letzten Knopfneuheiten, dann klatschte Madame Martineau diskret in Richtung der Küche in die Hände. Die Tür öffnete sich und ließ vier als Kellnerinnen uniformierte Mädchen sehen, alle trugen makellos weiße Schürzen, gepolsterte Handschuhe und in den Händen eine Glasschüssel, die offensichtlich aus dem Holzofen kam: Sie dampfte noch, war aber intakt. Es gab in der Tat die erwartete Lasagne in zwei großen, rechteckigen Glasschüsseln, Macaronigratin mit *tête-de-maure*-Käse in einer runden Schüssel und einen Stapel von kleinen, in Speck eingewickelten Fleischklößchen, die in ihrer großen quadratischen Schüssel aus dickem Glas offensichtlich gerade gewaltig geschwitzt hatten.

Aber diesmal war eigentlich noch niemand bis zum Inhalt der frisch aus dem Ofen geholten Schüsseln gelangt, sie betrachteten wieder und wieder, versteinert, ungläubig, die vier Glasbehälter, als handelte es sich um einen Zaubertrick.

Seit über fünfzig Jahren kauft und verkauft man deshalb auf allen Märkten der Provinz im Dialekt von Quina und in einem Atemzug *pyrexmadanmatino*.

Die Vieruhrmesse

In den zwanzig Jahren, die er in Quina war, hatte der Pfarrer so etwas noch nie gesehen: Niemand in der Vieruhrmesse. Nicht einmal die Frau des Küsters, die fest versprochen hatte zu kommen, um ihm zu helfen, solange ihr Mann verreist war. Und auch nicht die sonst so pünktlichen Ministranten. Niemand. Dabei war diese Vieruhr-Sonntagsmesse sonst gut besucht, vor allem von den in ewige Trauer um ihre geliebten Verstorbenen gekleideten Witwen, fromme Veranstalterinnen der unzähligen Marienaktivitäten. (Dieses Jahr war Maria gewidmet, und wir, die in diesem Jahr gefirmt wurden, kosteten reichlicher davon als die anderen Jahrgänge.) Jedenfalls war diese Messe angekündigt worden wie üblich, und es hatte in der Vergangenheit niemals ein Missverständnis gegeben.

Im Prinzip war die Vieruhrmesse von der Kirche nach dem Vorbild der Kolonialzeit eingeführt worden, in der es getrennte Messen für Sklaven und Siedler gab. Sie sollte den Hausangestellten, den kleinen Leuten und Besitzlosen ermöglichen, im Schutz der Dunkelheit ihre bescheidene Stellung zu verbergen. De facto machte sie möglich, dass die Dienstmädchen und Hausboys ab fünf Uhr morgens für ihren normalen Arbeitstag zur Verfügung standen, die vorschriftsmäßigen vierzehn Stunden, denn das Arbeitsrecht hat sich in diesem Punkt niemals geändert. Die Hausfrauen wussten es zu schätzen. Die Messe vor Sonnenaufgang wurde in drängenden Hirtenbriefen und buhlenden Predigten beworben. Sie war das einzig Soziale, mit dem die Kirche sich seit ihrer berüchtigten Kampagne gegen den Voodoo, die kurz zuvor stattgefunden hatte, rehabilitieren konnte. Der angeblich gegen den Aberglauben gerichtete Feldzug, bei dem sämtliche – über hundert Jahre alten – Kultobjekte zerstört worden waren, darunter über tausend Jahre alte Taíno-Reliquien von unschätzbarem Wert, hatte ausgesprochenes Missfallen erregt.

Und man sang dort auf Lateinisch, ohne ein Wort zu verstehen, nach Gehör, inbrünstig, aus voller Kehle: *Kyrie, Sanctus, Ite missa est.* Die jungen Leute mochten die Atmosphäre nach der Vieruhrmesse, wenn auf dem Kirchenvorplatz Pasteten und heißer Kaffee verkauft wurden und man beim gemeinsamen Warten auf das Schauspiel des Sonnenaufgangs deftige *lodyans* erzählte. Eine solche nächtliche Festatmosphäre herrschte nach keiner anderen Messe, schon gar nicht nach der steifen Zehnuhrmesse für die feinen Leute. Da der Blick nach Osten durch hohe Berge verstellt war, färbte der Lichtschein den Horizont lange vor Erscheinen des Gestirns golden und verlieh dem Himmel von Quina frühmorgens genauso viel Farbenpracht wie abends, wenn die Sonne ins Meer sank.

Die Idee stammte von Vulneck, dabei ist ausgerechnet er als Einziger später Priester geworden und mit kaum vierzig Jahren Bischof! Es scheint sogar, als würde er heiligen Ortes als erster haitianischer Kardinal gehandelt. Ich weiß übrigens nicht, wie er es aufnehmen wird, dass ich diese Geschichte aus unserer Kindheit ausgrabe. Aber die Idee stammte wirklich von ihm, und ich kenne fünf andere Personen, die es noch bezeugen können. Er hatte uns, der kleinen Gruppe von sieben Kandidaten, die den Primarschulabschluss gleich beim ersten Anlauf im Juli geschafft hatten, vorgeschlagen, einen großen Coup zu landen, etwas, mit dem unser Jahrgang eine Spur im Gedächtnis von Quina hinterlassen würde. Ihm schwebte vor, der Stadt große Angst einzujagen. Aber sein Plan, als Gespenster mit weißen Laken über dem Kopf auf den Dorfplatz zu stürmen, war nicht überzeugend. Auf so etwas Simples würde in Quina niemand hereinfallen, und Witzbolde könnten uns mit Steinen oder noch demütigenderen Geschossen wie Nachttöpfen bewerfen. Wir mussten uns etwas anderes ausdenken. Seit über einer halben Stunde lachten wir über Vorschläge, von denen einer abstruser war als der andere, als Philippe, der Jüngste der Bande, der von Geburt an mit erstaunlichem seemännischen Talent ausgestattet war und es später bis zum Vizeadmiral der amerikanischen Navy bringen sollte, einen Vorschlag aus dem Meer fischte, mit dem er in amphibienähnlicher Symbiose lebte. Wir mussten zunächst so viele Meeresschildkröten fangen, wie für den Plan nötig waren, und die Sache bis nächsten Sonntag geheim halten; zu siebt war dies gerade noch möglich. Wir hatten es alle geschworen und dann in einen Kreis auf dem Boden gespuckt, damit unsere Münder es niemals verrieten. Ich bin vermutlich der Erste, der es tut.

Die große Jagd auf die grüne Meeresschildkröte ist keine alltägliche Sache. Einmal pro Jahr, immer am selben Datum, legen diese Schildkröten große Mengen von Eiern in den Sand. Es war die richtige Woche. Man musste kleine Stücke von verwesendem Fleisch abflammen, damit es stärker roch, und es mit kräftigem Bindfaden, sogenanntem „französischen Faden", an den Maschen einer Reuse aus Weidengeflecht befestigen, die dann nachts in der Nähe einer Flussmündung auf dem kiesigen Ufer ausgelegt wurde. Nun musste man nur noch hoffen, dass die Schildkröten massenhaft aus dem Meer kamen, um am Ufer Eier zu legen, zu fressen und in die Falle zu gehen. Es bestand immer das Risiko, dass ein Kaiman die Reusen in Stücke schlug oder Krabben anstatt der Schildkröten hineinschlüpften. Nach drei nächtlichen Jagden, nach denen wir frühmorgens, vor den Wilderern, unsere Fallen kontrollieren mussten, hatten wir zwanzig ausreichend große Schildkröten für unser Vorhaben gefangen. Wir steckten sie gefesselt in zwei Deckelkörbe und brachten sie am Samstagabend zu einem unbebauten Grundstück nicht weit vom Hauptplatz.

Es war wohl drei Uhr morgens, als die Verschwörer sich unter dem Vorwand, bei der Vieruhrmesse helfen zu wollen, an den Körben einfanden. Man musste an jeder Schildkröte eine Kerze befestigen und sie ab drei Uhr mitten auf dem Platz freilassen, immer fünf auf einmal. Die erste Welle hielt gute fünf Minuten durch, bis die Kerzen, wandelnde Lichter aus dem Nirgendwo, erloschen. Wir hatten uns zerstreut, um die Reaktionen der ersten Kirchgänger zu verfolgen und, wenn nötig, die erwünschte Panik auszulösen, indem wir als Erste davonrannten. Alle, die kehrtgemacht hatten, sollten indessen am nächsten Tag behaupten, dass sie nicht wirklich Angst gehabt hätten, dass es aber, da „das Unbekannte immer größer ist als man selbst" besser gewesen sei „ihnen" das Feld zu überlassen und zu einer späteren Messe am helllichten Tag zu gehen. Wem, „ihnen"? Den Mächten der Finsternis, den Herren der Nacht natürlich.

Die Geschichte von den Kerzen, die von selbst über den Hauptplatz von Quina wandelten, verursachte vom ersten blassen Morgenschimmer an großen Lärm. Die verschiedenen Versionen folgten Schlag auf Schlag aufeinander. Petit Innocent, welcher von einem nächtlichen Besuch zurückkehrte – den Namen der Person könne er nicht nennen, ließ er mit selbstzufriedener Miene wissen –, wollte deutlich gesehen haben, dass die Kerzen an den Hörnern von zwei Ochsen befestigt waren, die ruhig das Gras auf dem Platz abweideten und sich dabei auf Spanisch unterhielten. Er war sicher, dass es Spanisch war, denn er war mit der Sprache vertraut, seit er in seiner Jugend vier Monate in Kuba verbracht hatte, um eine hartnäckige Tuberkulose behandeln zu lassen. „Und wenn es doch kein Spanisch war?", entgegnete man ihm. Da er getrunken hatte, konnte es sich ebenso gut um eine andere Sprache handeln! Die Diskussion verlagerte sich auf einen allgemeinen Überblick über die Sprachen, die einem Säufer spanisch vorkommen konnten, wenn er um vier Uhr morgens von einer anonymen Mätresse zurückkehrte. Das Portugiesische kam infrage, das Italienische, aber auch das Katalanische oder sogar das Rumänische … Und wenn es Spanisch war, was hatten die beiden Ochsen gesagt? Petit Innocent stammelte, er wüsste es nicht. Na seht ihr, es war kein Spanisch!

In der Zehnuhrmesse, zu der der Pfarrer durch einen von Haus zu Haus gehenden Boten die ganze Stadt einbestellt hatte, gab es eine Predigt über die seltsamen Voodoopraktiken gewisser Leute in gewissen Stadtvierteln, die allen, auch den ehrlichen Leuten, den göttlichen Zorn zuziehen konnten, und zwar sowohl hienieden als auch im Jenseits. Er ließ den Baldachin für die großen Prozessionen hervorholen und begab sich, gefolgt von sämtlichen anwesenden Gemeindemitgliedern, glockenläutende Ministranten vorneweg, nach draußen, um die vier Ecken des Platzes zu segnen.

Wir hatten uns mit andächtigem Blick in die Prozession eingereiht und wagten nicht, uns in die Augen zu sehen. Es war zu weit gegangen. Ein Erfolg auf der ganzen Linie. Die Gendarmen durchkämmten den Ort, sie fanden Kerzen und sahen Schildkröten, stellten aber keinen Zusammenhang zwischen beidem her. Und es war zu befürchten, dass einer von uns nicht lange genug durchhielt. Und wir mussten vor allen Dingen Zeit verstreichen lassen, damit das Ereignis banal wurde. Vulneck marschierte unbeirrbar an der Spitze der Ministranten, unter denen er der Ranghöchste war, und schwenkte ein goldenes Weihrauchfass entschlossen in alle Richtungen. Duftender Rauch stieg zum Himmel und vertrieb die bösen Zauber der letzten Nacht. Er war aus dem Holz, aus dem Kardinäle geschnitzt sind, dieser Vulneck!

Der Leutnant, der Esel und der marron

Ich badete in meinem Dorf in einem eher gutmutigem als bösartigem Volksglauben, und wir scherzten zum Beispiel oft über den Friedhof von Quina, wo kein Toter eines natürlichen Todes gestorben war. Irgendein Verdacht eines bösen Zaubers, geschickt von einem Feind oder einfach von einem eifersüchtigen Nebenbuhler, lag immer in der Luft, auch wenn der Verstorbene über achtzig Jahre alt war, wie es bei meiner Großmutter der Fall war. Es hatten sich jede Menge Nachbarinnen gefunden, die meiner Mutter zuflüsterten, dass dieser Abschied zu früh kam und dass da etwas im Busch war. „Das Böse existiert", sagten sie, indem sie sich bekreuzigten, es wäre gut Sie wissen schon wen zu konsultieren, den, der hinter dem Hügel des ehemaligen Stadtforts wohnt. Mein Vater hatte sich dem vehement widersetzt und gesagt, dass ein böser Geist, der sich an seiner Schwiegermutter vergriff, einen besonders schlechten Geschmack haben musste, da er doch so viel frischeres und vor allem weniger giftiges Fleisch zur Verfügung hatte (Mama hatte die Bemerkung nicht lustig gefunden).

Alle im Dorf stimmten also darin überein, dass das Böse existierte und dass viele bekannte Personen ihm frönten ..., auch wenn der jeweilige Gesprächspartner nie dazugehörte. Die Geschichten waren immer nur anderen passiert. An deren Ehrlichkeit bestand zwar kein Zweifel, aber noch nie hatte es eine unmittelbar nachprüfbare Geschichte gegeben. So wurden alle möglichen Fälle erzählt, in denen Menschen in Federvieh oder Huftiere verwandelt worden waren ..., ganz zu schweigen vom reichen Repertoire der Zombies, jener Untoten, die zum Scheintod eingeschläfert wurden und die man dann in einen Zustand der willenlosen Sklaverei versetzte, indem man ihnen kein Salz gab. Aus Vorsicht hatte Großmutter so wie alle Leute im Dorf verlangt, dass ihre Leiche, wenn es soweit war, von dem Arzt, der den Totenschein ausstellte, ordnungsgemäß vergiftet wurde. Man hatte nach diesem letzten Willen gehandelt, denn man kann nie wissen. Ich glaube, es gibt noch heute nur wenige Leichen im Land, die man nicht noch durch eine tödliche Injektion richtig tötet. Es war also wirklich nicht möglich, sich durch ein unzweideutiges Ja oder Nein eine klare Vorstellung zu machen. Erst viel später begriff ich, dass dieses ausweichende Sowohl als auch, Ja und Nein zugleich, in der Natur der Sache lag. Immerhin hatte ich mit zwölf Jahren noch nie erlebt, dass ein mir bekannter Mensch in einen Esel verwandelt wurde, auch wenn alle Leute mit der größten Selbstverständlichkeit davon sprachen. Aber vom umgekehrten Fall, der Verwandlung eines Esels in einen Menschen, sollte ich bald mehr als genug zu sehen bekommen.

Ein junger Leutnant, der sich angeblich seiner Schwester gegenüber schlecht benommen hatte – er soll sie nach einem Ball zu einem Mondscheinspaziergang an den menschenleeren

Mangrovenstrand geführt haben –, wurde von Raymond Voisin am nächsten Tag auf dem Dorfplatz mit einer Breitseite von Beschimpfungen bedacht, in denen dem Schuldigen das für Ehrverletzungen vorgesehene Schicksal angedroht wurde. Der Leutnant schien nicht zu wissen, dass man gewisse Orte in galanter Gesellschaft nur betreten durfte, wenn das Mädchen einen Verlobungsring am Finger trug. Nachdem er sich im Nachhinein kundig gemacht hatte, erfasste er das Unmaß der Lage, in die er sich wahrscheinlich unabsichtlich gebracht hatte. Der Strand der Verlobten, ein für die einander versprochenen Paare reservierter Ort, war profaniert worden, aber sein Dienstgrad und seine Uniform verboten ihm offensichtlich, den Streit gütlich mit einigen Entschuldigungen und Erklärungen an die Familie beizulegen, zumal er mit dem jungen Mädchen nicht „bis zum Letzten gegangen" war, wie er sich ausdrückte. Die Ehre hätte gerettet sein können, aber er hatte sich eine ganze Kleinstadt von Experten in nicht koscheren Dingen und bedrohlichen Posen zum Feind gemacht.

Der Leutnant, der von diesem Tag an ostentativ geschnitten wurde, denn eine solche Nachricht verbreitet sich schnell, erfuhr, dass okkulte Machenschaften im Gange waren und dass Raymond Voisin seinetwegen den hinter dem Hügel des ehemaligen Stadtforts konsultiert hatte. Seine Angst wurde offensichtlich, als man ihn nur noch in Gesellschaft eines Korporals mit umgehängtem Springfieldgewehr sah, obwohl beide wissen mussten, dass Kugeln den *lwa* des Voodoo nichts anhaben können. Es folgte ein Nervenkrieg mit Gerüchten, Drohungen …, und wenn der Beleidigte auch im Recht war, war der andere als Gendarm doch praktisch Herr über Leben und Tod. Die Angelegenheit nahm so ihren Lauf und wuchs ständig an, die Spannung stieg mit jedem Tag mehr. Der eine wurde immer paranoider und der andere ein immer größerer *marron*: Raymond Voisin verkroch sich wie ein flüchtiger Sklave, so gut er konnte, wechselte häufig das Versteck und sprach dabei unablässig von seiner Sache, der beleidigten Ehre seiner Schwester, während der Leutnant, der nicht genau wusste, welche Form die angekündigte Vergeltung annehmen würde, ständig auf der Hut war und angeblich sogar seine Wachen im Erdgeschoss direkt unter seinem Zimmer schlafen ließ.

An einem Nachmittag zur Siestazeit kam es zur Explosion, so wie ein Gewitter losbricht, wenn die Wolken sich über mehrere Tage hinweg angehäuft haben. Der Leutnant verlor als Erster die Nerven. Er hatte festgestellt, dass seit einiger Zeit jeden Nachmittag, sobald er sich hingelegt hatte, ein Esel unter seinem Fenster iahte. Im Traum wurde ihm auf einen Schlag die Wahrheit offenbart. Bekleidet nur mit rotgestreiften Boxershorts aus dem Baumwollstoff der Sträflingsmonturen, sah man den Soldaten mit nacktem Oberkörper und einem riesigen 45er-Colt in der Hand auf die Straße herausrennen, um nach dem feindlichen Esel zu suchen, der Raymond Voisin als Tarnung diente. Es gab so viele Esel im Dorf, dass er schon nach ein paar Metern auf dem Dorfplatz einen fand. Er stürzte sich auf das Tier, das ungerührt weitergraste, setzte ihm seinen Colt ans Ohr und sprach es mit seinem richtigen Namen Raymond Voisin an. Während das Tier den Angreifer abzuschütteln suchte, ließ der Leutnant es brüllend und für jedermann hörbar wissen, dass er auf seine Verwandlung nicht hereinfiel und dass er ihm den Rest des Nachmittags Zeit gebe, die Stadt zu verlassen, ansonsten würde er ihn am nächsten Tag ohne Anruf erschießen.

Raymond Voisin verließ natürlich noch am selben Abend die Stadt, was den entzückten Leutnant in seiner richtigen Einschätzung der Verwandlungen in Quina bestätigte. Aber er hatte nicht mit dem Gegenschlag gerechnet, von dem er sich niemals erholte: dem verheerenden Spitznamen *Ti-bourrique*, Eselchen, mit dem ihn seither alle bezeichneten, sogar noch, nachdem er als Oberst in Pension gegangen war. Die *wanga* aus Quina gelten in der Tat als sehr stark.

Im Namen des Vaters und der Söhne

Als Quinas erste Drillinge geboren wurden, wurde keineswegs zuerst nach ihrer Gesundheit oder der der Mutter gefragt, sondern nach den drei Namen, mit denen der Vater, der Lateinlehrer, seine Originalität und seine Bildung beweisen würde. Drei Söhne aus einem Wurf benennen zu können, war eine Situation, um die man ihn beneidete. Man kannte den Fall der Zwillinge, sie waren zwar nicht sehr zahlreich, aber es gab immerhin drei Paare in der kleinen Stadt: Alphonse und Lamartine M., Victor und Hugo P. und *Histoire* und *Géographie* D'h., die ihr Vater, Monsieur D'haïti, Lehrer für Gesellschaftswissenschaften am Gymnasium, nach seinen beiden Unterrichtsfächern benennen wollte.

Seltsamerweise werden die Mädchen in Quina immer allein geboren. Die Tradition verlangte, dass die Namenswahl für die Mädchen den Müttern zukam und die für die Jungen den Vätern, so dass die Gemeinde sich mit einer Reihe von, sagen wir, normalen Namen für das weibliche und absolut ungewöhnlichen, wenn nicht abnormen, für das andere Geschlecht wiederfand. Die ganze Welt lauschte gebannt auf das Gerücht, das bald hereinbrechen und Maître Ti-Laurents Wahl verkünden und kommentieren würde. Da er sich über Gebühr Zeit ließ – es war eine subtile Art, die eigene Wichtigkeit zu betonen, „Er hält sich für etwas", hieß es hinter seinem Rücken –, lief nach zwei Tagen das Gerücht um, dass das Trio *Dervater, Dersohn und Derheiligegeist* heißen sollte. Er war in seine eigene Falle gegangen und musste sofort entweder seine Karten auf den Tisch legen oder die Wahl der Witzbolde übernehmen, denn er wusste bereits, dass dieser heilige Dreiklang seinen Söhnen ihr Lebtag anhängen würde, es sei denn, er übertrumpfte ihn so beträchtlich, dass er in Vergessenheit geriet.

Schlimmer als der Kosename, der *tinomjouèt*, wörtlich „der kleine Spielname", der englische *nickname* oder der spanische *apodo* ist nämlich der Spitzname, der jemandem aus Bosheit angehängt wird. Der Spottname. Quina hatte es darin zur Meisterschaft gebracht. Das Spiel war auch anderswo verbreitet, aber nirgendwo habe ich es einen solchen Grad der Raffinesse erreichen sehen. Derart, dass in jedem offiziellen Formular des Bürgermeisteramtes die ganze Serie abgerufen wurde: Name, Vorname, Beiname, Spitzname und jede sonstige Bezeichnung unter der Rubrik „Auch bekannt als …" Die Drillinge hatten gute Chancen, in dem kleinen Nest immer nur als *Dervater, Dersohn und Derheiligegeist* bezeichnet zu werden! Es sei denn …

Schon als kleine Kinder konnten wir unter uns die ganze Stadt mit dem Decknamen eines jeden benennen: *Ti-Piqué du Seminaire* wegen seines spitzen Hinterns, *Frère Bobotte de Saint-Louis,* dessen Mund erstaunlicherweise die Konturen einer *bobotte,* eines weiblichen Geschlechtsteils hatte – das wir im Übrigen noch nie aus der Nähe gesehen hatten –, Hat-nur-einen-Zahn, Chinese, Saxophon, Zentralplateau, *Today* und *Tomorrow*, Dickwanst usw. Jeder Leser kann, wenn es ihm Spaß macht, die Liste mit Leuten aus seiner Umgebung, angefangen bei der Kindheit, endlos verlängern.

Die Lehrerin der Abschlussklasse der Grundschule, die sich zu sehr bemüht hatte, den Schülern die Märchen der Brüder Grimm nahezubringen, wurde für ihr Leben abgestempelt. So war *Schneewittchen* zwar vollkommen schwarz, aber von jener öligen Ebenholztönung, die den *Blauschwarzen* Afrikas ihre Bezeichnung eingebracht hat. Diese unauslöschliche Tätowierung war eines der größten Berufsrisiken.

Es gab alle möglichen solchen Tätowierungen. Schelmische wie für jene Dame, Lehrerin der Naturwissenschaften, die jedes Jahr schwanger aus den Ferien zurückkehrte und die nur noch nach einem sehr beliebten Karnevalsschlager *La joie de vivre*, Lebensfreude, genannt wurde. Und sogar ehrerbietige wie für *Monsieur Ras-poteau*, nach dem verklemmten Gang mit schiefen Beinen und zusammengekniffenem Hintern, dem wir aber aus Furcht vor dem Schuldirektor ein *Monsieur* voranstellten. Unter dieser kollektiven Namensgebungsmarotte, die eine ganze Kleinstadt seit Generationen in ihrem Griff hielt, verbarg sich jedoch eine grundlegende politische Lektion, die der Lateinlehrer niemals zu ziehen versäumt hatte: Man durfte als Vater nicht versagen, so dass die Söhne einen anderen Familiennamen annahmen (und die Töchter sich hinter dem ihrer Männer versteckten).

Er wusste zur Illustration dieser Tatsache bis zum Anfang unserer Geschichte voll Gewalt und Schändlichkeiten zurückzugehen, denn viele Namen waren infolge der väterlichen Ausschreitungen eine zu schwere Bürde geworden. Er zitierte eine Reihe von Fällen und brachte mannigfache Beispiele, wie die Weitergabe des Familiennamens unterbrochen, wie er verwandelt, getarnt, verschleiert, vermieden, mit dem der Mutter vertauscht wurde usw. Jede Diktatur zählte so unter ihren unwürdigen Hinterlassenschaften einige Namen, die oftmals mit der Repression assoziiert wurden und zum Symbol der Schande geworden waren.

Und so mussten die drei Namen für seine Söhne aus der ersten Schwangerschaft seiner Frau, die Maître Ti-Laurent der Stadt zum Fraß vorwarf, *reinsten Wassers* sein – ich weiß noch heute nicht, woher dieser unübertreffliche und damals sehr gebräuchliche Ausdruck *Intellektueller reinsten Wassers* kam. Alles stürzte sich auf die rosa Seiten des *Petit Larousse*, um zu sämtlichen subtilen Facetten dieser Namenswahl vorzudringen. Man wusste zwar, dass er der Meinung war, eine imperiale Leistung vollbracht zu haben, aber trotzdem: *Veni, Vidi, Vici …*

Seit zwanzig Jahren macht diese Namenswahl unaufhörlich von sich reden, so sehr, dass alle Drillinge, die in hundert Meilen Umkreis um Quina zur Welt kommen, *Veni, Vidi, Vici* genannt werden.

Eine Geschichte von einem Esel und einem Krug

Die Worte, die man in Quina mit leiser Stimme austauscht, sind voller Geschichten von Krügen mit Goldstücken, Juwelen und Edelsteinen, die die Siedler bei ihrer überstürzten Abreise in Erwartung ihrer Rückkehr vergraben hatten. Eine Rückkehr, zu der es nie kam. Und es stimmt, dass es in den zwei Jahrhunderten Hunderte Fälle gegeben hat, in denen jemand durch den Fund eines solchen Krugs ein Vermögen gemacht hat. Über jeder Grabung in Haiti schwebt eine magische Hoffnung, ganz egal, ob es sich um die Fundamente eines Hauses, Bewässerungskanäle, Latrinen oder artesische Brunnen handelt. Die Entdeckung eines Krugs liegt immer im Bereich des Möglichen – mit derselben Wahrscheinlichkeit wie der Hauptgewinn in der Lotterie, aber das ist mehr als genug, um die Träume von diesem Glücksfall am Leben zu erhalten.

Nicht immer. Eines Tages sah ich, wie in Fischbottichen die fein zerpflückten Überreste von drei Fischern von den Inseln der Bucht von Quina herbeigebracht wurden, um von der Gemeinde die Genehmigung zur Beerdigung zu bekommen, ein für die Aufteilung des Erbes unerlässliches Dokument. Sie hatten auf einer unbewohnten, zur offenen See hin gelegenen Insel, La Grosse-Caye, einen im Sand steckenden Metallkrug gefunden. Die ovale Form und die Größe des Objekts ließen keinen Zweifel an ihrem Glück zu, wenn man einmal davon absieht, dass an einem Ende ein kleiner Propeller war, von dem niemand je gehört hatte. Sie versuchten, mit Hammer und Meißel ihren Schatz zu öffnen. Bumm!

Und dann war da die Eselin von Vater Alphonse, deren Lebensabend so angenehm und ungewöhnlich war. Niemals beladen, niemals gesattelt, ein Dienstbote zu ihrer alleinigen Verfügung für ihr tägliches Bad mit Bürsten, Abreiben und Glänzendmachen ihres grauschwarzen Fells. Was hatte man nicht alles über das Verhältnis zwischen Vater Alphonse und seiner Eselin gesagt! Sämtliche Arten von *coups de langues*, von verleumderischen Gerüchten, die es in Quina gab, waren ausprobiert worden. Voodoogerüchte: Die Eselin war Träger eines *point magique*, eines Zaubers, der dafür sorgte, dass die Geschäfte von Vater Alphonse so gut gingen. Gerüchte sexueller Natur: Seit dem Tod von Mutter Alphonse war sie offenbar das einzige weibliche Wesen im Haus. Politischer Natur: An Vollmondabenden sprach die Eselin von der Zukunft der Großen, die scharenweise auf die Koppel bei Vater Alphonse kamen. Zombiegerüchte: Die Eselin war keine Eselin, denn manche Leute hatten ihren Goldzahn gesehen, einen riesigen Goldzahn, mit eigenen Augen. Teufelsgerüchte: Vater Alphonse hatte für seinen irdischen Reichtum seine Seele verkauft und musste, bevor er zur Hölle fuhr, als Unterpfand des Paktes seine Eselin liebevoll behandeln. Magie: An den Ziehungstagen der *borlette* zeigte die Eselin Schlag Mitternacht durch Klopfen mit dem Fuß die Gewinnzahlen an.

Die Füße von Vater Alphonse berührten den Boden nicht mehr, so heißt es von jenen, die in diesen irdischen Niederungen mit einem verdächtigen Vermögen gesegnet sind: *Pie-l pa touche tè.*. Die Eselin hieß *La chance qui passe,* „Die Chance ist da“, aber diesen Namen hatte sie erst im Alter bekommen, denn als junges Tier hatte sie *Malchance*, Pech, geheißen. Das Leben war für sie nicht immer rosig gewesen. Solange Mutter Alphonse noch lebte und Vater Alphonse noch jung war, regierte der Stock, und sie ernährte sich wie die anderen Esel auf dem Markt von den Abfallhaufen. Die Frau schleppte sie am Tag überall mit, um Krimskrams und sonstigen Ramsch zu verkaufen, und am Abend ging der Ehemann mit der Eselin aus, damit sie ihn heimbringen konnte, wenn er betrunken war. Sie kannte ihren Weg gut, und es reichte, ihr die Ladung quer über den Packsattel zu legen, damit sie ihn bei jedem Wetter mit sicherem Schritt zu seinem Drachen zurückbrachte.

Die Geschäfte des jungen Vater Alphonse gingen schlecht, obwohl er zwei Berufe ausübte: Frisör und Schuster. „Von Kopf bis Fuß“ stand in großen, rotunterlegten blauen Lettern – unseren Nationalfarben – über seinem Haupteingang. Es war ein glücklicher Einfall, der die durchfahrenden Autos oft die Fahrt verlangsamen ließ, aber diese touristische Kuriosität brachte ihm keinen Kunden ein. Die Last- und Lieferwagen hielten niemals an. Sein Laden, der auch sein Frisiersalon war, war ständig voll von Arbeitslosen, die dort ihre Zeit mit dem Erzählen von *lodyans* verbrachten, deren Schuhe so vollständig zerschlissen waren, dass keine Hoffnung auf Reparatur bestand, und deren Haartracht man als *papou* bezeichnen musste, das fortgeschrittenste Stadium der krausen Mähne. Zerzaust ist dafür noch zu schwach. Der *raseurisme* des Paares wurde so schlimm, dass sie von Zeit zu Zeit die Eselin gegen bescheidene Gebühr vermieten mussten. So auch an einen Bauern, der eines Tages ganz aufgeregt kam, um Malchance für drei Tage zu mieten, und sofort zahlte: neun Gourde, das Doppelte des Tarifs. Eine solche Gelegenheit durften sie sich nicht entgehen lassen.

Am zweiten Abend jedoch klopfte *Malchance* mit dem Fuß ans Tor der Koppel. Sie war schwer beladen mit zwei Säcken Gold, die ihr gegen die Flanken schlugen. Alphonse lud die Münzen eilig ab und vergrub sie. Dann wartete er. Eine Woche verging, bevor Quina die Nachricht erreichte, dass ein Bauer aus Macean tot aufgefunden worden war. Seine Leiche lag nicht weit von einem großen Loch, das er in der Salzmarsch am Fuß eines imposanten, zweihundertjährigen Meerträubelbaums neben den Ruinen eines Pavillons aus der Kolonialzeit gegraben hatte. Anscheinend war er auf der Suche nach Sand, um auf den Höhen eine Hütte für eine *femme-jardin* zu bauen, als er von einer Herzattacke niedergestreckt wurde, hervorgerufen vielleicht durch den Anblick der menschlichen Gebeine, die man in dem Loch fand. Das war zumindest die Meinung des jungen Arztes im Praktikum. Aber die Erwachsenen in Quina hatten schon ganz anderes zu sehen bekommen. Alle wussten, dass die Weißen alle Sklaven töteten, die am Vergraben ihrer Krüge beteiligt gewesen waren, und dass die Leichen als Wachen über die Schätze in die Grube geworfen wurden. Dies hier war nicht einfach nur ein Loch.

Der junge Vater Alphonse wurde umsichtiger. Schloss *Von Kopf bis Fuß*. Ging nicht mehr abends mit seinen fehlgeleiteten Kumpanen *clairin* trinken. Fuhr oft nach Port-au-Prince. Machte eine unerwartete Erbschaft. Taufte *Malchance* um. Und eröffnete einen florierenden Gemischtwarenladen in Porte-Gaille.

Zu seinem Vergnügen hatte der Neureiche in einem Hinterzimmer einen Ausstellungsraum eingerichtet, darin befanden sich importierte italienische Schuhe, die niemand kaufte, und ein ganzes Sortiment von Elektrorasierern, die in Quina, wo es immer noch keinen elektrischen Strom gab, nicht funktionieren konnten. Gleichviel, es steigerte seine Bedeutung nur noch. Einige wenige Privilegierte kamen in den Genuss einer Führung durch dieses verborgene Zimmer, das angeblich eine extravagante kreisrunde Kupferplatte zierte, in die zweimal „von Kopf bis Fuß" eingeätzt war. Die beiden identischen Inschriften bildeten ein Kreuz. Die vier von den gleichlangen Armen gebildeten Dreiecke waren mit unbekannten *vèvè* der in der Gegend verehrten *lwa* ausgefüllt. Man erfuhr nie mit Gewissheit, ob dies ein Beweis für den Pakt mit dem Teufel war, den er im Rahmen irgendeines blutrünstigen Rituals geschlossen haben sollte, aber jedenfalls flüsterte man, dass Vater Alphonse sich in bestimmten Nächten an einem genau festgelegten Tag des Monats sehr weit jenseits der Porte-Saint-Louis begeben musste, um an teuflischen Zeremonien teilzunehmen, und erst am frühen Morgen zurückkam, gerade rechtzeitig, um sein Geschäft zu öffnen.

Vor seinem Geschäft gab es ebenfalls eine Shell-Tankstelle mit drei gelb-orangenen Zapfsäulen. Eine für den Diesel der Lastwagen, die andere für das Benzin der Autos und die dritte, sein Stolz, denn normalerweise hatten die Tankstellen nur zwei Zapfsäulen, für das Petroleum der Sturmlaternen, *bobèches,* Dochtlampen, Coleman- oder Alladinlampen, Altarlichter und *têt-gridap.* Im Alter wurde Vater Alphonse rasch tattrig und senil: Er legte großen Wert darauf, dass die Kunden in seinem Geschäft die Lampen vom Typ *têt-gridap,* welche keinen Tropfenfänger, genannt *bobèche,* haben, nicht mit den Lampen vom Typ *bobèche* verwechselten, die so heißen, weil sie einen haben. Er wurde jedes Mal furchtbar wütend, wenn einem Kunden dieser harmlose Irrtum unterlief, brummelte Verwünschungen in einem unverständlichen Initiiertenjargon und vollführte dazu Gesten, als wüsche er sich die Hände. Diese Schrulle war die Freude der Müßiggänger, die nun den lieben langen Tag so taten, als ob sie sich irrten, um ihn zu ärgern. Dies waren die ersten Anzeichen dafür, dass Vater Alphonse dem nahenden Ende mit Bangen entgegensah, denn wer klug war, wusste, dass die Teilnehmer an den nächtlichen Umzügen im Rahmen okkulter Zeremonien eine *bobèche* mit breitem Tropfenfänger in der Hand trugen und dass die Wahl der falschen Lampe ein schwerer und streng geahndeter Fehler war, denn dadurch drohten am Boden Spuren der Zeremonie zurückzubleiben. Es nahte für ihn der Tag der Abrechnung, hieß es überall in Quina.

Eines Morgens öffnete er sein Geschäft nicht, und mehrere Stammkunden, die bei ihm frühmorgens das Schulbrot für die Kinder kauften, klopften vergeblich an die Tür. Die Nachricht überschwemmte die Stadt wie eine Flutwelle, und überall war man über sein Verschwinden umso alarmierter, als *La chance qui passe* ebenfalls verschwunden war. Der Tag verging mit Vermutungen, die die Müßiggänger von einer Galerie zur anderen kolportierten. Der doppelte Vermisstenfall nährte die wildesten Gerüchte. Gegen Mittag neigte die öffentliche Meinung deutlich der These einer Entführung durch fremde Mächte zu. Alle verstanden genau, was das hieß. Lala ergriff wieder einmal die Initiative und veranstaltete für die Frauen Gebete an den vierzehn schwarzen Madonnen am Kreuzweg im Hochtal. Die Herren standen in kleinen Gruppen an den wichtigsten Kreuzungen und tauschten die Geheimnisse aus, die sie bis dahin aus Vorsicht für sich behalten hatten. Gegen sechs Uhr war das Anklageregister gegen Vater Alphonse randvoll und drohte überzuquellen, als von der Porte-Saint-Louis her ein dumpfes Geräusch langsam anschwoll. Das war das Rumoren von Quina. Immer mit Drohungen schwanger. Dann rannten plötzlich alle los, um es zu machen wie alle, ohne dass irgendjemand wusste, warum alle rannten und wer als erster losgerannt war. Die Läden schlossen abrupt ihre Türen und die Straßenhändlerinnen räumten eilig ihre Körbe weg.

Man sah eine ständig wachsende Menschenmenge näherkommen, die schon seit Kilometern die Eselin auf dem Rückweg von ihrem langen Marsch begleitete. Schon aus der Entfernung war zu erkennen, dass der seltsame Zug ein Leichenzug war, da alle barfuß gingen und ihre Sandalen aus ungegerbtem Leder, die *sapat*, die man erst beim Verlassen des Friedhofs anziehen durfte, um den Hals trugen. So wurden immer die Leute ins Totenreich geleitet, deren Füße seit ihrem Pakt den Boden nicht mehr berührten. Quer über dem Packsattel von *La chance qui passe,* vormals *Malchance*, lag Vater Alphonse, bäuchlings mit baumelnden Armen wie in seinen jungen Jahren.

Das Zicklein mit dem Goldzahn

Sieben Uhr morgens. Alle Standplätze auf dem Markt sind mit den üblichen Auslagen belegt. Nur einer nicht. Der des Metzgers. Und niemand scheint auf sein Fehlen übermäßig zu achten, zumal ein zweiter Metzger, aus Jérémie, wie es scheint, gerade am Rand des Marktes seinen Stand aufgebaut hat. Es droht an diesem Samstagmorgen also keine Fleischknappheit, auch wenn niemand auch nur den Namen des neuen Einwanderers kennt. Aber eigentlich kauft man nicht bei irgendjemand, schon gar nicht Fleisch. Die Berufsbezeichnung Metzger ist in jeder Gemeinde ein Ausweis für Rechtschaffenheit, weit mehr als Notar, Anwalt, Landvermesser und *tutti quanti*. Ein zuverlässiger Metzger würde niemals etwas anderes als Tierfleisch verkaufen!

Acht Uhr morgens. Die Nachricht, niemand weiß, woher sie kommt, schlägt wie eine Bombe auf dem Marktplatz ein, bevor sie sich als Schockwelle in der ganzen Stadt verbreitet. Der örtliche Metzger, Titanic, ein kräftiger Kerl und harmlos wie ein großes, gestrandetes Wrack, wurde gestern Abend wegen Ermittlungen gegen ihn festgenommen. Es heißt, er habe einen Zickleinkopf verkauft, der einen Zahn aus Gold hatte. Das ist die weiße Decke, die Quina nun den ganzen Tag besticken wird, bis bei Marktschluss und Einbruch der Dunkelheit gegen sieben Uhr das Gerücht nach zwölfstündigem Leben auf dramatische Weise implodieren und mit einem letzten Markttagsgetöse in sich zusammenstürzen wird.

Neun Uhr morgens. Die Sonne steht schon ziemlich hoch am Himmel. Die letzte nächtliche Kühle beginnt, der aufsteigenden Hitze zu weichen. Noch kann man ohne Hut zwischen den Reihen von Auslagen hindurchgehen, aber nicht mehr lange. Die Neuankömmlinge auf dem Markt bringen aus der Stadt weitere Angaben zu der Affäre mit. Bei Großmutter Bérénice – Grann Bé halt – soll der Goldzahn gefunden worden sein. Man muss wissen, dass Grann Bé davon lebt, mit Hilfe ihrer Tochter Tòtòt – so genannt seit ihrer Pubertät, als ihre Brüste Größe 48 EE annahmen – jeden Freitagabend Hunderten von Gästen, unter denen alle sozialen Klassen vertreten aber nicht vermischt sind, Zickleinkopfsuppe zu servieren.

In fünf riesigen, zu einer Batterie zusammengefassten Kesseln köchelten in der von Gelatine sämigen Brühe Kräuter, Stängel ölhaltiger Kletterpflanzen, verschiedene Arten Bohnen und vor allem bündelweise Brunnenkresse, unter der sich eine Fülle von Einlagen wie Plaintainbananen und Malangawurzeln verbarg. Diese Mitternachtssuppe wurde nach dem obligaten bewundernden Ausruf, den jeder, der davon kostete, ausstoßen musste, *Wifout!* genannt. Die sorgfältig geheim gehaltene Mischung aus scharfem Paprika, Thymian und Lorbeer, mit der sie gewürzt war, versetzte einem alle Geschmackspapillen in Aufregung. Sie wurde zu drei verschiedenen Preisen in zwei Arten von Geschirr serviert. Für einen *gourdin* konnten die Marktfrauen und andere ihres Schlages, die nachts auf dem Platz kampierten, aus einer halben Kalebasse eine große Schöpfkelle voll Flüssigkeit und Kräutern essen und für zwei *gourdin* kamen in die Kalebasse außerdem noch Einlagen mit hinein. Für vier *gourdin*, also eine Gourde, gab es eine Emailschale von respektablen Ausmaßen mit zwei Kellen von allem, einschließlich Kopffleisch und Knochen zum Aussaugen, dazu einen Blechlöffel und als Dreingabe einen kleinen Platz auf den Bänken in der Laube, wenn man zum Essen dortblieb.

Auch kleine Dienstmädchen standen in der Schlange, um für diejenigen, die Grann Bés Suppe am Freitagabend zu Hause aßen, große Behälter mit mehreren Portionen zu einer Gourde füllen zu lassen. Man kam bis aus Les Cayes, um von dieser Suppe zu essen, nachdem man den ganzen Abend einen Rum-Soda nach dem anderen getrunken hatte. Das Normmaß, eine halbe Flasche Drei-Sterne-Rum und drei Soda, wurde „ein General" genannt, eine Hommage an den damaligen Präsidenten, bekannter Liebhaber dieses Getränks mit der Einstufung *frère preneur*, teilnehmender Bruder, der in Wirklichkeit aber nur Whisky-Soda trank und Gerüchte über seine demokratischen Gewohnheiten umlaufen ließ. Seine Popularität hatte sämtliche Rekorde gebrochen, als er eines Freitagabends mit großem Pomp beim Präfekten *Wifout!*-Suppe essen ging, nachdem er zuvor einen torkelnden und bejubelten Abstecher in Grann Bés Laube unternommen hatte. Dass Tòtòt den Goldzahn gefunden hatte, als sie am frühen Freitagmorgen die Zickleinköpfe reinigte, die die ganze Woche über für ihre Mutter aufgehoben worden waren, war ein gewichtiges Argument für das Gerücht.

Zehn Uhr morgens. Ein erster Riss tut sich in der bis dahin monolithischen Nachricht auf. Der Zahn war nicht aus Gold. Es war eher eine gewöhnliche Füllung. Das in ein Zicklein verwandelte Opfer konnte also aus dem einfachen Volk stammen, denn der Goldzahn setzte jemand aus der Bourgeoisie voraus, und das Verschwinden eines von ihnen hätte schon vorher großen Lärm verursacht. Die Anhänger des Goldzahns ließen sich dadurch nicht irremachen, denn es gab jede Menge *viejos*, die von der Saisonarbeit bei der kubanischen Zuckerrohrernte mit Goldzähnen zurückgekehrt waren. Kurz vor dem letzten Krieg war das derart in Mode, dass sich mehr als einer einen gesunden Eckzahn ziehen ließ, um ihn durch einen neuen aus Gold zu ersetzen. Ein Lachen, bei dem im Mundwinkel ein goldener Zahn sichtbar wurde, und ein diskretes Goldplättchen zwischen den vorderen Schneidezähnen machten großen Eindruck. Es konnte sich bei diesem Zicklein also um einen *viejo* mit Goldzahn handeln.

Der Markt teilte sich in zwei etwa gleich starke Gruppen. Eine Hälfte baute die Argumente zugunsten des Amalgams aus und breitete erstaunliche Kenntnisse über diese seit einem Jahrhundert von Zahnärzten benutzte Mischung aus, deren bemerkenswerteste Eigenschaft ihr günstiger, für alle erschwinglicher Preis war sowie die geringen technischen Anforderungen bei ihrem Gebrauch, die jeder Zahnausreißer erfüllen konnte. Die andere Hälfte gab jedoch keinen Daumenbreit Boden preis und verlegte sich auf die Eigenschaften des Goldes im Mund, seine Haltbarkeit, sein Prestige und die notwendige Behandlung durch einen talentierten, mit der erforderlichen präzisen Technik vertrauten Zahnarzt, Eigenschaften, die einen Goldzahn zu einem für die Herkunft des Verwandelten aufschlussreichen Juwel machten.

Elf Uhr morgens. Der zweite Metzger hat seinen Stand nicht geöffnet und soll ebenfalls wegen Ermittlungen gegen ihn im Gefängnis sitzen. Es ist kein Fleisch zu bekommen, aber an diesem Samstagmorgen ist ohnehin niemand zum Fleischkaufen zumute. Der Preis für lokal hergestellten getrockneten Fisch steigt rasant. Gesalzener Stockfisch und Räucherhering finden überall reißenden Absatz. Das Gerücht ist ein Glück für manche, und die Nutznießer verbreiten es bereitwillig weiter!

Zwölf Uhr. Die Anhänger einer Herkunft des Zickleins aus bürgerlichen oder zumindest wohlhabenden Kreisen sind ebenso zahlreich wie die seines volkstümlichen oder gar bäuerlichen Ursprungs, doch nirgendwo auf dem Markt gibt es das kleinste Anzeichen für einen Zweifel, die geringste kritische Haltung, die mindeste Skepsis gegenüber der Tatsache, dass ein Mensch in ein Zicklein verwandelt, vom Metzger zerlegt und an Grann Bé für ihre Freitagabendsuppe verkauft wurde. Papa Loulou, der Apotheker am Ort, verdient echtes Gold mit dem Verkauf von Natriumbikarbonat zur Förderung der Verdauung und zur Magenreinigung an alle jene, die sich am Vorabend die herzhafte Portion Suppe geleistet haben. Die Kunden stürmen sein Geschäft.

Ein Uhr nachmittags. Die Justiz kommt in Gang. Der Friedensrichter lässt den Gerichtssaal im Erdgeschoss des Hauses, in dem er mit Frau und Kindern lebt, aufschließen, ausfegen und besprengen. Der Mann ist pünktlich und schwierig, deftig und meschugge, und so sind seine Urteile eine Attraktion für die Stadt. Alle schwärmen von seiner akrobatischen Eloquenz à la Cyrano de Bergerac, seiner Kopfkissenlektüre, und seinen bärbeißigen juristischen Entscheidungen, welche voll althergebrachtem gesunden Menschenverstand, jedoch oftmals im Straf-, Zivil- oder Arbeitsrecht nirgendwo vorgesehen sind.

Zwei Uhr nachmittags. Um das Gericht herum bilden sich in Erwartung des Prozesses schon kleine Menschenaufläufe. In diesem Moment trifft die Nachricht ein, dass die Hütte des Metzgers aus Jérémie von einem Kommando Jugendlicher in Tòtòts Alter eingerissen wurde. Von dem bescheidenen Unterschlupf ist nichts mehr übrig. Die vier oder fünf Anwälte, die mit der Robe unterm Arm gekommen sind, um ihre Dienste anzubieten, falls ein Beschuldigter sie in Anspruch nehmen will, kommentieren ausgiebig. Anscheinend war es böswillige Absicht, und der Fremde hat absichtlich einen Goldzahn in Titanics Auslage geworfen, um seinem Ruf zu schaden und ihm seine Kunden abzujagen. „Nein!“, antwortet bereits ein Kollege, „das Ganze wurde von Titanic inszeniert, um zu verhindern, dass sein junger Rivale in der Stadt Fuß fasst.“ Die Diskussion unter den auf der Galerie des Gerichtsgebäudes auf und ab gehenden Herren lässt sich vielversprechend an.

Drei Uhr nachmittags. Bewegungen von Menschenmassen mit Gemurmel als Kulisse. Die beiden Metzger sehen beide gleich zerknirscht aus, als sie in Handschellen unter leichter Bewachung aus dem beim Friedhof gelegenen Gefängnis vor den Richter geführt werden. Grann Bé, ehrenfest und erzürnt, bahnt sich einen Weg durch die Menge. Tòtòt, die sie an der Hand hinter sich herzieht, ist in Tränen aufgelöst, ihr Gesicht aufgequollen und ihre Augen durch die streng geohrfeigten Wangenknochen bereits zu Schlitzen verengt. Sie begeben sich zum Zeugenstand, wohin der Gerichtsdiener sie geladen hatte.

Vier Uhr nachmittags. Die Verhandlung beginnt. Sie wird zwei lange Stunden mit lebhaften und scharfen Verhören füllen, bis der Friedensrichter glaubt, ausreichend im Bilde zu sein und sich eine Stunde Beratungszeit genehmigt, um sein Urteil zu organisieren und zu verkünden. Die ganze Sache war von Tòtòt eingefädelt worden. Wenn sie wöchentlich kam, um die Zickleinköpfe abzuholen, nahm Titanic sich gewisse Vertraulichkeiten heraus, die sie keineswegs zurückwies. Im Hinterzimmer seines Ladens befühlte der erregte Metzger ihre Brüste mit kundiger Hand, und hin und wieder war sie auch bei seinen sonstigen sexuellen Neigungen, die für ihre Jungfräulichkeit keine Gefahr darstellten, nicht allzu zimperlich. Es war übrigens in dieser Welt der Intoleranz eine akzeptierte Ausnahme, dass die Metzgerstände als Einzige von Männern betrieben werden durften, welche in Anlehnung an die typische Anrede für Marktfrauen oft als *garçons-ma-commère* bezeichnet wurden. Nur unter dem Vorwand, von Metzgern zu sprechen, konnte Homosexualität im Radio gefahrlos erwähnt werden. Aber als Tòtòt sah, wie Titanic diesen Jungen aus demselben Gewerbe mitbrachte, hatte sie schnell ein Manöver ausgeheckt, um ihn loszuwerden. Ihre eifersüchtige Rache wäre erfolgreich und ihr Verbrechen perfekt gewesen, wären die beiden Metzger nicht am Freitagabend von der Marktpatrouille in flagranti ertappt worden. Bei „widernatürlicher Unzucht in der Öffentlichkeit", wie es im Protokoll hieß.

Sieben Uhr abends. Die Affäre, die anfangs die Goldzahnaffäre hieß, erlebt ihren Epilog unter dem klassischeren Namen „Tòtòt und Titanic". Der Richter macht eine Kunstpause, um den Titel wirken zu lassen. Er leitet dann seinen Urteilsspruch mit „Titus und Berenike", *invitus invitam,* gegen beider Willen" ein und holt damit aus den Reminiszenzen an die Rhetorikstunden die einzige unmögliche Liebe hervor, die sowohl von Corneille als auch von Racine – und nun auch vom ihm! – behandelt wurde. Die Einleitung ist feierlich und das Publikum ganz Ohr. Dann fallen die Urteilssprüche einer nach dem anderen.

Zum Ersten wird entschieden, dass Tòtòt mit dem, was sie an Ohrfeigen erhalten hat und auf dem Heimweg wahrscheinlich noch erhalten wird, genug bestraft ist. Grann Bé nickt mit zusammengekniffenen Lippen und böser Miene, beschämt darüber, dass sie hier ist. Tòtòts Tränen fließen reichlicher angesichts dieser Aussichten.

Zweitens wurden die Metzgerlieder – *Yoyo* und *Gabélus* unter anderem –, welche in Port-au-Prince wochenlang im Radio gesendet wurden, von diesem Tag an bei allen öffentlichen Tanzveranstaltungen der Stadt als sodomitische Romanzen verboten, und alle freizügigen Refrains in der Art von *Ala bali mwen ta bali* sollten die Zeiten meiden, zu denen viele Jugendliche zuhörten.

Drittens wird die *Wifout!*-Suppe im gleichen Schwung als gemeinnützig anerkannt und zur regionalen Spezialität mit kontrollierter Herkunftsbezeichnung erklärt. (Beifallklatschen). Folglich wird Titanic dazu verurteilt, ein Jahr lang gratis die Zickleinköpfe bereitzustellen und selbst bei Grann Bé abzuliefern, so dass sie, wie es im Mietrecht heißt, von einer *Holschuld* zu einer *Bringschuld* wurden. Der Metzgergeselle, der übrigens nicht aus Jérémie stammte, hat die griechische Strafe der Verbannung aus der Stadt verwirkt – er wurde sofort, immer noch bekleidet mit der Spitzenwäsche, die er bei seiner Verhaftung trug, in einen Lastwagen nach Port-au-Prince gesetzt.

Da es weder einen Zahn noch Gold als Beweisstück gab, wurde im Hinblick auf die eventuellen Nachforschungen zur menschlichen Abstammung eines Zickleins wie üblich das Verfahren eingestellt.

(Letztes Niederfallen des Hammers.)

Der Unfall

In dem Kokospalmenwäldchen am Strand versuchten die Port-au-Princer, die sonntags scharenweise in blitzenden und röhrenden Autos kamen, immer, im Schatten der Palmen zu parken, um anschließend ihren Wanst der Sonne auszusetzen. Genau das Gegenteil dessen, was ein Provinzler getan hätte, falls er ein Auto gehabt hätte, versteht sich. Er würde zunächst in der Sonne parken, um jede unliebsame Überraschung von den Bäumen zu vermeiden, und sich dann in den Schatten setzen. Die Städter drängten sich also in Massen unter den Palmen, deren verschlungene Wedel die trockenen und harten Kokosnüsse von Quina verbargen, so riesige Nüsse, wie ich sie nirgendwo sonst gefunden habe, abgesehen von den *cocos-fesses* am anderen Ende der Erde, den an ein weibliches Gesäß erinnernden Seychellennüssen. Diese gefährlichen Früchte warteten wie jeden Tag mit dem Herunterfallen, bis sich der Wind von der hohen See erhob, von dem man uns sagte, dass er bei Sonnenaufgang von der Gebirgsküste des Landes von Simon Bolivar hinunterwehte, um zur Mittagszeit die südliche Halbinsel von Alexandre Pétion zu erreichen. Der tägliche Besuch des dankbaren *libertador* beim internationalistischen Republikaner, hatte man uns schon früh eingeimpft. Im Übrigen wurden alle aus dem Süden stammenden Präsidenten unterschiedslos verehrt, und wehe jemand kolportierte einen der Witze, die in Port-au-Prince vor allem über General Antoine Simon umliefen.

Ab zwei Uhr, wenn die Picknickgäste sich punschgetränkt und sonnenbestrahlt, die ermüdende Mischung *par excellence,* zum Mittagsschlaf niederlegten, legten wir uns auf die Lauer. Soweit das Auge reichte, gab es nämlich nur Kokospalmen, die in der Mittagssonne einen heimtückischen Schatten boten. Wenn der Wind sich erhob, brachen sich die Wellen, bevor sie sich am Ufer totliefen. Wir konnten angeben, welche Windstärke und welche Wellengröße das Herunterfallen der Kokosnüsse ankündigten. Der Windstoß, der deutlich stärker war als die anderen und den wir *gate-piknik,* Picknickverderber, nannten, türmte die Welle zu einer über zwei Meter hohen Krippe auf, die in Form und Farbe der blauen Krippe mit weißen Fransen in der Kirche von Quina ähnelte.

Der Kokospalmenhain ächzte und beugte die Köpfe unter dieser Bö, während die Grundsee das Wasser bis unter die erste Baumreihe brachte, wo die Picknickgäste unvorsichtigerweise ihre bunten Decken und ihre Körbe abgelegt hatten. Und wenn die Windbö vorbei war und die Palmen wieder emporschnellten, dann rissen die Stiele der trockenen, harten Kokosnüsse, und sie purzelten auf die Autodächer hinunter, dass das metallische Poltern im Wald widerhallte.

Eingedellte Dächer, zerbrochene Fenster, verbeulte Motorhauben, man sah, wie die Port-au-Princer wild durcheinander zu ihren Autos rannten und dabei hastig Decken, Körbe, Kinder,

Frauen und Schwiegermütter einsammelten, denn oftmals waren die Schwiegermütter mit von der Partie, als wollten sie die Zahl der Frauen, die man beim abschließenden Rennen beobachten konnte, vergrößern. Sie verließen alle zusammen überstürzt den Palmenhain, so dass die Räder im Sand durchdrehten, und manchmal führte diese allgemeine Hast zu unserer großen Genugtuung dazu, dass Autos sich im Sand festfuhren. An manchen Sonntagen hatten wir ganz besonderes Glück, und es gab einige kleinere Zusammenstöße.

Dann gehörte der Strand wieder uns, und wir hatten bis nächsten Sonntag etwas zu lachen. Jeder steuerte seine Geschichte bei, die bei jedem neuen Erzählen mehr Würze bekam und weiter ausgeschmückt wurde, denn bei dem Spiel kam es darauf an, gut zu beobachten, um anschließend zu imitieren, wie elegante junge Mädchen, respektable Mütter und ehrwürdige Großmutter in wenig würdiger Haltung rannten und mit beiden Händen ihren Kopf vor eventuellen Kokosnüssen schützten, anstatt ihre vor Hüpfen schier abfallenden Brüste zu stützen.

Aber für die Großen ging die Diskussion abends in der Laube in der Mitte des Dorfplatzes weiter. Man gehörte zu den Großen, wenn man den Primarschulabschluss hinter sich hatte oder wenn man schon in Port-au-Prince im Internat war und rauchte oder wenn man „es" schon einmal richtig gemacht hatte, aber mit Bestätigung der Freunde, bitteschön. Bis zu diesen Erfahrungen und Initiationsprüfungen gehörte man zu den Kleinen, die sich noch am Strand über die hüpfenden Brüste amüsierten. In den endlosen Diskussionen der Großen ging es darum, wer an den sonntäglichen Unfällen schuld war. Wilfrid und Oscar, die als einzige regelmäßig die beiden einzigen Privatautos von Quina fuhren, lieferten sich erbitterte Debatten über die Vorteile des Prinzips links vor rechts und die Stärken des Prinzips rechts vor links. Ich könnte nicht mehr sagen, wer was vertrat, aber in diesem abgelegenen Nest, das morgens die in die Hauptstadt fahrenden und abends die aus der Hauptstadt zurückkehrenden Lastwagen durchquerten, entzweite abends in der Laube ein bitterer Konflikt über die Verkehrsregeln sämtliche Großen der Umgebung.

Unnötig zu sagen, dass es für jeden der beiden Fahrer eine Frage des Stolzes war, seine Überzeugungen in allerstriktester Weise umzusetzen, und dass der, der zuerst dem anderen Vorfahrt gewährte, für lange Zeit das Gesicht verlieren würde. So war der Unfall unvermeidlich, wenn die beiden Autos sich jemals an einer Kreuzung begegneten. Immerhin war die Wahrscheinlichkeit, dass der Jeep und der Kleinlaster sich trafen, gering. Sie trafen sich jedoch eines Sonntagnachmittags um 3.30 in voller Fahrt. Es war an der Nordwestecke des Strandes, da wo die Häuser der Familien Saint-Julien und Solide stehen, in der Hochstimmung nach der überstürzten Abreise der Port-au-Princer.

Quina verzeichnete seinen ersten Unfall mit lokalen Autos und zwei Schwerverletzten. Madame Saint-Julien und Monsieur Solide waren als Erste am Unfallort. Wilfrid blutete heftig aus einem Auge und hatte sämtliche Vorderzähne verloren. Madame Willy, die Krankenschwester, schnitt das heraushängende Auge gelassen mit einer Schere ab, bevor sie das Augenlid wieder annähte und verband. Wilfrid hatte schon beim Anblick von Madame Willys Schere das Bewusstsein verloren, was den Fortgang der öffentlich und in Gegenwart der herbeigeeilten Notabeln vorgenommenen Operation erleichterte. Oscar hatte auch nicht mehr Glück, er sollte in Les Cayes sein ganzes Bein loswerden. Man hatte ihm zuerst den Fuß amputiert, dann den Unterschenkel, anschließend das Knie und schließlich den Oberschenkel, bevor ein durchreisender Orthopäde empfahl, den Oberschenkel zur Vermeidung von Wundbrand einfach an der Luft abheilen zu lassen.

Der Gemeinderat beriet lange, zwei ganze Tage, über die unmittelbaren und weiteren Ursachen dieses Unfalls und beschloss nach Konsultation der Richter und Staatsanwälte von Quina einstimmig eine seit nunmehr fünfzig Jahren bestehende Maßnahme zur Unfallverhütung: Sonntags ist in Quina das Parken unter Kokospalmen grundsätzlich verboten. Und da Wahlen herannahten, ließ man die Frage nach links vor rechts oder rechts vor links, die den Ort zu entzweien schien, geschickt in der Schwebe, bis ein neuer Gemeinderat gewählt war.

Griechischer Feta

Man war in Quina keineswegs erstaunt darüber, dass den Bewohnern vom Meer laufend Geschenke dargebracht wurden. Das war nur gerecht, so sagte man, denn auch die Erde zahlte der See regelmäßig einen Tribut an Fischern, die nicht wiederkamen. Deswegen war auch *Ozeano nox* von Vater Victor Hugo das meistaufgesagte Gedicht in den Schulen an Quinas Küste: „Ach wie viel Matrosen, Bootsleute wie viele / die froh fuhren aus zum entlegenen Ziele / nie gab sie die düstere See wieder her." Aber es war nicht alles traurig in dieser langen Klage, denn der Zweizeiler „Man fragt, welche Inseln sie jetzt wohl bewohnen / 'Verließen sie uns wegen schönerer Zonen?'" ließ unsere junge Fantasie von den Schätzen des Ozeans träumen. Zyklone, Hurrikans, einfache Windböen und gelegentlich simple Schlechtwetterfronten entrissen diese Schätze den Schiffen, welche in diesem karibischen Mittelmeer zwischen unserer und der gegenüberliegenden venezolanischen Küste kreuzten, und das Meer warf sie netterweise an die Ufer des Dorfes. Und so erstreckte sich das Gebiet unseres Dorfes in den Geografiestunden von Monsieur D'haïti ebenso gut über Land wie über Meer. Mit dieser marinen Zugabe wurde Quina zweimal pro Woche für eine Schulstunde die weitläufigste Gemeinde des Landes!

Es kam immer dem Bürgermeisteramt zu, die Gaben des Meeres entgegenzunehmen und zum größten Nutzen aller darüber zu verfügen. Assistiert vom Friedensrichter versteigerte der Bürgermeister bereits am nächsten Tag das Strandgut vom Vortag. So setzte ein sehr schönes gelbes und goldenes Zwanzig-Fuß-Rettungsboot, das sich vermutlich von seiner Reling losgemacht hatte, für ein paar Dutzend Dollar unter dem Namen *Shell* seine Karriere als Hummerfangboot fort. Ein anderes mit flachem Glasboden, das vom Dach einer Luxusjacht gerutscht sein musste, wurde ein Beobachtungsboot namens *Navita*, das für die sportliche Unterwasserjagd in den Korallen um Grosse-Caye bald unentbehrlich war. Aber das Entscheidende war etwas anderes: Jeder Fang unterbrach die dörfliche Monotonie und wurde zum Vorwand für lange und gelehrte Betrachtungen an den folgenden Tagen. Die gefundenen Gegenstände und ihre geringfügigsten Besonderheiten wurden in gelehrten Duellen zur Freude der Lauben und Galerien endlos kommentiert.

Und eines Tages war es dann ein Fass, eines von besserer Qualität, wie an den exakt gefügten, unter ihrem Zinnüberzug von rostfreien Reifen zusammengehaltenen Dauben aus Aromahölzern zu erkennen war. Auf einem der beiden Böden war mit wasserfester blauer Farbe ein Name geschrieben, SS HOMERIC, den die klassisch Gebildeten bald mit Homer identifizierten, worauf sie ihrer Phantasie freien Lauf ließen. Der verliehen die Mysterien und Legenden der nahen unendlichen Weite, einige kleine Punsch zu viel vor dem Essen und die pralle Sonne, die auf die bloßen Köpfe knallte, sicher noch zusätzliches Feuer. Dieses Fass kam wahrscheinlich von der Jacht eines reichen griechischen Reeders, Onassis vielleicht, und diese Gabe eines Halbgottes aus Hellas musste etwas ganz Raffiniertes sein. Jeder wollte seinen Anteil von diesem noch unbekannten, doch sicher hochwertigen Ding.

Die ältesten Handwerker des Dorfes, ehemalige Holz- und Eisenbearbeiter, erklärten, noch nie ein so luxuriöses Fass gesehen zu haben, auch wenn früher alles in Fässern angeliefert wurde oder den Hafen verließ, vom Pökelfleisch aus Europa bis hin zum *tafia*, der zu den benachbarten Inseln geschickt wurde. Seltsam war an diesem Fass außerdem – denn es strandeten jedes Jahr einige Fässer Wein in der Bucht – dass es so verteufelt schwer war und ein dickflüssiges Plätschern von sich gab, das mehr nach Olivenöl als nach Wein klang. Nach dem unvermeidlichen aber hier gut passenden *Timeo Danaos et dona ferentes* ..., sentenziös deklamiert vom Lateinlehrer Maître Ti-Laurent, erwies sich die Hypothese, dass es sich um ein Fass griechischen Feta handeln musste, als die verlockendste und fand die meisten Anhänger. Wie uns ein schneller Blick ins Lexikon belehrte, war dies ein Weichkäse aus Schafs- oder Ziegenmilch, eingelegt in eine schützende Salzlake. Der Einzige im Dorf, der schon einmal welchen gegessen hatte, war indessen Dieudonné. Er war auf einem griechischen Frachter von Miami nach New York gefahren, und während der dreitägigen Überfahrt hatte es bei jeder Mahlzeit Feta gegeben. Er verkündete, dass das ein Leckerbissen sein würde, denn es bestand kein Zweifel, dass Käse, der in einem solchen Fass transportiert wurde, von allerbester Qualität war. Er empfahl lebhaft, ihn mit Tomatenscheiben zu begleiten, die als Ersatz für die in Quina nicht heimische Olive mit lokalem Kokosöl begossen werden sollten. Dieudonnés Rezept machte bereits die Runde im Dorf, und mehr als einer bedauerte, dass der Bäcker nach Verkauf seines Tagesvorrates schon geschlossen hatte, denn aufgetunkt mit Brot wäre die Sauce mit den drei Aromen Käse, Kokosnuss, Tomate sicherlich nicht übel gewesen.

Die Honoratioren berieten sich und beschlossen, das Fass zu öffnen und familienportionsweise zu versteigern. Nachdem man mit einem Brecheisen den Boden abgestemmt hatte, entdeckte man einen unbekannten, stark riechenden Alkohol von dunkler Farbe, in dem ein massiges Ganzes lag. Man sprengte die Reifen ab. Der Mann war nackt, gefesselt in einer Haltung, die seit der Zeit der Sklaven von Saint-Domingue wohlbekannt war, dem *djak:* die zusammengebundenen Hände über den angezogenen Knien, ein Stock durch Knie und Ellbogen geschoben. War man einmal so zusammengerollt, war keine Bewegung mehr möglich. Vollständige Unterwerfung. Er war offenbar lebend in das Fass gesteckt worden, denn er trug keine äußeren Spuren von Gewaltanwendung. Wahrscheinlich war er recht schnell in dem Formalin ertrunken, das dafür gesorgt hatte, dass er nicht stank, und man hatte sich auf hoher See vor unserer Küste seiner entledigt. Wenn das knappe Protokoll des Friedensrichters nur das Wesentliche festhielt, so zog sich das Palaver von Quina lang hin, länger als der Schweif eines Kometen.

Die folgenden Tage waren in der Laube auf dem Platz allesamt wie Sonntagabende. Sogar Dieusifort, der alte Professor, der früher in der Hauptstadt Literatur gelehrt hatte, unternahm eine vielbeachtete Rückkehr in die Stadt, aus der er sich an seinen Geburtsort am Morisseaufluss zurückgezogen hatte. Der griechisch-lateinische Neger, wie er sich selbst nannte, sprach vom giechischen Poseidon, der zum römischen Neptun werden sollte, Gott des *mare nostrum,* dessen Inseln und Küsten eine rituelle Blutrache pflegten, welche im Übrigen von Prosper Mérimée beschrieben worden sei, sein Steckenpferd, seit er in der Zwischenkriegszeit an der Sorbonne seinen Doktor gemacht hatte. Diese Abschweifungen waren nicht uninteressant, aber in der Debatte ging es um etwas anderes, denn die geschenkte Mumie, vermutlich Opfer irgendeiner mediterranen Vendetta, die keinen scherte, war eher eine Enttäuschung für die kleine Gemeinde, die nun mit ihrer Fetaverkostung auf die sehr unwahrscheinliche zukünftige Gunst eines anderen durchreisenden griechischen Meeresgottes warten musste.

Ich kostete den ersten Feta meines Lebens schließlich fünfzehn Jahre später in einem Restaurant der Rue Saint-Laurent in Montreal – mit so entrücktem Gesichtsausdruck, dass sie mich darauf aufmerksam machte und fast schon beleidigt war, dass ein banaler griechischer Feta meine Aufmerksamkeit dermaßen in Anspruch nahm. Ich versprach, es einmal zu erzählen.

Drei Briefe, die Sie nie lesen werden

In der ganzen Geschichte des Schwurgerichtes von Quina wurden, soweit die Erinnerung zurückreicht, nur zwei Todesurteile vollstreckt. Und da beide Hinrichtungen im August 1956 stattfanden, blieben sie so unvergesslich wie ein Zyklon. Ich spreche jetzt natürlich nicht von den Hinrichtungen ohne Gerichtsurteil, die in den verabscheuenswerten Kerkern der Provinzpolizei seit grauen Vorzeiten gang und gäbe sind, nein, ich spreche von dem ordnungsgemäßen, schriftlich niedergelegten, von einem Richter auf Empfehlung einer Jury verkündeten Todesurteil. Solche extremen Urteile waren in Quina durchaus nicht selten, aber jeder wusste, dass die Berufungsverfahren, Gnadengesuche und Strafumwandlungen des örtlichen Justizklüngels dafür sorgten, dass niemand je vor einem legalen Erschießungskommando stehen würde. Damit es so weit kam, war nicht nur Pech nötig, sondern es musste Petit Innocent treffen, einen Erzkomödianten, der sich dermaßen ins Zeug legte, dass der unmögliche Fall eintrat.

Der erste Exekutierte im August 1956 hieß wirklich Petit Innocent, der kleine Unschuldige. Sohn von Madame Innocent aus Porte-Saint-Louis, nicht zu verwechseln mit Madame Innocent aus Porte-Gaille, die Mutter von Yvette und Fernande. Der Name war allerdings ziemlich unpassend, denn Petit Innocent war weder klein noch unschuldig, aber niemand konnte für den kleinen Bruder von Grand Innocent etwas tun. Er war von Geburt an wie vom Schicksal dazu verurteilt, sich ständig zur falschen Zeit am falschen Ort zu befinden. Quina erfand als einzige Provinz solche Vornamen, die mitten in der Tragödie heitere Assoziationen hervorriefen. Man stelle sich nur vor: ein Mann namens Petit Innocent, unentwirrbar verwickelt in eine Affäre von doppeltem Ehebruch, gefolgt von Mord, mehreren Hinrichtungen und schmutzigen Racheakten, alles vor dem politischen Hintergrund der Vorbereitungen des Präsidentschaftswahlkampfs. Der Sommer 1956 in Quina wurde von keinem anderen übertroffen.

Die Affäre gehörte, auch wenn sie weder banal noch alltäglich war, zu den Dingen, die in jeder Provinz vorkommen können. Ein neuer blutjunger Leutnant trat frisch von der Militärakademie seinen ersten Posten an und stellte entzückt fest, dass er nicht zuletzt dank seiner Uniform von den Damen, deren eheliche Leidenschaften erkaltet waren, wie ein Dorfcasanova mit vielversprechendem Zwinkern verfolgt wurde. Einige erlagen dieser Provinzmelancholie mit der Langeweile als Hintergrund, vor allem die, die aus der Hauptstadt stammten. Der zuletzt nach Quina gekommene hatte alles, um sich vom Gesang der Sirenen in die Fallen locken zu lassen: Er kam aus Port-au-Prince, trug seine kakifarbene Montur voll Hochmut und das Käppi schräg auf einem Ohr, während ein selbstzufriedenes Lächeln stets davon zeugte, wie eingenommen er von sich selbst war. Einer, der es bestimmt bis zum Oberst bringen würde oder sogar zum

General, wer weiß. Aber für gewisse Damen in Quina war er einfach nur ein weiterer Deckhengst auf eigene Gefahr. Die Gerüchte unter den Galerien räumten dem Neuankömmling, den man morgens und abends herausgeputzt bis zum Gehtnichtmehr über den Hauptplatz marschieren sah, nicht viele Chancen ein. Die Bewerberinnen würden ihn mit Haut und Haaren verschlingen. Und es war die sehr schöne Madame Petit Innocent, die im Finish dieses Hindernislaufs mit ausgewählten Finalistinnen die Nase vorn hatte.

Als Balsam auf die Wunden der Verliererinnen muss gesagt werden, dass Madame Innocent eine Frau aus Fond-des-Blancs mit blauen Augen, pechschwarzer Mähne und schwarzem Adlerprofil war. Die Zutaten zu ihrer Schönheit gingen auf die polnischen Brigaden des Unabhängigkeitskriegs zurück, die aus Leclercs französischer Armee zur Eingeborenenarmee im Süden übergelaufen waren. Die Mischung, die daraus resultierte, war ein äthiopischer Typus, der *marabout*, dessen Diminutiv *boubout* in der lokalen Sprache zum allgemeinen Ausdruck für Freundin, *girl friend,* Liebhaberin wurde. Meine *boubout*. Die Dame war eine *boubout* im engeren Sinne, die einen Blick wert war. Der junge Offizier hatte keine Chance.

Die Schrotladung traf ihn von vorn mit aufgesetzter Waffe, als er am Dienstag den 3. August um zwei Uhr morgens, die Hose noch auf Halbmast, über einen Zaun zu springen versuchte. Überrascht versuchte er zu fliehen, aber es handelte sich um sogenannten Rehposten, großkörnigen Schrot für großkalibrige Vierbeiner, die sich in ein fremdes Feld verirrt haben. Gemäß dem Gewohnheitsrecht wurde in Quina jedes Tier, das sich außerhalb der Koppel seines Herren herumtrieb und sich an verbotenen Feldfrüchten gütlich tat, als jagdbares Wild angesehen, das daher völlig legal abgeschossen werden durfte. Der Pflichtverteidiger versäumte es später nicht, die Sache in dieses Licht zu rücken. Der junge Offizier hing verblutet über dem Stacheldraht, den er zu übersteigen versucht hatte, sein Vergehen, wie die Verteidigung betonen sollte, und keine erste Hilfe konnte noch etwas für ihn tun, denn seine Brust war völlig aufgerissen. Der Rehposten kannte kein Erbarmen.

Petit-Innocent war an diesem Abend natürlich nicht zu Hause und wurde erst gegen halb fünf Uhr morgens verhaftet, als die Morgendämmerung nahte und er mit der größten Selbstverständlichkeit von der Welt ins eheliche Heim zurückkehrte, als wäre nichts geschehen. Der Menschenauflauf vor seinem Haus und die Gendarmen, die sich sofort seiner versicherten, schienen ihn tatsächlich zu überraschen. Als ihm seine Rechte vorgelesen und der Grund seiner Verhaftung mitgeteilt wurde (damals machte man das wirklich noch so, ich stand unter den Schaulustigen), beteuerte er, ein unschuldiges Mitglied der Stadtbourgeoisie zu sein, aber er weigerte sich rundheraus zu sagen, wo er zum Zeitpunkt des Mordes – „der Hinrichtung“, sollte der Anwalt in seinem Plädoyer auf Selbstverteidigung später nuancieren – gewesen war. Niemals, so sagte er, könnte er als Gentleman irgendeine Aussage machen, durch die die Dame, bei der er die Nacht verbracht habe, kompromittiert werden könnte. Petit Innocent hatte also kein Alibi und obendrein sämtliche möglichen Motive. Die Sache sah ganz nach einem Racheakt aus:

Der Ehemann legt sich auf die Lauer, zwingt den Liebhaber zur Flucht und schießt ihn nieder. Als guter Jäger weiß Petit Innocent außerdem wie alle Leute, dass die Zwölfer-Schrotflinte, die die Ladung Rehposten auf den unvorsichtigen Jungen abgefeuert hatte, durch kein ballistisches Gutachten zu ermitteln ist und dass zu allem Überfluss jede Familie in Quina mindestens eine Zwölfer und dazu einige Patronen Rehposten besitzt. Die Untersuchung würde schwierig werden, aber ganz Quina wusste auch, dass es Petit Innocent absolut nicht ähnlich sah, irgendjemand umzubringen, schon gar nicht einen Liebhaber seiner Frau, mit der er schon lange im Zustand des Nichtangriffspaktes ehemals Liebender lebte, deren Feuer erloschen ist.

Auf Befehl *von oben* – der Präsidentengeneral hatte höchstpersönlich mit dem Präfekten telefoniert – wurde der Fall rasch abgehandelt. All das roch nach den bevorstehenden Wahlen. Das Opfer war ein Militär, und der Staatschef, der entgegen dem Verbot in der Verfassung nach einer Wiederwahl schielte, konnte sechs Monate vor dem dafür nötigen Kraftakt den Tod eines jungen Leutnants, auch wenn der des Ehebruchs schuldig sein sollte, nicht ungestraft lassen. So wurde für die Woche von Montag dem neunten bis Freitag dem dreizehnten August eine Sondersitzung des Schwurgerichts angesetzt und Petit Innocent sofort vor den Richter gestellt, dem eine gemischte Jury aus drei Militärs und drei Zivilisten zur Seite stand. Dies war ungewöhnlich, aber Quina hatte die in Port-au-Prince angewandten Zivil- und Militärgesetzbücher schon immer großzügig ausgelegt.

Fünf Tage lang nutzte Petit Innocent diese unverhoffte Bühne aus, um dem Publikum eine Darbietung zu liefern, von der die, die dabei waren, noch nach fünfzig Jahren sprechen sollten. Er stellte zunächst sicher, dass er sich selbst verteidigen konnte, um so viel Redezeit wie möglich zur Verfügung zu haben. Er behauptete, dass er von dem Sachverhalt erst bei seiner Festnahme erfahren habe und dass im Übrigen seine Ehefrau, seine *femme-chance* (Frau durch Glück) sich nichts vorzuwerfen habe und sich nicht zu rechtfertigen brauche, sie könne sich gewiss sein, dass er sie noch immer im höchsten Maße schätze. Dies hinderte ihn nicht daran, so wie alle Leute eine Mätresse zu haben, seine *femme-douce* (zärtliche Frau), die er auf keinen Fall kompromittieren könne, auch nicht für ein Alibi, das ihm die Todesstrafe ersparte. „*C'est ainsi que les hommes vivent*“, schloss er jeden seiner rhetorischen Höhenflüge an die Adresse der jungen Leute, die Louis Aragon und ihm tosenden Beifall spendeten und trotz der Drohungen mit Verweis aus dem Saal und den Hammerschlägen des Richters singend, die Stimme von Léo Ferré imitierend, in den Refrain des Jahres einstimmten: *C'est ainsi que les hommes vivent … au loin leur péchés les suivent* – „So leben Männer … ihre Sünden folgen ihnen von Weitem“. All dies roch stark nach zu Ende gehendem Regime.

Dann kam um die Mitte der Woche die Affäre mit den Briefen, hervorgerufen durch eine Frage des Richters: Wenn er schon kein direktes Alibi in Gestalt der Person liefern konnte, bei der er sich am Dienstag, dem 3. August um zwei Uhr morgens befunden hatte, gab es dann einen Beweis für diese Liebesbeziehung, ein indirektes Alibi, das einzige Mittel, seine Unschuld zu beweisen? Ja, es gebe drei Briefe, drei wunderbare Briefe, die seine Liebhaberin bereits vor zehn Jahren mit derart sinnlicher Feder geschrieben habe, dass er sie jeden Tag, den Gott seither hatte werden lassen, wiedergelesen habe. Seit zehn Jahren! Angesichts seiner Weigerung, sie als Beweisstücke vorzulegen, auch wenn er dadurch einem Erschießungskommando entgehen konnte, blieb dem Richter nur, einen Abriss ihres Inhaltes zu verlangen, um zu beurteilen, ob sie wirklich existierten. Dies war der Wendepunkt des Prozesses. Petit Innocents Aussage sollte ein für einen Gerichtssaal seltenes erotisches Niveau erreichen. Er kannte die drei Briefe auswendig und agierte bei der Wiedergabe der Liebesklagen wie beim Doubeln eines Pornofilms. Man hörte abwechselnd an verschiedenen Stellen des Saales schelmisches Stöhnen, was den Richter gewaltig ärgerte. Seine Augen gingen auf der Suche nach den Scherzbolden von einer Bank zur anderen. Aber als Petit Innocent zur Schlussformel der Briefe „Ich küsse Dich überall dort, wo Du es gern hast" kam und dabei die Kunstfertigkeit der Dame zu erwähnen wagte, wurde es dem Richter zu viel. Alle unter Zwölfjährigen hatten den Saal zu verlassen, damit diese als pornografisch einzustufende Aussage weitergehen konnte, befahl er dem Schreiber, der kein Wort versäumte.

Am nächsten Morgen, dem Donnerstag, wurden dem Angeklagten vom Richter ein Pflichtverteidiger und ein Maulkorb verordnet, damit der Prozess sich nicht ewig in die Länge zog. *Höheren Ortes* wurde darauf gedrängt, dass spätestens am Freitag dem 13. ein Urteil gesprochen wurde, was alle als schlechtes Vorzeichen betrachteten. Petit Innocent wurde an diesem Tag also des Mordes für schuldig befunden, nicht ohne dass es zu einem letzten Eklat kam, diesmal gegen seinen Anwalt, der, um zu retten, was zu retten war, von der Milde sprach, die einem aus verletzter Ehre handelnden gehörnten Ehemann zustehe. Bei diesem Wort hatte Petit Innocent sich auf ihn gestürzt und ihn wegen Beleidigung seiner Ehefrau beschimpft. Dem Richter blieb die Aufgabe, die Modalitäten der Strafvollstreckung festzulegen, sie sollten am folgenden Montag, dem 16. August verkündet werden.

Schon vor Öffnung des Gerichts war dort eine Menschenmenge versammelt, denn wenn man auch auf Verzögerungsmanöver gefasst war, durch die die Vollstreckung der Strafe schließlich hinfällig werden würde, so hatte man es doch mit der Armee wegen Mordes an einem Offizier zu tun, und in diesem Land weiß man, dass Gesetze aus Papier sind, Bajonette aber aus Eisen. Der Richter hatte sich offensichtlich während des Wochenendes zu harter Arbeit gezwungen, denn er verkündete in strengem Ton und ohne eine Antwort zuzulassen, dass Petit Innocent die Geduld des Gerichts lange genug missbraucht habe. Er müsse deshalb vor seiner Hinrichtung die Kosten für die Munition der Springfield-Gewehre des Erschießungskommandos zahlen und außerdem durch Zwangsarbeit die Miete für seine Gefängniszelle und die verursachten Prozesskosten ersetzen, alles zu dem Wucherzinssatz von 1,5 % pro Monat, den die Banken mit erschreckender Selbstverständlichkeit praktizierten. Da Petit Innocent an chronischem Geldmangel litt und an jedem Monatsende pleite war, war er nicht solvent und hatte keine Möglichkeit, die stattliche Summe von sechstausenddreihundertzwölf Gourde und fünfunddreißig Centime aufzubringen, die er bis Ende August zahlen musste, danach würde der Schuldendienst hinzukommen und jeden Monat die Gebühren, die Voraussetzung für die Exekution waren, noch erhöhen. Dieser Einfall des Richters wurde lange und voll Bewunderung kommentiert, denn er hatte lange graben müssen, um aus einer chinesischen Rechtspraxis den Gedanken zu übernehmen, dass der Verurteilte für die Kugeln zahlen musste, mit denen er erschossen wurde. Gleiches galt für das australische Prinzip, illegale Einwanderer, die nicht gehen wollten, durch Zwangsarbeit für die Gefängnis- und Justizkosten aufkommen zu lassen. Der Richter hatte sicher bis tief in die Nacht gearbeitet, um diese strafrechtlichen Kuriositäten zu finden, und ganz Quina bezeugte diskret, durch ein freundlicheres Lächeln oder ein betonteres Hutziehen, wie sehr es ihn für sein Geschick schätzte. Petit Innocent würde also nicht erschossen.

Doch zwei Tage später am Mittwoch, im bleichen Morgengrauen – solche Morgen sind immer bleich – des 18. August, war die zweite Detonation des Monats zu hören. Es hieß, Petit Innocent sei von dem erfahrenen Hauptmann hingerichtet worden, dem man diesen Posten in der momentanen Krisensituation anvertraut hatte. Er war sofort tätig geworden, nachdem er einen anonymen Briefumschlag erhalten hatte, der genau die vom Verurteilten vor der Vollstreckung zu zahlende Summe enthielt. Nach erledigter Aufgabe ging der Offizier zum Richter, um ihm die sechstausenddreihundertzwölf Gourde, fünfunddreißig Centime im Originalumschlag zu übergeben. Die Stadt stand unter Schock. Alle Zutaten für öffentliche Unruhen waren beisammen, und die Behörden erstatteten sofort Bericht nach Port-au-Prince, dass sich etwas zusammenbraute, das man entschärfen musste. Wer konnte diese Summe gezahlt haben, die nicht gezahlt werden sollte? Die als Erste verdächtigte Armee schwor, dass sie es nicht gewesen sei, und Sie-wissen-schon-wer rief gegen elf Uhr vormittags zum zweiten Mal den Präfekten an, um die Streitkräfte zu entlasten und eine beschleunigte Untersuchung zu versprechen, damit man dem anonymen Spender auf die Spur kam. Es war nicht nötig.

Schlag zwölf Uhr trat eine ganz in Schwarz gekleidete Frau, von deren schwarzen, breitkrempigen Hut ein ebenfalls schwarzer Kreppschleier hing, aus der Kirche, wo sie die Beichte abgelegt hatte, und ging diagonal über den Platz auf das Gericht zu, um Beschuldigungen und Beweise gegen ihren eifersüchtigen Ehemann vorzubringen. Der furchtbare Mann, von dem sie seit langem getrennt lebte, hatte vom Schrotschuss bis zur Gebühr alles eingefädelt, um ihren Liebhaber ins Verderben zu stürzen.

Die dritte Detonation des Monats hallte am Samstag, dem 28. August, einem Markttag, während des Angelusläutens von der an den Flugplatz grenzenden Friedhofsmauer wieder. Niemand fuhr diesmal zusammen, denn ganz Quina war stumm vor Erstaunen über die Ereignisse des Monats dabei.

Als das Pulver zu uns kam

Und dann kam zum ersten Mal das Pulver zu uns, und das Meer büßte seine Unschuld von früher ein, als die Geschenke, die es brachte, zwar nicht harmlos, aber wenigstens ausrechenbar waren. Das Paket, das an den Strand von Quina gespült wurde, war quadratisch, maß etwa fünfzehn Zoll, war in geteertes Papier eingewickelt und sorgsam verschnürt. Niemand hatte je gesehen, dass ein so verpacktes Paket bis ans Ufer schwamm. Als es in Gegenwart des Friedensrichters geöffnet wurde, enthielt es sechzehn Säckchen mit einem unbekannten weißen Pulver, die in vier Lagen zu je vier Einkilosäcken aufeinanderlagen, so dass insgesamt sechzehn Kilo zusammenkamen, wie der Friedensrichter zum Schreiber sagte. Man wandte sich an den nächsten Spezialisten für weißes Pulver, den es im Dorf gab, den Bäcker. Da es kein Mehl und auch kein Zucker war und erst recht keine Stärke oder Kalk, wurde ihm erlaubt, einen Sack in seine Bäckerei mitzunehmen, um zwischen zwei Ofenladungen Tests durchzuführen. Man verabredete sich für den nächsten Nachmittag. Später erfuhr man, dass der Bäckerlehrling, der *marmiton,* das Pulver für Hefe gehalten hatte.

Die Lachepidemie, die Quina erfassen sollte, begann am Vormittag in der Nonnenschule. Die dreihundert Mädchen hatten wie üblich um Punkt sechs Uhr dreißig in der Cafeteria ihr traditionelles Frühstück aus Milchkaffee und Brot mit Erdnussbutter zu sich genommen und waren dann in den Unterricht gegangen. Als um neun Uhr dreißig die erste Pause zu Ende ging, waren sie nicht mehr dazu zu bringen, sich in Reihen aufzustellen, so sehr schüttelten sie sich vor Lachen, ein absolut ansteckender und enthemmender Lachkrampf. Es scheint, dass sie sich in kleinen Gruppen ihre geheimsten Geschichten erzählten und um die Wette fantasierten, ohne Zurückhaltung und unter allgemeinem schallenden Gelächter. Die Nonnen und die Lehrerinnen lachten ebenfalls, wenn auch weniger extravagant. Die beiden Männer für alles auf dem Hof, die für gewöhnlich das Tor beaufsichtigten, erfassten sofort, dass hier eine unerhörte Sache im Gang war und holten rasch den Vertrauten der Schwestern herbei. Dieser, ein galgengesichtiger Koloss namens Iméus, der niemals lachte, so wie es sich für einen Mann im Dienste eines Nonnenklosters geziemte, und der zu den Bürozeiten auch bei der Präfektur als Mann für alles diente, alarmierte ernst und gewichtig die Behörden. Der Vorfall musste ihm als der verderblichste aller Anschläge des großen Satan vorkommen: ein Lachkomplott von Frauen, das diese zu Hexen machen konnte. Ja, ein Hexensabbat, verursacht von Dämonen, die sich heimtückisch der Mädchenschule bemächtigt hatten.

Der von den Oberen eilig herbeigerufene junge Arzt im Praktikum sprach gelehrt von der ähnlichen Wirkung des Lachgases, des Distickstoffmonoxides (N2O), von dem er an der Universität im Anästhesiekurs gehört hatte und das von Zahnärzten benutzt wurde. Eine Gaswolke vielleicht? Indessen war nur das weibliche Geschlecht den Lachanfällen erlegen, und Lachgas wirkte normalerweise bei beiden Geschlechtern gleichermaßen. Er war mit seiner Chemie am Ende, der Arme! Den Lachsalven folgten einige der für den Voodoo typischen Besessenheitskrisen, aber der Pferdefuß war, dass gute, okkulter Praktiken unverdächtige Christinnen von geillüsternen *lwa* bestiegen wurden. Die Frau des Küsters bot sogar ein recht pikantes Schauspiel, als sie im Hof des Pfarrhauses mit den Hüften kreiste (sie vollführte eben *gouyades!*); man hatte ihr eine solche professionelle Begabung gar nicht zugetraut. Eine andere, frisch zur Pfingstbewegung konvertierte Betschwester übertraf die Gesten und Schreie, die bei dieser erst seit kurzem in der Region heimischen Gemeinschaft üblich waren, durch eine Voodoo-Besessenheit mit allem Drum und Dran. Das Lachen schien nichts zu respektieren.

Die Männer waren alle in ihrem Harem bedroht, denn diese mächtige subversive Bewegung scherte sich nicht um die väterlichen oder ehelichen Drohungen, die früher ausgereicht hatten, damit im Haus wieder Ordnung einkehrte. Besorgt und geschäftig berieten sie untereinander über ein Gegenmittel, mit dem man dieses skandalöse und deplatzierte Lachen in den Griff bekommen konnte. „Hat vielleicht jemand was gefunden, was funktioniert?" Leider nicht. Die normalerweise ins Haus verbannte Damenwelt hatte sogar die Straßen in Besitz genommen, kringelte sich dort vor Lachen, und der Ansteckungseffekt ergriff alle sozialen Schichten ohne Diskriminierung und ohne Scham. In einer Welt, in der die geltende Norm für junge Mädchen und Damen nur das Lächeln zuließ – und in der die Ehre der Männer im Körper der Frauen ihres Hauses ihren Zweitwohnsitz hatte –, war dieses deftige Schieflachen in aller Öffentlichkeit nicht nur vulgär, sondern vor allem entmannend. Quina erlebte dunkle und zauberhafte Stunden, eine Hälfte lachte, die andere lachte ganz und gar nicht, konsterniert wie sie alle waren, von den Greisen bis zu den bartlosen Jünglingen.

Das Phänomen schwächte sich nach und nach ab und war nach drei Tagen verschwunden, aber es hinterließ dauerhafte Spuren und führte zu vielen Nachbesserungen im Verhältnis der Geschlechter – ganz abgesehen davon, dass es auf religiösem Gebiet einiges über den Haufen warf, da es die Damen aller Konfessionen mit der gemeinsamen Voodoo-Besessenheit konfrontiert hatte. Zwanzig Jahre später wurde ich als Jurymitglied zur Verteidigung einer glänzenden Doktorarbeit in Verhaltenspsychologie über „Das epidemische Lachen von Quina" in die Schweiz eingeladen, die Dissertantin war eine der kleinen Klosterschülerinnen, die nun groß, gelehrt und Gott sei Dank voll Humor war. Man erfuhr dabei vieles über andere Lachepidemien dieses Typs wie jene berühmte Lachepidemie am Tanganjikasee 1962, von der nur das weibliche Geschlecht betroffen war und die ein Jahr anhielt und ein ganzes Land lahmlegte. Und über die Pygmäenfrauen in Zentralafrika, die von allen Menschen auf der Welt am ausgiebigsten lachen sollen: Sie tun es angeblich gemeinsam, bis sie auf die Knie fallen und schließlich zu Boden sinken. Und eine Fülle gelehrter Dinge über das Lachen und die Frauen, ohne das unvermeidliche Bedauern zu vergessen, das immer ausgesprochen wird, wenn vom Lachen die Rede ist, nämlich über den Verlust von Aristoteles' Buch über das Lachen. Das berühmteste Mitglied der Sekte der Waisen des aristotelischen Lachens, Umberto Eco, hat daraus die Intrige zu *Der Name der Rose* gemacht.

Der Arzt sprach als Erster von Drogen, der Friedensrichter stellte als Erster einen Zusammenhang mit den Säcken voll weißem Pulver her, und die Behörden von Quina erfassten als Erste die zahlreichen Vorteile, die sie aus dieser neuen Seefracht ziehen konnten. Schon am späten Nachmittag kam aus der Hauptstadt ein Dutzend dicker Autos voll mit Würdenträgern in Zivil und in Uniform, bekannten Geschäftsleuten, Maklern und Anwälten jeder Couleur an, so etwas hatte es in Quina bislang nicht gegeben. Um die noch lachenden Mädchen kümmerten sie sich nicht, um die Pulversäcke dagegen so sehr, dass sie sogar eine ständige Wachpatrouille an den Strandabschnitten postierten, an denen die Strömungen aus dem offenen Meer endeten. „Zum Schutz unserer weiblichen Jugend kann man gar nicht vorsichtig genug sein", sagte, diesmal ohne zu lachen, der Dienstgradhöchste unter den Besuchern. Man hatte sogar den Eindruck, dass das weiße Pulver den bescheidenen Hafen von Quina in eine strategische Marinebasis verwandelte, als von den Würdenträgern aus der Hauptstadt alles, was im Laufe der Zeit beantragt und stets ignoriert worden war, zum Beispiel die Installation von Bojen und Leuchtfeuern, sofort bewilligt wurde. „Sie verstehen, wie gefährlich diese Säcke mit dem Pulver sind, von dem man lachen muss". Im gleichen Zug wurde jedem, der auf hoher See ein solches Paket fand, eine beträchtliche Belohnung geboten. Zu sehen, dass das Lachen die Herrschenden aus Port-au-Prince noch mehr alarmierte als der Kommunismus, der sich noch nie so stark ausgebreitet hatte, war zu viel für die misstrauischen Provinzler. Das Puder, von dem man lachen muss, musste also sein Gewicht in Gold wert sein, und die Maklerprovision der Herren aus Port-au-Prince entsprechend.

Bei uns war das Lachen eine gängige und obendrein kostenlose Praxis, aber offenbar gab es in der großen weiten Welt Leute, die dafür teuer bezahlen mussten.

Der Volkstribun und die drei Musketiere

Kommuniqué des politischen Büros von Professor Fignolé:

„Professor Pierre Eustache Daniel Fignolé, Demokrat aus Prinzip und konsequenter Demokrat, Kandidat des Volkes für das Amt des Präsidenten der Republik, trug unter der Dusche gerade die zweite Schicht Seife auf und dachte dabei über die Zukunft dieses voll Inbrunst und lebenslänglicher Leidenschaft geliebten Landes nach, als er ausrief: ‚Carmen, heureka! Die Republik ist gerettet!' Dem Professor war soeben die Lösung für die derzeitige politische Krise eingefallen: die Bildung einer kollegialen provisorischen Regierung."

Die diskrete Anspielung auf Archimedes in seinem Bad entzückte mich, mehr jedenfalls als die vermutete Lösung zur Rettung der Republik. In dieser Vorfernsehära fand der Wahlkampf im Radio statt: den ganzen Tag Kommuniqués, Interviews, Kolumnen und Direktübertragungen öffentlicher Ansprachen. Letztere waren meine Favoriten, ich versäumte nicht eine einzige. Politik ist nicht schön fürs Auge, hieß es überall, aber fürs Ohr hatte sie eine gewisse Grandezza und machte etwas her. Ich hatte mich während der letzten sechs Monate meines jungen zwölfjährigen Lebens munter als Anhänger und fast schon Aktivist hineingestürzt, von Januar bis Juni 1957, als noch alle Hoffnungen möglich waren. Danach sollte es damit für lange Zeit vorbei sein. Ich war Fignolist.

Drei bedeutende Anwärter kämpften neben vielen Statisten um den Präsidentensessel – *einer gegen alle, alle gegen einen!* – und jeder von ihnen umwarb eifrig eine der drei großen Fraktionen innerhalb der damaligen Armee, denn ohne sie kein Präsidentensessel. Da war der Liberale, Déjoie, der für Wirtschaftswachstum stand und mit den mulattischen Dienstgraden verbündet war. Ein Kulturnationalist, der von den jungen schwarzen Offizieren unterstützt wurde, Duvalier. Und ein plebejischer Populist, getragen von den einfachen Soldaten ohne Dienstgrad, Fignolé. Letzterer, ein Volkstribun, der die Massen elektrisierte, handhabte unsere beiden Sprachen Kreolisch und Französisch in einer Abfolge kleiner farbiger Feuerwerksexplosionen. Dieses Bild benutzte ich zumindest in dem Aufsatz, den der Lehrer für Literatur uns aufgegeben hatte. Der Lehrer für französische Literatur, um genau zu sein, denn die haitianische wurde noch nicht unterrichtet. Dieses Wochenende – wir bekamen jedes Wochenende einen Aufsatz aufgebrummt – waren wir aufgefordert, zu verteidigen, was uns an unserem Kandidaten so außergewöhnlich erschien, dass wir auf dem Schulhof gar so fanatisch für ihn stritten. In der Aufgabenstellung lag die ganze sanfte Ironie von Bruder Ernest.

Jeder beeilte sich, um seinen Aufsatz am Montag abgeben zu können, und wartete auf die zweistündige Korrektur der Aufsätze am folgenden Freitag. Die Atmosphäre an diesem Morgen war gespannt wie bei der Verkündung von Wahlergebnissen. Auf dem Tisch lagen drei Stapel, und anders als sonst waren die Aufsätze diesmal nicht nach Leistung, sondern nach politischen Richtungen geordnet. Ich hob sofort die Hand und schlug vor, die Reihenfolge entsprechend der Zahl der Anhänger zu wählen. Ich wusste, dass ich im Stapel des Volkstribuns war und dass dieser bei Weitem der kleinste sein würde, nur drei Arbeiten von fünfzig, die wir im Übrigen gemeinsam zu Hause wie in einer Verschwörerzelle ausgeheckt hatten. Ich wollte, dass wir als Letzte an die Reihe kamen, in der Nachhand, wie man beim Kartenspiel sagt, damit wir die Phantasie durch unsere Worte besser ansprechen konnten. Und vielleicht ein paar andere Anhänger gewinnen.

Wir hatten in diesem Aufsatz keine Glacéhandschuhe angezogen und hatten die anderen Fächer, vor allem Latein, Geschichte und Theater, herangezogen, um in der Einleitung für Catilina gegen den Patrizier Cicero Partei zu ergreifen und Molière zum Gefolgsmann der Adligen zu machen, die er auf Kosten der Bürger, der aufsteigenden Klasse um 1789, amüsierte. Auf diese Weise waren wir gegen den Strom des orthodoxen Denkens schließlich bei Professor Pierre Eustache Daniel Fignolé anzukommen, der einzigen in Frage kommenden Option, wie sich klar aus unserer Beweisführung ergab. (Meine Mutter hatte diesen vierseitigen flammenden Aufsatz, geschrieben auf dem vorschriftsmäßigen Doppelbogen der schriftlichen Prüfungen in der Sekundarstufe, ohne mein Wissen aufbewahrt. Vor kurzem ging sie ihre alten Papiere durch und gab ihn mir vergilbt zurück, sie kniff dabei ihre lachenden achtzigjährigen Augen zusammen, wie wenn sie eine gute *lodyans* erzählte. Sie hatte ihn wiedergelesen!)

Ich erinnere mich noch bei fast allen Klassenkameraden genau, welche Position sie damals vertraten und was ihre Argumente waren. Vor allem an das Fehlen von Argumenten. Aber im Grunde genommen war es mir wurscht, ich sah zu, wie die Zeit verging und wartete auf die abschließende Lektüre von einem, zweien oder warum nicht unseren drei Aufsätzen, ein Privileg, das jede Woche der besten, manchmal den zwei besten und in Ausnahmefällen den drei besten Arbeiten zuteil wurde. Wir hofften doch sehr, dass uns diese Chance nicht von irgendwelchen Witzbolden weggeschnappt wurde, denen zu Hause ein älterer Bruder oder ein Elternteil mit gewandter Feder geholfen hatte – von ihnen war alles zu befürchten, so hoch kochten die Leidenschaften. Als die ersten beiden Stapel vorgestellt waren, ohne dass ein Aufsatz vollständig vorgelesen wurde, war unser Hattrick in Reichweite! Wir jubelten hinten in der Klasse, denn wir drei Fignolisten hatten schon vor Monaten den Platz gewechselt, um in derselben Bank zu sitzen.

Wie enttäuscht waren wir daher, als Bruder Ernest, während er unsere zum Schwert zusammengerollten Aufsätze mit einem imaginären Gegner kreuzte, leise lächelnd erklärte, er habe es hier mit drei offensichtlich gemeinschaftlich verfassten Werken zu tun, die sich durch die Argumente von uns drei Musketieren – einer für alle, alle für einen! – gegenseitig ergänzten. Zwar schön geschrieben und direkt aus den Quellen schöpfend, aber unter den aktuellen politischen Umständen käme es nicht in Frage, irgendeine Arbeit öffentlich vorzulesen. Es folgte der Textkommentar mit den üblichen Betrachtungen über das Gewicht der Grammatik und die Leichtigkeit des Stils, die er uns einzuimpfen versuchte, aber nichts über die Argumente der leidenschaftlichen Wahlreden, die wir vor unseren Kameraden halten wollten.

Man nannte uns nur noch die drei Musketiere, bis das Schuljahr im Juni zu Ende ging, in dem Moment, in dem der Wahlkampf für die feinen Florettfechter unseres Lagers völlig uninteressant wurde. Mit diesem Gedanken trösteten wir uns, denn das neue Regime begann schaurig. Unser Tribun war kaum ins Exil gegangen, da metzelte man im volkstümlichen Viertel Bel-Air in einer apokalyptischen Nacht, der Nacht zum Sonntag, dem 16. Juni, Tausende und Abertausende seiner Anhänger mit Maschinenpistolen nieder. Die ganze Nacht bis zum Morgengrauen hörte man überall in der Stadt die Schreie des Volkes, dessen letztes Ehrengefecht darin bestand, mit einem Stein in der Hand zu fallen und auf irgendetwas Metallisches zu schlagen, das war *battre les Ténèbres,* die Finsternis schlagen, eine hoch symbolische Geste, die verhindern sollte, dass die Teufel ins Land einfielen.

Duvalier hatte sein erstes Massengrab ausgehoben. Die Floretts und Federn der Musketiere waren für immer gewogen und für zu leicht befunden.

Lochard Clochard

Kurz vor 1950 war er aus dem Nirgendwo gekommen, und keine zehn Jahre später kehrte er dorthin zurück. Man sah ihn einfach nicht mehr, einen Tag, zwei Tage … nie mehr. Da er schon keine Adresse hinterließ, hinterließ er Erinnerungen. Er hieß Lochard, und sehr bald hatte man die Ähnlichkeit mit *Clochard* entdeckt, so war die Sache klar. Er war eine seltsame Figur, die auf der Suche nach privaten Feierlichkeiten sämtliche wohlhabenden Viertel der Stadt durchstreifte, vor allem eines mit dem Namen *Bah! Peu-de-chose,* „Ach! Ich bitte Sie“, das Spitzenviertel der Mittelklasse, um sich bei einer Erstkommunion, Taufe, Firmung oder einem sonstigen Anlass am gedeckten Tisch reichlich zu bedienen und sich dann mit Cola zu tränken. Er trank also keinen Alkohol, ein Punkt, in dem die Bewohner des inzwischen geschlossen nach New York ausgewanderten Viertels auch nach fünfzig Jahren übereinstimmen. Lochard trank keinen Alkohol, aber er konnte einen Kasten mit zwölf Viertelliterflaschen Cola herunterkippen wie nichts und dann durch Aufnahme von vier zusätzlichen Flaschen die Gallone vollmachen. Sein Durst war noch beeindruckender als sein Appetit, dabei war auch der gewaltig. Ein Unbekannter, der von nirgendwo kam und keinen Alkohol trank, war von vornherein suspekt, erst recht, wenn er Cola gallonenweise trank. Und wie zu erwarten kam daher sein Ruf als Frosch, der trank wie ein Ochse.

Mit der Zeit wurde dieser Festgast mit dem unlöschbaren Durst eine Art Label und Qualitätsausweis für das Fest, in das er hineinplatzte, denn er war als Clochard mit Prinzipien bekannt, der die demokratischen Saufgelage der tiefer als Bel-Air gelegenen Viertel, auf denen Krethi und Plethi zusammenkamen, und die unbestimmte Kühle der volkstümlichen Gastmähler außerhalb der Stadttore verschmähte. Man vermutete, er sei ein Clochard aus Paris, dem Nonplusultra der Stadtstreicher und nicht Sesshaften, zumal geflüstert wurde, dass er Zutritt zu der Feier hatte, die immer am 14. Juli in der französischen Botschaft stattfand.

Er war ein dicker Kerl mit von der Sonne geröteter Haut, aber für die Haitianer, Experten in der Tabelle der Hauttönungen, die die Mischung von Schwarzen und Weißen in Saint-Domingue hervorgebracht hat, war er deswegen noch lange kein Weißer. Um genau zu sein, war er ein *octavon,* das heißt, wenn man drei Generationen über ein Jahrhundert zurückverfolgte, fand man unter seinen acht Urgroßeltern eine Negerin. Genau das war ein octavon: 1/8 schwarzes Blut hatte einen tropischen Blonden hervorgebracht, den die Kräuselung der letzten Haare seines kahlen Schädels, eher betonte als fleischige Lippen und ein vorteilhaftes Hinterteil, der Fettsteiß des Negerkanons, unzweifelhaft als Schwarzen auswiesen. Und, noch feinere Unterscheidung, dieser Weiße, der ein Schwarzer war, fiel, da mittellos, nicht in die Kategorie „Mulatte“, sondern in die Kategorie „Roter“, so dass die Gastfreundschaft, die er genoss, scheinbar normal war und seine Gastgeber nicht zu *sousous,* Speichelleckern, machte, die sich bei Weißen oder Mulatten einschmeichelten. Es gab zwar einige griesgrämige Leute ohne Talent zum Feiern, die von *bovarysme* sprachen, aber das reichte nicht sehr weit, denn in seiner Eigenschaft als Roter gehörte Lochard bald zum Inventar der Feierlichkeiten von *Bah! Peu-de-chose.* Er war indessen unter all jenen, die versuchten, ohne Einladung und ohne Eintrittsgeld Feiern zu stürmen, der Einzige, der geduldet wurde.

Für gewöhnlich verstand man nämlich keinen Spaß mit dieser Brut, die man mit einem örtlichen, auf amerikanische Weise gebildeten Neologismus bezeichnete, indem man dem kritisierten Fehlverhalten das Wort *man* hinzufügte: Wer „im Sturm“, französisch *d'assault,* in ein Fest einbrechen wollte, wurde so auf Kreolisch zum *dasomann.* Eine typische Figur der Fauna am Rand der Nachkriegsmittelklasse. Sie wurden aufgespürt und kurzerhand hinausgeworfen. Lochard wurde dadurch zu einer interessanten Ausnahme für kleine Dreizehnjährige wie Alix und mich. Wir waren bereits von der Politik fasziniert und gingen ganz in der Entdeckung der feinen Abtönungen des Lokalkolorits auf. Dieser Schwarze, der ein Weißer war, konnte auch als Roter nicht in die Kategorie „Großer Neger“ eingestuft werden, eine Kategorie, die, wie jeder wusste, nichts mit der Hautfarbe oder der Rasse zu tun hatte, denn in unseren Vierteln gab es ganz selbstverständlich mehrere chinesische Familien von großen Negern und auch französische und vor allem deutsche, über die mit „deutscher großer Neger“ alles gesagt war. Kurzum, hatten wir geschlossen, um diesen farbenfrohen Fall zu den Akten legen zu können, Lochard war ein kleiner roter großer Neger von der Bruderschaft der Schnorrer, eine Legende unter den Colatrinkern.

Wir kannten alle einige *dasomann,* und der eine oder andere von ihnen hatte sich mit der Zeit einen beneidenswerten Ruf als Mauerdurchdringer bei den kostenpflichtigen sonntäglichen Volksfesten oder den beitragspflichtigen Bällen am Samstagabend erworben. Aber keiner von ihnen hatte die Klasse von Lochard, dessen Konversation und Manieren seine ungebetene Anwesenheit zum Objekt der Heiterkeit für die Gäste machten. Dies ging so, bis Ende 1956 die Politik ins Spiel kam.

Die damalige Militärregierung, deren hohe Chargen mehrheitlich aus Le Cap im Norden stammten, konnte nicht auf die gewünschte Wiederwahl von General Magloire hoffen, denn der steckte zwischen den Fronten einer mulattischen Bourgeoisie mit Präsidentschaftsanwandlungen, einem protestierenden, nach einem Wechsel verlangenden Süden und einem aufgeheizten Volk in den Slums der Hauptstadt. Dies fand seinen Niederschlag in drei Hauptkandidaten für das Präsidentenamt, Déjoie, Duvalier und Fignolé – und einem Viertel, das symptomatisch für den Klassenkampf innerhalb der Mittelklasse stand, eben *Bah! Peu-de-chose,* in dem Lochard bislang völlig unparteiisch geschnorrt hatte. Die Umstände zwangen ihn, sich wie alle Leute für ein Lager zu entscheiden.

„Wird man Clochard, wenn man in der Lage ist, zwischen drei Banden von Schwachköpfen zu wählen?", antwortete er dem Ersten, der sich nach seiner Zugehörigkeit erkundigte. Aber sehr schnell wurde ihm trotz der Tiefe seiner libertären Sentenz klar, dass es nicht mehr möglich war, unterschiedslos an den Tischen der einen und der anderen zu nassauern. Mit der Freiheit des Clochards war es vorbei. Um zu essen und zu trinken, musste er Parteigänger werden, und das wurde für ihn in dem Maße, in dem das Jahr 1957 auf den entscheidenden 22. September zuging, immer mehr zum Albtraum. Seine Spur verlor sich übrigens an diesem Tag, an dem Duvalier zum Präsidenten gewählt wurde. Niemand hatte eine spätere Erinnerung an ihn. Sein letztes Abendmahl an diesem Tag hat dagegen so manchen geprägt.

Fignolé war drei Monate zuvor auf schaurige Weise ausgeschaltet worden, so dass nur noch Déjoie und Duvalier im Rennen waren. Die Chancen des Letzteren waren offenkundig am Ende eines Rennens, in dem am Samstag, dem 25. Mai einige Rechnungen mit Kanonenschüssen beglichen wurden, am Sonntag, dem 16. Juni abends zur Vesper in Bel-Air tausende Fignolé-Anhänger mit Maschinenpistolen massakriert und hier und dort einige Bomben gelegt worden waren, dazu eine Menge Morde, die nacheinander in den Schlagzeilen standen. Der uneinholbare Vorsprung der Duvalieristen hatte indessen der Entschlossenheit der letzten Getreuen von Déjoie keinen Abbruch getan: Sie hatten eine große Versammlung organisiert, um den unwahrscheinlichen Sieg in einem großen Hof in meiner Nachbarschaft zu feiern. Das fünf Hektar große, mit hohen Mauern befestigte Grundstück lag sowohl an der Avenue Christophe als auch an der Avenue N. Am Fenster des Jungenzimmers saß ich mit meinen Brüdern und meinem Freund Alix, der sich zu uns gesellt hatte, in der ersten Loge.

Es war ein schönes Fest, und es versprach viele Lebensmittel für die Völlerei, zu deren Begießen ein Berg von Vierundzwanzigerkästen Cola bereitstand. Nur durch zwei kleine Tore in den schmiedeeisernen Gittern an den beiden Avenuen gelangte man zum Ort dieser parteilichen Lustbarkeiten. Der beeindruckende Sicherheitsdienst verlangte ein Zeichen der Zugehörigkeit, es genügte nicht, dass man wie Lochard zu einem Fest einfach dazugehörte. Die am Vorabend als Einladungskarte verteilte Parteikrawatte war ein Muss, sie war blau mit roten Streifen, die Farben der Nationalflagge, mit dem lächelnden Gesicht von Senator Louis Déjoie, Kandidat für das Präsidentenamt, in der Mitte. Das Modeaccessoire war an diesem Vormittag sein Gewicht in Gold wert. Die *dasomann,* die sich für Politik und erst recht für das Verdikt der Urnen wenig interessierten, bekamen die Quittung dafür, dass sie diesen Coup nicht vorhergesehen hatten, denn dies versprach ohne jeden Zweifel der am reichsten gedeckte Tisch des Tages und die am besten sortierte Getränkebar der Stadt zu werden. *Bourgeoisie oblige.* Aber ohne die erforderliche Krawatte kein Zugang zu diesem Bankett der High Society.

Lochard stand auf dem gegenüberliegenden Bürgersteig und kommentierte seinen Ausschluss inmitten von Schaulustigen, die sich mit ihrem Pech abgefunden hatten, als sich plötzlich Senator Louis Déjoie höchstpersönlich durch lautes Hupen ankündigte. Der Großhubraumkorso näherte sich über die Rue Quatre aus Richtung Pacôt, wo der Kandidat wohnte. Der Empfangsdienst war in höchster Alarmbereitschaft. Die Autos hielten mit absichtlich quietschenden Reifen. Aus sämtlichen Türen quollen gleichzeitig junge, ostentativ bewaffnete Mulatten hervor und bildeten mit der Hand auf dem Kolben einen Schutzwall für den Parteiführer, der leichtfüßig vom Fahrerplatz seines Jeeps hinunterstieg. Er grüßte die Menge mit dem üblichen Schwenken seines weißen Panama-Strohhuts, Ton in Ton mit seinem gedeckt weißen Sommeranzug zum rosa Hemd. Die Kameras blitzten unaufhörlich. In diesem Moment erblickte er Lochard. Blieb abrupt stehen. Winkte ihn zu sich heran. Nahm seine Einladungskrawatte ab und band sie ihm so elegant um, als handelte es sich um die Präsidentenschärpe, die an diesem Tag die Schulter wechseln sollte. Die Schaulustigen brüllten. Die Damen fielen schier in Ohnmacht. Bis zum letzten Wahlkampftag hatten Fignolé und Déjoie ihnen große Gesten und bewegende Momente satt geliefert, im Gegensatz zu der grauen Tristesse des schweigsamen und mürrischen François Duvalier, der sich trotz allem oder vielleicht gerade deswegen anschickte, die Wahl zu gewinnen.

Lochard trat ein, und über das, was folgen sollte – und was die Mauer und die Entfernung vor mir verbargen –, kenne ich mindestens drei Versionen, die allesamt denselben Epilog haben, nämlich Lochards Verschwinden an diesem Tag, dem 22. September 1957. Manche beharren auf Teufel komm raus darauf, man habe ihn den Verrat am Viertel *Bah! Peu-de-chose,* den er beging, indem er sich beim Feind den Bauch vollschlug, teuer bezahlen lassen (das, was folgen sollte, lässt diese These nicht ganz unwahrscheinlich erscheinen), andere behaupten, er habe an diesem Tag derart viel gegessen und getrunken, dass er sich den Magen verdorben habe. Er sei ins Krankenhaus gebracht worden, was an diesem Tag voll politischer Aufregung alle gleichgültig ließ, und sei dort gestorben, eine These, die angesichts der Qualität und der Quantität der verfügbaren Munition, wie ein *dasomann* sagen würde, diskutierenswert ist. Und schließlich die dritte Version, die verbreitetste, aber deswegen nicht unbedingt die wahrste, aber sei's drum, sie ist bei weitem die wunderbarste!

Einmal drinnen wird Lochard wie eine Kuriosität empfangen, man reicht ihm sofort unter allgemeinem Gelächter der Anwesenden eine große Punschschale aus Kristallglas, gefüllt mit mindestens sechs Flaschen Cola. „Auf ex! Auf ex!", skandierten die Umstehenden unter rhythmischem Klatschen. Dies war ein Verstoß gegen den Ehrenkodex der *dasomann:* Partylöwe ja, Zirkustier nein. Lochard löste langsam und lächelnd seine Krawatte und erklärte, dass die Ehre des Begrüßungstrunks diesem Modeaccessoire zukomme. „Sie haben doch meine Krawatte eingeladen und nicht mich, oder?" Er tauchte sie vollständig in die Schüssel, so dass sie nach Herzenslust trinken konnte. Die Krawatte saugte sich voll und begann, auf die Cola abzufärben, welche nacheinander von einem sehr hellen Blau ins Himmelblaue, Azurblaue, Meerblaue und schließlich in ein tiefes, schon ins Schwarze schlagendes Dunkelblau wechselte … Niemand lachte mehr, aller Augen hingen an der schwarzen Schüssel voll roter Cola, in der das Sesamöffne-dich des Festes eingeweicht war.

Zwei unverbesserliche Säufer, die bereits unter dem Nachbartisch lagen, schwören in der Brooklyner Bar, Ecke Eastern Parkway, New York, in der ich mich mit ihnen getroffen habe, immer noch jedem Gast, der es hören will, dass sie mit eigenen Augen gesehen hätten – oder, abgefüllt, wie sie waren, zu sehen geglaubt hatten – wie auf Lochards Stuhl an seiner Stelle ein kleiner roter, kahler und beleibter Frosch gesessen habe, der ihm zum Verwechseln ähnlich gesehen habe. Dieser sei in die dunkle Schüssel gesprungen und darin verschwunden. Vielleicht war Lochard dorthin zurückgekehrt, wo er hergekommen war, und hatte dabei wahrscheinlich seine ursprüngliche Gestalt wiederangenommen, aber sie konnten nichts mit Sicherheit sagen, betonten sie, denn sie hatten selbst kein Vertrauen zu den Schwüren von Trunkenbolden.

Das Beunruhigende an der Sache ist, dass seit fünfzig Jahren alle darin übereinstimmen, dass die beiden in der Tat Lochard Clochard als Letzte lebend gesehen haben.

Das Liebesgericht

Die Sitzungen des Schwurgerichts begannen jedes Jahr in der ersten Ferienwoche, und der Gerichtssaal von Quina füllte sich mit Neugierigen, die gekommen waren, um die wehenden Robenärmel und sonstigen kühnen Schwünge der Anwälte von Anklage und Verteidigung zu bewundern. Sofern sie ein Jackett trugen, konnten fast vierzehnjährige Jugendliche wie ich sich hinten in den Saal schleichen oder sich an einem Fensterbrett aufstützen, um diese Liturgie von Männern in schwarzen Togen und weißen Jabots mit gewichtiger Miene und dicken Schweißperlen auf der Stirn zu verfolgen. (Es gab damals im Gerichtssaal von Quina noch keine Ventilatoren.) (Gibt es heutzutage Ventilatoren im Gerichtssaal von Quina?) Man erfuhr dort unglaubliche Dinge, von denen weder in der Schule noch zu Hause die Rede war. Noch nicht einmal unter Klassenkameraden. Und außerdem musste man langsam ernsthaft an die Berufswahl denken.

Die Angeklagten waren oftmals Unbekannte aus den Bergen, abgerissen, zerlumpt, nur des Kreolischen mächtig, Bauern, verirrt … Sie dienten sichtlich nur als Vorwand für das Ritual der rhetorischen Gefechte. Außer dem auf Kreolisch verkündeten Urteilsspruch war alles für sie fremd und auf Französisch. Die Sitzungen des Schwurgerichts dauerten in Quina nur eine Woche, denn schließlich erforderten nie mehr als fünf Fälle pro Jahr diese Inszenierung, und es war örtliche Praxis, jeden Fall komplett an einem Tag zu erledigen. Der Erfolg dieses jährlichen Spektakels in Quina war so groß, dass man die Sitzplätze für die Autoritäten und wichtigen Persönlichkeiten der Stadt reservieren musste, welche alle kamen, um den später ausgiebig kommentierten Richtersprüchen beizuwohnen. Todesurteile waren nicht selten, sie waren es, die das meiste Geraune im Saal hervorriefen. Die Ehefrauen der Geschworenen jedes Falles hatten Vorrang bei den Plätzen in der ersten Reihe. Quina kam sich exemplarisch und sehr liberal vor, weil es dem schwachen Geschlecht – das damals weder gewählt werden noch wählen, noch Geschworener sein, noch sonst irgendetwas durfte – Beobachterinnenplätze anbot. Das kehrte in jeder Rede wieder, gleichgültig zu welchem Thema und zu welchem Anlass. Mit anderen Worten oft, denn es stimmt, dass einem in Quina wegen allem und jedem eine Rede um die Ohren gehauen wurde.

Fünf Fälle sollten dieses Jahr noch verhandelt werden, und als ich am Vorabend für die Ferien aus Port-au-Prince anreiste, erfuhr ich abends bei Tisch, dass es in den ersten beiden um Frauen ging, die sich des Totschlags an Männern, die sie geliebt hatten, schuldig gemacht hatten. Das durfte ich nicht versäumen, denn Verbrechen aus Leidenschaft wurden in Quina zwar häufig vor Gericht gebracht, aber es standen dort selten Frauen. Ich kannte freilich alle Verbrechen aus Leidenschaft, die ein zehnjähriges Abonnement von *Historia* seit Kriegsende in den Bücherregalen meines Vaters versammelt hatte, aber große Verbrecherinnen aus Fleisch und Lust, leibhaftige exzessiv Liebende, niemals! Ich erfuhr auch, dass ein junger Anwalt, der am Gericht seine Ausbildung absolvierte, wegen der Armut der ersten Angeklagten zum Pflichtverteidiger bestellt worden war und dass die andere sich dank des Erbes, das sie bei einem Freispruch erhalten würde, einen Verteidiger leisten konnte. Was die drei angeklagten Männer betraf, so waren sie wegen ihres banalen Geschlechts nicht einmal einen Kommentar wert.

Es war so vielversprechend, dass ein Korrespondent der Zeitung *La Garde des Cayes* aus der Bezirkshauptstadt von meinem Onkel Loulou für zwei Tage zu uns nach Hause geschickt wurde, damit er für Auflage sorgte. Mein Onkel sagte über ihn, er sei eine Feder mit Zukunft. Er hieß Jacquot und schlief über mir im Etagenbett. Er war mir eine wertvolle Hilfe, um mich als Fotografenhelfer, der den mit einer Autobatterie gespeisten Scheinwerfer bediente, in den Saal einzuschleichen. Er sollte später den Fall so offen mit mir diskutieren, wie es kein Erwachsener aus der Familie bislang gemacht hatte. Es stimmt, dass ich älter wirkte und dass ich schon zwei Jahre im Internat in Port-au-Prince verbracht hatte.

Der Fall vom Montag sah für die Verteidigung ganz nach unbeabsichtigter Tötung aus oder gar nach einer mitleidigen Geste, die ein schlimmes Ende genommen hatte. Die Todesursache war klar, der Mann war erhängt aufgefunden worden, aber die Umstände dieses Todes waren es weniger. Es handelte sich um einen älteren wohlhabenden Mann, der ein sehr junges Mädchen zur offiziellen Konkubine genommen und ihr ein bequemes Haus am Stadtrand eingerichtet hatte. Sie war noch minderjährig, würde das heutige Zivilgesetzbuch sagen, aber damals blieben die Frauen ihr Leben lang minderjährig. Die nachlassenden Kräfte des Siebzigjährigen sprachen auf die wenigen lokalen Rezepte auf der Basis von rumgetränkten Lianen nicht mehr an, und auch nicht auf die Fläschchen der sehr beliebten Apotheke Sostène in der Hauptstadt. Diese sollte ihren Namen einem brutalen Herzanfall geben, der nach Einnahme ihrer Tränke eintrat, der akuten Sostenitis. Anscheinend blieb dem Patienten kein Mittel mehr übrig, als sich aufzuhängen und sich sofort wieder zu befreien, wenn der erwünschte Blutzufluss eingetreten war. Den zahlreichen Zeugen zufolge hatte er sich mehrfach öffentlich mit dieser unfehlbaren Methode gebrüstet. Aber eines Tages kam es zum Unfall. Einem vorhersehbaren Unfall, wie die Verteidigung behauptete. Es war Mord, antwortete die Anklage, wegen einer finsteren Erbschaftsgeschichte. Die Beweisführung der Anklage war unerbittlich und auf solide Indizien gestützt. Ich gab der Kleinen, die nicht klug genug gewesen war, auf ein natürlicheres Ende ihres Protektors zu warten, nicht viele Chancen. Ich wähnte sie verloren. Aber der Verteidiger, ein Tenor des Gerichtssaales, der als Letzter sein Plädoyer hielt, machte aus der Extremlösung des Alten ein Melodram und spürte der Vermessenheit ihrer Ausführung in den kleinsten Details nach. Zusammen damit, dass es natürlich keine Zeugen der tödlichen Szene gab, führte dies zum Freispruch wegen vernünftigen Zweifels an ihrer Schuld.

Ich hatte einen Gutteil des Abends damit verbracht, all das, was ich an diesem einen Montag gelernt hatte, in meinem Kopf zu sortieren und zu ordnen, während Jacquot sich an meinem Arbeitstisch mit seiner Kolumne herumschlug. Er hatte darauf bestanden, mir die Depesche vorzulesen, die er im Morgengrauen dem Fahrer des Lastwagens nach Les Cayes übergeben musste. Sein Artikel kam in der Dienstagabendausgabe des Blattes heraus, das auch am Donnerstag und am Samstag erschien. Er hatte mir gesagt, wie wichtig die Überschrift war, und unterstrichen, dass oft alles von einem guten Titel abhing. Nach einigem Zögern hatte er sich schließlich für *Die Ballade vom Gehängten* entschieden. Ich lächelte. Sein Text enthielt jede Menge pikanter Details, von denen niemals die Rede gewesen war. Oder ich hatte sie nicht gehört. Ich machte ihn darauf aufmerksam.

Wir sprachen lange über den Journalismus, den er an der Universität studierte, den er angesichts seiner Risiken jedoch zugunsten der Medizin aufzugeben erwog. Der Preis der Bravour war zu hoch. Er erzählte mir, dass das erste Opfer von Haitis Kriegseintritt nach Pearl Harbour am 7. Dezember 1941 ein Journalist und Radiokommentator gewesen war, ein hochriskanter vorgeschobener Posten, denn das letzte haitianische Kriegsopfer, gestorben am 4. Februar 1945, dem Tag der Konferenz von Jalta, war ein anderer Journalist, ebenfalls Radiokommentator. Die Präsidentenrede von 1941, improvisiert unter starken Emotionen, begann mit: „Die ganze Welt ist gewarnt, die ganze Nation weiß Bescheid, ich erkläre hiermit dem Japanischen Kaiserreich den Krieg." Lescot kam damit Roosevelts Rede zum Kriegseintritt der Vereinigten Staaten gegen die Achse um gute zwei Stunden zuvor. Der Präsident schloss mit den Worten: „Bald wird am Himmel über Berlin die haitianische Luftwaffe ihre Bahnen ziehen."

Die Ansprache stand grammatisch mehr als einmal auf wackeligen Füßen, und der Journalist begann seinen Bericht mit der Schlagzeile „Der Präsident ist gegen die Achse – und gegen die Syntax" und besiegelte seinen Sturz mit dem beruhigenden Hinweis auf die geringe Gefahr, die dem Präsidenten in diesem Krieg drohte: „Noch niemand ist daran gestorben, dass er sich lächerlich gemacht hat, Exzellenz."

Daran, dass er sich lustig gemacht hat, allerdings schon.

Das letzte Opfer wiederum beging sein Wort zu viel, als es 1945 auf dem Flughafen live die Rückkehr desselben Präsidenten von seiner Reise in die Vereinigten Staaten kommentierte:

„Der Präsident steigt die Gangway hinunter, er trägt einen grauen Anzug und eine graue Krawatte; Schuhe, Hemd und Einstecktuch scheinen uns aus dieser Entfernung ebenfalls grau zu sein, ebenso wie der Hut … Insgesamt können wir sagen, dass ihm auf dieser Reise lediglich die gleichfarbigen Zellen gefehlt haben."

Der Präsident hatte einen *marasa*, einen *Polkatanzpartner*, eine Fortsetzung seiner selbst, wie sie Präsidenten oft haben, einen *Blutsbruder*, wenn man so will, der oftmals Innenminister ist. An ihn wandte sich der damalige Chefredakteur der Morgenzeitung wutschäumend, um die sofortige Freilassung des letzten Verhafteten zu fordern. Auf der Titelseite war sechsspaltig zu lesen: „Der Blutbruder!" Es war die letzte Ausgabe der Zeitung, die am selben Abend durch einen willkommenen Brand zerstört wurde.

Ich wusste auch, dass mein Onkel, Direktor von *La Garde* – das war eine ironische und gefährliche Anspielung auf die Garde von Haiti –, bereits zweimal im Gefängnis gesessen hatte. Alle sagten ihm voraus, dass er seinen dritten Gefängnisaufenthalt nicht überleben würde. Ich schlief nachdenklich ein in der Hoffnung, dass der zweite Tag ebenso reich an neuen Erkenntnissen sein würde.

In dem Fall vom Dienstag ging es um die Vergiftung eines Haustyrannen, dem die Ehefrau zu guter Letzt, als sie nicht mehr konnte, eine tödliche Suppe zubereitet hatte. Die Sache war schon einige Jahre her und war nur ans Licht gekommen, weil die Krankenschwester, die das erforderliche Pulver geliefert hatte, auf dem Totenbett gestanden hatte. Um ihr schweres Gewissen zu erleichtern, hatte sie sich jedem anvertraut, der in die Nähe ihres Bettes kam, und noch bevor ihr Körper völlig erkaltet war, hatte sich die Nachricht überall in der Stadt herumgesprochen. Die Angeklagte war zusammengebrochen, und der Anwalt in Ausbildung unternahm lobenswerte Anstrengungen, um zu zeigen, dass die Witwenschaft, die Einsamkeit, die Armut und das Leben ohne Privatsphäre ihr verglichen mit dem *argumentum baculinum* – schon wieder die rosa Seiten des *Petit Larousse,* denen das öffentliche Wort von Quina so viel verdankte – als ein friedlicher Hafen erschienen waren. Es stand ziemlich schlecht um seine klassische Verteidigung, als er den genialen Einfall hatte, die körperliche und seelische Qual der Frau durch eine Anweisung zu illustrieren, die es auf die Titelseite von *La Garde* bringen sollte: „Behalten Sie die Stellung bei!" Diesen Schlachtruf stieß der Ehemann aus, wenn er eine Pose seiner Gattin anregend fand, vor allem, wenn sie bei ihren kleinen Haushaltspflichten unter den Tischen oder Betten Staub wischte. Jacquot lachte, dass er sich schier den Kiefer ausrenkte. Alle lachten mehr oder minder offen, trotz der Hammerschläge von Richter Pivergé, einem Mann, der niemals lachte, und seinen Drohungen, den Saal räumen zu lassen. Nun, da er sicher war, eine Goldader gefunden zu haben, ließ der Anwalt eine Serie von Illustrationen der These vom sexuell Besessenen los, wobei das unvermeidliche „Behalten Sie die Stellung bei!" jedes Mal vom Publikum als Echo wiederholt wurde. Der Richter musste ihn mehrfach daran erinnern, dass er sich in einem Gerichtssaal und nicht auf einer Lustspielbühne befand. „Um nicht noch mehr zu sagen", fügte er hinzu, denn die Verteidigung trug noch dicker auf. Den Geschworenen fiel das Ernstbleiben genauso schwer wie allen anderen. Nur der Richter blieb ungerührt. Der Freispruch folgte. Ti-Michel hatte bei seinem ersten Fall erprobt, was in einem Schwurgericht ein Bonmot anstelle einer legitimen Verteidigung ausrichten konnte. Dies war die mürrische Schlussbemerkung des Richters nach Verlesen des Beschlusses der Jury.

Die Stadt belebte sich mit Menschenaufläufen an den Straßenecken. Ich war hin- und hergerissen, unfähig zu entscheiden, welches Werkzeug, die Schnauze des Anwalts im Schwurgericht oder die Feder des Journalisten, am faszinierendsten, am wirksamsten war. Bei diesem

Abendessen diskutierten wir endlos, mit dem Schwung einer neuen beratenden Jury, über die Urteilssprüche. Meine älteste Schwester, die mit Beginn des Studienjahres im Oktober an der medizinischen Fakultät studieren wollte, hatte an allen Verhandlungen teilnehmen wollen, aber das war nicht wirklich etwas für unverheiratete Mädchen. Jacquot aß ein letztes Mal mit uns, bevor er wieder den Lastwagen nach Les Cayes bestieg. Irgendetwas in seinem Verhalten hatte sich indessen verändert, er wirkte zurückhaltender, fast schon gezwungen und ganz sicher weniger gesprächig. Und was waren das für verstohlene Blicke, die er meiner Schwester hin und wieder zuwarf? Auch sie war ganz komisch!

Mein *Doc* von Schwager wird lächeln, wenn er diesen Text liest. Ich hätte mich gefreut, wenn Onkel Loulou ihn auch hätte lesen können, aber er sollte seinen dritten Gefängnisaufenthalt nicht überleben.

Die göttliche Komödie

Ich hatte kein Talent. Aber wenn ich sah, wie Coby, Coilo, Alfred und Bibine mit ihren fünf Jahren in der ersten Klasse bei Bruder Clair den Ball im Griff hatten, dann hatten die es ganz bestimmt, nämlich das Talent zum großen Fußballspieler. Nationalspieler muss man sein, man kann es nicht werden, und die anderen, die schlecht Bedachten, kommen mit ihren Versuchen, es zu werden, gegen diese Fügung des Schicksals nicht an. Niemand schien sich bei dieser schreienden sportlichen Ungleichheit bei der Geburt aufzuhalten, im Gegenteil, alle schienen sie noch zu verstärken, als gälte es alles zu tun, damit es nur eine Frage der Zeit war, bis die kleinen Rechtgeborenen zum ersten Mal das blaurote Nationaltrikot anziehen konnten.

Die Fußballmannschaft der Schule musste neben diesen vier Stars auf andere gute und gelegentlich weniger gute Spieler zurückgreifen, um die elf Positionen zu besetzen. Ich glaube, ich bin während meiner ganzen fußballverrückten Kindheit in jener letzteren bescheidenen Kategorie hängen geblieben. Von allen Wettkampfsportarten, die an der Schule praktiziert wurden, liebte ich dieses Spiel, das mich nicht liebte, und bei dem aufgrund des Fehlens von qualifizierten Trainern jeder sehen musste, wie er auf dem Spielfeld mit seiner natürlichen Begabung zurechtkam. Das Schlimmste war, dass man einen Mangel an dieser natürlichen Begabung mit dem besten Willen nicht ausgleichen konnte. Ich war nicht offensiv genug für den Sturm und nicht defensiv genug für die Abwehrreihe, es blieb mir daher nur eine Laufbahn im linken Mittelfeld in der Mitte zwischen allem: auf halber Höhe des Spielfelds, auf halbem Weg zwischen den Toren, auf halbem Weg zu einem sportlichen Namen und einem Stammplatz in der Mannschaft.

Die Kindheit ging dem Ende zu, ich machte eine ihrer Leinen nach der anderen los, und die ganze heiße samstägliche Kameraderie zwischen den Spielern in der grünen Uniform mit dem Wappen der Schule reichte nicht mehr aus, um mich in dieser Mannschaft zu halten. Meine Lektüre, die politische Bühne und vor allem das Leben unter dem Mund der Erwachsenen hatten mich überzeugt, dass die Art und Weise, wie man eine Gruppe verließ, noch viel wichtiger war als die Art und Weise, wie man in sie eintrat. Ich suchte also nach einer Gelegenheit, die den bösen Zungen möglichst wenig Angriffsfläche für ihre Behauptung bot, ich hätte die Nase voll davon, in wichtigen Begegnungen den Lückenfüller zu spielen. Als die unerwartete Ankunft einer italienischen Mannschaft aus der Besatzung eines ganz neuen Flugzeugträgers, der *Dante,* die gerade in der Karibik kreuzte, unseren üblichen Spielplan durcheinanderbrachte, bot sich eine Zufallschance für den notwendigen Abschied. Das vorgeschlagene einfache Freundschaftsspiel nahm, nachdem die Presse sich seiner bemächtigt hatte, rasch die übertriebenen Ausmaße einer internationalen Premiere an, und uns wurde die Zielvorgabe gestellt, uns nicht zu sehr vorführen zu lassen.

Am fraglichen Tag waren die Ränge aufgeheizt, als träten wir gegen die *Squadra Azzurra* höchstpersönlich an. Sogar Béatrice, die kleine, etwas scheue Schwester unseres Torhüters, in die ich mich verguckt hatte, ohne dass ich hoffen konnte, ihre Aufmerksamkeit zu erregen, war da! Unser Plan war einfach: Alles in die Defensive, die Hintermannschaft wurde auf fünf verstärkt und das Mittelfeld auf vier, nur ein Star blieb in der Spitze, die drei anderen standen aufgereiht an der Mittellinie. Eine Betonpyramide, 5-4-1 mit einem *potomitan* als Rückgrat, der der italienischen Defensivkultur in jeder Hinsicht würdig war. Wie üblich lagen meine Chancen, in einer solchen Partie zu spielen, bei Null, und ich blieb meinerseits lieber auf der Ersatzbank und verfolgte von diesem Vorzugsplatz aus das Spiel. Eine unglaubliche Verkettung von Unglücksfällen – die Seeleute spielten hart –, brachte mich jedoch gegen Ende der zweiten Halbzeit auf den Platz. Es stand immer noch Null zu Null, aber unsere erschöpften Abwehrspieler fielen einer nach dem anderen aus. Meine respektable Größe brachte mir den Auftrag ein, ein Loch auf der linken Seite zu stopfen. Ich bekam mit, wie mein Trainer mit den Schultern zuckte, nachdem er mich für diese mehr physische als taktische Mission bestimmt hatte.

Ich legte keinen allzu großen Wert darauf, angespielt zu werden, und wenn mir der Ball ausnahmsweise vor die Füße kam, beeilte ich mich mit klopfendem Herzen, ihn ohne allzu viele Schnörkel, Dribblings, Tunnels, Tacklings und sonstige Tricks an unsere Sturmspitze in Lauerstellung loszuwerden. Auf diese Weise drang ich, ein guter Läufer, als keine fünf Minuten mehr zu spielen waren und ich noch stark genug war, um mich gegen zwei Italiener mit Schultern und Ellbogen an der Grenze zum Foul durchzusetzen, an der Seitenlinie entlang ziemlich tief in die gegnerische Hälfte vor. Auf Höhe des Strafraums geriet ich aus dem Gleichgewicht und flankte im Fallen mit dem linken Innenrist zu Bibine, der schussbereit in der Spielfeldmitte stand. Ich weiß immer noch nicht, wie der Ball, anstatt rechtwinklig zu meinem dreißig Meter entfernten Mittelstürmer zu gehen, in einem Winkel von sechzig Grad abging und in einer gekrümmten Granatenflugbahn mit einem Drall wie ein Bumerang im Torwinkel landete. Unhaltbar. Ein wunderschönes Tor. Das Siegestor über die *Dante*. Gute zwei Dutzend Meter vom beabsichtigten Auftreffpunkt des Balles entfernt.

Die Feier bestimmten die Asti-Spumante-Korken der Italiener, die mich als den Torschützen der Partie genauso lautstark wie unsere Spieler umarmten, und einige Souvenirs, darunter der Sweater des italienischen Torwarts, den ich immer noch habe. Und ich war es, dem im Namen der Mannschaft der Siegespokal überreicht wurde. Noch nie hatte ich bei einem Fußballfoto in der Mitte gestanden mit den Stars der Mannschaft zu meiner Linken und meiner Rechten.

Jetzt oder nie.

Noch am selben Abend beschloss ich, meinen Abschied aus der Gruppe mit sofortiger Wirkung vom nächsten Morgen an zu verkünden. Ich hatte die Chance, nie mehr mit einem Ball in

Berührung zu kommen, und ich würde sie mir nicht entgehen lassen. Der angenehme Empörungssturm meiner Kameraden und selbst des Trainers blieben selbstverständlich wirkungslos. Und außerdem hatte ich nur Augen für Béatrice, die von der Tribüne alles mitangesehen hatte. Endlich konnte ich hoffen, sie zu einer Verlängerung einzuladen, einer Verlängerung bis zum *goldenen Tor …*

Wie man Feinde findet

Das Jugendalter war in Quina noch nicht erfunden. So wie in den anderen Provinzen übrigens. Nur die Hauptstadt, der für alle Winde und Strömungen, Dämonen und Wunder offene Hafen, schien sich der Mode einer langen Jugendzeit zwischen der Kindheit vor dem 13. Geburtstag und dem Erwachsenenalter nach dem 19. zu beugen. Dieses Teenager-Übergangsalter war zwar bis zu uns durchgesickert, blieb aber folgenlos, als käme es von einem anderen Stern, dem der amerikanischen Weißen, an die es in der Provinz fünfundzwanzig Jahre nach dem Ende ihrer militärischen Besatzung noch zu grässliche Erinnerungen gab. Bei uns verließ man einfach das späte Kindesalter und landete irgendwann in den Niederungen der Erwachsenenwelt, ohne Getue und ohne Umschweife, ziemlich brüsk sogar und oft mit dem Kopf voran, den man sich dabei auch oft einschlug.

Die Verwandlung hatte in ihrer Radikalität etwas vom Übergang von der Raupe zum Schmetterling. Und der dafür unerlässliche Kokon war nichts anderes als die Laube mitten auf dem Hauptplatz von Quina: Pfähle, die jedes Jahr, wie es sich gehörte, eine neue Schicht marineblaue Farbe bekamen, unter der sie vor sich hinrosteten, und darüber ein konisches Dach aus galvanisiertem Wellblech, das jedes Jahr für das Patronatsfest in derselben Farbe gestrichen wurde. Die ganzen Schulferien hindurch wurde dort an den Sommerabenden – wenn der Mond Straßenlaterne spielte, bis spät in die Nacht – darüber diskutiert, wie man all den Fallen ausweichen konnte, mit denen das verminte Terrain von Port-au-Prince übersät war. Um unsere Angst zu überspielen, lachten wir über alles, denn man musste Ehre für seine Provinz einlegen, indem man eine nonchalante Lust zur Schau trug, den Stier bei den Hörnern zu packen.

Das Wichtigste beim Eintritt ins Leben in Port-au-Prince, etwas, was man nicht verderben durfte, war die Freundschaft, denn alles andere ergab sich daraus. Bis dahin wurden wir auf ganz natürliche Weise Freunde, weil wir Nachbarn oder gleich alt waren, in dieselbe Schule gingen, Freunde von anderen Freunden waren und so weiter. Warum? Darum. Aber nun würde alles anders werden und nichts würde mehr auf natürliche Weise geschehen. Und das nannte man wählen. Und nicht zu wählen, bedeutete auch wieder eine Wahl. Nicht dass die Freundschaft bei unserer Erziehung ausgespart worden wäre und uns die Parabeln und Predigten der Eltern voller „Sag mir, welchen Umgang du pflegst, und ich sage dir, wer du bist“, „Gleich und gleich gesellt sich gern“ etc. gewissermaßen erspart geblieben wären, nein, aber es ging darum, dass sich nichts mehr von selbst verstehen würde. Man kam also um die Wahl, seinen Freundeskreis wählen zu müssen, nicht herum, aber wenn wir schon nicht sofort wussten, wen wir als Weggenossen haben wollten, dann konnten wir immerhin schon bei denen beginnen, die wir nicht wollten. (Seine Feinde zu wählen, war also noch wichtiger, als seine Freunde zu wählen.) Wir hörten mit offenem Mund den Älteren in der Laube zu und nahmen uns vor, dass auch wir, die wir bald in der Philosophieklasse sein würden, die Jüngeren an den Vollmondabenden gehörig beeindrucken würden.

Es blieb also nur noch, sich in den Bestseller von Dale Carnegie über die Freundschaft *Wie man Freunde findet* zu vertiefen, ein Buch, das seit seinem Erscheinen Jahr für Jahr fünfundzwanzig Kohorten der lokalen Bourgeoisie und Mittelklasse genährt hatte, alle Größen von *small* bis XXL, denn alle suchten darin ein einschlägiges *prêt-à-porter.* Mir fiel es eines Tages zu, für die Diskussion am folgenden Abend einen Auszug daraus vorzubereiten, denn unsere Provinz pflegte noch die verwelkte Eleganz der thematischen Treffen, die wir für eine Erfindung der schöngeistigen Pariser Zirkel der Belle Epoque hielten. Ich erledigte meine Aufgabe mit Fleiß und arbeitete das Buch ein ums andere Mal durch, um den Absatz zu finden, der den Ansatz des Autors am besten wiedergab. Er fand sich auf Seite 114 der Taschenbuchausgabe bei Hachette:

„Wenn Sie gefallen wollen, hier nun Regel Nr. 4:

Denken Sie daran, dass Ihr Gesprächspartner sich hundertmal mehr für seine Wünsche und Probleme interessiert als für Sie und Ihre Sorgen. Seine Zahnschmerzen quälen ihn mehr als eine Hungersnot, an der eine Million Chinesen sterben. Ein Furunkel im Hals beunruhigt ihn weit mehr als vierzig Erdbeben in Afrika. Bedenken Sie das, wenn Sie das nächste Mal ein Gespräch beginnen."

Der Preis, den man zahlen musste, um zu gefallen, war hoch, sehr hoch: ein Furunkel ging vor vierzig Erdbeben in Afrika und Zahnschmerzen waren wichtiger als der Hungertod von einer Million Chinesen! Dass der Gesprächspartner sich hundertmal mehr für sich als für einen selbst interessierte, konnte man sich ja noch gefallen lassen, aber das afrikanische Furunkel blieb einem schon quer im Hals stecken, ganz zu schweigen von dem chinesischen Zahn, dem man dem Autor schleunigst ziehen sollte.

Die heftige Diskussion, die darauf folgte, war auf der Höhe des Vorschlags. Es gab jene, die mit allem einverstanden waren, aus Angst, es eines Tages ganz allein im *tête-à-tête* mit sich selbst zu tun zu bekommen. Das waren die meisten. Dann waren da jene, die eine solide Begabung für eine Karriere auf Grundlage des Schweigens zeigten. Sie waren weniger zahlreich, aber man spürte schon, dass sie es weit bringen würden. Dann diejenigen, die die Entscheidung der Mehrheit abwarteten, um sich ihr anzuschließen. Und schließlich diejenigen, die es trotz aller Warnungen nicht verstanden, den Mund zu halten. Sie waren die Galgenvögel dieser Gesellschaft und würden nicht weit kommen.

Kurz, es ging um alles und jedes, bis hin zu der unerwarteten Verknüpfung zweier Ereignisse durch dasselbe Datum, 1934: Die amerikanische Besatzungsarmee bricht ihre Zelte ab, und Dale Carnegie nimmt heimlich ihren Platz ein wie ein trojanisches Pferd, jenen zugegebenermaßen nicht sehr Zahlreichen, die lieber auf ihren Prinzipien ritten, zum Hohn. Die Gefälligen waren erbost über diese Verknüpfung.

Die Bitterkeit der Worte – zu denen auch das verstörende Schweigen der zukünftigen Karrieristen gehörte – hatte uns also ein weiteres Mal entzweit, aber diesmal, so sagte uns ein unbestimmtes Gefühl, fürs ganze Leben. Die Debatte war nämlich in einen Prozess wegen Namensanmaßung übergegangen, die Anklage richtete sich gegen den wörtlich gelesen banalen und reißerischen Titel *Wie man Freunde findet* zugunsten von *Warum sollte man sich Feinde schaffen?*, was dem tieferen Gehalt des Buches angemessener gewesen wäre, vorgetragen wurde sie von denen, die zu allem bereit waren, um ihr Schäfchen ins Trockene zu bringen, und denen das Jahrhundert in jeder Generation einen Spitznamen anheften sollte: den *kalbindeurs* von Justin Lhérisson, den *andouilles* (Deppen) von Fernand Hibbert, den *fantoches* (Marionetten) von Jacques Roumain, den *Komödianten* von Graham Green, den *Gefälligen* …

Das war also die Inthronisierung bei den Erwachsenen. Und unter all den Entjungferungen in dieser Zeit der Entjungferungen war diese Einführung in die Positionen, zwischen denen es keine Kompromisslösung geben konnte, keineswegs die am wenigsten lustvollste.

Das Politikerorgan

Ich durfte mich endlich zu den Großen gesellen und alle Gespräche, von den pikantesten bis zu den politischsten, mit anhören, dies war ein offenkundiges Zeichen, dass meine Mauser zum Mann bald beendet war. Bei diesen vertraulichen Unterredungen waren selten mehr als drei Personen anwesend, ansonsten hätte man sich zensieren müssen, um den Anstand auf sexuellem oder die Vorsicht auf politischem Gebiet zu wahren. Und zu manchen besonders glücklichen Gelegenheiten waren die beiden Vorzugsthemen der Unterhaltungen mit gedämpfter Stimme, Sex und Politik, miteinander verquickt.

Ich könnte nicht mehr sagen, wer von den dreien an diesem Tag das Thema so präzise eingrenzte, aber ich erinnere mich genau, dass sie unter dem Mandelbaum mit seiner schirmförmigen Krone ganz hinten im Hof saßen und *bésigue* spielten. Ich diente als vierter Mann, von dem man nur verlangte, dass er die Partie nicht verzögerte und vor allem nicht ins Gespräch eingriff, es sei denn, er wurde mit einer Eindringlichkeit dazu aufgefordert, die die reine Höflichkeit deutlich überstieg, denn der gebot die gute Erziehung, das Angebot zum Sprechen stets abzulehnen. Das Schweigen im fraglichen Moment und die Verschwiegenheit über das, was gesprochen worden war, in den nächsten Tagen waren also die beiden Kardinaltugenden dieser letzten Aufnahmeprüfung in die kleinen, geschlossenen Vereinigungen der Erwachsenenwelt, Trios, die oft schon aus der Zeit der Kindheit und der Schule stammten, Trios von Schwagern, Gevattern … Alt-solides jedenfalls. Und nicht selten spielten sie fünf, zehn oder fünfzehn Jahre hindurch jeden Tag bei gutem oder schlechtem Wetter um dieselbe Zeit Karten oder etwas anderes und hielten gleichzeitig das Gespräch in Gang.

Alle drei waren seit zwanzig Jahren regionalpolitisch tätig und alle konnten als Frauenhelden gelten, die sich vor allem auf ein Netzwerk von Geliebten stützten, das in seiner Ausdehnung dem abzudeckenden Gebiet entsprach. So viel in der Volkswirtschaft über die *femmes jardins* gesagt wurde, die Konkubinen, denen die Grundbesitzer ihre verschiedenen Parzellen zur Bewachung und zum Nießbrauch anvertrauten, so wenig wurde in der Politik bisher über die *femmes-bourg* gesprochen, eine offensichtliche Ungerechtigkeit gegenüber den Netzwerken aus *matelotes,* Frauen, die sich denselben Mann teilen. Ich konnte mir ein Lächeln nicht verkneifen, als zum ersten Mal die Rede auf das kam, was bei diesen drei großen Schürzenjägern sicherlich das Politikerorgan war. Doch nein, es war völlig anders. Beim Verhältnis zu Frauen gab es in der Politik so große Unterschiede, dass keine wirkliche Konstante zu erkennen war. Vom monogamen Lenin über den treuen Hitler zu dem mehr als unsteten Mussolini … sie kamen zu dem Schluss, dass alle Arten von Beziehungen zu Frauen mit der Macht vereinbar waren. Man musste eher die fünf Sinne und ihre Organe durchgehen – und ein weiterer Tag auf Erden wäre herumgebracht.

Der Mund wurde als Erster disqualifiziert. Freilich muss man in der Politik viel reden, darf dabei aber nichts sagen, eine Leistung, die nicht jeder x-Beliebige zuwege bringt. Der Mund war in ihren Augen sogar das gefährlichste Organ in der Politik, ihm verdankte sich kaum ein großes Schicksal, dafür war ihm unendlich viel ungünstiges Geschick anzulasten. „Mit dem Mund beginnt der Absturz in der Politik", kamen sie sentenziös überein. Es sah so aus, als sollte dieses Organ weit hinten, auf dem allerletzten Platz der Rangliste landen.

Die Augen, Beobachtung, den Blick …, das brauchte man schon. Die zweite Analyserunde begann. Man musste vor allem erkennen, wann man gewonnen hat, was relativ leicht ist, vor allem aber sehen können, wann man verloren hat, was weniger leicht und weit wichtiger ist. Im rechtzeitigen Rückzug liegt in der Politik oft der ganze Unterschied zwischen einem tödlichen Unfall, weil man nicht lockergelassen hat, und einem Leben voller Erinnerungen, die man in weiter Entfernung von den Staatsgeschäften beim *bésigue*-Spielen unter einem Mandelbaum wiederkäuen kann. Es fehlte ihnen nicht an Humor, da sie so über sich selbst lachten, aber der Humor war weder ein Organ noch ein Sinn, obwohl man in der Politik welchen haben musste, denn in ihren Augen half das viel dabei, zur Vermeidung von Exzessen und Machtmissbrauch die rechte Mitte zu wahren und stets im Hinterkopf zu behalten, dass jede Macht vergänglich ist und zwangsläufig ein Danach kommt. „Minister ist nichts, ehemaliger Minister ist alles", das war nicht schlecht ausgedrückt. Große persönliche Katastrophen passierten oft Politikern ohne Humor und ohne Perspektive für die Zeit danach.

Dann kam die Nase, die Witterung, der Riecher, die Intuition … Ein Sinn, der einem Politiker nicht schaden konnte. Manchen fehlt er völlig, sie spielen ihre Gefolgschaftskarten schlecht aus und verraten ständig ihren besiegten Freund für den unerwarteten Gewinner. Deswegen gibt es in der Politik so viele Seitenwechsel, Pirouetten und Kämpfer, die dem Sieger verspätet zu Hilfe eilen. Meine drei Spieler hatten ein Kompendium von Sentenzen auf Lager, die ich als Kind – denn ich war im Schatten der drei aufgewachsen – immer bewundert hatten: „Die Niederlage ist ein Waisenkind, und der Sieg hat hundert Väter", „Ich weiß nicht, wer diese Schlacht gewonnen hat, aber ich weiß, wer sie verloren hätte …" Sie kultivierten Gelegenheitszitate, so wie andere Briefmarken oder Schmetterlinge sammeln.

Der Tastsinn, das Fingerspitzengefühl, das Geschick … Notwendig, um seinen Posten so lange wie möglich zu halten, denn überdauern ist oft das einzige politische Projekt. Waren die ersten drei Organe, der Mund, die Augen und die Nase, für die Eroberung einer Position von Nutzen, so war das vierte unbestreitbar das Instrument der Wahl, um sich an ihr festzuklammern. Auf allen Ebenen bedeutet Politik das Schlichten zwischen Gegensätzen, wenn möglich mit Grundsätzen und in Ermangelung derselben mit dem Strom, solange das Glück mit einem ist, denn, lachten sie, es kommt zwangsläufig der Moment, in dem es einen verlässt. Das Interessanteste war, dass sie ihre Theorien mit konkreten Beispielen und präzisen Situationen illustrierten, so dass aus der *bésigue*-Partie eine Wanderung durch zwanzig Jahre wurde, eine Führung durch ihre politisch aktive Zeit, wie sie zu sagen pflegten, die zwanzig goldenen Jahre der fünften Generation, 1936–1946–1956.

Das Gehör, das Zuhören ... Einstimmig und lautstark kamen sie alle drei überein, dass das Ohr schließlich und endlich das Alpha und Omega des Politikerberufs war, das schwächste Glied, das dafür sorgt, dass eine Kette nicht mehr wert ist als ihr schwächstes Glied. Jedem ein Ohr leihen, immer so aussehen, als ob man für einen ins Ohr geflüsterten Ratschlag dankbar wäre, immer und überall ganz Ohr sein, die Ohren spitzen ... ist für die Politik, was die Erbsünde für den Menschen ist: eine unumkehrbare Pechsträhne. Es störte sie gewaltig, dass man sein Ohr dem Erstbesten leihen musste, dem vorausweisenden Traum des einen und dem genialen Einfall des anderen, der sämtliche Probleme des Landes lösen wird. In der Politik ist das Ohr ein Mülleimer, in dem jeder glaubt seine Wegwerfgedanken und veralteten Spinnereien abladen zu können. Die wichtigste Eigenschaft des Politikers war angeblich das Ohr, das jedem Gesprächspartner den schmeichelhaften Eindruck vermittelt, dass die letzte Traumoffenbarung seiner verstorbenen Großmutter endlich die Republik retten wird. Es hieß also nicht umsonst, dass jemand bei den Mächtigen „ein offenes Ohr" und nicht ein anderes offenes Organ findet.

Wir waren beim Schlussspurt der Partie angekommen, dem Wettlauf zum *letzten,* wichtigsten Stich, der über den Sieg entscheidet, wie in der Politik, wo nur das *letzte* Wort zählt. Und das, worauf es allein ankam, das war weder eine Kunst noch eine Wissenschaft, weder ein Organ noch ein Sinn.

„Siehst du, Junge, es gibt nur die Chance, die irgendwann kommt und die man ergreift oder nicht."

Aber das war eine andere Geschichte, an die ich noch denken sollte.

Die geheime Zombieformel

So lautete der Titel der Examensarbeit, die das Ereignis auslöste: Die geheime Zombieformel. Die Fakultät für Völkerkunde hatte beschlossen, in großem Stil vorzugehen, und sich zu diesem Anlass die Wandelhalle der benachbarten juristischen Fakultät ausgeliehen. Die zwei Wochen im Voraus angekündigte Verteidigung der Arbeit würde einige Zuhörer anziehen, die Gründe waren verschieden und reichten von der simplen gesunden Neugier bis zur Sensationslust. Zum ersten Mal musste man sich im Sekretariat der Fakultät eine Einladungskarte holen, um der Verteidigung einer Examensarbeit beizuwohnen. Jedem war klar, dass die Völkerkunde Punkte gesammelt hatte.

Man hatte sämtliche Stühle aus allen Unterrichtsräumen in die Wandelhalle geräumt, um Sitzplätze für die zweihundert Personen zu haben, die gekommen waren, um die Enthüllungen zu hören, die das angekündigte Thema mit seinem ansprechenden Titel versprach. Endlich würden wir etwas mehr über die geheimste aller Formeln erfahren, die es in der haitianischen Kultur gibt, wahrscheinlich nicht alles, aber zumindest ein paar Zutaten. Sogar die Chefredakteure des *Nouvelliste* und des *Matin*, der beiden Tageszeitungen von Port-au-Prince, waren da, jeder mit seinem Fotografen für die ganz großen Anlässe. Das roch nach einem fünfspaltigen Artikel auf der Titelseite der nächsten Ausgabe. Zwei haitianische Professoren saßen vorn auf dem Katheder. Der französische Entwicklungshelfer, der zwischen ihnen saß, ein eben erst eingetroffener Weißer, seines Zeichens Historiker und Geograph, fungierte als Vorsitzender der Jury. Die im Sonntagsstaat erschienene Familie des Kandidaten besetzte die dritte Reihe, denn die ersten beiden waren für den offiziellen Vertreter des Präsidenten der Republik, einen lamettageschmückten jungen Gardeoffizier, der als der Intelligente in der Gruppe galt, und für die Herren Professoren der beiden Fakultäten reserviert. Nein, 1960 gab es keine Frauen als Jura- oder Völkerkundeprofessoren.

Bis dahin kannte ich an Rednerspektakeln nur das Gericht von Quina. Aber man hatte uns zu verstehen gegeben, dass es nun in der Obersekunda Zeit war, gelehrte Zeremonien wie Vorträge und Verteidigungen von Abschlussarbeiten zu besuchen, um bei der Wahl des Studienfaches eine bessere Entscheidung treffen zu können. Ich wohnte zum ersten Mal einem solchen Ritual bei, und dieses Mal ist mir im Magen liegengeblieben, mehr als all die anderen, die folgen sollten.

Der Berichterstatter und Betreuer des Kandidaten sprach als Erster. Er betonte die Neuheit des Projekts, für das der Kandidat einige Wochen im *honfor* seines Informanten verbringen musste. Seiner Meinung nach verdiente diese Vorgehensweise durch ihre Neuartigkeit und

Kühnheit die Zuerkennung des akademischen Grades. Aber er hatte nichts über den Inhalt gesagt. Der Zweite, der Direktor der fraglichen Fakultät, ließ den Inhalt der vorgelegten vierzig Seiten ebenfalls außen vor und hob stattdessen auf den medialen Erfolg der Verteidigung ab, zu der dank des gut gewählten Titels so viele Leute erschienen waren, wofür er schließlich dem Studenten und seinem Betreuer dankbar war. Alles Übrige war ihm sichtlich schnurz. Dann kam der Weiße, der Vorsitzende der Jury, an die Reihe. Er hatte sich vorbereitet und schien keinerlei Angst zu verspüren.

Kalt und methodisch, offensichtlich unvertraut mit den Gebräuchen des Landes, in dem Kritiken in ihrer Beweihräucherungshaltung stets einer Laudatio für Verstorbene glichen, unternahm er eine Dekonstruktion der Arbeit, die nur zu ihrer Ablehnung führen konnte. Der vorgelegte Text war lediglich ein Bericht darüber, wie der Kandidat sich dem Informanten genähert hatte, aber über das zu behandelnde Thema und die erlangten Erkenntnisse wurde nichts gesagt. Alles in allem herrschte eine so absolute Leere, dass das Ganze schon fast einem Betrug gleichkam. Man musste schon ein Weißer sein, um in dieser Zeit der sich herausbildenden Diktatur so etwas zu sagen. Die Fakultät für Völkerkunde war ihr Lieblingskind, sie war die angewandte duvalieristische Lehre. Hinten im Saal gab es ohrenbetäubenden Beifall, während die Herren vorn nicht die geringste Geste der Zustimmung machten.

Der Kandidat war einigermaßen dreist, er gab nicht klein bei und antwortete in der Diskussion, dass er in der Tat alle vom Vorsitzenden der Jury gewünschten Antworten habe, dass aber der vorzeitige Tod seines Informanten ihm nicht gestatte, sie ohne seine Zustimmung zu verraten. Dieser hatte nicht die Zeit gehabt, sein förmliches Einverständnis zur Enthüllung der drei Rezepte zu geben, mit denen man einen Zombie fabriziert: das erste zum Herbeiführen eines todesähnlichen Zustandes, das zweite zum Aufwecken des exhumierten Opfers und das dritte zur Stabilisierung des Zombiezustandes. Ohne eine ausdrückliche Erlaubnis – welche er nicht besaß – konnte er auf diese Fragen keinesfalls eingehen. Im Übrigen, so ließ er durchblicken, munkele man in der Gegend um den *honfor* seines Informanten, dass dieser Tod alles andere als natürlich sei, er sei das Werk von Kollegen, die die Enthüllung der drei Geheimnisse fürchteten. Kurz, der Student selbst fühlte sich gefährdet, betrachtete sich als potentielles Opfer der Wissenschaft und erwartete eine angemessene Belohnung seiner gewagten Bemühungen.

Wir hatten es entweder mit einem unverfrorenen Erpresser zu tun, der zugleich ein zu großen Betrugsmanövern fähiger Schwindler war, oder mit einem ehrlichen und ein wenig naiven Menschen, wie man sie heute nicht mehr findet. Oder aber es handelte sich um einen Mann von hohen ethischen Ansprüchen, der in der Lage war, sich jede Taktlosigkeit gegenüber dem Verstorbenen zu verkneifen. Ich wiederum war als Provinzler überzeugt, dass man diesen Burschen in Quina im Handumdrehen abgefertigt hätte, zumal er unmöglich sechs Wochen unschuldig in einem *honfor* verbringen und dann nach dem nicht nachprüfbaren, aber für ihn sehr willkommenen Tod des *hongan* einfach verschwinden konnte. Da hätte sein eigener Tod schon eher im Bereich des Möglichen gelegen. Ein solches Szenario konnte nur jemand entwerfen, der nichts von der Welt wusste. Port-au-Prince war tatsächlich die Stadt der Blender, vor denen man uns gewarnt hatte. Ich erwog kurz, den Saal sofort zu verlassen, so sehr stand meine Meinung fest, aber wenn man gerade erst angekommen ist, muss man mit seiner Umgebung verschmelzen können, um nicht aufzufallen: „Wenn du in Rom bist, tu wie die Römer!“, hatte man uns gelehrt. Ich blieb also.

Die Jury beriet sehr lange, und ihr Entschluss blieb als unübertreffliches Musterbeispiel politischer Vorsicht in den Annalen der Fakultät. Da die Arbeit nicht vorhanden war – in diesem Punkt waren sich die drei Mitglieder der Jury nun doch einig –, wurde entschieden, dem Kandidaten eine dreimonatige Frist einzuräumen, um mit den Mitteln seiner Wahl – Traum, Besessenheit, sprechender Tisch, Poltergeist, Vision, Medium, Magie mit beliebiger Farbe, weiß oder schwarz, links- oder rechtshändig etc. – seinen Informanten zu kontaktieren und herauszufinden, ob der Verstorbene der Enthüllung der drei Rezepte zustimmte, die zum Schein töten, das Opfer dann auferstehen lassen und im Zustand des Zombie halten. In diesem Fall könnten die notwendigen Formalitäten für die Zuerkennung des akademischen Grades erfüllt werden.

Ein enormes Gelächter schüttelte den ganzen Saal, selbst die vorderen Reihen konnten nicht widerstehen, auch nicht der Offizier. Ich strich die Völkerkunde von meiner Fakultätenliste.

Der Bambuseffekt

Der Inhalt des Briefes hatte in diesen Tagen Anfang September rasch die Runde durchs Dorf gemacht, aber man rechnete auch ein wenig damit. Unser Friedensrichter wurde abberufen und sein Nachfolger sollte sein Amt am 22. September 1960, dem dreijährigen Jahrestag des neuen duvalieristischen Regimes, antreten. Er sollte noch zwei Wochen lang die laufenden Geschäfte führen und die anhängigen Streitfälle abschließen. Fünfzehn Jahre waren vergangen, seit Präsident Dumarsais Estimé, dessen örtlicher Wahlagent und Vertrauter er war, ihn auf diesen Posten gesetzt hatte, beeindruckt von seiner intimen Kenntnis des Provinzuniversums und seinem Sinn für ausgleichende Gerechtigkeit. Nun gut, sein juristisches Wissen hielt sich in Grenzen, aber sein Gerichtshof war trotzdem zur wichtigsten Bühne des Schauspiels einer zu Ende gehenden Welt geworden.

Zu seiner letzten Verhandlung erschienen mitten in der Woche Scharen von Besuchern im Sonntagsstaat, ohne dass dies abgesprochen gewesen wäre, darunter mein gesamter Jahrgang mit Krawatte wie bei einer Diplomverleihungsfeier. Zum ersten Mal herrschte so völlige Stille im Saal, dass der Richter zur Eröffnung der Sitzung nicht mehrere Male mit dem Hammer auf das Pult schlagen musste. Er tat sogar, als wäre ihm nichts Besonderes aufgefallen. Der Prozessgegenstand war dieses Mal unwichtig, dabei wäre er an sich schon den Besuch wert gewesen. Ein Stück Land war ungeteilt an zwei Personen vererbt worden, es sollte jedoch jeder seine Hälfte bestellen. Der erste Erbe erntete jedes Jahr die mageren Erträge seiner Hälfte, während der zweite in seiner etwas vergrub und dann drei Jahre seinen Lebensunterhalt anderweitig verdiente. Und plötzlich spross ein wunderbarer Bambuswald aus seiner brachliegenden Parzelle, die auf einmal gute Einnahmen versprach. Der erste Erbe behauptete, Anspruch auf die Hälfte dieser Gabe Gottes zu haben, während der zweite in ihr nur die Frucht seiner eigenen Arbeit sah.

Wenn man Bambus einpflanzt, dann rührt er sich zunächst um kein Jota. Drei Jahre lang passiert nichts, und dann wächst er drei Meter in drei Monaten, dicht und stark, buschig und kräftig. Nur sehr naive Leute, so der Richter, wunderten sich über das schnelle Wachstum des Bambus und des undurchdringlichen Unterholzes aus verschlungenen Stängeln, das so schnell sprießt, wie man es gesagt hat. Der Bambus ist langsam, aber die Erde ist geduldig. Nur naive Menschen behaupten dann eines Tages, dass der Bambus zu schnell wachse und der Teufel oder der liebe Gott dahinter stecke. Je mehr er sein Urteil untermauerte, desto deutlicher wurde, dass er seinen Abgang lange vorbereitet hatte, denn normalerweise hätte er diesen Fall im Schnelldurchgang abgehandelt. Der Bambuseffekt war ihm Anlass, an alle anderen Effekte der Natur zu erinnern, die seinen Urteilen als Grundlage dienten.

Die Abschiedszeremonie zog sich in die Länge, aber die Leute warteten unbeirrt, bis sie ihm die stehenden Ovationen darbringen konnten, für die sie gekommen waren. Ich war nicht enttäuscht von der Verhandlung, die sich als die letzte erweisen sollte, der ich in diesem Saal beiwohnte. Es war wie die Verleihung des Abschlusszeugnisses der Kindheit: sechzehn Jahre, im Oktober Beginn der Sekunda, die letzten großen Ferien in der Provinz, Port-aux-Morts als neuer Lebens- und Überlebensraum.

Später, viel später, waren mir die Flora und Fauna von Quina unersetzliche Lehrer in der „Rudererstrategie", die darin besteht, dem Ziel, auf das man zurudert, immer den Rücken zuzukehren, um keinen Verdacht zu erregen, oder auch in der Strategie der „Einbaumgenossen", eine Partnerschaft, die Vertrauen erfordert, denn in einem Einbaum bringt der Erste, der Unfug macht, das ganze Boot zum Kentern … In einer Welt, in der alles entgleiste, in der die Rinder den Wahnsinn und die Schafe die Tollwut bekamen, die Vögel zu Grippeüberträgern, die Bienen zu Killern und die Feigen zu Würgern mutierten, während die Obstbäume unfruchtbar wurden und die Hennen vor Stolz erstickten, ist das Bild des kleinen Provinzrichters, der in der Natur sein Arsenal des gesunden Menschenverstandes fand, in meinem Gedächtnis nie vollständig verblasst.

Drei Tage später führte der neue Richter den Vorsitz. Dunkle Brille und vorgestanzte Floskeln. Der Saal war menschenleer und der Humor in die Flucht geschlagen. Schon am Nachmittag dieses Tages erfuhren wir, dass jegliche öffentliche Versammlung von mehr als drei Personen gegen das Sondergesetz verstieß, dem das Land unterlag. Und dass Befehl ergangen war, die Laube auf dem Hauptplatz abzureißen, da sie ein Ort der Indoktrinierung der Jugend mit den Ideologien aus Moskau und Havanna sei. Das Tragen von Bärten wurde als Zeichen rebellischer Gesinnung untersagt, und vor der Saline kündigte ein großes Schild den Bau einer riesigen Markthalle aus Eisen an, die man fünfundzwanzig Jahre lang in einer schönen perspektivischen Zeichnung bewundern konnte, ohne dass jemals ein Handgriff zur Ausführung des Vorhabens getan wurde. Man konnte eigentlich nur noch den Lastwagen in die Hauptstadt besteigen.

Damals erinnerte ich mich an den letzten Effekt des kleinen Richters, den „Reuseneffekt", der in einer Stadt von Fischern jedem einleuchtete und durch die Radikalität der Falle schlimmer wirkte als die antiken Labyrinthe, aus denen man manchmal herausfand. Aus einer Reuse kommt man niemals heraus, indem man einfach denselben Weg zurückgeht, genauso wenig wie aus dem Erwachsenenalter, das niemals in die Kindheit zurückkehrt, wenn man erst einmal in den Eingangstunnel eingetreten ist. Und ich trat ein.

Das Auge des Zyklons

Die Bewohner von Quina hatten schon vor langer Zeit gelernt, nur solche Ansprüche zu stellen, die die Natur, der sie den Fisch, den Maniok, die Krebse und die Auberginen, die Bananen und das Schweinefleisch abgewannen, zu befriedigen bereit war. Sie waren stolz auf ihre Unterwerfung unter die Gewalten des Meeres, der Erde und des Himmels, von denen sie oft mit der Befriedigung dessen sprachen, der sich in einem gefährlichen Spiel gut aus der Affäre zieht. Es war eine Art siegreiche Niederlage, ein Kampf, in dem sie ständig Boden preisgaben, um ihren Lebensunterhalt zu verdienen. Später sollte ich erfahren, dass diese allgemeinen Betrachtungen robuste Doktorarbeitenkapitel abgaben, aber hier interessieren mich im Moment nur die Anekdoten, die daran hafteten. Sie schienen mir aus hundert Facetten geschnitzt, deren tausendfältiges Funkeln mich in Erstaunen versetzte. Wie damals, als ich hingerissen erfuhr, dass das Eindringen des Meeres in die tief gelegenen Stadtteile mit einem seit der griechischen Antike treffenden Terminus bezeichnet wurde, nämlich mit *kataklusmos,* „Überschwemmung durch heftigen Wind“, eine lange Abstammungslinie bis zu unseren *cataclysmes,* deren Verwüstungen wir vier Monate im Jahr fürchteten. Oder auch *Orkan* und *Kaiman,* wie bereits lange vor uns die Indianer von Yaquimo, das durch Namen und Standort Quinas Ahne ist, in ihrer Sprache sagten. Von Anfang August bis Ende November hatten also die Bewohner von Quina zu Recht Angst vor den Zyklonen mit ihren verheerenden Folgen, denn jedes Mal starb Quina ein wenig mehr. Nicht mehr lange, und es würde endgültig sterben.

Es waren also die Zyklone, die die großen Ereignisse im Leben von Quina markierten – dies ging so weit, dass die berühmte Wirtschaftskrise von 1930, von der ich später so viel hören sollte, nicht bis Quina kam. Jedenfalls nicht als Anhaltspunkt. Dieser Status kam eher dem zerstörerischen Zyklon von 1928 zu, der Grenze zwischen einem goldenen Zeitalter mit Hunderten von Lastwagen voll Blauholz im Hafen und der großen Auswanderung der Arbeitslosen: in die kubanischen Zuckerrohrfelder für die *braceros* und nach Port-au-Prince für die *cerebreros.* Das Gedächtnis von Quina konnte die Katastrophen zweier Jahrhunderte und ihre nachfolgenden Auswanderungswellen völlig lückenlos aufzählen. Meine Generation lernte so zeitig, sich einen Kalender mit Hazel (Oktober 1954), Greta (Oktober 1956), Ella (September 1958), Flora (Oktober 1963), Katy (Oktober 1965) und Ines (September 1966) zu schaffen. Danach war es nicht einmal mehr nötig, weiterzuzählen, Quina lag im Todeskampf.

Orkane und Kaimane arbeiteten also Hand in Hand, wenn die entfesselten Naturgewalten die Waffenruhe brachen, um zu zeigen, wer den Ton angab, die Menschen oder sie. Ich für meinen Teil wartete nur ungeduldig auf jene seltenen und einzigartigen Unternehmungen, die in diesem Land der Fischerei und der Jagd beide Tätigkeiten vereinten: die Wasserjagd nach den kleinen Kaimanen im Auge des Zyklons. Nach jedem *cataclysme* kauften die ersten Weißen, die nach Quina kamen, sie für die Lederverarbeitung auf. Erst danach kamen die Hilfsdienste. Die Zyklone waren nicht für alle ein Übel, und man zeigte mit dem Finger auf diejenigen, die sie für ihre Geschäfte ausnutzten.

Wir erfuhren zwei Tage im Voraus, dass eine neue Turbulenz auf uns zukam. Der neunzehnte Orkan des Jahres, dieser Platz hatte ihm einen weiblichen Namen auf S, nämlich Sara, eingebracht, und er kam spät im Jahr, am zweiten November, Allerseelen, dem Tag, an dem jeder zur Totengedenkfeier ins Herkunftsdorf seiner Familie zurückkehrte. Neben dem Patronatsfest am siebten März war dies die einzige Gelegenheit, zu der Quina mit den überall verstreut lebenden *Quinois* bis zum Platzen gefüllt war.

Man musste zunächst die Schutzräume verstärken. Normalerweise wurden dafür Nägel und Bretter bereitgehalten. Die Jugendbanden bereiteten in fieberhafter Eile lange Pfähle aus hartem Mangrovenholz vor, deren Spitze in einem heißen Feuer gehärtet wurde. Dieser Waffe, den sogenannten *piquets,* verdankten die Bauernarmeen des Südens im letzten Jahrhundert ihren Ruhm. Wir zeigten einander die Technik, wie man die kleinen Kaimane auf dem durch breite und tiefe Kanäle abgegrenzten Hauptplatz aufspießte. Dieses Mangrovenholz mit glorreicher Vergangenheit dient jetzt nur noch als Verschalung bei Betonarbeiten in Port-au-Prince.

Die heftigen Winde wehten immer vom Meer her aus dem Südosten. Alle hinteren, „vor dem Wind“ liegenden Fenster waren mit Brettern vernagelt worden. Die Häuser in Quina sind so gebaut, dass sie den Zyklonen den Rücken zukehren. Auf dem gegenüber, „unter dem Wind“ liegenden Balkon erlebte ich meine erste Überraschung, als noch vor Beginn der Regenfälle das Meer mitsamt großen Tieren in mächtigen, schaumig kochenden Wogen in die Kanäle eindrang. Das war ein schlechtes Zeichen. Der Wind war stärker als gewöhnlich. Und das waren nicht mehr die kleinen, einen Meter langen Hexen („Echsen!“, hatte man mich als Kind vergeblich verbessert) der Monate Juli und August, die noch nicht bissen. Die vom November waren größer, und ihre Bisse waren bereits tödlich. Die Exemplare, die in die Stadt eingefallen waren, waren zwei Meter groß mit klaffenden Kiefern wie bei Erwachsenen. Sie lagen zu Dutzenden auf dem Platz und eroberten von den Kanälen aus sämtliche Gassen, wo das Wasser höher stieg als sonst. Die Wasserjagd versprach gefährlich zu werden.

Die Winde ließen nicht nach. Die Zeit verging, und der Zyklon hatte anscheinend kein Auge, das der Stadt eine kleine Atempause verschaffen konnte. Schon zischten ein paar Dächer über den Platz. Die Wellen schlugen gegen die Pontons des Hafens und schleuderten die Boote weit ins Land. Das Wasser stieg immer noch. Niemand dachte mehr an die Wasserjagd, sie fiel aufgrund der höheren Gewalt des Windes aus. Auch die großen Kaimane, die stark genug waren, um dem ersten Ansturm des Windes in den Mangroven zu trotzen, hatten nun den Rückzug in die Stadt angetreten. Jetzt handelte es sich um ausgewachsene, fünf Meter lange Exemplare, die mit schwerem Schritt durch die Straßen wandelten und sich mit aufgerissenem Maul musterten, wenn sie sich auf dem Platz begegneten. Ein tiefhängender, schwarzer und blitzgepeitschter Himmel ließ ohne Unterlass seine Wasserhosen auf die Stadt niedergehen. Die Damen beteten bereits seit einer Weile auf Knien, und die Männer legten ängstlich das Auge an die Ritzen zwischen den Brettern, um zu erahnen, was draußen drohte.

Quina brach an allen Ecken und Enden unter dem Zyklon des Jahrhunderts zusammen. Das Vieh trieb inzwischen ertrunken zwischen den Kaimanen. Alle Bewohner von niedrigen Häusern hatten in den mehrstöckigen Gebäuden Zuflucht gesucht. Das aus Stein gebaute Pfarrhaus war geöffnet, die Kirche auch. Das Wasser stieg weiter. Einige Verletzte gaben den Gerüchten neue Nahrung, dass die Kaimane jetzt die Menschen angriffen, die sich auf die Straßen wagten. Nur wenige Häuser sollten dem Ansturm widerstehen. Alle waren geschädigt.

Zwei Tage später, als am Himmel eine unschuldige Sonne den Zyklon ablöste, als wäre nichts gewesen, war Quina nur noch Schlamm und Verwüstung. Wir zogen mit unserer Mutter nach Port-au-Prince. Bis zum Wiederaufbau des großen Hauses, sagte mein Vater, der inmitten der Ruinen vor Ort blieb, nur kurz hin und zurück. Aber die Beklemmung, die mir das Herz zusammenzog, sagte mir das Gegenteil, nämlich, dass dies eher eine einfache Fahrt war, dass dies Exil hieß, das erste, und dass man aus ihm noch verwüsteter hervorging als das Stück Land, das wir zurückließen. *Quina forever.*

Port-aux-Morts

Der Comicstrip

Der letzte Kurs der Woche, der Philosophiekurs, war so unglücklich im Stundenplan platziert – Freitagnachmittag ab zwei Uhr –, dass er oft erst nach Einbruch der Dunkelheit endete, denn wir überzogen die drei vorgesehen Stunden beträchtlich. Alle entspannten sich nach der anstrengenden Woche der Abiturklasse, vom Lehrer, der in plauderndem Gesprächston vor der Klasse sokratisierte, bis hin zu der Bande auf den hinteren Plätzen, die die dialogischen Gedankenketten dieser Mäeutik nur mit mäßigem Einsatz verfolgte. Das Gute an der Methode war, dass sie nur die halbe Aufmerksamkeit erforderte und damit Raum ließ für die wilden Gefechte zwischen den Clans der Anhänger des Zeichnens und des Schreibens, denn in diesem Land, das sich die Intellektuellen als an Malern und Schriftstellern überreich zurechtphantasierten, musste man sich in diesem letzten Schuljahr vor der Universität obligatorisch zu einer der beiden Ausdrucksformen bekennen.

Wie waren über vierzig in den zwölf Bänken, die zu beiden Seiten eines Mittelganges hintereinander angeordnet waren. Die beiden letzten Bänke waren für die beiden Viererteams reserviert, die die ganzen drei Stunden hindurch gegeneinander kämpfen würden. Lionel war der Hauptmann der Zeichner. Die Jury war die ganze Klasse, sie musste die Werke der beiden Mannschaften bewerten. Der ständige Kreislauf von Zeichnungen und Texten aus den letzten Reihen dürfte dem Lehrer kaum verborgen geblieben sein, er hatte klugerweise beschlossen, ihn *subito presto* als positive Auswirkung seiner Methode einzustufen. Wir hatten ihm zu Recht den Spitznamen Toto Relax verpasst.

Sobald der Ring freigegeben war, das heißt nach Ankunft des Lehrers und einem ordnungsgemäßen Münzwurf, eröffnete eine der Mannschaften das Feuer. Lionel besaß ein unerhörtes karikaturistisches Zeichentalent; niemand beherrschte das Lettering besser als er. Er war der Einzige, von dem wir bereits alle wussten, dass er genug Begabung hatte, um über unsere Grenzen hinauszukommen. Er hatte einen einzigartigen Strich und alles was nötig war, um ihn fruchtbar zu machen.

Seine beißenden Karikaturen konnten ein Gesicht in eine furchtbare Grimasse verwandeln, die ein Plätzchen an der Wand eines Humormuseums verdient hätte. Und wir in der schreibenden Mannschaft waren allesamt hilflos, wir konnten nur mit Pennälerreimen zurückschlagen. Unser Austausch vom letzten Duell am letzten Freitag hat sich in mein Gedächtnis eingegraben:

Seht, er trägt Bluejeans und Sneaker, doch macht
er nur mit Frau'n sich gemein.

Der Herr gab bei seinem Geschlecht nicht Acht
und so weiß er nicht aus und nicht ein.

Es folgten fünf oder sechs Vierzeiler in dieser Art. Als Antwort verwandelte Lionel mich in einen Basset, der sich, gewichtiges Detail, in seine riesenhaften Waden verbiss. Ich antwortete seiner Anhängerschaft:

Lacht nur, lacht nur, noch ist es Zeit,
doch denkt stets daran, der Tag ist nicht weit,
da werden eure Hunde am Kragen
Halsbänder mit euren Zähnen tragen.

Diese dreißigzeilige Diatribe in sechs Strophen brachte mir eine weitere schreckliche Fratze ein; meine Antwort waren zwölf prächtige skatologische Alexandriner unter den Titel *Der Verstopfte.* Bis zum Ende der kommentierten Lektüre der *Abhandlung über die Methode,* die an diesem Tag auf dem Menü des Philosophiekurses stand, zerfleischten wir uns in den hinteren Bänken fröhlich zwischen Descartes' *cogito ergo sum* und der Entdeckung der Ontologie.

Lionel war achtzehn Jahre alt und kam am nächsten Montag nicht mehr zum Unterricht. Er kam nie mehr wieder, er war am Vortag verschwunden, weil er eine Schulfreundin, die mit einem Passierschein aus einer Botschaft kam, zum Flughafen begleiten wollte: Er konnte mit keiner von seinen Jugendlieben brechen und managte sie lässig alle zugleich. Er verschwand fast zufällig, weil er sich an einem Sonntag, an dem aus einem längst vergessenen Grund eine Massenverhaftung stattfand, am Flughafen von Port-au-Prince befand.

So entführten sie an einem Sonntagmittag am Flughafen zwölf Alben von Quinós *Mafalda,* strichen die Reihe *Tim und Struppi* von Hergé, ließen Asterix und Obelix verschwinden und entrissen Albert Enzian seinem Vater … denn dies waren Seinesgleichen und seine potentiellen Werke. Ich war so überzeugt davon, dass wir, fast schon im Ernst, ein Abkommen geschlossen hatten: er die Zeichnungen, ich die Texte.

Wir wählten jede Woche einen neuen Titel für unsere Sammlung und der von dieser Woche lautete *Der Comic-Strip.* Unsere Klassenkameradinnen erröteten angesichts der Doppeldeutigkeit des Titels, nachdem Lionel für die Titelseite ein pornografisches Logo gezeichnet hatte, das er als „magischen Realismus“ zu bezeichnen wagte, während auf der anderen Seite unsere Klassenkameraden, die eifrig den gewundenen lokalen Stil pflegten, ob der Einfachheit einer Überschrift, die ihr Thema beim Namen nannte, in Harnisch gerieten. Ein Doppelschlag. Ich glaube, das wäre der Titel für unsere Sammlung geworden.

Diese Dummköpfe haben uns dieses Talent hinweggerafft, und ich habe mich nie mehr an einem Schlagfertigkeitsduell beteiligt. Wir beendeten das Schuljahr in undurchdringlicher Stille.

Mein Freund war verschwunden, hatte mir aber die Gewissheit gelassen, dass er vor seinem Untergang mit den Augen, im Herzen und im Kopf eine Sammlung von Henkervisagen gezeichnet hatte, von der die Hölle erschauern konnte.

Diese Sammlung existiert noch immer; wenn ich ein wenig achtgebe, sehe ich sie oft, wie sie die Horrorgeschichten in allen Zeitungen der Welt überlagert, ich brauche mir nicht einmal besonders viel Mühe zu geben. Und sie ist einzigartig, denn sie ist meines Wissens der einzige Comicstrip, der nur auf die Netzhaut eines zu Tode Gefolterten gedruckt ist.

Der Verrückte, der Arzt und der Korporal

Seit dreißig Minuten brachte der Arzt kein Wort aus dem neuen Patienten heraus, der am selben Morgen in Pont-Beudet eingeliefert worden war, einer abgelegenen Kleinstadt, die im Rhythmus der einzigen psychiatrischen Klinik des Landes inmitten der Zuckerrohrfelder der Plaine-du-Cul-de-Sac lebte. Der Patient war in tiefe Melancholie versunken, die keine der Techniken des jungen Arztes zu überwinden vermochte.

Ich wohnte der Begegnung mit einer kleinen Gruppe von Schülern im Rahmen des Philosophiekurses bei: Unser frisch aus Paris zurückgekehrter Psychologielehrer besaß noch genug Illusionen, um im Jahr 1961 eine solche Initiative zu ergreifen. Wenn das unerwartete Publikum, darunter auch drei Mädchen, den Patienten verstummen ließ, so rief es beim jungen Arzt im Praktikum die gegenteilige Wirkung hervor: Er hielt uns einen akrobatischen Vortrag über diesen Fall von hartnäckigem Schweigen, wägte in einem Salto mortale ohne Netz verschiedene Hypothesen gegeneinander ab, während er sich aus den Augenwinkeln der Aufmerksamkeit der Mädchen versicherte, und landete in einem bemerkenswerten Finale über die abgeschlossene Welt des Patienten wieder auf den Füßen. Nicht einmal durch Einbruch könnte man in das Universum vordringen, in dem er sich verbarrikadiert hatte. Sein Wissen war vielleicht wirkungslos, aber mit welcher Wortgewalt dieser Befund festgestellt wurde! Die Mädchen waren sichtlich beeindruckt von seiner Darbietung.

Bei der Unterredung war auch der nächste Patient zugegen, ein Korporal, den seine immer häufigeren manischen Anfälle gezwungen hatten, sich in stationäre Behandlung zu begeben. Man muss wissen, dass er im Armeehauptquartier als Schreibkraft tätig war und dass seine Stimmungsschwankungen die altmodische Routine des Briefverkehrs durcheinanderbrachten. Er fragte zu viel und erdreistete sich, altbewährte, seit der Zeit der Amerikaner gebrauchte Floskeln zu ändern. Man ließ ihn im Interesse des Dienstbetriebs einsperren. Der Arzt begann, sich über diesen Fall von Bipolarität in Hitze zu reden, als der Korporal ihn geringschätzig unterbrach und sich erbot, die Befragung des ersten Patienten fortzusetzen und ihn zum Sprechen zu bringen. Anstatt bei einem solchen Vorschlag misstrauisch zu werden, nahm der Psychiatrielehrling pikiert und verächtlich die Herausforderung des Ignoranten an, der dort Erfolg haben wollte, wo er und die Wissenschaft gerade gescheitert waren.

Noch heute, fünfunddreißig Jahre später, mache ich mir Vorwürfe, dass ich damals in überraschtes Gelächter ausbrach, als der Korporal den armen Mann mit einer sogenannten Zwillingsohrfeige, bei der man wie mit den Becken des Spielmannszuges auf beide Ohren gleichzeitig schlägt, aus seiner dumpfen Betäubung riss. Die bekannte *kalòt marasa,* von der einem schwindelig wird wie bei einem Looping, die die Trommelfelle platzen, den Magen hochkommen und die Därme nach unten sacken lässt, aber all das sollte ich erst später im Gefängnis lernen. Der Patient gab mechanisch, aber immer noch konfus Namen, Vornamen, Geburtsort, Familienstand und Zahl der Kinder an. Man musste ihn schütteln, damit er wieder aufhörte, denn einmal in Fahrt nannte er immer mehr Namen von Ehefrauen, *femmes-jardins,* Konkubinen und sonstigen Zusatzmätressen. Ich lachte längst nicht mehr über diese hundert Jahre alte Konditionierung. Nicht wegen des über Gebühr gedemütigten Arztes – es waren Mädchen zugegen –, sondern wegen der Kultur der Gewalt, die diese *kalòt-marasa* verriet.

Der Korporal begann uns seinerseits triumphierend einen gelehrten Vortrag über dieses unfehlbare Mittel gegen Erinnerungslücken zu halten, ob jemand nun verrückt war oder nicht.

Die Natur plädiert auf nicht schuldig

Die schirmförmige Krone des großen Mandelbaumes war bereits gekappt, es ragte nur noch ein Stumpf zum Himmel, und zwei Männer waren mit dem methodischen Abschneiden der zweiten Etage, fünf großen Ästen, die auf gleicher Höhe sternförmig von Stamm wegstrebten, beschäftigt. Es war ein herrlicher Baum, gegliedert in fünf regelmäßige Abschnitte, so dass er aussah wie eine Krinoline für eine Riesin. Er musste gut hundert Jahre alt und fünfzehn Meter hoch sein, Erbe eines aufmerksamen Gärtners, der ihn in seinen jungen Jahren sorgsam beschnitten hatte, damit die breiten Blätter in einem weiten Schattenkreis die Sonne milderten. Der ganze Hof profitierte davon, vor allem die Ungeduldigen jeder Couleur, die in den Blumenbeeten der jungen Hausfrau Schlange standen.

Vom Balkon des Hauses, zehn Meter vom Baumstamm entfernt, sah der Eigentümer und Ehemann mit auf dem Rücken verschränkten Händen murrend zu, wie das Prunkstück des Schattengartens seiner Frau zu Tode gebracht wurde. Es waren schwierige Zeiten für Bäume. Die an ihrem nervösen Anfang stehende Diktatur hatte beschlossen, das Land so weit es ging zu entwalden, um die Versteckmöglichkeiten für eventuelle Guerilleros zu beschränken. Die Gründe für den Erfolg der kubanischen Rebellen im Jahr 1959 waren auf eine erbärmliche These vom günstigen Unterholz geschrumpft. Der Morne-L'Hôpital, der Port-au-Prince mit seinem grünen Bewuchs beherrschte, war so unter die Kettensäge gekommen. Überall in der Stadt konnte man nun eine Ansammlung von kahlen Hügeln sehen, die bereits von der Erosion zerfurcht wurden.

Die speziell in der Pioniertruppe der Streitkräfte gebildete und an den Motorsägen der Holzfäller ausgebildete Rodungsbrigade durchstreifte das Land auf der Suche nach allen Gehölzen, die zum bewaffneten Aufstand verleiten könnten. Die Wahnvorstellung von Rebelleninvasionen hatte an der Ostgrenze des Landes seinen Höhepunkt gefunden. Dort zog sich ein zwei Kilometer breiter kahler Streifen entlang der dreihundert Kilometer langen dominikanischen Grenze und zerstörte einen Urwald aus Millionen majestätischer Bäume. Wenn aus den gefallenen Bäumen wenigstens Papier für Liebesbriefe geworden wäre, Zeitungsblätter, Entlassungsschreiben aus dem Gefängnis, Schulbuchkapitel, Lesebuchseiten und Lesezeichen für eine Sammlung von Miniaturen, einzeln zu genießen zwischen einem Glas Wein und einer Zigarre … Aber nein, die Bäume fielen nur, um einem allmächtigen Kurzsichtigen, der den Wald vor lauter Bäumen nicht mehr sah, nicht die Sicht zu nehmen.

Es war ein gewöhnlicher Anblick, dass um die Häuser der Würdenträger des Regimes herum die Bäume der Nachbarn gefällt wurden. Diese wagten aus Angst vor Repressalien nicht sich zu widersetzen, denn Repressalien waren damals immer tödlich, es konnte sogar die ganze Familie draufgehen, das Baby an der Brust inbegriffen. Natürlich löste ein lukrativer Holzhandel bald die Staatsraison ab, um neue Bäckereien und neue Maschinen zur Kleiderreinigung zu versorgen, die ständig nach Holz, immer mehr Holz verlangten. Natürlich ermöglichte dieser zwei Jahrzehnte anhaltende Hass auf die Bäume einen Aufschwung bei den Holzexporten und der gerodete Hügel beherbergte bald drei ausländische, allesamt auf Kahlschläge spezialisierte Forstgesellschaften. Es war sicher nicht der Moment für eine wie auch immer geartete Aufforstungspolitik, die die in diesem Vierteljahrhundert des Misstrauens vollständig verbrannte Holzkohle hätte liefern können.

Der Mandelbaum war auch ein Sühneopfer, unschuldig an den Missetaten, die den ganzen Port-au-Princer Stadtteil Pacôt in Aufregung versetzt hatten. Eine Gruppe von zwölf Heranwachsenden hatte es sich angewöhnt, während der Siesta des soeben in das Haus eingezogenen jungen Paares auf den Baum zu klettern. Der Mandelbaum bot in den beiden höchsten Abschnitten einen Logenplatz zum Schlafzimmer in der ersten Etage. Das Schauspiel wurde den restlichen Nachmittag lang ausgiebig kommentiert. Täglich wurden Noten vergeben. Die junge Dame schöpfte ihre Schreie aus dem Sakralrepertoire des Voodoo; ihr bevorzugter Ausruf, bei dem sie sich mit den Fingern auf die Lippen zu schlagen pflegte, wurde ihr als Spitzname angehängt: „*Abobo!*"

Die Sache wäre sicher nicht lange weitergegangen, denn bei einer so großen Gruppe, die obendrein immer mehr anwuchs, je weiter sich dieser Glücksfall herumsprach, ließ sie sich nur schwer geheim halten. Aber schon am dritten oder vierten Tag nahm Claudy, der beste Kletterer, der ganz oben saß, zu aktiv am Liebesspiel teil und ließ mit dem Ruf „*Abobo!*" den Ast los. In seinem Sturz riss er vier andere, Jean-Claude, Fréro, Guy und Chaton, mit, die auf die Ziegelumrandung der Blumenbeete krachten. Der Blutzoll belief sich auf sechs Arm-, zwei Bein- und etwa zehn Rippenbrüche, ganz abgesehen von den Abschürfungen und Verletzungen der anderen, Boudou, Harold, Bob, Titan …, die Hals über Kopf vom Baum geflohen waren.

Dass keine Toten zu beklagen waren, war fast ein Wunder. Die Affäre nahm sofort Ausmaße an, denn eine Reihe von Familien aus dem Viertel war durch den einen oder anderen ihrer Sprösslinge darin verwickelt. Außerdem ließ es sich nicht verbergen, denn die kletternden Voyeure waren für lange Zeit angeschlagen. Es war für die Eltern eine Zeit der Schande und des Geflüsters. Niemand wusste so recht, was er tun sollte. Diese junge Dame war so vornehm, dass man ihr solche Voodoo-Ausrufe nicht zugetraut hätte. Den Opfern einen Besuch abzustatten konnte zu einem heiklen Gespräch führen, sie nicht zu besuchen, war eine schwere Unhöflichkeit. Man fand die Lösung, sie gerüchteweise wissen zu lassen, dass die Jungen, zugerichtet wie sie waren, ihre letzten Ohrfeigen bekommen hatten. Und das kam der Wahrheit recht nah.

Die Einzigen, die ehrenvoll aus der Sache herauskamen, waren die Frustrierten, die niemals auf Bäume kletterten und die auf Informationen aus zweiter Hand angewiesen waren, Informationen, die reichlich mit farbigen und pikanten Details ausgeschmückt waren. Es war die süße Rache der Feiglinge.

Der Mandelbaum ist seit diesen fernen Zeiten nicht mehr nachgewachsen und der breite Stumpf ist zu einem zementversteinerten kreisförmigen Hocker inmitten eines der prallen Sonne ausgesetzten Gartens geworden. In der Abenddämmerung, wenn die Sonnenstrahlen fast waagrecht in die Bucht von Port-au-Prince sinken, setzt sich das alte Ehepaar aus dem Haus manchmal dort nieder, und man hört die ehrwürdige alte Dame ein grundloses schallendes Gelächter anstimmen, bei dem sie sich mehrfach mit den Fingern auf die Lippen schlägt, während ihr greiser Ehemann unhörbar vor sich hinbrummelt.

Das Huhn, das rote Eier legte

Wir hatten aus der frühen Kindheit die schöne Geschichte vom Huhn, das goldene Eier legte, mitgenommen und aus der Jugendzeit das Rätsel, was eher da war, das Huhn oder das Ei … und wir glauben fest, dass wir nun im reifen Alter den Geschichten von Hühnern und Eiern entwachsen waren. Aber wir hatten die Rechnung zu leichtfertig ohne die Zählebigkeit gewisser *kleiner roter Bücher* gemacht, der Handbücher der perfekten kleinen Parteiaktivisten meiner Generation, so genannt wegen ihres obligatorisch roten Einbandes.

Es war die Zeit der Stadtviertel-Kulturclubs. Sie waren damals, Anfang der Sechziger, so plötzlich entstanden, dass man meinen sollte, die beiden Linksparteien, der PEP *(Parti d'Entente Populaire)* und der PPLN *(Parti Populaire de Libération Nationale)* wären endlich zu einem visionären gemeinsamen Programm gelangt und hätten die Parole „Lesen!" ausgegeben. Man brauchte sich als Heranwachsender nur in zwei oder drei Ecken der Stadt herumzutreiben, um von zwei oder drei Gruppen angesprochen zu werden, die einen aufforderten, sich ihnen anzuschließen, um gemeinsam Bücher auszuwählen, sie gemeinsam zu lesen und gemeinsam über das Gelesene zu diskutieren. Es würde mich nicht wundern, wenn der Deckname der Operation „Gemeinsam-Gemeinsam-Gemeinsam" lautete, denn er musste später für alles und jedes herhalten! Aber für das Polizeisystem, das zur gleichen Zeit durch Fortbildungsreisen seiner Offiziere in die Vereinigten Staaten – Fort Brenning, Fort Brague … anschließend Rückkehr nach Fort Dimanche – Gestalt annahm, war diese Verehrung des Gedruckten nur die erste Etappe auf dem Weg zur abgeschotteten, militanten und terroristischen kommunistischen Zelle. Da damals gerade die heißeste Phase des kalten Krieges war, war „Leser, Ihre Papiere!" der übliche Anruf vor dem Feuerbefehl.

Was mich betrifft, so fand die Gründungssitzung unseres Clubs an einem Sonntagvormittag nach dem Zehnuhrhochamt statt. Zwei Mitglieder eines anderen Clubs – so hatten sie sich steif wie zwei Volkskommissare vorgestellt – waren auf Einladung von zwei Mitgliedern unseres Clubs gekommen, was ihnen übrigens eine sofortige Beförderung zum Generalsekretär und zum Vorsitzenden unserer neuen Vereinigung einbrachte. So stimmten wir zu Sechzehn über im Voraus erstellte Statuten ab, bei denen nur der Name des Clubs ausgespart worden war. Was tun? Wir kämpften also in Ermangelung anderer Streitpunkte um den Namen. Mein Vorschlag, uns „Die Schafe" zu nennen, wurde mit fünfzehn zu eins abgeschlachtet, und „Die Hoffnung", eine Anspielung auf Malraux, wurde mit fünfzehn zu eins angenommen. In der großen Milchstraße der Stadtviertelklubs waren wir in Pacôt zwei Sitzungen lang der Club Hoffnung.

Am übernächsten Sonntag, wieder nach der Zehnuhrmesse, hatten die beiden vom letzten Mal, die diesmal so taten, als wären sie nur zufällig vorbeigekommen, uns feierlich ein Exzerpt mitgebracht, das ich aufbewahrt habe (ich bewahre alles auf): ein reguläres gelbes Papier mit etwas weniger als 500 Wörtern, das in dieser Zeit der Flugblätter einem Flugblatt zum Verwechseln ähnlich sah. Jahre später las ich Georges Politzer, um zu verstehen, was mit einigen meiner jungen Freunde passiert war, die auf dieser Stufe steckengeblieben waren, wenn sie sehr viel Glück hatten – andere hatten ihr Leben verloren –, und konnte mich davon überzeugen, dass der Auszug in allem originalgetreu war. Aber damals hatte ich an einen Witz geglaubt, den das Duo am Ende aufklären würde. Waren wir nicht arglos – wie Schafe – auf eine Bauernfängerei hereingefallen? Ich hatte das Ganze wirklich für einen schlechten Scherz gehalten, denn schon damals machte ein Vortragsredner einen sehr modernen Eindruck, wenn er mit einem Spaß begann, über den er als Erster laut lachte, um den Saal mitzureißen.

„Der Widerspruch ist das große Gesetz der Dialektik"
(Georges Politzer, *Principes Elémentaires de philosophie,* Paris, Editions Sociales, S. 178–183)

„Die Bourgeoisie produziert vor allem ihre eigenen Totengräber"
(Karl Marx und Friedrich Engels, *Manifest der Kommunistischen Partei,* Paris, Editions Sociales, S. 20)

*

Nehmen wir das Beispiel eines Eis, das von einem Huhn gelegt und ausgebrütet wird: Wir stellen fest, dass sich in dem Ei ein Keim befindet, der sich bei einer bestimmten Temperatur und unter bestimmten Bedingungen entwickelt. Dieser Keim bringt, wenn er sich entwickelt, ein Küken hervor, somit ist der Keim bereits die Negation des Eis. Wir sehen, dass es in dem Ei zwei Kräfte gibt: die Kraft, die darauf hinwirkt, dass es ein Ei bleibt, und die, die darauf hinwirkt, dass es zum Küken wird. Das Ei ist daher uneins mit sich selbst, und alle Dinge sind uneins mit sich selbst.

Das erscheint möglicherweise schwer verständlich, weil wir an die metaphysische Denkweise gewöhnt sind, daher müssen wir uns bemühen, uns anzugewöhnen, die Dinge so zu sehen, wie sie wirklich sind.

Jedes Ding ist zunächst eine Affirmation, die aus der Negation stammt. Das Küken ist eine Affirmation aus der Negation des Eis. Dies ist eine Phase des Prozesses. Aber das Huhn wird wiederum die Verwandlung des Kükens, und im Herzen dieser Verwandlung wird es einen Widerspruch zwischen den Kräften geben, die dafür kämpfen, dass das Küken zum Huhn wird, und denen, die dafür kämpfen, dass das Küken Küken bleibt. Das Huhn wird also die Negation des Kükens sein, welches selbst aus der Negation des Eis hervorgegangen ist.

Das Huhn wird also die Negation der Negation sein. Und in diesen Phasen verläuft allgemein die Dialektik: 1) Affirmation oder These, 2) Negation oder Antithese, 3) Negation der Negation oder Synthese.

Diese drei Wörter fassen die dialektische Entwicklung zusammen. Sie werden für die Darstellung der Phasenabfolge gebraucht, um anzuzeigen, dass jede Phase die Zerstörung der vorangehenden Phase ist.

Die Zerstörung ist eine Negation. Das Küken ist die Negation des Eis, da es bei seiner Entstehung das Ei zerstört. Das bebrütete Ei ist die Bejahung dessen, was das Ei ist, es wird seine Verneinung hervorbringen, denn es wird zum Küken, und dieses symbolisiert die Zerstörung oder Negation des Eis, indem es die Schale durchstößt und zerstört.

Im Küken sehen wir zwei gegenläufige Kräfte: „Küken" und „Huhn". Im Verlauf dieser Entwicklung des Prozesses legt das Huhn Eier, dies bedeutet eine neue Negation der Negation. Ausgehend von diesen Eiern wird dann der Prozess von Neuem ablaufen.

Wir sehen also, dass die Negation, von der die Dialektik spricht, ein anderes Wort für die Zerstörung ist. Negiert wird, was verschwindet, was zerstört wird: 1) Der Feudalismus war die Negation der Sklavenhaltergesellschaft, 2) der Kapitalismus war die Negation des Feudalismus, 3) der Sozialismus ist die Negation des Kapitalismus.

MERKEN WIR UNS VOR ALLEM
DASS DER WIDERSPRUCH
DAS GESETZ
DER DIALEKTIK IST

*

Ich riet ihnen höflich, sie sollten lieber mit den Hühnern ins Bett gehen und das nächste Mal, wenn sie uns einen Text zur Diskussion vorschlugen, vorsichtig wie auf rohen Eiern vorgehen. Der Präsident bemerkte, dass da eine Revolte ausgebrütet wurde, und wollte sie im Keim ersticken, was ihm schlecht bekam: Er bekam zu hören, dass er nicht über ungelegte Eier gackern sollte. Die Zuhörer, belustigt über die Kaskade von Redensarten über Eier, schalteten sich in das Spiel ein und stellten fest, dass das Flugblatt auf schönem dottergelbem Papier gedruckt war, der Text aber nicht gerade das Gelbe vom Ei war … Es gab kein Halten mehr, alle versuchten zu Wort zu kommen, so sehr hatten die Clubmitglieder das Gefühl, dass man ihnen da ein Windei andrehen wollte und sie behandelte wie dumme Hühner … Erste – unfreiwillig? – humorvolle Regung der beiden Jungs, von denen man das gar nicht erwartet hatte: Sie nannten mich einen Eierkopf (Affirmation oder These), ein Küken, das hinter der Glucke herlief (Negation oder

Antithese), und schließlich eine aufgescheuchte Henne (Negation der Negation oder Synthese) und fügten als Dreingabe einen Ausschlussantrag hinzu. Noch mehr Dialektik hält niemand aus, aber ich überstand es!

Eine Woche später war das Viertel abgeriegelt. Wir wussten bereits, dass dies eine Einschüchterungsaktion gegen die Clubs im Zusammenhang mit den Büchern war. In jedem Viertel, das einen Club besaß, durchsuchte und beschlagnahmte man systematisch die verdächtigen Bücher. Die Krux war, dass die Offiziere dieser Polizeidienststelle nicht für ihren häufigen Umgang mit Büchern bekannt waren, so dass wir uns fragten, woran sie ein subversives Buch erkennen würden. Man erzählte so viele Geschichten zu diesem Thema, aber die Palme gebührt dem, der gerade im Dienst war, als ein europäisches Schiff zu einem Zwischenhalt einlief. Auf der Passagierliste fiel ihm ein gewisser Karl Marx auf. Der Name sagte ihm etwas. Plötzlich ein Geistesblitz. Er wollte sein Glück nicht teilen und ergriff allein die Initiative zur Verhaftung. Mit klopfendem Herzen und verschwitzten Händen begab er sich zum Nationalpalast, um dem Präsidenten von seinem spektakulären Coup zu berichten, und träumte dabei wohl von Belohnungen und Beförderungen. Es hieß, der Präsident habe ohne eine äußere Regung in Gegenwart des Offiziers dessen Personalakte kommen lassen, habe die Privatschule für Rechtswissenschaft herausgesucht, an der er in der Provinz sein Diplom gemacht hatte, und die Anstalt unverzüglich schließen lassen. Aber solche Bravourstücke gehörten auf diesem Posten schon lange der Vergangenheit an. Man ließ zu, dass alle Häuser, die eventuell eine Bibliothek beherbergten, eins nach dem anderen durchsucht wurden, und nahm unabhängig vom Inhalt einfach alle Bücher mit rotem Einband mit, auch die in weinrotes Leder eingebundenen Kochrezepte meiner Mutter.

Mein Vater war von dieser Episode so traumatisiert, dass er noch fünfunddreißig Jahre später am Morgen seines Todestages den zu subversiv magentafarbenen Einband seiner neuesten Erwerbung mit braunem Packpapier abdeckte. Er hatte das Buch am Vorabend beim letzten ambulanten Antiquar von Port-au-Prince gekauft, der die Leute aus dem Süden mit Buchraritäten belieferte, dem sehr bekannten Mircéa Eliade Beaumanoir S., Sohn eines Philosophen aus Les Cayes.

Die Wiederkehr des ewig Gleichen ist in Haiti kein Mythos, die vorsichtigen haitianischen Verleger benutzten daher nie wieder diese Umschlagfarbe, bis zum heutigen Tag übrigens. Es sei denn, sie legten es auf Provokation an. Fast hätte ich es vergessen: Einer meiner Brüder und ich betrieben damals eine kleine Zucht von einigen Hundert Leghornhennen. Die Hennen und Eier wuchsen mir schon über den Kopf, ich fand, dass ich genug tat und mir keine weiteren Arbeiten im Hühnerstall mehr aufhalsen musste.

Versetzt den Eiffelturm!

„Gegeben sei der Gesamthaushalt Frankreichs in diesem Jahr (1975) und ein zum Kapital geschlagener Zins von 12 % über hundertfünfzig Jahre (1825 – 1975). Berechnen Sie, welcher Betrag Haiti eines Tages zusteht." Für die Obersekunda des Collège Métropolitain wurde diese ungewöhnliche Rechenaufgabe mit ihrem schwindelerregenden Endergebnis seit zwanzig Jahren jedes Schuljahr wieder gestellt. Der Hörsaal war überfüllt, und die Abiturkandidaten hielten sich sogar an den Fensterbänken fest, wenn der beliebteste Professor von Port-au-Prince mit diesem Einstieg seinen samstagmorgendlichen Kurs in der Geschichte Haitis begann. Er leitete danach zu seinem Hund über. Bismarck war zwar der entfernte Nachkomme eines deutschen Schäferhundes, dessen Stammbaum viele einheimische *chiens pays* gekreuzt hatten, aber der Professor hatte ihm diesen Namen nicht seiner Abstammung wegen gegeben, sondern um das Ausmaß des noch nicht beigelegten Konflikts mit Frankreich zu unterstreichen.

Man lehrt eben nicht ungestraft die Geschichte des langen haitianischen 19. Jahrhunderts, das vom 1. Januar 1804, dem Tag der Unabhängigkeit, bis zum 28. Juli 1915, der Landung der US-amerikanischen Marines, reicht. Er gab gern zu, dass der dreizehnjährige Unabhängigkeitskrieg (1791–1804) auf beiden Seiten zahlreiche offene Wunden hinterlassen hatte und dass man all dies mit dem Ende der Sklaverei zu den Akten legen musste. Er räumte sogar ein, dass die Verschleppung von zwanzig Millionen Afrikanern, von denen zehn Millionen tatsächlich den Frachträumen der Sklavenschiffe entstiegen und in die Plantagen Amerikas wanderten, eine historische Entgleisung von drei Jahrhunderten blinder und lukrativer Habgier der Negerhändlerbourgeoisie, allen voran der große Voltaire, waren. Da war nichts zu machen, man konnte nur die medienpräsente Schoah der Juden von Zeit zu Zeit daran erinnern, dass der Sklavenhandel und der Genozid an siebzig Millionen Indianern in einem halben Jahrhundert ebenfalls ernsthafte Ansprüche auf einen Platz in der Hitparade der Katastrophen und Holocausts der modernen Zeit hatten. Der Professor forderte uns sogar auf, uns selbstbewusst der Tatsache zu stellen, dass wir auf diesem Inseldrittel in einer auf dem amerikanischen Kontinent bis dahin unbekannten Dichte zusammengepfercht worden waren, so dass vor dem Unabhängigkeitskrieg fast eine halbe Million von uns auf diesem bereits kahlen Felsen saß, ein kleiner Teil Mischlinge, Bastarde der Siedler, und eine große schwarzafrikanische und kreolische Mehrheit. Wir waren alle Haitianer. Aber die „Unabhängigkeitsschuld" war zu viel! Das ging zu weit! Und er schwor, sein Leben als Geschichtslehrer in der Obersekunda dem Anprangern dieser Gaunerei aus dem 19. Jahrhundert zu widmen. Die Zuhörerschaft war jedes Mal tief beeindruckt, so urgewaltig wirkte dieser ungewöhnlich charismatische Mann.

Sein Zorn galt dem Edikt von 1825, in dem Frankreich von Haiti den Gegenwert des französischen Budgets dieses Jahres geforderte hatte, als Entschädigung dafür, dass seine Neger aus der Sklaverei entlassen worden waren, und als Gegenleistung für das Versprechen, sie nicht erneut zu versklaven. Es war vulgär, nach zwanzig Jahren Geld für eine Unabhängigkeit zu erpressen, die vor Ort von ehemaligen Sklaven erkämpft worden war. Aber immerhin verlangten zehntausend französische Familien von Frankreich einen Ausgleich für den Verlust ihrer halben Million Sklaven, und man fand keine andere Lösung, als Letztere teuer dafür bezahlen zu lassen. Die finanziellen Zaubertricks, die dafür aufgeboten wurden, blieben für sie hundert Jahre lang undurchschaubar.

Er verübelte ihnen die Reihe von Anleihen, die sofort aufgenommen werden mussten, um auch nur die erste Rate dieser Entschädigung zu zahlen. Schulen und Krankenhäuser, Werkstätten und Manufakturen wurden geschlossen und alle Entwicklungsträume aufgegeben, ohne dass dies Frankreich im Geringsten anzufechten schien. Haiti wurde in einen finanziellen Strudel gezogen, aus dem es kein Entkommen gab. Dies war das Jahrhundert der Rache an dem für Frankreich verlorenen Amerika. Dies war die letzte Kontributionenerpressung des Unabhängigkeitskriegs. Und dies sind die krummen Wurzeln des heutigen haitianischen Elends. „Wenn die Marquise fragt: ‚warum sind sie so arm, warum sind sie so grobschlächtig?‘, dann brauchen Sie nicht weiter zu suchen.“

Es bezahlte der Kaffee durch seine Ausfuhr nach Le Havre. Er war die einzige überlebende Kolonialware im 19. Jahrhundert, und der einzige Importeur von Kaffee aus Haiti (vormals Saint-Domingue) war auch der französische Gläubiger. Die Sache war für hundert Jahre gut eingefädelt. Und die einzigen Kaffeeproduzenten waren die Bauern Haitis, die ehemaligen Sklaven von Saint-Domingue, und die einzigen Steuern, die es gab, lasteten auf dem Kaffee des Bauern. Kurzum, der Bauer zahlte allein die Unabhängigkeitsschuld und die Schuld zur Tilgung der Schuld und vor allem den Wucherzins und -zinseszins, der die beiden Schulden in schwindelerregende Höhen trieb, während die Einfuhr von „Pariser Artikeln“ die Minderheit der neuen Aufseher der neuen Sklaven erfreute. „Wenn die Marquise mit ihrer Fistelstimme und mit vornehm gespitztem Mund fragt: ‚warum ist dieses Land noch ein Land von armen Bauern?‘, dann brauchen Sie nicht weiter nach dem Ausgangspunkt und der Ursache zu suchen“, variierte er seine Stilfigur.

Seine Argumentation konnte sich auf eine solide Dokumentation stützen, seit das Institut Français von Haiti ihm ein Stipendium für Forschungen in den französischen Archiven bewilligt hatte. Böse Zungen behaupteten, dass man ihn damit zum Schweigen bringen wollte, aber in diesem Land sagen die bösen Zungen alles und jedes über alles und jedes. Er war bei seiner Rückkehr eher noch eifriger und scharfsinniger, denn er konnte nun die Gegenthese bekämpfen, nach der die „doppelte Schuld“ ein Geniestreich zur diplomatischen Rettung Haitis gewesen sei. Falsch. Eine völlig unhaltbare Position. Er konnte nun sämtliche großen Werke und großen Denker des 19. Jahrhunderts zitieren, die sich mit diesem Erpressungsfall befasst hatten,

Anténor Firmin, Louis Joseph Janvier, Jacques Nicolas Léger, Frédéric Marcellin, Edmond Paul, Semexant Rouzier … und er bedauerte, dass diese Ära der finanziellen Raubvögel, der sich ein Absolvent in Neuer Geschichte aus seinem Jahrgang an der Ecole Normale Supérieure widmen wollte, auf einen anderen Spezialisten warten musste, denn dieser Historiker war leider bei einem Autounfall ganz zu Beginn seines Werkes gestorben, und niemand schien in der Lage, den Staffelstab aufzuheben, der ihm aus den Händen gefallen war.

Der Lehrer warnte vor all den Dingen, die nur dem Namen nach haitianisch waren, wie jene „Nationalbank von Haiti" von 1880, die eine ausschließlich französische Aktiengesellschaft war, und er rief uns zur Wachsamkeit gegenüber den haitianisch genannten aber rein französischen Einrichtungen auf. „Wirklich eine alte Manie!", wetterte er. Er ließ durchblicken, dass jede Epoche die Tatsache der Fremdherrschaft mit einem anderen Namen versah und dass die sogenannte Internationale Gemeinde von heute die Erbin der großen Handelsgesellschaften von früher ist. Aber die von den Menschen des 19. Jahrhunderts so gefürchtete Invasion kam aus einer anderen Richtung. 1915 hatten wir den Herren gewechselt, und die *National City Bank* kaufte den französischen Banken die Forderung ab …, aber das gehörte zum Stoff der Abschlussklasse, dem 20. Jahrhundert, von dem wohl jeder bereits wusste, fast schon aus Erfahrung, dass es wieder ein Jahrhundert von anderen Freibeutern, anderen Piraten und anderen Flibustiern war. Der Lehrer liebte es, die zahlreichen weißen Flecken des haitianischen Gedächtnisses mit diesen drei Symbolfiguren der Karibik zu charakterisieren.

Er lehrte nur in der Untersekunda, um den Samen der „doppelten Rückzahlung" der „doppelten Schuld" auszusäen. In dieser Zeit der Entschuldigungen, in der alle wahrhaft großen Nationen der heutigen Zeit sich öffentlich zu dem Unrecht bekennen, das ihre Vorfahren anderen Völkern angetan haben, glaubte er, dass Frankreich es sich schuldig war, sich mindestens einmal bei den Haitianern für die Jahrhunderte der Verschleppung aus Afrika und der Sklaverei auf der Insel zu entschuldigen. Die Verneinung der Menschlichkeit durch den Sklavenhandel und die Sklaverei rechtfertigten die Forderung nach einer offiziellen Entschuldigung, ohne die keiner unserer Toten den ewigen Frieden finden würde. Und zugleich musste man mit Entschiedenheit die Rückzahlung der Unabhängigkeitsschuld an den das ganze 19. Jahrhundert hindurch von einem unwürdigen Staat geplünderten Staatsschatz fordern. Den Gegenwert eines heutigen französischen Jahresbudgets, genau so, wie sie es im Jahr 1825 gemacht hatten, plus die hundertfünfzig Jahre lang aufgelaufenen Zinsen zu dem Wucherzinssatz, der für die „doppelte Schuld" verlangt wurde.

Und wenn Frankreich angesichts der unglaublichen Summen sein Juwel, den Eiffelturm, versetzen muss! (Diese Pointe kehrte bei jeder der fünfzig Eröffnungsstunden seines Lebens unverändert wieder und rief jedes Mal laute Ovationen der Zuhörerschaft hervor, die sich einen Paukenschlag lang als Miteigentümer, legitimer Erbe und Gläubiger des Eiffelturms fühlte!) Das war schon etwas!

Gold für meine Freunde und Blei …

„Gold für meine Freunde und Blei … für meine Feinde!" Mit solchen Zitaten, Abbild einer Geschichte aus Günstlingswirtschaft und Repressalien, wurden wir zum Eintritt in die Erwachsenenwelt geladen. Und dabei war Dumarsais Estimé, Urheber dieses kannibalischen Aphorismus, aus der ganzen Bande der haitianischen Staatschefs einer der demokratischsten und moderatesten! Die anderen … Für jede Situation gab es einen berühmten Ausspruch eines unserer Präsidenten, und ihnen allen war ein hohes Maß an Zynismus eigen: „Rupft die Henne … aber gebt Acht, dass sie nicht gackert!", sagte einer von ihnen zu den Plünderern der öffentlichen Kassen über den zu wahrenden Schein; „Jeder Esel soll auf seiner Weide iahen!", fügte ein anderer mit Blick auf seine Helfershelfer hinzu, die nach Zerstückelung des Landes ihre Einflusszonen absteckten … Und der Rest ist entsprechend.

Das Problem war, dass in Port-aux-Morts anscheinend niemand bis drei zählen konnte: Man war Freund, oder man war Feind, Schluss, aus, und alle subtilen Zwischenpositionen wurden immer auf diese beiden einzigen Möglichkeiten zurückgestutzt: Gold oder Blei. Zur Auswahl stand also Freund oder Feind. Diese binäre Gewalt hatte rasch auf alle Tätigkeiten übergegriffen, selbst die, die als über jeden Zweifel erhaben galten wie die Aufnahmeprüfungen der medizinischen Fakultät. Diese schickte sich somit an, den internationalen Ruf akademischen Werts zu verlieren, den man ihr noch zubilligte, ein Niedergang, der ihr nach dem damals modischen maoistischen Ausdruck die Bezeichnung „Schule für Barfußärzte" einbrachte oder gar „Schule für Luxuskrankenpfleger" nach einem der bissigen Aussprüche dieser menschenfressenden Ära.

Der Wendepunkt war wahrscheinlich das Jahr 1962 nach dem langen Studentenstreik. Eine kleine Gruppe von Naiven – denn danach sollte es keine mehr geben, sie waren alle geimpft oder aufgefressen –, hatte sich für fähig gehalten, den triumphierenden Manichäismus zu konterkarieren, indem sie einen Vorbereitungskurs für den Aufnahmewettbewerb veranstaltete. Sie wurden darin von all jenen, die sich der *Macoutisierung* dieses Prunkstücks der Universität widersetzten, ehrlich unterstützt, von einigen Politikern aber auch unter der Hand und unbekümmert um das Risiko, das die jungen Leute eingingen, als Schachfiguren für die unweigerlich folgende Konfrontation mit der Macht benutzt.

Die Gruppenmitglieder, welche sich in unterschiedlichem Maße bewusst waren, worum es ging und wofür sie zum Symbol wurden, nahmen sich also vor zu lernen, um so offensichtlich die vorderen Plätze zu belegen, dass man ihnen die Aufnahme nicht verweigern konnte, ohne sich zu desavouieren. Das glaubten sie zumindest alle laut genug, damit die Sache offen von einer Galerie zur anderen diskutiert wurde wie die nächste politische Krise. Als gute Haitianer, die keine Gelegenheit zu einer Wette auslassen, wetteten die Leute für oder gegen die Zulassung dieser Gruppe zur medizinischen Fakultät. Diese trieben die Herausforderung auf die Spitze und bestellten schon im Voraus ihre weißen Kittel. Daher der Spitzname, mit dem man sie belegte: Die *blouses blanches* (Weißkittel) oder BBB, denn die Gegenseite hatte ein B für „bolschewistisch" hinzugefügt.

Von Mitte Juni, Ende der Abiturprüfungen, bis Anfang Oktober, Anfang der Auswahlprüfungen für die Fakultät, waren gute hundert Tage bis zum Rand mit einer beeindruckenden Masse von Detailkenntnissen in Physik, Chemie, Biologie, Botanik und Anatomie auszufüllen. Es war ungeniertes Auswendiglernen. Krüge, die für die fünf Tage mit den fünfhundert Multiple-Choice-Fragen gefüllt werden mussten. Es gab also zwei mögliche Strategien. Erstens, sich hundert Tage und hundert Nächte einzuschließen und, befeuert von der Sache, die es zu verteidigen und der Pestbeule, die es aufzustechen galt, unter Aufsicht von Repetitoren gruppenweise zu lernen, und zweitens, die realistischere Möglichkeit, sich in derselben Zeit einen Paten oder eine Patin – denn manche Milizchefinnen waren gefürchtete Patinnen –, eine zivile oder militärische Autorität zu suchen, jedenfalls eine Autorität, die politisch schwer genug wog, um die Aufnahme auf die Zulassungsliste zu erzwingen. Die Sache war zu einer solchen Staatsaffäre geworden, einer solchen Kraftprobe mit der lautlosen und maskierten Opposition, dass die Liste der schlussendlich Zugelassenen von diesem Jahr an im Präsidentenpalast, dem Haus der letzten Berufungsmöglichkeit, aufgestellt wurde, dort, wo angeblich der Teufel in Person jeden Abend schlief wie in seiner bevorzugten Zweitwohnung.

Es gab für gewöhnlich drei- bis vierhundert Kandidaten für vierzig Plätze, streng begrenzt durch die Zahl der verfügbaren Stethoskope, Mikroskope und sonstigen „Skope". Und die Ergebnisse wurden am ersten November bekanntgegeben. Aber diesmal verging der ganze Monat November darüber. Die Eingaben und der Druck der Fürsprecher im Palast sorgten dafür, dass nach und nach vier Listen veröffentlicht wurden. Die Zahl der Zugelassenen, ursprünglich vierzig, erreichte am Ende des Monats den stolzen Betrag von hundertachtzig und noch ein paar, wobei die Ungenauigkeit sich daraus ergab, dass entsprechend dem Auf und Ab der politischen Fortune einige noch nachträglich im Laufe des Jahres auf die Liste gesetzt wurden. Die Hörsäle, die normalerweise mit vierzig sitzenden Studenten voll besetzt waren, wurden umgebaut, um die vier- bis fünffache Zahl von stehenden Studenten aufzunehmen, dicht an dicht wie die festgeschlossenen Reihen eines Milizbataillons bei einer Parade. Das Bild ist keine bloße Metapher, denn das Kontingent der Zugelassenen wurde zu öffentlichen paramilitärischen Übungen verpflichtet und musste im – deutschen – Stechschritt durch die Straßen der Stadt paradieren, nicht um sie herabzusetzen, wie manche bereitwillig glaubten, sondern im Namen der simplen und gefährlichen Logik des Zweitaktmechanismus Freund oder Feind, Gold oder Blei. Die Neunmalklugen, die glaubten, sie könnten sich aufnehmen lassen und sich anschließend weigern, im Gleichschritt zu marschieren, bekamen bald die Quittung für ihr Lavieren. Außer dem männlichen Hochwerfen der Beine waren keine Tanzfiguren mehr erlaubt.

Die BBB fehlten natürlich auf den Listen. Man drehte ihnen noch eine lange Nase, indem man durchsickern ließ, dass sie in der Tat als Einzige die Prüfungen bestanden hatten, noch dazu auf den vordersten Plätzen, dass es aber in der Fakultät keinen Platz für die Feinde der Revolution gab. Unter diesen Umständen war vielen Zugelassenen so unwohl bei ihrem Erfolg, dass sie das Medizinstudium abbrachen, um wieder auf der richtigen Seite der Geschichte zu stehen. Eine Spezialbrigade, die die Schwarzfahrer genannt wurden, seit sie die Streikbrecher gespielt und sich ohne Examen durch Kooptation hatten aufnehmen lassen, sollte darüber wachen, dass keiner der BBB zugelassen wurde. Sie waren mit großem Eifer dabei und bekamen für diese gehaltene und gewonnene Wette jeder dreißig Goldstücke gutgeschrieben.

Die Bleikappe dehnte sich wieder ein bisschen weiter aus und lastete wieder ein bisschen schwerer auf dem Leben, so wie nach jeder der kleinen Niederlagen dieser Zeit.

Die despedida

„Sokrates ist tot, Platon ist tot, Kant ist tot, Nietzsche ist tot, und Ihrem gehorsamen Diener geht es auch nicht gut.“ Mehrere schworen, aus sicherer Quelle zu wissen, dass der philosophiebegeisterte Professor, der mit uns sein Bestes gab, Monsieur Rond, dies tatsächlich gesagt habe, als er einmal hohes Fieber hatte. Wie dieselben bösen Zungen kolportierten, soll er sogar hinzugefügt haben: „Und auf meinem Grabstein wird stehen: ‚Hier ruht Professor Rond, gestorben mit 49 Jahren‘“, eine Anspielung auf den berühmten Grabstein von Dessalines, der unsere Sklavenarmeen im Jahr 1804 zur Unabhängigkeit führte.

Da sein Kurs an der Ecole Normale Supérieure obligatorisch war, wohnten wir ihm mit etwas spitzbübischer Zuneigung zu diesem Mann aus einer anderen Zeit bei, der uns in seinen inspirierten Momenten durchaus zu überraschen wusste. Er war ein guter Kerl, der Einzige in dieser machistischen Welt, der uns von Simone de Beauvoirs *Anderem Geschlecht* erzählte, und auch der Einzige, der das Individuum gegen den alles niederwalzenden Kollektivismus hochhielt, der damals gefeiert wurde. Es lag Grandezza darin, die Lehrtätigkeit mit nicht einmal fünfzig Jahren aufgeben zu wollen, denn Nietzsche, die Leidenschaft seines Lebens, hatte sein Werk vollendet, bevor er vierzig Jahre alt wurde, und sich noch früher aus der Lehre zurückgezogen. Und außerdem waren junge Professoren in Mode, die mit geistiger Konfektionsware unter dem Arm frisch von der Sorbonne kamen.

Es war in diesem „Laden“ nicht üblich, dass die Professoren Antrittsvorlesungen hielten, wenn sie vor den Studenten, die damals als die besten und turbulentesten galten, einen riskanten Lehrauftrag übernahmen. Aber wenn sie sich lange bewährt hatten, war es einigen von ihnen gestattet, eine Abschiedsrede zu halten. Die *despedida,* wie wir sagten, um ihren Charakter als intellektuelle Festveranstaltung zu unterstreichen. Monsieur Rond wurde eine *despedida* gewährt, die er aus Spottlust auf den 22. November 1963 gelegt hatte, einen 22., die Lieblingszahl der herrschenden Diktatur. Ein geschichtsloser Tag, scherzte er, an dem man stoisch seinen sokratischen Schierlingsbecher trinken konnte. Er hatte nicht vorausgesehen, dass sein Abgang durch die Ermordung Kennedys an just diesem Tag Konkurrenz bekommen würde.

Die Nachricht traf kurz vor Beginn der Feier ein, als wir alle im Hof der *Normale* versammelt waren und zu erraten versuchten, was dieser Tropenmetaphysiker für uns bereit hielt. Von einem Grüppchen zum anderen wurde heftig diskutiert. Das breite Gesicht gezeichnet und besorgt, betrat der Redner des Tages vor uns den Hörsaal. Der Saal war voll, als er langsam vom Pult und seinen Blättern aufschaute, seine dicke Hornbrille abnahm, den Blick einmal im Halbkreis über die Zuhörerschaft schweifen ließ und die Seiten seines Vortrags eine nach der anderen sorgfältig zerriss, während er langsam zu sprechen begann. An einem solchen vom Schicksal gezeichneten Tag und vor einem ebenfalls vom Schicksal gezeichneten Publikum, unter dem sich, wie er sicher wusste, die befanden, die das 20. Jahrhundert zu Ende denken würden, vielleicht besser, als unser letztes Jahrhundert, das 19. zu Ende gedacht worden war, müsse seine *despedida* für jeden und jede eine Wegzehrung sein.

Es herrschte völlige Stille, als er Atem holte: „Sie werden alle sterben, wenn Ihre Stunde gekommen ist, noch jung oder sehr alt, das ist unwichtig. Wichtig ist, zu wissen, warum man gelebt hat: Woher kommen wir? Wer sind wir? Wohin gehen wir?

Wir hätten eigentlich alle täglich Albträume haben müssen, Bilder aus dem Bauch der Sklavenschiffe, dumpfe Ängste und Erinnerungen an die so kurz, nicht einmal zwei Jahrhunderte, zurückliegende Sklaverei. Und dennoch, soweit man unsere kollektive Erinnerung auch zurückverfolgt, der Unabhängigkeitskrieg bildet einen Damm gegen die Vergangenheit. Als ob diese extreme Krise, in der die Haitianer und ihr Staat entstanden sind, die vorangegangene Episode ausgelöscht hätte, so grausam sie auch gewesen sein mag, und als ob dieses lange und tiefe Vergessen durch das für den Erfolg des Unternehmens reichlich vergossene Blut der Weißen möglich geworden wäre.

Während andere in der Welt für Erinnerungen kämpfen, die mehrere Jahrhunderte alt sind, hat uns der Unabhängigkeitskrieg alle in einem einzigen Tiegel eingeschmolzen, so dass wir aus einem Guss, neu und ohne Gedächtnis sind. Die radikale Gründungstat hat die schmerzliche Vergangenheit ausradiert: Die Kolonialzeit ist für uns nur ein Bezugspunkt, den wir aus uns ausgetrieben haben.

Im Jahr 1804 waren wir wieder neu und frei, so sehr, dass wir zu sagen vermögen, was eine Befreiung genau ist: ein Aderlass, bis das Gedächtnis aussetzt. Es sind mehrere Aderlässe nötig, oft genug, damit keine es Ressentiments, keinen Groll mehr gibt und damit der Bruch mit dem Alten und der Übergang zum Neuen gelingt.

Der Haitianer ist also dieses zweihundertjährige Wesen, den seine Geburt im Jahr 1804 nach Aufständen und Kriegen für eine Lebensgeschichte voller Volksbewegungen zu einem Gelobten Land vorbereitet hat, einem Gelobten Land, das sich jedes Mal im letzten Moment entzieht, von dem er aber weiß, dass er es eines Tages erreichen kann. Am richtigen Tag.

Und er weiß, was er dafür noch einmal tun muss."

Wir hatten uns alle von unseren Plätzen erhoben, alle Studenten aller Abteilungen, Jungen und Mädchen. Wir hatten Tränen in den Augen. Er verschmähte unseren Applaus und nannte ohne Eile jeden von uns mit einem langen Blick aus seinen hervortretenden Augen beim Namen. Dann ging er hinaus, gebeugter und mit schwererem Schritt als gewöhnlich, um einige Wochen später zu sterben.

Bei seiner Beerdigung drängte sich die ganze *Normale* um sein Grab, als der Stein gesetzt wurde, den wir für ihn gestiftet hatten:

„Hier ruht Professor Rond, gestorben mit 49 Jahren."

Die Vorlesung

Der Professor sprach langsam und deutlich, Silbe für Silbe, damit das Publikum im Hörsaal die für diesen Dienstagmorgen vorgesehene Vorlesung „Kritische Einführung in die *Einführung in die Kritik der politischen Ökonomie*" Wort für Wort mitschreiben konnte:

„Ziel jeder Produktion – Ziel jeder Produktion – ist die Reproduktion – Re-pro-duk-tion – der Produktionsverhältnisse und der Produktionsmittel. Punkt. Jede Analyse der Produktion muss daher aus der Perspektive – Per-spek-tive – der Reproduktion dessen, Komma, was diese Produktion ermöglicht, Komma, geschehen. Punkt. Somit …"

Der ging nie leichtfertig mit den Worten um! Die anderen übrigens auch nicht! Die ostentativ eifrigen Zuhörer in dem bereits ziemlich finsteren Raum trugen alle dunkle Brillen, identische Hosen aus blauem Jeansstoff, sogenanntem *gros bleu,* und dasselbe Modell schwarze Schnürstiefel. Nur ihre Hemden in knalligen, bunten Farben heiterten diese düstere Uniformität etwas auf, wobei sie alle an der Taille eine beunruhigende Ausbuchtung aufwiesen, von der jedem klar war, dass sie von dem Holster mit dem schweren 38er-Colt stammte. Maître Everson war nun an der Reihe, diese nicht sehr freundlichen Studenten zu unterrichten, die seit Montagmorgen die Streikenden ersetzten, damit an der Ecole Normale Supérieure nicht gestreikt wurde. In diesem Land konnte es keinen Streik geben! Es ging um das Ansehen der Regierung, deren Chef auf immer verboten hatte, durch das Wort „Streik" anzudeuten, dass irgendeine aufrührerische Gruppe seines Volkes mit ihrem Los möglicherweise nicht zufrieden war.

Es konnte keine Streiks mehr geben, seit vor zwei Jahren die allerletzten einer Endlösung zugeführt worden waren. Mit ihr gingen drei bewegte Jahre zu Ende, in denen alle Gruppen, die sich der Diktatur widersetzt hatten, dezimiert worden waren: Die Kirche und die Pfadfinder, die Armee und die Fußballer, die Freudenmädchen und die Freudianer, die Taxifahrer und die Taxonomen, kurz alle. Und die Hochschulangehörigen. Aber knapp hundert Studenten und Studentinnen, verteilt auf sechs Studiengänge und drei Studienjahre, so dass man sie sich in jedem Jahrgang leicht an fünf Fingern abzählen konnte, kam es doch tatsächlich in den Sinn, ihm nein zu sagen. IHM. Dieses letzte Widerstandsnest war ein souveränes Ärgernis für den Souverän, der seit sieben Jahren an der Macht war und dessen Präsidentschaft auf Lebenszeit vor kurzem in die Verfassung aufgenommen worden war – von einer Kammer, in der ebenfalls knapp hundert Vertreter saßen, diese freilich von der Sorte, wie er sie mochte.

Die Streitpunkte, von den lächerlichsten bis hin zu den grundlegendsten, waren unter diesen Umständen unwichtig, die Majestätsbeleidigung lag in dem Nein, das man ihm entgegensetzte. Der Palastoffizier, der den Beinamen „der Intelligente" führte – ein ehemaliger Überläufer von der naturwissenschaftlichen Abteilung der *Normale* an die Militärakademie – hatte sich vor der Urabstimmung mit den Studenten getroffen. Als Leiter des Referats Symbole in der Propagandaabteilung hatte er keinen Zweifel daran gelassen, dass die Macht entschlossen war, einen Streikzustand niemals anzuerkennen. Der Streik hatte in den Landessprachen einfach nicht mehr zu existieren, weder als Wort noch als Sache. Eine ganze Reihe von subversiven Ausdrücken war so aus dem gängigen Sprachgebrauch gestrichen und durch neue, akzeptablere ersetzt worden. Es durfte keine Gewerkschaften, Vereine, Bünde, Menschenaufläufe und Versammlungen von mehr als drei Personen mehr geben. Alles musste weiter im Gleichschritt marschieren, der Lehrer lehren, der Student studieren, der Händler handeln, der Beamte seines Amtes walten …, und das Referat Symbole war, wenn es sein musste, bereit ein Bataillon von *tontons macoutes* aus dem Palast in die Vorlesungen zu schicken, damit die *Ecole Normale,* an der es keinen Streik geben konnte, geöffnet blieb.

Zwei Jahre Depression seit dem großen Studentenstreik von 1961–1962 und ein nur kurz zurückliegender stürmischer Beginn des Studienjahres hatten zu diesen Ereignissen Anfang November 1964 geführt. Nicht dass der Staatschef nicht einen von seinen Schlächtern hätte schicken können, damit der die hundert Studenten zu Hackfleisch verarbeitete, aber da es keine Streiks, Proteste oder Oppositionsbewegungen mehr geben konnte, hätte eine gewalttätige Antwort Gesichtsverlust bedeutet. Die Diktatur war zwanghaft um die öffentliche Meinung besorgt, die in ihrer Flüchtigkeit den Händen, mit denen man sie gern gepackt hätte, keinen Halt bot. Gerüchte waren zur Waffe der Besiegten geworden, und der Polizeiapparat, der ständig sogenannten subversiven Reden nachjagte, war unfähig zu verhindern, dass sie sich in öffentliche Meinungen verwandelten: An der Ecole Normale sprachen wir gewählt von der *pheme* die zur *doxa* wird …

Alle Hörsäle waren also überfüllt in dieser letzten Woche vor den Halbjahresprüfungen. Da die Hochschulleitung Order erhalten hatte, nichts an der Planung zu verändern, reichten die Damen und Herren Professoren wie üblich im Voraus ihre Examensthemen im Sekretariat ein, und die schwarzen Bretter waren voll mit Aufforderungen an die Studentinnen und Studenten, in diesem oder jenem Saal zu den schriftlichen Prüfungen zu erscheinen. Für jede von ihnen standen sechs Zeitstunden zur Verfügung, und es war Tradition an der *Ecole Normale,* eine Woche vor den Halbjahresprüfungen für jedes Fach fünf Themen auszuhängen, von denen in der Prüfung ein einziges gestellt wurde.

Die Lehrergewerkschaft war als eine der ersten zugleich mit den Arbeitergewerkschaften zerschlagen worden, und alle Mitglieder dieses Berufsstandes waren verpflichtet, ihren Unterricht normal zu halten, auch vor einem leeren Saal. Die Examensthemen dieser Woche waren daher ihre süße Rache. Für die Übersetzung ins Lateinische für die Fortgeschrittenen würde irgendeiner der geschriebenen oder gesprochenen Leitartikel als Thema gestellt werden, vor allem die täglichen Ergüsse im Regierungsradio, moderiert von einem Mann mit dem Spitznamen

Ti-bourrique, kleiner Esel, so sehr iahte er. Das Risiko war groß, dass sie an diesem Tag sechs Stunden lang die Auslegung eines Aphorismus des Staatschefs aus den *Memoiren eines Führers der Dritten Welt* in Cicerosche Sätze bringen mussten. In Geographie würde wahrscheinlich „Sparta im fünften Jahrhundert vor Christus" oder „Florenz zu Beginn des sechzehnten Jahrhunderts" drankommen, um eine Zentralisierung à la Port-au-Prince herauszuarbeiten, die bis zum Ende des Jahrhunderts zu einer Rückkehr der Stadtstaaten führen würde. Die haitianische Literatur bot unter anderen Fallen einen Essay über die politische und soziale Subversion in der haitianischen *lodyans*: Unter dem Titel „Die *lodyans*-Schreiber in *Le Soir*", der Zeitung von Justin Lhérisson, die dieses gärende Genre von 1899 bis 1908 beherbergte, tat sie, als hielte sie sich vom aktuellen Geschehen fern. Und schließlich würde unter den ausgewählten Texten der französischen Literatur die *Ballade von den Gehängten* sicherlich eine Fülle aktualisierender Betrachtungen zur Todesstrafe provozieren, die so leichtfertig wegen allem und jedem und gegen alle und jeden verhängt wurde.

Nicht einer der neuen Studenten mit ihren Galgengesichtern erschien zu den Prüfungen. Natürlich, ist man versucht zu sagen. Die unermüdliche Mundpropaganda, die dem Waffengang folgte, proklamierte endlich, dass die leere *Ecole Normale* bestreikt wurde. Die Regierung verlor zwar das Gesicht, vor allem aber die Geduld. Man erwartete die Schlächter, und es kamen die Zimmerleute. Die Gerüste an der Fassade der wegen Reparaturarbeiten sofort geschlossenen Schule erinnerten an den Galgen von Montfaucon. Das Referat Symbole schien die Metapher fortzuspinnen, es fehlten nur noch die Stricke und die Hälse. Die Hundert nahmen die Beine in die Hand und unternahmen, abgesehen von dreien, weite Ausflüge. Waren diese drei kühner oder unvorsichtiger? Jedenfalls unglücklicher. Sie wurden am gleichen Abend dabei erwischt, wie sie an den Balken Stricke mit Schlingen anbrachten.

Der Verein der Ehemaligen der Ecole Normale hat 2004 anstelle des zweihundertjährigen Jahrestags der nationalen Unabhängigkeit ihren vierzigsten Todestag begangen. Erhängt in dem Turm, in dem sie am nächsten Morgen gefunden wurden.

Polkapartner

Man erzählt sich noch in Quina, dass die Polka eine polnische Musik ist, die gezwungenermaßen nach Fond-des-Blancs gelangte, in den Tornistern der Legionäre nämlich, und dass sie sich umso besser akklimatisiert hat, als sie dank ihrem lebhaften Tempo, ihrem teuflischen Rhythmus und ihren hüpfenden Tanzfiguren in der lokalen Musik aufging. Die Ethnomusikwissenschaftler haben noch ein Stück Arbeit vor sich, aber für die gewöhnlichen Sterblichen ist von der Polka nur ein kreolischer Ausdruck für eine starke Partnerschaft zwischen zwei Personen, den „Polkapartnern" übrig geblieben, die zum Generationsmarker werden wird, so wie das Leben in Netzwerken und das Networking für unsere Nachkommen.

In jenen Zeiten und an jenem Ort, welche die nach Genauigkeit Gierenden in die erste Hälfte der sechziger Jahre und mitten in das dem entstehenden *tonton-macoutisme* noch widerstehende Port-au-Prince verlegen werden, gab es zwei große Lehrmeister – die diese Generation übrigens als *Polkapartner* durch alle Lebensalter hindurch begleiten sollten –, nämlich Marx und Jesus, und vier Arten, ihnen Gefolgschaft zu leisten. Fast alle hatten sich den ersten beiden Arten verschrieben, die alle vorstellbaren Mischungen zwischen beidem einschlossen: Marx und Jesus, Jesus und Marx, denn da man sie nicht gleichzeitig nennen konnte, war der Erstgenannte schon aus einer Wahl zwischen beiden hervorgegangen. Es war ein breites Spektrum von nuancierten Positionen, an dessen einem Extrem der marxistische Priester den politischen Kampf führte, während am anderen der christliche Marxist seinen Glauben praktizierte. Da sie sich viel im Kreis bewegten, liefen sie schließlich im Gänsemarsch hintereinander her, womit sich der Kreis schloss. Bald waren sie nicht mehr voneinander zu unterscheiden.

Ganz anders die aus Quina, die in diesen subtilen Kombinationen nicht geschult waren. So wie meine drei Freunde Pierrot, die letzten Gerechten, die niemals auch nur ein Jota von dem exklusiven Glauben abwichen, den sie bereits in der Kindheit ein für alle Mal angenommen hatten, um geradeaus ohne Umwege durchs Leben zu gehen. Sie waren ganz für einen von beiden: Marx *oder* Jesus. Und dann gab es die letzte, verschwindend kleine Kategorie derer, die dickhäutig, hartköpfig und spitzzüngig genug waren, um „weder Marx noch Jesus" zu wagen und den Dingen ins Auge zu sehen. Vielleicht hatten sie einfach kein Talent für das Marschieren im Gleichschritt, sofern es sich nicht um das Rennen in der Meute oder das Leben in der Herde handelte. Diese waren die Toten, die ihre Galgenfrist verlebten, da sie zu keiner Bande gehörten.

Ich habe einen Freund Pierrot in jeder meiner Städte, und mein Leben hat drei Städte. Sie sind irgendwie Träumer, meine Freunde Pierrot, das stimmt, aber ich, der berufsmäßige Zweifler, gestehe, dass ich jedes Mal eine heimliche Faszination empfinde, wenn ich einen dieser Freunde mit den fest umrissenen und unwandelbaren Überzeugungen treffe. Vor allem heutzutage, da alles nur noch zum einmaligen Gebrauch ist.

Gestern erst war ich mit meinem Freund Pierrot aus Montreal im Café *Brioche Dorée* auf dem Weg ins Viertel Côte-des-Neiges. Er hatte soeben feierlich am internationalen Pressekiosk die *Humanité* gekauft, die er liest, seit ihm im Jahre 1954 der Marxismus offenbart wurde. Vierzig Jahre unverbrüchliche Treue zum Organ des französischen Kommunismus, ohne dass die zahlreichen schändlichen Vorkommnisse von vierzig Jahren, das Hinzukommen von vierzig Jahren Lebensalter oder die neuesten Debakel ihn von seinem Ritual hätten abbringen können. Da er jedoch jede Zurschaustellung vermeidet, wie es seiner Art als einsamer Weggenosse entspricht, hatte er den Untergrundreflex beibehalten, seine Zeitung in eine Einkaufstüte zu stecken, um sie heimlich zu Hause zu lesen; im Straßencafé hatte er wie zur Täuschung die Montrealer Zeitung *Le Devoir* groß über seine Tasse Kaffee gebreitet. Ich hätte nicht einmal etwas bemerkt, hätte ich nicht, als er gerade nicht am Tisch war, auf der Suche nach einer anderen Lektüre mechanisch in seine Plastiktüte gegriffen, die auf dem Tisch lag. Beim Anblick der *Huma* hielt ich inne, so wie man den Blick abwendet, wenn man jemand nackt sieht, den man so nicht sehen dürfte. Mein Freund Pierrot hatte ein Anrecht auf sein in der staunenden Kindheit vergrabenes Geheimnis.

Mein Freund Pierrot in Port-au-Prince wiederum ist Priester in Form und Inhalt, auch wenn er niemals in einem Priesterseminar gewesen ist und auch niemals zum Funktionär Gottes geweiht wurde. Eine lange Geschichte, aber niemand ist mehr Priester als er, so sehr, dass ich ihn mir seit dem Beginn des Jugendalters immer nur in Sutane vorgestellt habe und seine Frau mir eines Tages gestand, eifersüchtig auf den lieben Gott zu sein, so lang betete er abends. Als 1990 die Chance da war, es anders zu machen, er sich zusammen mit den mittleren leitenden Angestellten der Kirche darauf stürzte und wie die anderen glaubte, dass er alles allein gemacht habe, proklamierte er es als Evangelium. Dann das brutale Erwachen und schließlich die Unmöglichkeit, sich von den Resultaten zu erholen. Man musste ihn eines Tages im selben Pavillon internieren, in dem auch schon andere große Geschichtenmacher mit einer zu großen Vorliebe für Wunder saßen. Er hat eine solche Selbstsicherheit und eine solche ablehnende Haltung gegenüber Diskussionen zurückbehalten (er ist jedes Mal am Rand eines Wutausbruchs), dass er dem Zweifel – und der Therapie – keine Angriffsfläche mehr bietet.

Mein Freund Pierrot in Paris schließlich ist der Letzte, der den wissenschaftlichen Marxismus noch im Grund-, Haupt- und Promotionsstudium an der Sorbonne lehrt, meisterlich und mit der Selbstsicherheit, mit der man ihn vor 1968 noch lehren konnte. Er ist eines Tages in das Dogma gefallen wie in einen Zaubertrank, aber er war niemals in irgendeiner Zelle aktiv oder hat für das geringste Programm gestimmt, er hat auch nie seine Stimme abgegeben. Ich habe mich oft gefragt, ob er jemals von der Barrikade in der Rue Monsieur-le-Prince, auf der ich ihn an einem stürmischen Maiabend im Jahr 1968 zurückgelassen hatte, heruntergestiegen ist, denn fünfundzwanzig Jahre später vollführt er auf dem Podium vor seinen Hörern die gleichen wirbelnden Gesten und hält eher eine Volksrede als eine Vorlesung. Ich saß hinten im Hörsaal und hörte zu, wie er die Lage in Haiti nach sechsunddreißig Monaten Staatsstreich zurechtbog, um sie einem als zigste Theorie von der leuchtenden Zukunft anzudrehen. Eine Gewaltanstrengung. All dies wäre nur eine dornige und im schlimmsten Fall folgenlose Schulübung, wenn ich nicht wüsste, dass die Seinen vor Ort von ihm Überzeugungen für das letzte Gefecht erwarten.

*

Fünfzig Jahre und sämtliche Chancen sind dahingegangen. Nur Großväter bei der Zweihundertjahrfeier von 2004. Und diese Neuheit, die sich im Land verbreitet, Leichenzüge von einem Spielmannszug mit lebhafter, rhythmischer und hüpfender Musik anführen zu lassen.

Wir sind alle Mörder

Dies ist der Titel eines Films. Zum Glück. Ein 1952 von André Cayatte gedrehtes Plädoyer gegen die Todesstrafe, von dem alle westlichen Gesellschaften ergriffen waren, insbesondere das Frankreich der unmittelbaren Nachkriegszeit. *Wir sind alle Mörder* hatte zehn Jahre gebraucht, um bis Port-au-Prince zu gelangen; die Kinos waren ausverkauft während der Woche und leer am Sonntagabend, wenn die Würdenträger des Regimes ihre rechtmäßig Angetraute oder, von Zeit zu Zeit, die andere so geschminkt und so kleidsam herausgeputzt ausführten, dass sie jedem auffielen. Ich bin sicher, dass der Film im Ciné Capitole lief, aber ich weiß nicht, warum er in meiner Erinnerung mit den Kinos am Marsfeld verbunden ist: dem Rex Théâtre und dem Paramount. Ich frage mich, ob dies nicht die erste Filmkopie war, die nacheinander in allen Kinos der Hauptstadt gezeigt wurde. Damit ist klar, was für ein Ereignis der Film war.

1962 war kein Zweifel mehr möglich: Die ersten fünf Jahre der Duvalier-Diktatur ließen für das Vierteljahrhundert, das folgen sollte, nichts Gutes ahnen. Duvalier hatte die Umwandlung seines Mandats in eine Präsidentschaft auf Lebenszeit vollendet und alle Hindernisse aus dem Weg geräumt, insbesondere den verfassungsmäßigen Wahltermin am 15. Mai 1963, und Graham Greene sammelte derweil versteinert in einem alten spitzendeckigen Hotel im Viertel *Bah! Peu-de-chose* das Material für seinen beißenden Roman über die Komödianten, die seit der Unabhängigkeit von Generation zu Generation Wellen im Wasserglas schlugen. Allerdings war der Rand des Glases durch zu lange Benutzung schartig und scharfkantig geworden.

Alle Arten von Vereinigungen wurden ins Visier genommen, es überlebten nur hier und da einige harmlose Kulturzirkel. Ihr bescheidener Einfluss auf das Volk war das Unterpfand für die Toleranz ihnen gegenüber. Und so fanden sich dank diesem Film in einem winzigen Kinoklub, in dem sich jeden ersten Freitagabend des Monats zwei oder drei Dutzend Personen trafen, plötzlich hundert Personen wieder und wollten an den Diskussionen nach der Vorführung teilnehmen. Diese waren ebenso lebhaft wie irreal und drehten sich um die Abschaffung der Todesstrafe – mitten in der Diktatur, die einen ohne Urteil verschwinden ließ wie ein eiliger Taschenspieler ein Kaninchen. Sogar ohne Hut. Ins *Land ohne Hut* eben.

Der Leiter des Kinoklubs, Pfeife im Mund, Adlernase und Adleraugen, ein so dürrer Mann, dass er immer nur im Profil zu sehen war, zerfetzte Cayattes Film mit kräftigen Krallenhieben und legte seinem Publikum nachdrücklich die Risiken eines Thesenfilms dar, der sich von Sprache und Stil des Kinos entfernte und zum emphatischen Dokumentarlehrstück wurde. Doch die Kritik der *nouvelle vague* machte Cayatte umsonst zu ihrem Sündenbock vom Dienst – auch Truffaut spielte Mörder und schrieb, dass Cayatte von Cineasten als Rechtsanwalt, von Juristen dagegen als Cineast angesehen werde –, der Ansturm an den Kassen blieb ungebrochen. Zum großen Missfallen der Cinephilen, Puristen und Ästheten. Den für zögernde Kamerafahrten und sonstige zweifelhafte amerikanische Einstellungen blinden Massen imponierte in *Wir sind alle Mörder* die solide und gut erzählte Geschichte.

Ein Gestörter, gespielt von Marcel Mouloudji, hatte während des Krieges in der Résistance Gelegenheit zur wirksamen Befriedigung seiner Mordneigungen gefunden und hatte sich, nachdem wieder Frieden herrschte, nicht demobilisiert. Und nun war er zum Tode verurteilt für eine Serie von Morden, die er im selben patriotischen Schwung begangen hatte. In der Zelle trifft er auf drei andere Todeskandidaten, deren Fälle wie Illustrationen der Kapitel zu mildernden sozialen Umständen und Justizirrtümern in den Rechtslehrbüchern wirken. Cayattes Anklageschrift gegen die Todesstrafe kam dies nur zugute, und sein Bravourstück hatte sich 1952 beim Festival von Cannes für die Darstellung der noch mittelalterlichen Seite der damaligen französischen Strafjustiz den Spezialpreis der Jury gesichert. Das Hinrichtungsritual sollte sich in Frankreich sofort nach dem Film ändern, ein Vorbote der späteren Abschaffung der Todesstrafe.

Ganz Port-au-Prince sollte sich für oder gegen jede der vier Exekutionen mobilisieren: des ehemaligen Killers aus Kriegszeiten, des von den Regeln der Vendetta durchdrungenen Korsen, eine von Raymond Pellegrin treffend gespielte Rolle, des Arztes, der seine Unschuld am Mord an seiner Frau beteuert, und des Geisteskranken, der seine Tochter tötet, weil ihr Weinen ihm lästig fällt. Zwischen denen, die die vier Hinrichtungen guthießen, und denen, die sie in der Folge von Amédéo Nazzari – er spielte den Arzt in seiner üblichen, zu Tränen rührenden melodramatischen Art – in Bausch und Bogen ablehnten, gab es jene, die sich nuanciert für eine, zwei oder gar drei der vier Hinrichtungen aussprachen und ihre Wahl je nachdem mit kulturellen, medizinischen, politischen und strafrechtlichen Erwägungen begründeten. Die Debatte hatte auf die Zeitungen übergegriffen, welche zuerst schüchterne Kommentare in ihren Handelsteil einschoben, bis sie den polemischen Leitartikel wagten. Die juristische Fakultät, die als Letzte ihre ängstliche Vorsicht aufgegeben hatte, veranstaltete Vorträge über den Film, gehalten von wortgewaltigen Gerichtsrednern. Die *Wandelhalle* hallte von sehr früh bis sehr spät von erregt debattierenden Studentengruppen wider, die sich in ihrem künftigen Beruf übten und sich wort- und gestenreich über unser vorsintflutliches Gefängniswesen ausließen. Man wäre froh, wenn es irgendwann, in diesem Jahrhundert oder im nächsten, den in Cayattes Film beklagten Stand erreichen würde.

Ein Gesetz zur Abschaffung der Todesstrafe gehörte zu dem *package deal* und zu dem Friedens-*new-deal*, den unsere Gesetzgeber unter zahlreichen tönenden Reden eingehalten hatten. Ungeachtet der Praxis, die ihn munter, eklatant und folgenlos verletzte, sollte Artikel 20 der Verfassung von 1946 vierzig Jahre und sechs Verfassungen lang bestimmen, dass „die Todesstrafe außer für Landesverrat nicht aus politischen Gründen verhängt werden darf." Und weiter:

„Landesverrat begeht, wer die Waffen gegen die Republik erhebt, sich den erklärten Feinden Haitis anschließt oder ihnen Hilfe und Unterstützung gewährt." Erst in der Verfassung von 1987, der siebten Nachkriegsverfassung, war im selben Artikel 20 zu lesen, die Todesstrafe sei „für sämtliche Vergehen abgeschafft". Was hat das, werden Sie fragen, mit unserer Geschichte zu tun oder mit der Geschichte im Allgemeinen? Gar nichts, das ist es ja eben. In diesem Land, dessen Erfahrung sich in der sprichwörtlichen Wendung „Verfassungen sind aus Papier, Bajonette aber aus Eisen" spiegelt, geht der Rechtsstaat als Echo der Welt, ihrer Moden und Bewegungen seinen Weg – und das Land folgt seinem eigenen und seit jeher gleichen. Zwei Wege, die nichts miteinander zu tun haben.

Um nicht hinter dem Institut Français zurückzustehen, das dem Kinoklub seinen Vorführsaal nun jeden Freitagabend für denselben Film zur Verfügung stellte, ließ das haitianisch-amerikanische Institut die englische Version *We are all murderers* kommen und verteilte obendrein an sämtliche Schüler seiner zahlreichen Englischklasen für potentielle Auswanderer die opulente (und bemerkenswerte) Kritik, die Bosley Crowther am 9. Januar 1957, dem Tag nach der Premiere, in der *New York Times* veröffentlicht hatte. Alle englischen Kommentare hoben auf die unerträgliche Barbarei des Pariser Rituals mit Schafott und Guillotine ab, von dem die Verdammten anderer Länder dieser Erde noch lange träumen werden. Die US-amerikanische Kritik und das US-amerikanische Kino hielten bei dieser Gelegenheit einen vielbeachteten Einzug in Port-au-Prince, wo sie damals, zu Beginn der sechziger Jahre, noch nicht so bekannt waren wie der französische Film.

Dieses Spielchen zog sich einen, ja zwei Monate ohne eine Reaktion der Machthaber hin. Alle warteten auf die Auflösung der Situation, aber niemand erriet, wie sie aussehen würde, nicht einmal die Erfindungsreichsten. Eines Tages ging das Gerücht um, dass die Filmkopie mitten in der Vorführung im *Rex* angehalten und dann unter sorgfältiger Bewachung in den Filmsaal der Dessalines-Kaserne gebracht worden sei, eine Privatvorführung für den Präsidenten, der seinen Palast und seine Kaserne nicht mehr verließ. Wollte er sich selbst ein Urteil über den Film machen, bevor er über sein weiteres Schicksal entschied, anstatt sich auf die Berichte über den derzeitigen Wirbel zu verlassen, die er von seinen Schergen zuverlässig erhielt? Jedenfalls wagte es niemand mehr, sich zwei Stunden in einen dunklen Saal einzuschließen, um einen Kinoklubfilm anzusehen, der möglicherweise mitsamt den Zuschauern beschlagnahmt wurde – so fürchtete man in dieser Zeit der Kollektivpsychose, in der man schon Schlimmeres gesehen hatte. Die Einnahmen sanken in den Keller.

In der Folge musste der Kinoklub aus Mangel an allem schließen: Mangel an Zuschauern, Filmen, Vorführsälen und Geldgebern, die sich nach Bravourstücken sehnten. Und die Wandelhalle der juristischen Fakultät lag mangels mutiger Redseliger verlassen da. Und es wurde nicht einmal mehr öffentlich über *Wir sind alle Mörder* diskutiert, ebenso wenig wie über die anderen zwecks Vorführung in der Kaserne requirierten Filme, denn man kannte die Meinung des Präsidenten nicht und lief damit Gefahr, dass die eigene ihr widersprach. Und damit hatte es sein Bewenden für die Todesstrafe, diese banale Alltäglichkeit der Diktaturen, ohne dass unsere überaus demokratischen Papierverfassungen eine Schuld trifft.

Eine perfekte Note

Er sprach laut mit leicht ordinärem Tonfall, platzte beim Lachen dröhnend heraus und war an allen üblen Streichen des Collège Saint-Pierre beteiligt, aber was mich am meisten ärgerte, war, dass er schlurfte, wenn die Schüler in Reih und Glied aus der Pause zurückkehrten, und so tat, als marschierte er im Gleichschritt. Jerdon war das schwarze Schaf dieser Obertertia C, die als die turbulenteste der Schule galt, und ich gab dort mit den ersten Werken in französischer Sprache mit dem Rolandslied als Prunkstück mein abruptes Debüt im Lehrerberuf.

Der erste Unterrichtsmonat war ein Abtasten, bei dem Jerdon Punkte sammelte, indem er die letzten beiden Bänke dazu brachte, mit einzustimmen und die Hintergrundgeräusche zu liefern, wenn er eine Destabilisierungsinitiative startete. Deftige Wortspiele, die Mädchen in die vorderen Bänke vertrieben, die guten Schüler der Lächerlichkeit preisgegeben: Beim Ausloten, wie weit er die Grenzen überschreiten konnte, ließ er nichts aus. Die immer schlafloseren Nächte, in denen ich diese Ereignisse wiederkäute, waren die einzige Gelegenheit, bei der ich wirklich erwog, den Beruf aufzugeben.

Als 1963 das Schuljahr begann, war der Terror in vollem Gange. Einige Schüler dieser Klassenstufe waren offenkundig eingeschriebene Mitglieder der Miliz und kamen manchmal, um Eindruck zu schinden, bewaffnet in die Schule. Ein Kollege hatte mich auch barmherzigerweise darüber aufgeklärt, dass zwei sehr hübsche Mädchen aus der Klasse die Mätresse des gefürchteten Polizeichefs Major Gassy beziehungsweise seines nicht minder gefürchteten Stellvertreters Leutnant Tuilleau waren, und dass er die vier in einem *bal criminel* überrascht habe, wie man damals die übelste Kategorie der Tanzlokale der Hauptstadt nannte. Im Übrigen wurden die beiden Damen aus der Obertertia regelmäßig in der Mittagspause in einem imposanten schwarzen Auto mit großer Funkantenne und vollständig geschwärzten Scheiben abgeholt, das sie in strahlender Schönheit zurückbrachte, bevor es zwei Uhr schlug.

In dieser Atmosphäre suchte ich nach einer Lösung, um Jerdon beizukommen, denn von meiner Autorität als Lehrer war nichts mehr übrig. Die anderen Schüler, die erwarteten, dass ich mich durchsetzte, damit der Unterricht stattfand, verloren langsam die Hoffnung. Ein zufälliges und tragisches Ereignis Mitte November ließ den Knoten platzen. Ein Kollege aus der anderen Obertertia, der B, Professor Jean Jean aus Saint-Marc, verschwand an einem Wochenende, der feststehende Euphemismus für eine willkürliche Verhaftung, von der es damals praktisch keine Wiederkehr gab. Er ist auch niemals zurückgekehrt, glaube ich. Wir wussten nicht, ob eine Denunziation durch einen Schüler dahinterstand oder ob die Verhaftung Folge seiner Tätigkeit als Anwalt am Landwirtschaftsgericht seiner Stadt war. Die gedämpften Diskussionen und die alarmierenden Hypothesen ließen jedenfalls ermessen, welche Angst in den Schulen herrschte.

Jerdon war sichtlich angeschlagen. Sollte es tief in ihm ein Quäntchen Mitgefühl geben? Gehörte er also nicht zur Miliz? War er nicht dem Clan der Militärs direkter verbunden als dem der *macoutes*? Waren seine Eltern nicht gewichtige Autoritäten? Tatsache war, dass er sichtlich mitgenommen war, und dass ich seine Verwirrung ausnutzte, um ihn mir vorzunehmen und das Ereignis, von dem alle heimlich sprachen, offen zu kommentieren. Ich schloss mit einem Bravourstück, das folgendermaßen lautete (ich hatte später reichlich Gelegenheit, diese abschließende Schmähung wieder und wieder durchzugehen): „Jerdon, Sie sprechen laut, Sie machen Lärm bei allem, was Sie tun, und vor allem, Sie schlurfen mit den Füßen. Sie benehmen sich in jeder Hinsicht wie beim Militär, und dort werden Sie auch enden, wenn Sie sich nicht bemühen, sich zu ändern." Es folgte Stille, vollständige Stille. Sie hielt die zwei Stunden hindurch an. Zum ersten Mal hatte ich eine Klasse in der Hand. Hochgefühl. Zum letzten Mal möglicherweise.

Beim Klingeln verließen alle eilig den Klassenraum, und Jerdon schlurfte nicht mehr. Der Schuldirektor und der Aufseher kamen am Abend besorgt zu mir, um sich nach meiner Version des Vorfalls zu erkundigen, eine junge, bis dahin sehr zurückhaltende Schülerin erschien bei mir zu Hause mit ihrem Vater, einem wichtigen Würdenträger im Palast, der mir auf ihr Zureden hin seinen Schutz anbot. Die ganze Woche lang kamen viele Schüler verstohlen unter vier Augen zu mir und boten mir Zuflucht oder versicherten mir, dass sie für mich intervenieren würden, wenn … Ich hatte im Übrigen die Wohnung gewechselt und auch meine Angehörigen in Sicherheit gebracht. Meine Schüler wetteten untereinander, wie viel Zeit mir blieb, und meine Literaturklasse wurde die ruhigste der Schule. Alle hielten den Atem an und warteten, dass etwas geschah. Auch ich.

Es geschah nichts. Zumindest nicht sofort, denn als ich zehn Jahre später im Gefängnis saß, wurde ich eines Tages so wie alle anderen Gefangenen dem bekanntesten Grobian unter den Kerkermeistern der Dessaline-Kaserne vorgeführt. Die blinde Repression des Vaters war der einäugigen Repression des Sohnes gewichen, so dass die Chancen, aus dem Gefängnis wieder herauszukommen, immerhin größer waren. Aber von einer Zelle zur anderen erzählte man sich detailreich, dass dieses erste Verhör keineswegs ein Spaß war. Es war an einem Mittwochnachmittag um zwei Uhr dreiunddreißig, und mein Herz schlug so heftig, dass ich noch niemals die Worte dafür gefunden habe, die Worte, die ohnehin niemand verstehen könnte, der es nicht selbst durchgemacht hat. Man schob mich in Handschellen in den Saal, in dem der gefürchtete Hauptmann saß. Es war Jerdon. Hinter seinem breiten Mahagonischreibtisch, auf dem ein langer Besenstil aus knotigem, hellem Holz mit braunen Flecken aus getrocknetem Blut lag, mit der dicken, gedrungenen und frisch angezündeten Zigarre zwischen den Zähnen (ein hervorragendes Werkzeug zum Brandmarken, wie jeder wusste) und der bis zur dunklen Brille heruntergezogenen Schirmmütze gab er geradezu die Karikatur eines *macoute* ab.

Ich weiß durch sichere Intuition, wer von uns beiden als Erster an das Collège Saint-Pierre dachte, an die Obertertia C und an die leider nur zu begründete Tirade! Und ich weiß noch, dass ich mir, ruhig wie eine banale Feststellung, sagte: „Ich bin ein toter Mann."

Er sprang auf, grüßte militärisch, schlurfte zu mir hin, umarmte mich und küsste mich schallend auf die Wangen, dann befahl er bellend, mir die Handschellen abzunehmen, ließ mich auf dem guten Stuhl Platz nehmen – von dem schlechten, der daneben stand, baumelten elektrische Drähte und Riemen – und ließ für seine strammstehenden Untergebenen, darunter den jungen Korporal, der bald das Abitur ablegen sollte und den Blick nicht von ihm abwandte, eine endlose Rezitation vom Stapel, bei der er alles ausbreitete, was ich ihn über Literatur gelehrt hatte. Und er schloss seinen Vortrag sogar, indem er Turolds doppeldeutige Schlussformel des Rolandsliedes paraphrasierte: *„Ci falt la geste que Jerdonus declinet"*, „hier endet Jerdonus' Geschichte." Nach dieser Schlusspointe ruhten die Augen aller Unteroffiziere so bewundernd wie die des Korporals auf ihrem Hauptmann.

Er hatte schließlich und endlich mehr behalten, als ich geglaubt hatte, und zum ersten Mal hatte ich Lust, ihm die volle Punktzahl zu geben.

Die überzähligen Gedecke

Immer noch werden in Port-aux-Morts bei jeder Mahlzeit dreißigtausend Gedecke zu viel aufgelegt. Mit dem großen Glas Wasser, das niemand trinken wird, und, hin und wieder am Wochenende und an Feiertagen, einem kleinen Glas mit bitterem Rum-*trempé,* der sonntagmittags so gut zu dem sauer-scharf mit Zitronen und Peperoni marinierten Huhn passt. Ein Ritual der Familien von Vermissten, diese leeren Gedecke und vollen Gläser!

Diese Pflicht zur Erinnerung hatte sich umso schneller verbreitet, als man nur noch auf diese Weise von ihnen sprechen konnte. Mit Zeichen. Die Leute starben wie die Fliegen. Zunächst die Kolporteure von politischen Gerüchten, öffentliche Plappermäuler in ständiger Bewegung, die während des langen und hektischen Präsidentschaftswahlkampfes 1956–1957 ihre Glanzzeit erlebt hatten. Ihre vagen und in weiten Teilen falschen Informationen waren die Freude der Galerien und Lauben. Jedes Lager kämpfte mit Tratsch, vor allem Tratsch von unterhalb der Gürtellinie. Diejenigen, die anschließend, nachdem die neuen Machthaber an der Regierung waren, nicht schnell genug begriffen, dass genauso aufgeregtes Kolportieren nunmehr sehr riskant war, bezahlten dafür mit ihrem Verschwinden. Eines Tages, einfach so, verflüchtigt. Und auch der Berufsstand verschwand mangels Nachwuchs. Dann wichen die Kolporteure, welche nur Amateure waren, den professionellen Weitersagern, den geschulten Infiltrierern, die den Gerüchten und Vertraulichkeiten überall ein aufmerksames Ohr liehen und sie provozierten. Überall lauerten Hinterhalte, die Macht veranstaltete eine großangelegte Wortjagd. Die Angst hatte sich der ganzen sorgfältig überwachten Stadt bemächtigt. Man musste seinen Worten misstrauen, bis in die Träume der anderen, und das war keine Redensart. Man erzählte detailreich von einem Unvorsichtigen, der davon gesprochen hatte, dass er im Traum mit einigen Bekannten ein Komplott geschmiedet habe. Die ganze Gruppe war fällig. Und die Geschichte ist wahr!

Die Gemeinplätze kamen wieder zu Ehren. „Die Wände haben Ohren", " Vorsicht ist die Mutter der Porzellankiste", „In der Nacht sind alle Katzen grau", „Vorbeugen ist besser als heilen" … waren nicht einmal mehr stilistische Mittel. Man glaubte zu sehen, wie den Wänden Anhängsel wuchsen. Es überlebte nur das Geflüster. Die Weitersager, die die Kolporteure ersetzt hatten, wichen den lupenreinen Spitzeln. Den Spionen. Die Verleumdung wurde mit der unmerklichsten Lippenbewegung fertig. Falsche Beschuldigungen, einen Staatsstreich oder ein Komplott auszuhecken, wurden dutzendweise von vorn bis hinten erfunden. Sogar die Hunde hörten nachts auf zu bellen. Und das war beinahe wahr!

In dieser verfluchten Zeit waren alle Wörter verdächtig, alle Aussprüche wurden gejagt, und wie üblich flüchtete man sich in Wortspiele, wenn man untereinander war, um die Angst vor den Schergen zu vertreiben: „Ein Zeichen der Zeit, diese Zeit der Zeichen", sang man, wenn man schier erstickte, seit ein inspirierter Dichter den glücklichen Einfall zu dem Dreizeiler „So traurig sind die Zeiten, / dass es Zeit nun ist, / mit Zeichen zu sprechen" gehabt hatte. Es gab nur noch die Geste am Tisch mit zusammengebissenen Zähnen. Das leere Gedeck am Tischende für den Vater, rechts von der Mutter für den Sohn, gegenüber der Ehefrau für den Mann. Leere Gedecke noch heute, immer noch da, sichtbar oder unsichtbar für den, der am Schmerz nicht teilhat, aber aufgelegt, wie man eine Stele errichtet, von denen, die die Zeit totschlagen und die die Zeit totschlägt.

Es hatte in einer der Familien begonnen. In welcher ist nicht weiter wichtig, so wie es nicht weiter wichtig ist, welche Frau sich als Erste in Argentinien auf die Plaza de Mayo begab, um Nachricht von einem Vater, einem Sohn oder einem Ehemann zu fordern … oder welche als Erste die chilenische Klage um die Verschwundenen tanzte, als Tanzpartner ein Foto auf das Herz geheftet. Für jeden gibt es ein erstes Mal, und für ihn hatte es bei der Großmutter seiner Frau begonnen, deren Enkelkinder ihren Namen nicht richtig artikulieren konnten und die Silben zu einem niedlichen „Manmalice" zusammengezogen hatten.

Er war auf Besuch, und ohne, dass er so recht wusste warum, hatte er sich immer vorgestellt, dass es im Schutz der Nacht und heimlich geschehen würde, wenn sie auch ihn einmal holten. Ausgeführt von maskierten Geschöpfen. Er verbrachte so seine Nächte schweißgebadet und fand erst, wenn der Morgen dämmerte, beruhigt in den Schlaf. Zu seiner vollständigen Überraschung geschah es mit unmaskiertem Gesicht, am hellen Mittag und inmitten einer Menschenmenge!

Seine Abwesenheit drohte lang zu dauern. Jeden Tag ließ Manmalice bei jeder Mahlzeit ein Gedeck für ihn auflegen, als würde er während des Essens zu ihnen stoßen. Diese Momente waren derart geladen mit seiner Gegenwart, dass man ihm sogar Eiswürfel ins Glas gab, ohne einen Unterschied zwischen ihm und den anderen Tischgenossen zu machen.

Um ihre Überzeugung noch deutlicher kundzutun und ihrem verzweifelten Warten neue Kraft zu geben, ließ sie eines Sonntagmittags auf der Galerie sogar seinen bevorzugten Aperitif zur üblichen Zeit servieren und verlangte, dass es fortan so sein solle.

Immer noch werden in Port-aux-Morts bei jeder Mahlzeit dreißigtausend Gedecke zu viel aufgelegt. Mit dem großen Glas Wasser, das niemand trinken wird.

So sei es!

Die maliziösen Sonntage im Gefängnis

Ich esse sonntags nie Nachtisch. Ich habe meine Gründe dafür. Sie liegen, begraben unter einem Vierteljahrhundert, in der Zeit der kleinen Bosheit der Sonntage im Gefängnis. *Petite malice,* so nannte man die „maliziöse" Zwergbanane, dick wie der Daumen oder der Mittelfinger, wenn man an diesem Sonntag Glück hatte, wie der kleine Finger, wenn man Pech hatte. Schon am Freitagnachmittag gegen fünf Uhr – wenn die Folterkammern bis zum Montagmorgen schlossen und die Henker ins Wochenende fuhren – begann in allen Zellen das Warten auf dieses Dessert, das als einziges Zeichen der Menschlichkeit der Woche am Sonntagmittag ausgegeben wurde.

Die *petite malice* enthält mehr Zucker als alle normal großen Bananen, und durch diese hohe Konzentration in einem kleinen Volumen wird sie zu einer Süßigkeit. Manche verschlangen sie gern auf einmal mit verschlossenen Augen, um es hinter sich zu bringen. Andere ließen winzige Bissen auf der Zunge zergehen, um den Genuss zu verlängern. Zwischen diesen beiden Extremen waren von einem Sonntag zum anderen alle Kombinationen möglich.

Nur dass man später keine mehr essen kann. Zehn, zwanzig, dreißig Jahre später, unmöglich, ich war zu sehr darauf angewiesen gewesen, zu lange auf die unbedeutende *petite malice* wie auf einen Moment der großen Freude zu warten. Es kommt mir seitdem die bohrende Erinnerung an den Einzigen hoch, der sich immer geweigert hatte, sie zu essen, um ihnen für nichts Dank zu schulden, schon gar nicht für eine gute Erinnerung, vor allem nicht dafür. Er starb eines Sonntags am späten Vormittag, kurz vor der Ausgabe der *petites malices,* und hinterließ mir eine Ameise in einer Streichholzschachtel – die einzige Zerstreuung, die die Perversion der Kerkermeister gestattete – mit der Empfehlung, sie einem anderen zu überlassen, wenn ich ging. Das glaubte ich von seinen Lippen abzulesen, die sich bewegten, ohne dass ein Laut zwischen ihnen hervorkam. Das war sein Erbe.

Es war die gewöhnliche Streichholzschachtel, die ich schon zwanzig Jahre kannte – so lange hatte sie das Monopol auf dem Markt –, ohne dass ich sie wirklich angeschaut hatte. Zum ersten Mal begann ich auf die Exaktheit der Umrisse Haitis auf der darauf abgedruckten Karte zu achten und die unglaublich vielen Fehler darin zu berichtigen. Ich entwarf den Plan, sobald ich aus dem Gefängnis kam, einen langen Brief an die staatliche Tabak- und Streichholzgesellschaft zu schreiben, die dieses Einheitsmodell niemals aufgegeben hatte. Denn man macht an diesem Ort viele Pläne für die Zeit, wenn man nicht mehr dort ist. Und wenn man nicht mehr dort ist, führt man sie nicht immer aus, so wie diesen Brief, den ich tagelang entwarf und aus ihm alles strich, was nicht genau und präzise war. Der Brief hatte mit der Zeit so sehr an Bedeutung gewonnen, dass ich beschlossen hatte, eher eine wissenschaftliche Abhandlung daraus zu machen.

Und dann war da die Ameise, das Haustier, das ich versorgen musste, indem ich ihm morgens einige Brotkrumen in die Schachtel gab und ihm seinen täglichen Auslauf gewährte, ohne es jemals entkommen zu lassen. Auch das Insekt saß im Gefängnis. Ich verstand besser, warum seine Schnelligkeit und die abrupten Richtungswechsel ohne ersichtlichen Grund ihm den volkstümlichen Namen *foumi fou,* verrückte Ameise eingebracht hatten, denn da es, anders als die *foumi pike,* nicht einmal biss, war dies sein Unterscheidungsmerkmal. Zweimal pro Tag boten wir so glänzende Flucht- und Fangtaktiken auf dem Übungsplatz, zu dem die Wände unserer gemeinsamen Zelle geworden waren, auf.

Und dann verirrte sich eines Tages eine zweite *foumi fou* von irgendwoher dorthin. (An diesem Tag fand ich ihren Namen begründet!) Sie wanderte sogleich zu der ersten in die Schachtel und eröffnete mir ein neues Interessengebiet, nämlich die Verträglichkeit von Ameisen in einer Zelle. Ich lauerte auf die offensichtlichsten Wirkungen auf ihr Verhalten. Waren sie möglicherweise verschiedenen Geschlechts? Und wie pflanzten sich Ameisen eigentlich fort? Würden sie eine gemeinsame Ausbruchsstrategie entwickeln? Diese Fragen wälzte ich bis zum nächsten Sonntag, an dem auch die Ameisen ein winziges Stück *petite malice* von meiner Banane bekamen.

An diesem Sonntag, an dem ich meinen Handgriff nicht vollendete, kostete ich nicht vom Rest des Nachtischs und ließ die Streichholzschachtel die ganze Nacht offen.

Heimtückische Heimat

Sie waren zu zweit. Jung. Begeisterte Gewichtheber mit so hervorquellenden Muskeln, dass ihre Handschellen nur in der weitesten Stellung schlossen. Zwei Männer aus der New Yorker Diaspora, die am Flughafen von Port-au-Prince aufgegriffen worden waren, weil sie auf einer der Listen des dicken schwarzen Buches standen, in dem sich in Jahren der Diktatur all die Schichten von Denunzierten seit den Anfängen des Regimes abgelagert hatten.

Der eine hatte einen haitianischen und der andere einen amerikanischen Pass. Da man einen von ihnen sofort wieder laufen lassen musste, ging für sie alles sehr schnell. Die Prozedur war von einer grotesken Inszenierung begleitet. Zunächst das Publikum: Man holte die Gefangenen aus den vierzehn Zellen der Kaserne, damit sie sahen, wie alle verfügbaren Soldaten im großen Hof einen Kreis bildeten. Der „Amerikaner" wurde von den Handschellen befreit und konnte ungehindert den angedeuteten Ohrfeigen, dem gespielten Spucken, den vorgetäuschten Fußtritten ausweichen, unvollendete Gesten, begleitet von vehementen nationalistischen Bekundungen aus dem großen Kreis, in dessen Mittelpunkt er stand. Er tanzte einen seltsamen Tanz und schützte sich vor Schlägen, Spucke und Ohrfeigen, die ihn niemals trafen.

Der neue Bürger der Republik unter dem Sternenbanner wurde zunächst wüst beschimpft und dann verspottet, weil er sich der Illusion hingab, dass er nun ein echter amerikanischer Weißer sei. Er wurde bei diesem Ballett mit Beschimpfungen überhäuft und bedroht aber niemals angerührt. Die Zeremonie unter den Blicken der Offiziere, die aufgestützt am Geländer der Galerie vor den Verhörbüros standen, dauerte eine gute Stunde (aber an diesem Ort kann man sich auf sein Zeitgefühl nicht verlassen …), dann kam ein amerikanischer Weißer in Zivil mit dunkler Brille, gedeckt weißem Millionärsanzug und passendem Stetson, der sich den Blicken der Gefangenen so gut wie möglich entzog (ich hatte große Angst, er könnte bemerken, dass ich ihn an seiner üblichen Affektiertheit erkannt hatte). Der Inhaber des haitianischen Passes stand, immer noch in Handschellen, abseits und zitterte wie ein Blatt im Wind über das Unglück des anderen, der schließlich mit dem seltsamen Fremden von der Galerie wegging.

Die Szene in ihrer nationalistischen Atmosphäre war so irreal, dass ich mir allein schon, um sie aufzuschreiben, wünschte, eines Tages herauszukommen. Wie jedermann wusste ich, dass alle Offiziere von einem amerikanischen Aufenthaltsvisum träumten und dass die Mannschaften bei der ersten Gelegenheit zu einer illegalen und riskanten Auswanderung nach Florida keine Sekunde zögern würden.

Flash. Wie weit entfernt waren sie von den barfüßigen Soldaten der Großen Armee, die noch im Sturm auf eine Batterie losgingen und sie außer Gefecht setzten, indem sie die Hand in die Mündung der Geschütze steckten und mit ihnen in die Luft flogen!

Flash. Wie ähnlich waren sie den Kannibalen auf der Postkarte, die in Erwartung des Essens zum Rhythmus der Trommeln tanzen, während der gefesselte tropenbehelmte Forscher über einem großen Holzfeuer in einem riesigen Kessel kocht.

Flash ... Flash ...

Dann war der andere mit dem haitianischen Pass an der Reihe. Jede Zurückhaltung war verschwunden und die Bewegungen nicht nur angedeutet. Das Knurren der Meute beim Zerlegen des Wildes wurde nur von den Todesschreien des Gemarterten übertönt. (Ich zögere zu schreiben, dass er sich rasch mit sämtlichen möglichen Ausscheidungen des Körpers beschmutzte, denn was nützt es, den anderen zu sagen, dass das bei der peinlichen Befragung normal ist und dass bei Frauen noch die augenblicklich einsetzende Regel hinzukommt!) Vollkommen dehydriert hatte er möglicherweise das Stadium erreicht, in dem der Durst ihm mehr weh tat als die Schläge. In diesem Moment stieg ein Offizier mit einem haarigen weißen Fleck auf der Wange gemächlich die Treppe der Galerie hinunter und versetzte ihm mit einer wunderschön vernickelten Pistole, deren Griff mit Perlmutt und Goldfäden verziert war, langsam und bedächtig den Gnadenschuss ins Gehirn.

Heimatland, heimtückisches Land.

Totensignale

Ich habe eine besondere Beziehung zum Musikzug der haitianischen Armee, denn unter dem Probesaal dieses blechbläserlastigen Orchesters in der Dessalines-Kaserne lagen, gegenüber angeordnet, zwei Reihen von je sieben unterirdischen Zellen für politische Gefangene. Ich habe der Behauptung, dass man Musikliebhaber aus Bosheit grundsätzlich in diese Zellen legte, nie Glauben geschenkt, doch einige fanden tatsächlich, dass man ihnen mit dem Logenplatz bei den täglichen Tonleitern der Musiker subtile aber unerträgliche Gewalt angetan hatte. Denn es half nichts, sich die Ohren zuzuhalten, zu misstönend und zu lang waren die Proben. Schlimmer noch: Ich habe in Haiti ein einziges Mal erlebt, dass eine Tätigkeit immer pünktlich, nämlich jeden Tag Schlag sechs Uhr, begann, und das war ausgerechnet dort!

Zu unserem Unglück gab es in der Kapelle zwei eifrige Musiker, deren Übungszeiten sich ergänzten. Einen Nachtmensch von Trompeter, der regelmäßig gegen elf Uhr abends an seinem Pult Platz nahm, um dann manchmal bis zwei Uhr morgens zu üben. Von dort unten verdächtigte ich ihn, den Moment auszunutzen, um alle Blechblasinstrumente konkurrenzlos zu seiner Verfügung zu haben. Da er uns nur wenig Gelegenheit zum Einnicken ließ, folgten wir ihm vom kleinen, gedrungenen und gutturalen Flügelhorn der Landkavallerie bis zur Konzertrompete, die hell und klar das Hochsteigen der Flagge am Mast begleitete. Nicht zu vergessen auch das Jagdhorn, mit ihm rückte er gern der *Präsidentenhymne* so hastig und überstürzt zu Leibe, wie es seither zum barocken Markenzeichen der Palastkapelle geworden ist. Er war ein recht guter Techniker, doch sein Lieblingsstück und wohl auch seine Spezialität war die *sonnerie aux morts*, das Totensignal, mit dem Clairon hundertmal geübt über Köpfen, die nur noch an einem Faden hingen.

Ich stellte mir vor, wie er nach der letzten Note seiner Totenklage die Mundstücke wegräumte, die Instrumente auslaufen ließ, die beweglichen Teile schmierte, die Schallbecher blankputzte …, und schlief schließlich bis zur Ankunft des Klarinettisten. Unsere Ruhepause dauerte kaum zwei Stunden, denn schon um vier Uhr morgens oder manchmal sogar noch früher ging das Ganze von vorn los, aber diesmal mit den Holzblasinstrumenten, an denen sich dieser Frühaufsteher versuchte. Ich glaube, er war Klarinettist, denn auf der Klarinette war er viel besser als auf den verschiedenen Saxophonen, darunter dem tief grummelnden Basssaxophon, dessen Bändigung ihm die Luft und uns den Schlaf raubte. Mitten in der Nacht und mutterseelenallein hatte doch keiner von beiden jemals gewagt, auch nur ein Mal aus dem erstarrten Repertoire der sechzehn nationalen Märsche auszubrechen, aus dem die Kapelle je nach Anlass schöpfte. Und eines Tages passierte ihnen, was uns passieren musste: An einem Tag, als der Klarinettist vom frühen Morgen sehr früh anrückte, machte der Nachttrompeter sehr spät Schluss. Sie begegneten sich.

Sie begegneten sich gegen drei Uhr morgens, der eine war gerade bei seinem letzten Signal an die Toten auf Abruf, die wir waren, während der andere zu fauchen begann, um das Blatt richtig einzustellen. Dann geschah etwas. Denn wir hörten anschließend den wiegenden Dialog von Sidney Bechets *Petites Fleurs,* gespielt von einer Trompete mit Dämpfer und einer leisen Klarinette. Sie hatten soeben eine Regel übertreten, und wir hielten den Atem an bei dem Gedanken an das, was ihnen passieren konnte, wenn sie dabei erwischt wurden, uns so zu bezaubern. Das große Thema, das am nächsten Morgen von Zelle zu Zelle diskutiert wurde, war, was sie in der nächsten Nacht spielen würden.

Ich vermag es nicht zu sagen, denn am nächsten Tag kamen sie mich holen, mit einem Frisör, damit ich wieder vorzeigbar aussah, und ließen mich dann glattrasiert und kurzgeschoren frei. Ich habe diese Geschichte seitdem nur einmal erzählt, mitten in meiner ersten freien Nacht, in der ich unfähig war zu schlafen, ich kommunizierte noch intensiv mit den anderen, den unter der Erde Zurückgelassenen, und in meinem Kopf tanzte eine Klarinette am Arm einer Trompete.

In den ganzen folgenden Jahren fasste ich keine Trompete an und hörte auf, allen Bügelhorn-Soli nachzujagen, bis ich mich am 7. Februar 1991 der Palastkapelle gegenübersah, die gerade die lärmenden Märsche zur Amtseinführung der neuen Regierung spielte. Der lange Marsch der Demokraten der sechsten Generation war endlich an sein Ziel im Palast gelangt, und ich betrat das Gebäude zum ersten Mal als Befugter. Ich trat an die Galerie, auf der die Musiker in Paradeuniform standen. Auf der vollkommen irrealen Suche nach einem Nachteulen- und einem Frühaufstehergesicht, die zwanzig Jahre danach die Erben der Musiker meiner Kerkernächte sein könnten, betrachtete ich lange jeden einzelnen der auf dem linken Flügel sitzenden Klarinettisten und der dahinter stehenden Trompetenspieler.

Trotz der Geräuschkulisse bei diesem Empfang blieb dem jungen Hauptmann, der die Kapelle leitete, mein Interesse sicher nicht verborgen, denn er kam zu mir, stellte sich in Habachtstellung vor und gab mir zu verstehen, wie erfreut er über meine Aufmerksamkeit für den Musikzug des Palastes war, denn dem fehlte es an allem und er benötigte dringend kundige Protektion in der neuen Regierung. Ich ließ mich umso bereitwilliger auf sein Spiel ein, als ich bereits wusste, auch wenn ich es zunächst nicht glauben wollte, dass nach Ende der dreißigjährigen duvalieristischen Kerkerdiktatur kein einziger ehemaliger politischer Gefangener im Kreis der neuen Macht überleben würde. Die Palastmusiker konnten unbesorgt spielen. Niemand erinnerte sich mehr an den Graben unter dem Orchester, das durch Mark und Bein gehende Totensignal und die Missklänge. Keiner von ihnen war da, wo die Musik spielte.

Ich ließ ihn verblüfft zurück, sprachlos über meine Frage nach Ort und Zeit der Proben und versteinert über meinen Kommentar, dass sich das alles augenblicklich ändern musste.

Auf dem Tiefpunkt

Dieses Land ist das Land der Provisionen, der Teilung und Weiterverteilung von Gewinnmargen unter einer Kette von Zwischenhändlern, damit an jedem Kettenglied für jedermann ein Obolus für jeden weiteren Tag auf dieser Erde abfällt. Die Provision ist auf diese Weise zum System der sozialen Sicherung aufgestiegen, das eine breite egalitaristische Umverteilung des Mangels gewährleistet. Die Provisionsmentalität prägt alle Überlebensaktivitäten so sehr, dass gelehrte Dissertationen die Art und Weise der Aufteilung des Kleingeldes in den Slums dokumentiert haben und Stapel von Berichten in den labyrinthartigen Gängen die centimeweise Aufsplitterung mikroskopischer Gewinne verfolgen. Die Palme kommt dabei jener dreihundertseitigen Dissertation zu, die einer Dollarnote auf ihrer Reise durch die Cité Soleil, den feinsten und größten Slum des Landes folgt, an dessen Pfennigtransaktionsbörse täglich Betrieb herrscht. *Penny Haitian Capitalism* sollte eines Tages ein Kenner diese marginale aber keineswegs heimliche und erst recht nicht informelle Wirtschaft nennen.

Je mehr sich die Mangelsituation verschlimmert – und die Situation in diesem Land hat sich immer nur verschlimmert –, desto mehr wird offensichtlich die Überlebenskreativität durch die vervielfachten Gelegenheiten zur Erhebung einer Provision angeregt.

Man glaubte, viel über dieses System zu wissen, so ausgiebig wurde es studiert, aber man hatte nicht erwartet, dass der Mechanismus eines Tages derart pervertiert sein könnte. Dass die Todesschwadronen, die *zenglendos,* die *zymbaboués,* Schimären, roten Armbinden, Kannibalen, *macoutes* und sonstigen *fillettes laleu,* die ein halbes Jahrhundert der Schandtaten hervorgebracht hat, plündern, stehlen, vergewaltigen und töten und dass die Banden die Beute untereinander teilen, das versteht sich bei diesen Leuten von selbst. Dass es in den Schurkenbanden interne Hierarchien gibt und dass jeder seinen Anteil proportional zu seinem Rang erhält, ist für diese Leute ebenfalls plausibel. Dass die bekannten und unbekannten entfernten Beschützer dieser Brut einen bedeutenden Teil der Beute beanspruchen, sehen diese Leute auch noch ein. Aber dass das rangniederste Mitglied jeder Bande, der letzte neueingestellte Killerlehrling, der Mörderpraktikant auf Probe … als Gage nur die Provision bekommt, die für den Bestatter fällig wird, wenn eine angelieferte Leiche zu einem Auftrag führt – das war der verblüffendste Beitrag dieser Zeit.

Hat jemand meinen Namen erwähnt?

„*Men djèt-la, papa, men djèt-la, papa* …“, singt die Menge auf Kreolisch, mitgerissen von den Karnevalslautsprechern, die man für die Einweihung des François-Duvalier-Flughafens aus dem Depot geholt hat. Das Flugzeug wird eine Stunde später wieder starten, an Bord zwölf Gefangene, die soeben von dem Ort zurückkehren, von dem es keine Rückkehr gibt. Das war der Deal, zu dem man den Diktator gezwungen hatte: einen Jet gegen eine Gefangenenliste. Ein Glück, dass die Bestie nach fünf Jahren verbrannter Erde und Dezimierungen gesättigt war. Nichts wuchs mehr, nichts stand mehr, alles war vollzogen. Es begann ein langer Reptilienverdauungsschlaf. Die Bestie mit dem immer noch fruchtbaren Schoß schlief indessen nur mit einem Auge. Was für ein Glück diese zwölf hatten …

Aus dem Gefängnis zu kommen, ist wie der Aufprall bei einem Crash. Man kommt mit gewaltigem Krachen von der anderen Seite des Lebens zurück, von der anderen Seite des Spiegels. Jede Narbe wird später erzählen, wie ihre Lippen genäht wurden, viel später, denn es braucht Zeit, bis die Kruste abblättert. Im Kopf verlässt man nämlich das Gefängnis nie, anfangs kehrt man jeden Abend dorthin zurück, dann an den Wochenenden, und von Jahr zu Jahr vergrößern sich die Abstände bis auf zehn, zwanzig, dreißig Jahre … In den ersten Tagen muss man jedoch mit all jenen klarkommen, die wissen wollen. Von dem sprechen, was sie hören wollen. Es wieder und wieder sagen. Gute Miene machen. Sich bedanken. Und sprechen, wenn man sich nur nach Stille und Einsamkeit sehnt. Der Terminus des *politically correct* war noch nicht erfunden, aber genau darum ging es schon: gut die Rolle der Figur zu spielen, von der die anständigen Leute Empörungsstoff erwarten, und ihnen sagen, nein, es gibt entgegen der landläufigen Vorstellung keine Gitter in den Zellen, „im Loch sitzen“ trifft es daher besser als „hinter Gittern sein“ …

Die Rückkehr ins Leben sorgt indessen nicht nur dafür, dass der ehemalige Gefangene wegen zu großer Nähe zum Tod nur noch das Wesentliche duldet, sie bietet ihm auch Geschäfte mit Trödel, der nicht immer traurig ist und ihm manchmal sogar gefährliche Macht verleiht, so wie jene fallbeilartigen Antworten mit ja oder nein.

„Hat jemand meinen Namen erwähnt?“ Sie sprechen stets leiser, wenn sie diese Frage stellen. Selbst wenn niemand in Hörweite ist. Die Frage soll in ihrem Inneren nicht zu laut hallen. Alle Davongekommenen werden es Ihnen bestätigen: Wenn von den Verhören im Gefängnis die Rede ist, kommt der Moment, in dem Ihr Gegenüber – flüsternd und mit verschämt abgewandtem Blick, weil er sich nicht zurückhalten konnte – fragt: „Hat jemand meinen Namen erwähnt?“ Eine unpersönliche, fast neutrale Formulierung, die nicht einmal „Haben sie meinen Namen erwähnt?“ wagt. Als wäre dieses „sie“ eine Art Risiko, das man nicht eingehen darf, ein in der Diktaturgrammatik kompromittiertes Fürwort, eine Schuld, mit der das Indefinitpronomen nicht behaftet ist. Und das unmerkliche Zittern der Stimme, immer, denn wenn sie wirklich sicher wären, wie die Antwort lautet, hätten sie diese Frage, die so wehtun kann, nicht gestellt.

Da gibt es im Land die, für die das eine Frage von Leben oder Tod ist. Sie haben einfach nur Angst, dass sie irgendwann selbst an die Reihe kommen, trotz ihrer lobenswerten Anstrengungen, weit vor der Politik herzulaufen. Aber sie wissen, dass die Politik schnell genug ist, um jeden irgendwann einmal einzuholen. Sie haben einfach nur Angst und wissen nicht, dass es ehrenwert ist, sich vor Dingen zu fürchten, die es verdienen, gefürchtet zu werden. Bei diesen genügt ein „NEIN, NIEMAND hat deinen Namen erwähnt", um ihre Angst vor dem Morgen zu beruhigen. MAN hatte im Moment anderes zu tun.

Und dann gibt es im Ausland die, für die das eine Frage des Images, der strategischen Bedeutung, der unmittelbaren Zukunft ist, denn das Überleben ist bereits in sicherer Entfernung von der Bestie, außerhalb der Reichweite ihrer Fangarme, woanders, gesichert. Mit einer bejahenden Antwort macht man einen Menschen glücklich, welcher dann überall verkündet, dass er noch zählt, der Beweis wurde soeben erbracht. So wie jene zwei, die sich dermaßen verausgabten und es dermaßen nötig brauchten: Ich machte ihnen ein Ja zum Geschenk, von dem sie zehn Jahre, bis zum Zusammenbruch der Diktatur, zehren sollten. Aber ein Verneinen ist immer eine kräftige kalte Dusche.

Sie erwarteten mich zu dritt an einem runden, durch eine riesige Glasfront schön erleuchteten Tisch hoch über dem Strom in Montreal, einem Generalsstabstisch für hochtrabende Reden von Verschwörern, die nie einen Zweifel daran hatten, dass sie mit der Geschichte verabredet waren, und sich mit Ausrufen und Speicheltropfen darauf vorbereiteten.

[Der Erste, den die anderen mit „Herr Präsident" anredeten]: „Man hat unsere Namen erwähnt, oder?"

[Der Zweite, scheinbar sicher, wie es sich für einen zukünftigen Kanzler geziemt]: „Zweifellos!"

[Der Dritte, Handlanger für alles, eifriger Eiferer]: „Wie könnte es auch anders sein!"

Nein, meine Herren. Nichts. Kein Wort von Ihnen, meine Herren. Man musste ihre Gesichter sehen. Bleich. Gezwungenes Lachen. In solchen Momenten spürt man, dass man nie wieder eingeladen wird.

Und dann, später, viel später, bei der Nachspeise eines Abendessens, dessen Gastgeberin alle Mühe hatte, heiter zu wirken – der Süßkartoffelkuchen, das *painpatate,* war so gut, dass man davon großzügig wurde –, wenn ich mich recht entsinne, ja. Ja, eine vergessene Anspielung, dass man nicht von Ihnen sprechen würde, nein, dass sich das im Moment nicht lohnen würde, nein, dass man aber später darauf zurückkommen würde, ja. Aber nach dieser unerwarteten Bemerkung war dann nicht mehr davon die Rede, nein.

Uff! Sie bekamen wieder Farbe, nahmen eine zweite Portion *painpatate,* bliesen sich wichtig auf und bemerkten nicht einmal den dankbaren Blick, den mir die Hausfrau zuwarf.

Nédgé

Zwei Bettler im Paradies

Zwei Bettler, die der zu Ende gehende Herbst von den rentablen Bürgersteigen der Rue Sainte-Catherine im Zentrum von Montreal zu vertreiben drohte, wetteten, bereits gekleidet wie Haitianer im Winter, wer von ihnen sich in der anbrechenden schlechten Jahreszeit am besten aus der Affäre ziehen würde. Damit die Bedingungen gleich waren und es nur auf ihre Bettelkunst ankam, vereinbarten sie einen Ort, einen Tag und eine Uhrzeit, um sich in der Almosenjagd zu messen.

Die beiden Haitianer, denn sie waren Haitianer und wettbegeistert wie nur Haitianer es sein können, für die Wetten die einzige Hoffnung ist, zogen also beide am nächsten Samstag ihre taucheranzugähnliche Montur an, um am ersten Oktober in der Station Berri-UQAM den internationalen Tag der Musik in der Metro zu begehen, ein Tag großer polizeilicher Toleranz, seit 1975 der Geiger Yehudi Menuhin dieses barocke Fest in Montreal begründet hatte. In der Schnorrerbranche ist dies die offizielle Eröffnung der Jagd auf den Eistaucher, den Vogel auf den Dollarmünzen.

Sie bettelten zwischen zwölf und fünf Uhr auf demselben Bahnsteig, der zur Station Henri-Bourassa im Norden führt, jeder vier Wagen, ohne Mogeln, der neunte Wagen in der Mitte diente als Pufferzone, damit nicht dieselbe Person zweimal angesprochen wurde. Und um die Wettbedingungen noch ausgeglichener zu gestalten, verständigten sie sich auf vier Runden von je einer Stunde mit Seitenwechsel und drei zwanzigminütigen Pausen, um einen Schluck zu trinken. Echte Profis eben.

Jedesmal, wenn eine Bahn einfuhr, liefen sie ihre Bahnsteighälfte ab und bettelten die aus den Geschäften der Innenstadt zurückkehrenden Passagiere an, bevor diese durch eine der sechzehn Türen das jeweilige Revier verlassen konnten.

Das Problem war, dass einer in vier Stunden dreihundert Dollar anhäufte, während der andere nur lumpige drei Dollar zusammenbrachte. Der Champion setzte sich klar durch, aber der übergroße Abstand war erstaunlich. Auch wenn der eine ein Neuling, frisch angeschwemmt von der letzten Welle aus dem verlorenen Paradies, und der andere ein weiser Alter war, der sich längst mit dem Schicksal des unauffindbaren Eldorado abgefunden hatte: Dieser Abstand war doch besorgniserregend.

Der erfolglose Bettler hatte an das Mitleid der Leute appelliert, indem er erklärte, neu im Land, Exilant und sogar politischer Flüchtling zu sein, aber diese Steigerung ließ niemanden in die Tasche greifen. Die Übung war ein solcher Fehlschlag, dass er sich an die vier Geber genau erinnerte: eine junge Mutter, der anzusehen war, dass sie ihre Zwillinge ruhigstellen wollte, indem sie jedem ein Fünfundzwanzig-Cent-Stück für den schwarzen Herrn gab, einen zerstrubbelten Gitarrenspieler, den die gute Fortune dieses Tages veranlasst hatte, ihm einen Dollar zuzuwerfen, den er übrigens nur mit Mühe im Flug auffing, das junge Mädchen, das gerade ihr Portemonnaie ausgeräumt hatte, um fünfzig kupferne Ein-Cent-Stücke loszuwerden, und schließlich das gemischte Paar, das sichtlich kurz vor dem Krach stand. Die Frau benutzte ihn in beleidigender Weise, um ihren haitianischen Freund auf die Palme zu bringen, indem sie ihm ostentativ einen mickrigen Dollar gab. Er konnte also unter Hinunterschlucken seiner Würde sogar noch von Glück reden, dass er drei Doller geerntet hatte.

Der Gewinner hatte so ärgerlich souverän gesiegt wie ein unverdrängbarer Ranglistenerster. Er ließ sich also eine Weile bitten, bevor er seinem Kollegen anvertraute, dass er den Leuten den ganzen Nachmittag erzählt hatte, er kehre **end-gül-tig** in sein Land zurück, Betonung auf dem Adverb, und dass er noch Geld für den Flug brauchte. **„Nur hin, ohne Rückflugmöglichkeit“**, insistierte er.

Weniger als ein Dutzend Wörter im richtigen Rhythmus, davon fünf fettgedruckt.

Hundeleben

Der große, gelbe Krankenwagen war mit Blaulicht weit auf den Rasen des Parks von Notre-Dame-de-Grâce vorgefahren, bis zum Spielplatz. Es hatte sich sofort ein Menschenauflauf gebildet, ohne dass ich zu sagen vermag, wo so viele Personen in so kurzer Zeit hergekommen waren. Ich nahm hinten im Wagen neben dem Opfer Platz, das immer noch unter Schock stand. Es war in eine starr dreinblickende Statue verwandelt. Steif. Unbeweglich. Gelähmt. Versteinert. In der Notaufnahme musste ich erzählen, was ich über den Fall wusste. Um die Dinge zu vereinfachen, bat ich darum, meine Version des Vorfalls selbst aufschreiben zu dürfen, auf diese Weise war ich sicher, dass die ohnehin schon mageren und heiklen Daten nicht noch weiter verzerrt wurden.

Wenn man mit der ganzen Familie im tiefen Osten oder im fernen Norden der Insel von Montreal wohnt, dann geht man nicht in den extremen Westen, etwa dort befindet sich Nédgé. Nédgé, denn das versteht der Kreole, wenn man die drei Buchstaben N D G ausspricht, die dieser Stadt als Namen dienen, Nédgé, bekannt als Hochburg der Kanakenbourgeoisie, letzte Etappe des sozialen Aufstiegs und mythischer Ort, in dem jeder Einwanderer zu leben behauptet, wenn er dort drüben von sich erzählt. So scheint es in Montreal nur Nédgé zu geben, ein Name, der so ähnlich klingt wie *neige*, die in Port-au-Prince wohlbekannten Schneemassen, seit Radio Kanada jeden Tag in den Nachrichten life das schlechte Wetter beschreibt und zeigt, das hier im Winter herrscht. Westmount? Outremont? Kenn ich nicht!

Dieses Gelobte und polare Land des Weihnachtsmannes von Québec gedachte er also auf Zehenspitzen zum ersten Mal zu betreten, um auftragsgemäß alles aufmerksam zu beobachten und den Vettern aus Montreal Nord, die ihn mit dem Auto an der Rue Girouard, Ecke Rue Sherbrooke abgesetzt hatten, davon zu berichten.

Die erste Szene war die einer schwarzen Frau, die im Park von Nédgé einen weißen Hund spazieren führte. Die Umkehrung der Farben traf ihn völlig unvorbereitet. Er hätte erwartet, dass eine weiße Frau einen schwarzen Hund spazieren führte. Dass die Bewohner nicht zu bemerken schienen, wie seltsam das war, steigerte seine Verwirrung noch. Aber er war eben kein Stammgast in diesem Park, weil er am Vortag aus Quina mit Zwischenstation in Port-au-Prince angekommen war. Jules César III aus Porte-Gaille (denn in seiner Heimatstadt, die auch meine Heimatstadt ist, hat jede Linie der Familie César in jeder Generation ihren Jules, so dass man die lebenden nach Generation durchnummeriert und ihrem Familiennamen ihre Adresse hinzufügt, um sie auseinanderzuhalten), Jules César III aus Porte-Gaille betrachtete also die Frau, während er auf mich wartete. Und je mehr Zeit verging, desto mehr gewann die Farbenordnung für ihn an Bedeutung, denn da führte eine schwarze Frau einen weißen Hund im Park von Nédgé spazieren. Er konnte es einfach nicht fassen.

Ich hatte seinen Vater, damals Jules III so wie er, vor vierzig Jahren während der Sommerferien in Quina kennengelernt. Als sein Großvater starb, wurde er Jules II und beim Tod seines Vaters einfach Jules. Ebenso kannte ich einen Vetter ersten Grades seines Vaters, der damals bereits Jules II war. Es war mir ein Anliegen, auf den Ruf dieses neuen haitianischen Immigranten zu antworten, der mir von den Freunden aus der Kindheit in aller Form in einem Brief auf gestempeltem Papier empfohlen worden war. Es war das erste Mal, dass ich einen persönlichen Brief auf gestempeltem Papier bekam, aber auch wenn die Leute aus dieser Stadt mich schon lange nicht mehr erstaunen, konnte ich mich doch der Feierlichkeit einer solchen Aufforderung nicht entziehen.

Ich erkannte den letzten der Jules ohne Schwierigkeiten an seiner Haltung im Park. Er hatte dieses undefinierbare aber so charakteristische Etwas der frisch Angekommenen: ein zögernder Gang, während die Arme in der Luft ruderten wie die federlosen Flügelstummel eines zu jung aus dem Nest gefallenen Vogels. Er konnte seinen Blick nicht von dem Hund losreißen, den die Frau gegen die hartnäckige winterliche Kälte des Aprilnachmittags in ein Leibchen aus farblich passender Wolle gepackt hatte. Es war ein gut ausgehaltener Hund, wie man bei ihm zu Hause über eine Mätresse sagen würde, die es gut getroffen hat.

Seine Faszination für den Hund brachte mir wieder das Viertel Porte-Gaille vor Augen: Sauregurkenzeit, undankbare Erde und Knappheit an allem. Einige ausgehungerte Vierbeiner mit eingefallenen Flanken bewachten dieses Stadttor hingestreckt im Schatten eines Mandelbaums. Sie waren übrigens unfähig, irgendjemanden zu bedrohen oder ihm Angst einzujagen, denn da sie zu schwach zum Bellen waren, mussten sie sich erst sicher am Stamm des Baumes anlehnen, bevor sie das leiseste Kläffen von sich geben konnten (aber dieses Bild war eine Bosheit der Leute aus den anderen Vierteln). Kurz, der Eingang der Stadt war nicht bewacht, bis die Hundegarnison unter dem Baum durch eine Meute von *tonton macoutes* ersetzt wurde. In der dortigen kreolischen Umgangssprache war das Schicksal des Hundes zur Stufe Null der Hoffnung geworden, verlassen von allen, selbst von Gott: *„Ki mele Bondie nan grangou chen"* (Was kümmert es den lieben Gott, wenn ein Hund Hunger hat?), lautet der Aphorismus.

Er brauchte eine Weile, bis er begriff, wozu die kleine Schaufel diente, die die Dame lässig in der behandschuhten Hand schwenkte; und als sie sie benutzte, erreichte die Ungläubigkeit von Jules César III aus Porte-Gaille eine Stufe, auf der sein Blick schweigend erstarrte, während das letzte Wort, das er sagte, seinen Mund halboffen zurückließ wie in einer Sammlung von Klischees über den Kulturschock. Dem Sprichwort *„Tout moun pa moun"* (Nicht alle Menschen sind Menschen), an das er an seinem Ausgangspunkt gewöhnt war, fügte er das *„Se pa tout chen"* (Er ist gar nicht so ein Hund) seines Ankunftsortes hinzu.

Angesichts seiner Reaktion sagte ich mir, dass ich ihn, wenn er sich zu mir umdrehte, irgendwie mit den Unterschieden in seiner neuen Welt bekannt machen und ihn auch vor unseren hundsgemeinen Zügen warnen musste. Ich hatte keine Geschichte von Hunden im Kopf, aber ich stand noch unter dem Eindruck einer Katzengeschichte. Ein guter Freund, engagiert und kämpferisch, daher zu Lebzeiten von Intimfeinden umgeben und nach seinem Tod allenthalten beweihräuchert, lebte inmitten von zehn schönen Rassekatzen. Mitten in einer Zeit der Meinungsverschiedenheiten zwischen verschiedenen Radiosendern der haitianischen Gemeinde und wöchentlicher heftiger Polemiken erhielt angeblich der Tierschutzverein einen anonymen Hinweis: Er unterhalte auf dem Plateau, auf dem er wohnte, eine neue Art Harem. Es soll eine Haussuchung und eine anatomische Untersuchung des Hinterns der Katzen gegeben haben, die ihm zwei Tage später mit einigen gestammelten Entschuldigungen zurückgegeben wurden. Ich kannte noch schlimmere Geschichten, wie damals, als … Und ich fragte mich, mit welcher ich beginnen sollte.

Aber er verharrte stocksteif.

Im Krankenhaus versuchte ich einen unserer Landsleute zu sprechen, einen Psychiater, von dem ich wusste, dass er sich mit diesen Störungen der Neuankömmlinge auskannte. Jules III aus Porte-Gaille, der gesehen hatte, wie eine schwarze, sehr schicke Frau mit Handschuhen elegant *Hundekacka* aus Quina mit der Schaufel aufsammelte, hat sich sehr schnell wieder erholt. Auf den Rat des Arztes trafen wir uns in der nächsten Woche erneut im Park von Nédgé zu einer langen vergleichenden Analyse einiger „Hundeleben“, wobei wir vom Hölzchen aufs Stöckchen kamen. Wir mussten die Metapher fortspinnen, damit er wieder auf die Erde zurückkam.

Von ihm weiß ich, dass man sie dort drüben seit dem Embargo auch isst.

Aus Kindermund

Die Sintflut hatte bei Luciens Großmutter stattgefunden, in Saguenay. Gut, das große Schiff mit den ganzen Tieren war diesmal zwar nicht gekommen, aber ein kleines Haus hatte ganz allein standgehalten, wie das große Schiff. Es war übrigens im Fernsehen zu sehen gewesen. Große Wellen wollten das kleine Haus zu Boden werfen. Sogar sein Papa war sehr besorgt gewesen und hatte seine Großmutter angerufen um ihr zu sagen, sie sollte sofort für ein paar Tage nach Montreal kommen. Nein, dieses Haus war nicht das Haus von Luciens Großmutter. Ja, es war die Sintflut, es regnete unaufhörlich, die ganze Zeit. Lucien keuchte, seine Stimme zitterte, und seine Wangen waren gerötet von der Anstrengung, die der Bericht über die Katastrophe ihn gekostet hatte. Erschöpft und außer Atem hielt er inne.

Die Erzieherinnen der Kinderkrippe *Les Petits Nuages* (Die Kleinen Wolken) in Nédgé waren sichtlich zufrieden mit dieser ersten Darbietung. Das Thema der Woche war bei ihrer letzten Sitzung sorgfältig ausgewählt worden, um jeden und jede der sechsundfünfzig Steppkes in der Kunst des Erzählens so weit wie möglich zu treiben.

Als Zweite folgte der Aufforderung, etwas Außergewöhnliches zu erzählen, ein kleines Mädchen, das auch Kreolisch sprach. Sie hatte den anderen etwas von Gefängnissen erzählt. Ihr Papa war im Gefängnis gewesen und auch der Pate ihrer kleinen Schwester, die bei den Dreijährigen in Isabelles Gruppe war. Umsonst redete ihre Erzieherin, Carole, ihr zu, nicht zu dick aufzutragen, die Lage verschlimmerte sich dadurch nur noch. Bei jedem Versuch, sie zur Vernunft zu bringen, wurde ihre Liste ehemaliger Gefangener länger. Man sollte meinen, dass alle, die bei ihr zu Hause verkehrten, im Gefängnis gewesen waren. Dabei wirkten die Eltern der beiden Kleinen tagsüber, wenn sie sie morgens brachten und nachmittags wieder abholten, derart normal, dass all diese Freunde der Nacht wie Erfindungen wirkten. Die Kleine war von dem ungewöhnlichen Umgang ihrer Eltern auch keineswegs gestört oder mitgenommen, und sie schlief während der Mittagsruhe wie alle anderen Kinder einen ruhigen Schlaf im Takt ihres Hinterteils, das sie wiegend von einer Seite zur anderen bewegte. Jeder hatte nämlich seine spezielle Art, Mittagsruhe zu halten, die Lieblingspuppe im Arm, ein Seidentuch an die Wange gepresst, den Daumen im Mund …, damit den Schläfern in der Turnhalle, die jeden Tag pünktlich von ein bis zwei Uhr nachmittags zum Schlafsaal umfunktioniert wurde, nichts zu ihrem Glück fehlte.

Dann erzählte die Kleine, die auch Spanisch sprach, dass ihr Papa in einem großen Stadion gewesen war, wo die bösen Leute jede Menge Menschen eingesperrt hatten. Und dass sie lange bei ihrer Großmutter gewesen war, bis sie nur mit ihrer Mama hierher gereist war. Und dass ihr Papa eines Tages kommen würde, um sie zurückzuholen. Ihre Mama hatte es ihr versprochen.

Und die Kleine, die auch *Da* sprach, hatte eine endlose Geschichte von Vorhängen und Mauern erzählt, die jedoch nichts mit einer Wohnung oder sonst einer Unterkunft zu tun hatten. Der Gipfel war erreicht, als sie behauptete, die Vorhänge seien aus Eisen. Ihre Geschichte war kaum zu übertreffen.

Da sagten die Zwillinge, die auch Arabisch sprachen, fast gleichzeitig, dass ihre Stadt nur noch aus Ruinen bestand und dass man überall das Bumm-Bumm der Bomben und das schrille Heulen der Martinshörner hörte und dass die Maschinenpistolen den ganzen Tag unanständige Wörter sagten: kaka-kaka-kaka-kaka-kaka-kaka. Alle hatten darüber gelacht, wie die Maschinenpistolen redeten.

Monique sagte dann, dass sie den unanständigen Lärm der Feuerwaffen gut kenne. Aber in ihrem Land der tausend Hügel tat man sich auch mit Macheten und Messern sehr weh. Dass man das „blanke Waffen" nannte, auch wenn sie vom Gebrauch ganz rot wurden. Und dass man die ganze Nacht auf der Straße fliehen und sich tagsüber im Wald verstecken musste, wo ihr Onkel von einer Schlange gebissen wurde. Und daran gestorben war!

Man bestürmte sie von überall her mit Fragen, was sie über Löwen, Tiger und Elefanten wusste. Alle hatten wilde Tiere auf Bildern gesehen, aber nur Monique schien auch in Wirklichkeit welche gesehen zu haben. Aber sie kamen nicht auf ihre Kosten, denn Monique hatte sie erst nach ihrer Ankunft hier zum ersten Mal gesehen, im Zoo von Granby.

Dennoch, als es an diesem ersten Tag Zeit für die Mittagsruhe war und die Stoffvorhänge zugezogen wurden, um Nacht zu spielen, wachten die Kindergärtnerinnen über die übliche gelassene Reise der kleinen Wolken.

Es gab fünf Kinder in der Gruppe, die auch Englisch sprachen, aber sie erzählten nicht dieselbe Geschichte. Peter, der Rothaarige, der als Einziger Grün zu seiner Lieblingsfarbe erkoren hatte, erzählte eine Geschichte, in der Protestanten und Katholiken sich offenbar nicht besonders mochten. Der andere Peter wiederum, genannt Peter der Blonde, um sie auseinanderzuhalten, erzählte eine Geschichte von zwei Sprachen, die schlecht übereinander redeten, obwohl zu Hause seine Mama immer Französisch und sein Papa immer Englisch mit ihm sprach. All seine Vettern und Kusinen waren weggezogen, weit, weit weg, bis nach Toronto.

Nach dem Aufstehen um zwei Uhr nachmittags begannen alle, die am Vormittag nicht zum Zuge gekommen waren, hastig etwas Großes zu erzählen, um nicht übergangen zu werden. Nun wimmelte es in den Straßen und Gassen von Nédgé auf einmal von außerirdischen Nachbarn, riesigen Tanten und Astronautenonkeln; man hätte niemals geglaubt, dass sie hinter ihren brav aufgereihten Fassaden eine derartige Ansammlung solcher Geschöpfe beherbergten.

Niemand wollte an diesem zweiten Tag zurückstehen außer Judith, die immer ein bisschen abseits stand und die sich ihre Geschichte anscheinend für den dritten Tag aufsparen wollte. Als sie sofort nach ihrer Ankunft am frühen Mittwochmorgen zu erzählen begann, wurde klar, dass sie sich lange darauf vorbereitet hatte, ihrerseits loszulegen und sich in einer langen Geschichte mit Geschichten eingedeckt hatte. Alles kam auf einmal und eher durcheinander, man verstand nur, dass sie aus einem Volk stammte, das den Sabbat feierte, und dass alle anderen Gojim waren.

Dies war das erste Mal, dass die Erzieherinnen eine Dringlichkeitssitzung mitten in der Woche veranstalteten! Das Programm vom Donnerstag wurde umgestoßen und alle Kinder in den nahegelegenen Park Rue Girouard, Ecke Rue Sherbrooke gebracht, damit sie eine Beschäftigung fanden, die sie auf andere Gedanken brachte: Springseil und Fußball für die, die die Schaukeln im Stich ließen, und nachdem sich alle Appetit geholt hatten, das von Bernadette vorbereitete Picknick mit dem Zuckerkuchen als bewährtem Nachtisch. Als die sieben Achterseilschaften zum Mittagsschlaf ins Basislager zurückkehrten, musste die Ruhezeit bis drei Uhr nachmittags verlängert werden.

Beim Aufstehen gab Yasser das Zeichen zur Wiederaufnahme der Familiengeschichten, das Parkintermezzo hatte also nicht ausgereicht. Er hatte viele Zwillen und Steinschleudern, Geschenke, die er so regelmäßig zu jeder Gelegenheit bekam, an jedem Geburtstag zum Beispiel, dass er sich wunderte, dass seine kleinen Freunde nicht so viele hatten. Er erklärte, dass eine Zwille eine Gabel aus Plastik, Eisen oder Holz und Gummibänder hatte, während eine Schleuder aus verschieden verzierten Lederriemen bestand. Obwohl beide denselben Zweck hatten, waren eine Zwille und eine Schleuder nicht dasselbe: Erstere – gestische Demonstration – spannt man so, um den Stein zu schießen, und Letztere wirbelt man so im Kreis. Seine Sammlung war jedoch brav in seinem Zimmer verwahrt, und er durfte sie nicht benutzen.

Alle hätten gern im Hof Steine geschleudert, aber das verboten die Erzieherinnen strikt. Dennoch, auf dem Elternabend am Freitagabend berichteten viele, dass ihre Kinder den seltsamen Wunsch nach einer Zwille oder einer Schleuder als Geschenk zum nächsten Geburtstag geäußert hätten, und die Eltern von Judith waren von allen am verstörtesten über diesen Wunsch ihrer Tochter.

Es saßen also hundert Papas und Mamas in der Turnhalle; die Versammlung war zwar seit einem Monat vorgesehen, aber die Erzieherinnen hatten es für angeraten gehalten, in einem Rundschreiben, das bei der Schließung am Donnerstag allen Kindern mitgegeben wurde, einen Punkt zur Tagesordnung hinzuzufügen. Immer mehr Eltern hatten sich nämlich nach dem Verlauf des Wochenthemas erkundigt, dessen Echo jeden Abend ihr Interesse weckte. Die Erzieherinnen hatten Geheimnisse zu Tage gefördert, von denen jeder – Exilant aller Diktaturen, Emigrant aller Hoffnungen, Provinzler aller Regionen – glaubte, er habe sie auf der Reise nach Montreal im doppelten Boden seiner Koffer vergraben. Sie fürchteten zu Recht, dass diese Situation, die sie durch ihre Initiative heraufbeschworen hatten, zum Scheitern einer Versammlung führen könnte, bei der das Überleben vom massiven Zusammenhalt aller Eltern abhing. Und wenn man ein föderalistischer Vater oder eine souveränistische Mutter, Tutsi oder Hutu, oder auch Serbe oder Kroate oder sogar *tonton macoute* oder *lavalassien,* ja Palästinenser oder Israeli ist …, dann kann man sich noch hundert Jahre in Nédgé gegenseitig ignorieren und die zu viel empfangenen Stigmata wie Medaillen zur Schau tragen. Nur musste eben die Kinderkrippe der Kirchengemeinde, die die wohltätigen Damen in den sechziger Jahren in einem Anbau des Pfarrhauses eingerichtet hatten, unverzüglich schließen. Das Pfarrhaus war, angeblich aus Budgetzwängen, an Immobilieninvestoren verkauft worden, und die Kleinen Wolken mussten neue Räumlichkeiten finden und sich ein neues Statut geben. Wollten sie weiterexistieren, mussten sie unverzüglich eine von solidarischen Eltern verwaltete Genossenschaft werden, bis eine letzte Verwandlung sie zur *nicht gewinnorientierten Körperschaft* machte, was dem neuen Anstrich eher entsprach. Nach den Vorträgen herrschte in der Turnhalle genauso undurchdringliche Stille wie während der Mittagsruhe.

Was dann geschah, hat seinen festen Platz in der Legende der Kleinen Wolken. Man erzählt sich noch, dass die amerikanische Soziologin, eine Jüdin aus New York, als Erste das Wort ergriff und mit einem prophetischen Nietzschezitat erklärte, dass man durch seine Kinder in einem Land Wurzeln schlägt: „Wir sind alle aus dem Land unserer Kinder", und dass der palästinensische Politologe sofort nach ihr betonte, dass der Sicherheitsrat der Vereinten Nationen schließlich aus den Kindern von ehemals unversöhnlichen Feinden bestehe. Zur Abkürzung der Sitzung sah man sich bald gezwungen, die Redezeit auf zwei Minuten zu begrenzen und anschließend zu verkünden, dass nur noch fünf weitere Wortmeldungen möglich waren, damit nicht die ganze Nacht über dem Wiederholen von bereits Gesagtem verging. Über dem gegenseitigen Übertrumpfen über alle möglichen Übergänge. Übergang vom verlorenen Land der Eltern ins neue Land der Kinder. Übergang vom Montreal der Hergelaufenen von heute zum gemischten Montreal von morgen. Übergang von diesem zum Übergang von jenem und noch andere mehr.

Aus den für diesen Abend vorgesehenen Wahlen ging ein Vorstand hervor, vor dem jede noch so einigende Ökumene vor Neid erblasst wäre und der als erste Amtshandlung die sieben Erzieherinnen auf ihren Posten bestätigte, die älteste von ihnen zur Teamleiterin und die jüngste, frisch gebackene *Cégep*-Absolventin, zur pädagogischen Verantwortlichen ernannte.

Und die Kleinen Wolken lebten lang und hatten viele Kinder, deren Kratzer und Schrammen aneinandergereiht einmal um die Welt reichen würden und aus deren Mund immer noch hin und wieder Geschichten wie aus der Kanone geschossen kommen.

Der McGill-Metzger

Ich hatte in Montreal das ganze Wintersemester an der Vorbereitung meiner Sommerexpedition nach Haiti gearbeitet, wobei mir der erfindungsreichste und zugleich unorthodoxeste Student des Jahrgangs assistierte, denn das Problem war kein alltägliches. Außer der Topographie und der Liste der Ortsnamen besaß ich praktisch keine Anhaltspunkte für die Wahl einer zu meiner Hypothese passenden Arbeitsbasis. Mit viel Akrobatik und Pirouetten stellten wir schließlich eine respektable alphabetische Datenbank der ländlichen Bevölkerungsgebiete zusammen und wählten einen repräsentativen Bezugsort: Abacou, das wegen seiner Anfangsbuchstaben A-B-A-C obendrein an der Spitze der siebentausend haitianischen *bourgs-jardins* des entsprechenden Typs stand.

Der Ort musste am Rand des Landes in einer möglichst unberührten Gegend liegen, damit man dort die Beziehungen mit der Diaspora messen konnte, sofern es überhaupt welche gab. Und Abacou war der südlichste Weiler der Südspitze der südlichen Halbinsel. Die Reise dorthin war kein bequemes Unternehmen, denn die vorragende, auf dem Meer schwer zu umfahrende Landzunge war in der Literatur seit drei Jahrhunderten für ihre Unzugänglichkeit und ihre zahllosen Schiffbrüche berühmt.

Da es keinerlei befahrbare Straßen gab, musste ich fünf Kilometer am Strand entlangfahren, immer zwei Räder im Meerwasser, bis ich die sechzehn Hütten erreichte, die den zentralen Kern der Siedlung bildeten. Als wir dort an einem Montagabend im Juli ankamen, fühlten wir uns wie an einem dantesken *finis terrae* aus Kalksteinhügeln, unterhöhlt von einem stets aufgewühlten Meer, das auch in einiger Entfernung vom Ufer überall aus Schloten an die Oberfläche stieg. Die Vegetation bestand aus Bäumen, die, gepeitscht von den vorherrschenden Winden, kriechend seitwärts wuchsen. Es war eine der schönsten Landschaftskonstruktionen, die mir auf meinen geographischen Streifzügen zu sehen vergönnt war, und es war der Flecken Erde, den ich suchte. Diese Umgebung, die wirkte wie am Morgen der Schöpfung, konnte nur eine abgeschlossen wie in einem Heiligtum, fast schon isoliert lebende Bevölkerung beherbergen.

Ich wurde von meinen Töchtern begleitet, so dass ich auf die Wahrnehmung von Mädchen an der Schwelle zum Jugendalter zurückgreifen konnte. Schon während der Fahrt auf der Nicht-Straße und der Nicht-Piste, die sich wegen der täglichen Flut am Strand nicht bilden konnte, hatten sich die Mädchen besorgt darüber geäußert, dass wir nur Gruppen von fußballspielenden Jungen begegneten. Als der Geländewagen einmal im Sand feststeckte, hatten sie Gelegenheit, sich mit den zu Hilfe gerufenen Jungen kurz auszutauschen. Auf ihre Frage, warum die Mädchen des Dorfes nirgendwo zu sehen waren, die typische Frage von Montrealerinnen, die die Welt entdecken, bekamen sie zur Antwort, dass die Mädchen natürlich alle mit ihren häuslichen Aufgaben beschäftigt waren, insbesondere dem Wasserschöpfen, und dass die Mädchen sich an den Brunnen trafen. Kurz, die Mädchen waren dort, wo sie als Mädchen hingehörten, und die Anwesenden staunten darüber, dass sie, meine Töchter, hier in einer Haltung wie Jungen dastanden. Für meine Töchter bestand kein Zweifel mehr, dass dies ein Dorf im hintersten Winkel eines Landes in der letzten Ecke der Welt und das Hinterletzte war.

Der folgende Dienstag war ein Markttag. Ich sollte besser Markt-Halbtag oder Halbmarkt-Tag sagen, denn die Zusammenkunft, die gegen neun Uhr Gestalt annahm, zerstreute sich gegen Mittag. Ich hatte noch nie und habe seither nie wieder einen so kurzen Markt erlebt. Während der drei Stunden – Verkaufsvolumen, Herkunft und Zahl der Teilnehmer rechtfertigten keine längere Dauer – überwog der Tauschhandel die Geldwirtschaft bei weitem. Wir waren mindestens zweihundert Jahre in die Vergangenheit gereist.

Eine der Attraktionen des Marktes war ein gelehriges Pferd, das Rechts und Links unterscheiden und bis sieben zählen konnte, wenn sein Herr es ihm über Megaphon befahl. Letzteres Objekt war der erste moderne Touch des Gesamtbildes.

Den roten Faden meiner Nachforschungen verdanke ich allerdings meiner Jüngsten, damals elf Jahre alt. Sie hatte eine seltsame Gestalt beobachtet, die bekleidet mit einer Schirmmütze und einer Windjacke, ein mindestens zwölf Zoll langes scharf geschliffenes Messer in der rechten Hand hielt, während sie in der linken mit etwas forcierter Eleganz einen schwarzen Diplomatenkoffer von der klassischsten Sorte trug. Mütze, Windjacke und Koffer trugen das rote Wappen der McGill-Universität, ebenso wie sein Feuerzeug. Der Mann sprach mit den Händlerinnen in lautem Tonfall und weigerte sich, seine Aktentasche abzustellen, bis man ihm zu diesem Zweck einen niedrigen Stuhl anbot. Darin befand sich das Fleisch des am selben Tag zerlegten Zickleins. Man hatte ihm den Spitznamen *McGill-Metzger* verpasst.

Sein Sohn – ich sollte ihn später als Taxifahrer in Montreal wiederfinden – hatte lediglich für seinen Vater Aktivitäten an der McGill-Universität erfunden und ihm alle möglichen Artikel mit dem Wappen der Universität geschickt, mit denen er das Ansehen seines Geschäftes steigerte. Es war die moderne Metzgerei von Abacou, von der aus ich alle Beziehungen zwischen der Region und der Diaspora rekonstruierte.

Abacou, dieser verlorene Landstrich, stand durch seine große Schule – die nur leere Öffnungen in den Wänden hatte, da Türen und Fenster teurer sind als der Rohbau – in Verbindung mit der Welt. Die Schule war eine Spende der Vereinigung der Auswanderer aus Abacou im Montrealer Stadteil Saint-Léonard. Bei meiner Rückkehr traf ich mich mit ihnen, um ihnen als Kurier zu dienen: Sie hatten sich verpflichtet, für die achtzig Kinder im Schulalter, die es in der Gegend gab, zwei Lehrerinnen zu stellen, und ich transportierte jahrelang deren Gehälter. Ich musste auch den eigens umgebauten Krankenwagen durch den Zoll bringen und überführen, den sie stolz der ganzen Halbinsel südlich von Carrefour Joute für den Transport der Kranken nach Les Cayes schenkten.

Beim Verlassen des Marktes begegnete ich zwei Bettlern, die sich lauthals stritten, wem der Vorrang und welches Revier gebührte. Die schlagendste Beschimpfung, die bei den Schaulustigen die meiste Heiterkeit hervorrief, war die beißende Bemerkung, in der der eine den anderen mit dem Akzent von Québec einen „Mann ohne Ziel" nannte, weil er nichts in Aussicht hatte. Er war, soweit er wusste, der einzige Haitianer ohne Verwandte in der Diaspora.

Grann Nanna

Der Flughafen Mirabel in Montreal, auf dem die Maschine aus Port-au-Prince landete, war so aufgebaut, dass man zum Erreichen des Parkhauses eine jener engen Treppen nehmen musste, deren Metallstufen von selbst in die Tiefe fahren. Angesichts eines solchen Wunders war Grann Nanna, die mit zweiundsechzig Jahren zum ersten Mal reiste, auf die Knie gefallen und hatte das Kruzifix ihres Rosenkranzes aus Lourdes in die Höhe gehalten, um diese Bedrohung des Versuchers zu bannen.

Die ganze Schlange der nachfolgenden Reisenden bildete einen unerwarteten – und ungeduldigen – Stau. Grann Nanna sang nun, immer noch kniend und sich vor und zurückwiegend: „Erbarmen Herr, Erbarmen. Blicke nicht mehr voll Zorn auf uns …", eine Anrufung, die die gute Gläubige gegen die Klippen dieser Erdenniederungen schützen sollte. Die Treppenstufen fuhren ungerührt weiter von allein in die Tiefe. Grann Nanna nahm ihr Flehen mit verstärktem Eifer wieder auf. Die verärgerten Reisenden begannen, die Stimme zu erheben. Die ursprünglich disziplinierte Reihe war zu einem anarchischen schwarzen Knäuel aus Haitianern geworden, die im Halbkreis um den von Grann Nanna versperrten Eingang zur Rolltreppe herumstanden.

Grann Nanna hatte eben ein schmerzlich gespanntes Verhältnis zu Treppen. Sie war sehr jung mit Boss Clément zusammengezogen, in einer niedrigen Hütte mit Strohdach Ecke Rue David-Saint-Preux und Rue Honoré-Ferry, zwei ehrwürdige Männer aus Quina, deren Gedenktafeln an zwei Seiten an den dicken Mangobaum genagelt waren, den man mitten auf der Straße wie in einem Kreisverkehr hatte stehen lassen. Die Mangobäume hatten das Glück, dass sie jedes Jahr zwei oder drei Monate lang die einzigen Bäume waren, die dem Land Nahrung gaben. Ein unantastbarer Wunderbaum, egal an welchem unerwarteten Ort er auch aus der Erde schoss.

Und dieser hier war obendrein praktisch. In seinem Schatten spielte stets ein Quartett von Flaneuren Domino, wobei einer, der Letztplatzierte, stehen musste und hölzerne Wäscheklammern an seinen Ohren jedermann seine Schmach verkündeten. Der Gehörnte der Partie. Und jeder Passant steuerte einen Scherz und oftmals eine weniger harmlose Bemerkung bei, auf die zu antworten ihm ausdrücklich verboten war, er durfte nicht einmal lachen. Wollte man jemand die Meinung sagen, so brauchte man nur zu warten, bis er beim Domino unterm Mangobaum der Gehörnte war. Und außerdem war das ein einfacher Anhaltspunkt, um den Laden von Grann Nanna zu bezeichnen: *Am Mangobaum.* Die Adresse ist offiziell. Man kann sie auf eins der kleinen Kassettenpäckchen aus New York schreiben und es an die erstbeste Person in Quina schicken, die so gestempelte halbstündige Aufnahme kommt unfehlbar zum Mittelpunkt der Straße. Das war ein praktischer Weg, das Schreiben und Lesen zu umgehen.

Das kleine Geschäft profitierte bereits von den Menschenansammlungen, die das Dominospiel zu jeder Zeit hervorrief, als Grann Nanna und Boss Clément die geniale Idee hatten, einen batteriegetriebenen Kassettenrekorder zu kaufen und für ein paar Gourde alle Kassetten aus dem Ausland abzuspielen und die Kassetten aufzunehmen, die ins Ausland verschickt werden sollten. Im Handumdrehen, das sind in der Provinz immerhin einige Jahre, hatte Boss Clément das Strohdach gegen eines aus verzinktem Blech austauschen können. Das war ein sozialer Aufstieg, der bald durch den Anbau von zwei Zimmern verstärkt wurde, darunter ein Badezimmer mit modernem Komfort, eine dort übliche Umschreibung für ein WC, das ein höflicher Mensch in Gesellschaft nicht beim Namen nannte. Im Zuge dieser segensreichen Vergrößerungen fand auch unter dem Druck des ersten Vikars Pèpépé die Hochzeit statt. Das Paar konnte sich endlich, mit all den Blagen in den Füßen, das üppige Festmahl leisten, das zu jeder Hochzeit dazugehört.

Sie hatten es also zu etwas gebracht. Das ehrgeizigste Ziel der frischgebackenen Ehefrau war jedoch ein Obergeschoss für das Haus. Die Ausgaben für die Kinder, die nach dem Sekundarschulzeugnis nach Port-au-Prince geschickt worden waren, ließen indessen keine Sparmöglichkeit für dieses Projekt mehr, und ihr strenger Glaube lehnte es ab, auf die Lotterie zurückzugreifen oder sich sonst irgendwie auf das Glück zu verlassen. Also trug Boss Clément zusammen, was er für die Treppe zu dem noch nicht vorhandenen Stockwerk brauchte, dessen baldiger Bau aber durch die vorläufig nirgendwohin führende Treppe angekündigt wurde. Der tödliche Sturz passierte, als er die letzte dieser Stufen anbrachte. Und so hatte die zur Witwe gewordene Grann Nanna neben ihrem Laden eine Treppe, die ins Nichts strebte. Wie Jakobs Leiter, grummelte sie, während sie Trost in der Lektüre des Alten Testaments suchte. Die Damen der Bourgeoisie mit ihren Fächern, Erkennungszeichen und Statussymbol derer, die nicht arbeiten, betratschten den jäh unterbrochenen Aufstieg ausgiebig. Die Demütigung, die Grann Nanna insgeheim über die Bosheit dieser Stadt empfand, war ausreichend groß, damit sie Rachegedanken hegte.

In der Zwischenzeit machten die herangewachsenen Kinder ihren Weg und zwei der Töchter ließen sich in Montreal nieder. Als nunmehr verheiratete Frauen mit Kindern brauchten sie jemand, der das halbe Dutzend Cousins und Cousinen zu Hause beaufsichtigte. Grann Nanna widerstand den Einladungen in süßlichem Ton, so gut sie konnte, denn mehrere Freundinnen aus ihrer Generation hatten sich unvorsichtigerweise auf diese Zwangsarbeit eingelassen, und das hatte sich unter den Großmüttern herumgesprochen. Sie gab vor, vor ihrer Abreise noch den Traum ihres Mannes von einer *chanmòt*, der kreolischen Oberstube, vollenden zu müssen, und klammerte sich an ihren Tresen. Schließlich siegten vielleicht das Alter, ein wenig die Einsamkeit, sicherlich die Muttergefühle und ganz ohne Zweifel das Versprechen, bei ihrer Rückkehr genug Geld für den Bau der Etage zu haben, über ihre Entschlossenheit.

Grann Nanna erholte sich niemals von der Rolltreppe. Nach einem halben Jahr, in dem sie von Krankenhaus zu Erholungsheim ging und ein Rückfall auf die nächste Besserung folgte, wurde sie wieder ins Flugzeug nach Quina gesetzt, versehen mit dem kleinen Kapital für den Bau des Obergeschosses, für das die Familie zusammengelegt hatte, ergänzt durch eine Geldsammlung der Vereinigung der Freunde der Stadt Quina. Die Verwandte, die sie begleitete, erzählte, Grann Nanna sei beim Anblick des Mangobaums mit einem Schlag wieder zu sich gekommen. Zu sich? Zu ihren *Mysterien,* so *verzaubert* wirkte sie! Mit kurzem Atem und einem eigenartig leuchtenden festen Blick. War sie jemals verwirrt gewesen? Frage sich das, wer will.

Sie trat mit einem entschlossenen Schritt, den man an ihr nicht kannte, in ihren Laden, riss Türen und Fenster donnernd auf, wie Boss Clément es zu tun verstand, und erklomm leichtfüßig zum ersten Mal die Treppe bis zur obersten, im Leeren schwebenden Stufe. Die Dominospieler hielten plötzlich inne, und alle Anwesenden begaben sich an den Fuß der Treppe, um Grann Nanna zu sehen und sie zu fragen, warum sie zurückgekehrt war und was sie da oben auf der Treppe machte.

Auf die erste Frage antwortete sie sibyllinisch, die Leute dort hätten es derart eilig, dass nicht sie die Treppen hinaufstiegen, sondern die Treppen sie in die Höhe hoben. Selbst der Gehörnte musste in das schallende Gelächter einstimmen, das Grann Nannas Übertreibungen quittierte. Die Antwort auf die zweite Frage erübrigte sich, so andächtig betrachtete sie von ihrem schwankenden Ausguck aus die Etage, die aus dem grünen Banknotenfächer in ihrer Hand entstehen würde.

Die Fallen der Geschichte

Der Schritt war derselbe, wenn auch langsamer, die breite Taille war nicht zu dick geworden, die gedrungene Silhouette und vor allem die makellos weiße *guayabera* konnten nicht trügen, auch nicht von hinten. Es war tatsächlich der Geliebte Doktor, der inspirierte Ideologe der Farbenfrage, der zu den Veränderungen von 1946 beigetragen hatte und 1957 maßgeblich an François Duvaliers Machtübernahme beteiligt gewesen war. Umringt von vier Enkelkindern – die beiden jüngsten hielt er an der Hand –, spazierte er über einen breiten Bürgersteig in Canapé-Vert, Port-au-Prince in Richtung der Eisdiele an der Ecke. Die kleine Schar zwitscherte und schwatzte mit kanadischem Akzent fröhlich durcheinander, immer wieder unterbrochen von dem Ausruf „Großvater! Großvater!"

Ich ging automatisch langsamer und genoss die Szene, bevor ich ihn begrüßte, um ihn wissen zu lassen, dass ich ihn bei einer solchen Exkursion gesehen hatte. Das letzte Mal lag fünfundzwanzig Jahre zurück, im schrecklichen Jahr 1965. Er war damals Direktor der Archive, und ich beantragte dort eine Abschrift meiner Geburtsurkunde, die zur Erlangung eines Passes für eine eventuelle Ausreise notwendig war, falls es mir gelang, durch die engen Maschen der Netze zu schlüpfen, die die Diktatur gegen die massenhafte Auswanderung von jungen Lehrern nach Afrika spannte. Er musste damals Anfang fünfzig sein, und sein Lebenslauf las sich beeindruckend. Er hatte mich lange in seinem Büro zurückgehalten – zwei Stunden, angesichts der durchschnittlich drei Stunden pro Tag, die die Beschäftigten des öffentlichen Dienstes im Büro verbrachten, war das enorm –, um seine Unterstützung für das, was vor sich ging, zu nuancieren und sein Werk als Historiker und seinen politischen Kampf zu verteidigen. Er war die theoretische Speerspitze des *noirisme,* des „Schwarzismus" und ein gefürchteter Polemiker. Zwanzig Jahre Forschen, um zu beweisen, dass die haitianische nationale Dynamik zweihundert Jahre lang im Wesentlichen ein Kampf zwischen Schwarzen und Mulatten in Form einer Reihe antagonistischer Paarungen (wie Alte Freie / Neue Freie oder National / Liberal), gegensätzlicher Einstellungen (wie *bovarisme* und *indigénisme)* sowie einiger Slogans gewesen war, welche sich allesamt auf die gegenläufigen Interessen der schwarzen Mehrheit und der mulattischen Minderheit zurückführen ließen. In seiner Generation, so sagte er, hieß revolutionär zu sein, *noiriste* zu sein. Er schwor also nur auf die Farbe Schwarz, kleidete sich aber immer nur in Weiß.

Es bestand für niemand ein Zweifel daran, dass die durchweg schwarzen, kreolischsprachigen und voodoogläubigen Massen die Betrogenen der hart erkämpften Unabhängigkeit waren. Seither tobte die Schlacht zwischen schwarzen und mulattischen Führern, welche seit zweihundert Jahren weniger als zwei Prozent der Bevölkerung ausmachen. Auch jetzt, da 2004 und der zweihundertjährige Jahrestag der Unabhängigkeit herannahen, geht es in diesem Land immer noch um politische und wirtschaftliche Abmachungen zwischen den unverrückbaren zwei Prozent, die das Groß- und Kleinbürgertum, ob reich oder unterdrückt, und sämtliche Schichten der Mittelklasse umfassen. Jenseits dessen das Volk, die Masse, die Armut. Selbst die Apartheid hat es zu ihrer Zeit besser gemacht.

Die beiden Älteren wurden immer aufgekratzter, und wegen des offenen Gullys am Fuß des kleinen Hügels aus dem Hausmüll des Viertels wurde es gefährlich, sie allein laufen zu lassen. Dem Geliebten Doktor war es gelungen, eine Kette zu bilden, deren zentrales Glied er war, und die kleinen Hände hielten sich braver zu zweien und zweien. Die Seilschaft erklomm nun die letzten Meter bis zur Eisdiele an der Ecke.

Die Farbenfrage und ihre Männer platzten 1946 in die Politik und die Geschäfte von Port-au-Prince. Ihre bei weitem bedeutendste Investition galt der Ausbildung ihrer Erben. Die Babyboomer aller führenden Gruppierungen saßen in denselben Schulen nebeneinander, studierten an allen Universitäten der Welt dieselben Fächer und vermischten sich ein wenig im heiratsfähigen Alter, indem sie ihre Ehepartner dort wählten, wo sie ihre Studenten-Twenjahre verbrachten.

Die Eiscreme tropfte von den kleinen Händen, die die Waffeln nur schwer gerade halten konnten. Das Taschentuch des Großvaters ging von einem Schnäuzchen zum anderen, um hier ein wenig Schokolade, dort ein wenig Vanille wegzuwischen. Die Erdbeereiskugeln des jüngsten Mädchens waren soeben auf den Bürgersteig gerollt, und sie versuchte unter Ausstoßen spitzer Schreie vergeblich, sie aufzuheben. Sie hörte erst auf zu weinen, als sie eine neue, frische Waffel mit zwei ganz frischen Kugeln Erdbeereis bekam. Sie schielte freilich weiterhin von der Schulter ihres Großvaters nach dem rosa Haufen, der auf dem spätnachmittäglich lauwarmen Beton langsam vor sich hinschmolz. Die drei anderen hatten sich bereits so ausgiebig bekleckert, dass die in den Originalfarben der zwei Eiskugeln gesprenkelten und gestreiften Hemden durch keinen Eingriff mehr zu retten waren.

Die Generationen, die in den 1970er Jahren ins Leben drängten, hatten der Farbenfrage der Väter die soziale, die Geschlechter- und die Generationenfrage hinzugefügt. Die Farbenlehre büßte an Virulenz ein. Nun, im letzten Jahrzehnt des Jahrhunderts fanden die Warnschüsse der alten Garde und ihr letztes Sträuben vor dem Loslassen im *Nouvelliste* nicht mehr dasselbe Echo wie früher.

Es war ihm gelungen, seine kleine Schar um sich zu versammeln, um den Rückweg anzutreten. Diesen Moment wählte ich, um ihn anzusprechen. Er erkannte mich sofort. Mit Wärme. Mit einem herzlichen Auflachen, das tausend Worte ersetzte, stellte er mir zunächst die zwei kleinen Blonden, Söhne aus einer ersten Ehe seines Schwiegersohns aus Saguenay, als seine Enkel vor – „Sie wissen, der Mann von Ginette, meiner ältesten Tochter, die an der Universität Chicoutimi lehrt", sagte er mit einer Spur von Stolz – und dann die beiden kleinen Mulattinnen als Töchter seines jüngsten Sohnes („Sie wissen, der bekannte Arzt in Sherbrooke"), welcher gerade mit seiner Familie auf Urlaub in Canapé-Vert war.

„Großvater! Großvater!“, riefen die Kinder während der Vorstellung und zeigten lachend auf seine erdbeerrot gefleckte weiße *guayabera.*

Wie man sich bettet …

Freitag, vier Uhr nachmittags. Die Universität war bereits leer und die Innenstadtbüros schlossen ihre Akten fürs Wochenende, als ich den Anruf einer Sekretärin erhielt, die mir ankündigte, dass ihre Arbeitgeberin, Chefredakteurin einer großen Frauenzeitschrift, dringend mit mir sprechen wollte.

Der Ton war geschäftlich, managerhaft, aber es war in ihm eine gewisse Angst spürbar, durch die ihre Höflichkeit schon hart an die Grenze zum Brüsken geriet. Ich verstand schließlich, dass sie eine letzte Meinung über einen von ihr verfassten Text benötigte, in letzter Minute, denn die Ausgabe musste in der Nacht gedruckt werden, damit sie am frühen Montagmorgen ausgeliefert werden konnte. Ich protestierte, ich sei nicht vom Fach, man habe sie wohl falsch informiert. Sie erklärte, sie benötige nur die Kompetenz von einem haitianischen Sprecher des Kreolischen. Ich hatte keinen Grund, die rasche Lektüre einer fünfseitigen, per Fax übermittelten Novelle abzulehnen, zumal ich die Zeitschrift, die meine Frau abonniert hatte, regelmäßig las.

Ich bekam das Fax und einen Schock. Sofort bei der Überschrift.

Es war einmal ein haitianischer Künstler, der eine Schriftstellerin aus Toronto kennenlernte. Sie liebten sich leidenschaftlich. Und da sie in verschiedenen Städten wohnten, wurde das abwechselnde Warten in den Bahnhofshallen und Flughäfen auf das Kommen des anderen ein Moment, der schöne, jedes Mal neue Liebeabenteuer versprach. Sie liebten das Warten aufeinander und genossen sogar die Verspätungen, die die Spannung erhöhten. Und sie erfanden, um davon zu sprechen, jede Menge Wörter, die nur sie kannten. Unser Haitianer benannte alles geradeheraus auf Kreolisch, einer Sprache, die für solche Dinge keine neutralen Wörter besitzt, und machte seiner Schönen weis, dass nur sie dieses heiße anatomische Glossar benutzten.

Bis dahin war die Geschichte banal und sicherlich nichts Außergewöhnliches; gemischte Paare, die Geheimcodes mit exotischem Akzent unterhalten, gibt es sicherlich überall in zahlreichen Exemplaren. Nur war sie Schriftstellerin und schrieb eine Erzählung über ihre Liebe, in der sie ein nur ihnen bekanntes Vokabular benutzte. Glaubte sie.

Das Lektorat hatte den Text umso leichter genehmigt, als die Autorin schon mehrfach in der Zeitschrift veröffentlicht hatte. Eine letzte Notiz wies jedoch die Redakteurin an, Erkundigungen über das von dem Paar erfundene Vokabular einzuziehen, bei Verliebten weiß man nie! So erhielt ich die verrückte Erzählung einer verrückten Liebe mit dem Titel *Coco liebt Zozo*, in der gleich zu Beginn vom *coco* die Rede war, der bei langer Flugverspätung seine *pantalette* durchnässte, wie es auch ein Autoscheibenwäscher an der Kreuzung Saint-Denis / Sainte-Catherine nicht besser gekonnt hätte. Es folgten fünf Seiten in derselben Machart mit deutlichem Bedauern über das neue Zeitalter der Zurückhaltung:

„Von heute auf morgen vollendete sich der Niedergang der Anmache, der bereits der Feminismus schwer zugesetzt hatte, so dass sie aus den Cafeterias der Schulen und Universitäten und der Frühlingslandschaft der Straßen und Terrassen von Montreal verschwand. Der Schocktitel von Dany Laferrière *Wie schläft man mit einem Neger, ohne zu ermüden* verlor jede Aktualität und wurde zu einem Klassiker von früher, der seinen Platz zwischen der lateinischen Grammatik von Petitmangin und einen Katechismus der Maristenbrüder fand. Man war in der Liebe wieder treu, die Monogamie kam wieder in Mode, und man hatte als Schwarzer in Montreal immer weniger Spaß. Das letzte Jahrzehnt des Jahrhunderts versprach entschieden das Jahrzehnt der großen Angst vor dem Geschlecht des anderen zu werden, während hier und dort einige Paraden der Austreibung und der Beschwörung des Bösen entstanden, bei denen man das Kondom vor sich hertrug wie das höchste aller Amulette. Die Liebe rutschte im Aidszeitalter ins Lächerliche ab und wurde nur noch klein geschrieben."

Dann wurde der Leser wieder in eine Kaskade derber Bilder gestürzt, die sich im Rhythmus der beiden Körper ineinander verschlangen, um den Leser zu zwingen, sie auf frischer Tat zu ertappen.

Wirklich schade, dass die Chefredakteurin ihre Unachtsamkeit nicht auf die Spitze getrieben hatte und diese Sprengladung am Montag nicht veröffentlicht wurde! In dieser Zeitschrift! Das Klingeln des Telefons unterbrach mein subversives Bedauern. Es war natürlich die Chefredakteurin, die auf Nachricht wartete. Es fiel mir nicht schwer, ihr die Tatsachen, Risiken und Wirkungen zu beschreiben, aber ich zog mich weniger gut aus der Affäre, als sie die genauen Entsprechungen der Ausdrücke in der einheimischen Sprache wissen wollte. 1969, als ich ganz neu an der UQAM war, hatte mich ein Kollege bei einem Herbstlager in Saguenay in das Vokabular eingeführt, „das man niemals und unter keinen Umständen benutzen darf", dies hatte er betont und sich königlich amüsiert, wie der Haitianer brav Québecs vulgäre Ausdrücke notierte. Dies war meine letzte Rettung. Sie war einige Sekunden sichtlich auf dem falschen Fuß erwischt und beendete das Gespräch unvermittelt, ohne sich auch nur zu bedanken, um die Beinahe-Katastrophe abzuwenden.

In der nächsten Woche erhielt ich einen freundlichen Brief mit einer Einladung zum Essen und einen Sonderdruck der Novelle. Es war dieselbe anstößige Erzählung in einer, ich würde sagen, weniger rohen und durchgegarteren Version. Der neue Titel lautete ausweichender *C... liebt Z...* Und Zorro, eine Gestalt ohne Furcht und Tadel, hatte wie zu erwarten den beanstandeten Terminus ersetzt, aber mit genauso viel Bravour. Und, ein letztes schlüpfriges Augenzwinkern – ich neigte dieser Hypothese zu, denn ich misstraute in dieser Geschichte nun jedem Detail –, die Novelle begann suggestiv auf Seite neunundsechzig. Wirklich verblüffend, wenn es sich nur zufällig durch den Satz so ergeben hätte!

Irgendetwas an diesem mehr behexenden als vulgären, eher besessenen als trivialen Text erregte meine Neugier. Die Autorin beschrieb darin sehr minutiös das Gemälde eines Herzens mit schwarzen und weißen Streifen, das durch den Tiefeneffekt in viele, immer größer werdende und ineinander angeordnete Herzen verwandelt wurde. Durch dieses zentrale Bild ging ein langer Stab hindurch, dessen Enden mit Arabesken verziert waren, während zwei aufmerksame *Schlangen* sich um ihn herumringelten. Woher kam diese so präzise Darstellung aus dem Voodoo-Pantheon: Die Lust Erzulies, die von Legba, ihrem Gatten, unter dem komplizenhaften Blick von Dambhala und Aïda Wèdo durchdrungen wurde?

Ich nehme an, es war die Faszination, die die Lampe auf den Schmetterling ausübt, die mich die Einladung akzeptieren ließ, versprach sie doch neben vielem anderen ein wenig mehr Aufschlüsse über die Welt, in der man sich Derartiges zu schreiben getraute. Die erstaunliche Kenntnis der Herausgeberin über die geringsten Wechsel der Tonlage dieses triebhaften Textes und die Begründungen aller eilig vorgenommenen Korrekturen erregte meine Aufmerksamkeit. Es sprach viel dafür, dass die Autorin niemand anders war als die Chefredakteurin, die vor mir saß.

Ich gedachte, während des weiteren Treffens die Überprüfung dieser Intuition auszukosten. Ich würde also Katz und Maus spielen. Aber die Maus gewann, denn ich brauchte nicht weniger als fünf Mittagessen in drei Monaten, um detailliert zu dokumentieren, dass sie tatsächlich in ihren eigenen Spalten eine geheime Karriere als Novellistin betrieb und dass in ihrem früheren Leben ein haitianischer Künstler ihr auf die linke Brust, die Seite, wo das Herz sitzt, den *vèvè* eines lüsternen *lwa* tätowiert hatte. Er hatte ihr versichert, dass er sie durch diese permanente libidinöse Anrufung „besteigen" werde, wenn sie es am wenigsten erwartete.

Da sie bereits gefährlich lebte, war ihr dieses zusätzliche Risiko durchaus willkommen.

Stilübungen

Der Ort, an dem die Bande von Freunden aus Port-aux-Morts jeden Freitagabend die Welt neu erschafft, liegt in Côte-des-Neiges im Herzen Montreals auf der Terasse von *La Brûlerie.* Seit über dreißig Jahren. Auf diesen hundert Metern Straße ist nichts mehr so wie früher: Das Restaurant Paesano ist nach einem unwürdigen *junk-food*-Zwischenspiel zu einem Lebensmittelladen geworden, die Buchhandlung Renaud-Bray ist auf die andere Straßenseite gezogen und hat ihren Platz Olivieri überlassen, so dass jetzt auf jeder Seite ein Schaufenster zum Naseplattdrücken liegt. *La Brioche* und andere Bistros haben zu überleben versucht, indem sie einander von Konkurs zu Konkurs ablösten, bis die *Brûlerie* kam, die nunmehr für gepflegte Gastronomie sorgt und dafür, dass unsere Stühle im Sommer unter Schirmen und im Winter am Kamin stehen. Aber wir, wir haben uns nicht verändert. Abgesehen vielleicht von den sechsunddreißig Jahren mehr, dank denen die Jüngsten nun Anfang sechzig sind und die Ältesten das letzte Jahrzehnt beginnen. Und vielleicht von den Tischen, früher zu klein für die vielen Bier- und Weinflaschen, jetzt vollauf ausreichend für unsere Kräutertees. Ich stehe auf Kamille, aber andere stehen auf Jasmin oder Melisse, wenn es welche gibt. Niemand steht auf Pfefferminz, zu so später Stunde ist das in unserem Alter zu anregend.

Man weiß nie, wann das Ritual in Gang kommt und der runde Tisch das Kommen lohnt. Beim letzten Mal sollte ich sogar eine *lodyans* daraus machen und sie ihnen beim nächsten Mal vorlesen. Ausgangspunkt war ein alter Witz über die Leiden der Haitianer in New York, den jeder kannte. Einer von uns hatte ihn mit opulentem Aufwand an Wörtern aufgeschrieben: „Es war einmal ein Haitianer, der aus Geldnot das Angebot annahm, sich als Löwe zu verkleiden, um zusammen mit einem anderen Löwen im Zirkus aufzutreten. Zitternd vor Angst, trotz des beruhigenden Zuredens. Alles geht gut, wenn man so sagen kann, und schließlich zieht sich der andere Löwe in der Garderobe ebenfalls aus und spricht ihn auf Kreolisch an." An diesem genialen Rahmen – einer kollektiven Schöpfung wie viele mündliche Erzählungen dieses Typs, bezeichnend für das Elend, an dem das *Lachen Haitis* gleichwohl nicht erstickt – gehen dann die *lodyanseurs* ans Weben, jeder nach Art seiner Provinz.

Dabei hatte es begonnen wie an jedem Freitag, nämlich mit einigem Bedauern, dass man ein solches Thema nicht bei der Prüfung im kreativen Schreiben des haitianischen Abiturs stellen konnte. Diese nostalgische Phase, die unseren Treffen wie ein Tischgebet vorausging, wurde immer kürzer, denn mit der Zeit war auch die Nostalgie nicht mehr, was sie einmal war. Dann kam, man weiß nicht wem, die Idee, sich zu fragen, welches Schicksal unsere großen Schriftsteller dieser Geschichte bereitet hätten, jeder auf seine besondere und unverwechselbare

Art und Weise. Es standen an diesem Abend also Parodien und Scharaden zugleich auf dem Programm.

Der Erste, der sich vorwagte, beschrieb das Kostüm mit einiger Akribie als das einer Löwin, die von dem männlichen Löwen in der vergitterten Manege mit lüsternem Blick und bebenden Lefzen erwartet wurde. Dompteur und Publikum, Peitsche und Reifen interessierten nicht mehr. Es geschah, was geschehen musste. Und es wurde eine kosmische Paarung mit einem astralen Orgasmus, untermalt von den hysterischen Schreien der Mütter, deren Kindern sich dieses Schauspiel bot, und den Hurrarufen der Menge bei jedem Peitschenhieb des frustrierten Dompteurs. Einige unserer Schriftsteller sehen in der Tat alles aus diesem Blickwinkel sämtlicher Freuden, und sie waren nicht schwer zu identifizieren.

Der Zweite häufte Adjektive auf Epitheta und spann Metaphern zu Metonymien, sowohl beim Auftritt der beiden Tiere als auch in dem rülpsendem Dialog, den sie sofort begannen. Seine Sprache zu seinem Zweitwohnsitz zu machen, ist ein Slogan, in dem nicht gut wohnen ist. Dennoch musste man nach einigen Minuten der verbalen Ergüsse und textuellen Ejakulationen anerkennen, dass eine neue Sprache geboren war, das Löwe 101. Eine Zeichen- und Brüllsprache mit sattem Miauen und besänftigten Blicken. Auch wenn sie, aber das ist nur ein Detail, nur von ihren Schöpfern gesprochen wurde und am Ende vielleicht nicht einmal die Löwen diese Sprache sprachen.

Der Dritte wurde rasch ausgebuht. Die Geschichte von einem proletarischen Löwen und einer bäuerlichen Löwin, zu der er sich verstieg, rief Empörung hervor: Die erbauliche Literatur mit ihren beschwichtigenden Thesen war nicht mehr im Schwange. Das Protestgeschrei gegen den Folklorismus war noch größer, als der Vierte seinem Vorgänger mit einer Variante zu Hilfe eilte, bei der die Löwen aus dem Dschungel der naiven haitianischen Maler kamen, gut ausgestattet mit einem magischen *pwen,* um nicht mit Haut und Haaren gefressen zu werden … Denn das ist in Côte-des-Neiges eine wohlbekannte Tatsache, die sie alle beim geringsten Anflug von kulturellem Nationalismus hervorholen.

Der Fünfte unternahm eine klinische Beschreibung der Psyche der Löwen und bescheinigte dem Neuankömmling eine umso begründetere situative Paranoia, als der andere, ein Bipolarer in Gefangenschaft, jedes Mal, wenn die Nummer herannahte, in seine manische Phase eintrat. Eine solche zufällige Konvergenz der Syndrome zweier Partner im geschlossenen Universum des Käfigs konnte sich zu einem sadomasochistischen Extrem steigern und tatsächlich dazu führen, dass einer den anderen auffraß, *quod erat demonstrandum.* Doch der Haitianer war ohne diese ermüdende Schulweisheit im Gepäck instinktiv zum selben Schluss gekommen: Er riskierte dabei seine Haut.

Sie waren nun durch die Anspielungen auf den Stil verschiedener *lodyanseurs* bei der *lodyans,* der einheimischen Schreibart mit mündlichen Ursprüngen, angelangt. Justin Lhérisson hätte daraus eine humoristische Kolumne in der Zeitung *Le Soir* gemacht, nach dem Beispiel von mehreren Hundert anderen Geschichten, die zu Anfang des Jahrhunderts die Straßen von Port-au-Prince bevölkerten und denen er in seinem Blatt bereitwillig Zuflucht gewährte. Aber wahrscheinlich hätte Fernand Hibbert, sein Zeitgenosse, der Meister des Genres, sich am sorgfältigsten um diese Miniatur gekümmert und sie wie ein Juwelier in irgendein Mosaik, ob Novelle oder Roman, Theaterstück oder Essay, eingefügt.

Sie sprachen nun alle auf einmal, und das Gelächter hatte so sehr die Oberhand, dass für verbalen Wettstreit kein Platz mehr war. Die Zeit verging. Es war Zeit zu gehen, aber niemand wollte als Erster aufstehen. Die Zeit verging weiter immer mehr, und einer von uns entschloss sich endlich, den Festzerstörer zu spielen. Wie jeden Freitag war dies das Signal für alle anderen, ebenfalls aufzustehen und so die kleine unschuldige Feier für Herz und Zunge unter Freunden zu beenden, die den wöchentlichen Abschluss der fünfunddreißig Broterwerbsstunden bildete.

„Bis nächsten Freitag?"

„Bis nächsten Freitag!"

Ungewöhnliche Anträge

Ich beendete die erste Vorlesung meines letzten regulären Semesters, des sechsundsechzigsten, ganz gerührt bei dem Gedanken, dass ich nie mehr wieder einen *Syllabus* austeilen würde. Ein junges Mädchen, das sich mit leichtem Zögern meinem Pult näherte, während ich meine Notizen und Dokumente in meinem Koffer verstaute, unterbrach meine unbestimmte Wehmut. Sie sagte, ihre Mutter lasse mich herzlich grüßen. Ich lächelte, weniger, weil eine Mutter mir Grüße schickte – das kam seit einigen Jahren häufig vor –, als über die Furcht, bald von den Großmüttern Grüße ausgerichtet zu bekommen! Sie brachte mir das wertvolle Argument, das ich gerade heute brauchte, um mich in meiner Entscheidung, zu gehen, zu bestätigen.

„Und wer ist ihre Mutter, Mademoiselle?"

„A, soll ich Ihnen sagen."

Dieser einfache Buchstabe reichte vollauf aus, damit ich sie wieder einordnen konnte, denn A konnte ich tatsächlich nicht vergessen.

Es hatte mit einem Zeitungsartikel begonnen. Ich traute meinen Augen nicht – dieser Satz ist ein Gemeinplatz, aber es war wirklich kein gewöhnlicher Vorgang, dass eine Studentin die ehrwürdige hundertjährige Laval-Universität vor Gericht zog. Gerichtliche Klagen wegen Noten waren zwar nicht Neues aber etwas sehr Seltenes, und sie betrafen meistens nur die fortgeschrittenen Studien zum Magister oder zur Promotion und dort fast ausschließlich die Bewertung der Examensarbeit oder Dissertation. Ein sehr eng eingegrenztes und beschränktes Phänomen also. Der beißendste Chronist der Wochenendausgabe von *La Presse* konnte sich nicht entsinnen, dass schon einmal jemand wie hier wegen eines einfachen Kurses im Grundstudium vor Gericht gegangen war. Er räumte ein, dass ihm ein solcher Vorfall möglicherweise einmal entgangen war, aber er wagte die Behauptung, dass noch nie jemand eine Korrektur seiner Note nach unten verlangt hatte. Noch nie. Er hatte seine Sensationsmeldung wie ein Hund einen Knochen im Flug aufgefangen und gedachte nicht, ihn herzugeben. (Er ist immer noch so und sorgt immer noch für Papierumsatz.) Die Klägerin wollte ein C anstatt des erhaltenen A. Ich hatte den Artikel mehrfach gelesen, sie wollte wirklich ein C statt einem A.

In diesen hoffnungsfrohen Jahren in Québec gab die junge Universität UQAM den Ton an und ließ ihre älteren Schwestern, die kein Streik zu bedrohen, keine Unruhen aufzurühren und kein Zweifel zu plagen schien, brav und bieder aussehen. Doch nun wurde die älteste von ihnen in die Nachrichten katapultiert, wie um zu zeigen, dass auch sie Schlagzeilen machen konnte.

Drei Studenten hatten das Angebot des mit dem Kurs beauftragten Doktoranden angenommen, lediglich auf Grundlage einer am Semesterende abzugebenden Gemeinschaftsarbeit bewertet zu werden. Dafür war die Anwesenheit im Kurs nicht obligatorisch. Das war ein großes Risiko. Zur Verteidigung des Lehrbeauftragten sei angeführt, dass der neu eingeführte Kurs *Erkundungen & Chroniken* zwar in der Luft lag, sich aber auf keinen Vorläufer stützte. Sofort nach der Ankündigung dieses Bewertungsmodus blieben die Studenten seinem Unterricht fern, und jedes Dreierteam behauptete, sich auf seine Weise die Zeit bis zum finalen Abgabetermin einzuteilen. Bald fand mangels Anwesenden kein Unterricht mehr statt, und auch zu den vom Dozenten anberaumten Arbeitssitzungen erschien wegen dringender, schwer nachprüfbarer studentischer Verpflichtungen niemand.

Er war der unglücklichste aller Lehrbeauftragten. Er hatte es besonders gut machen wollen und sich damit in eine Lage manövriert, die er der Institutsleitung mühsam erklären musste. Der Versuch war gescheitert. Er suchte Rat, und man legte ihm nahe, er sollte, um zu retten, was zu retten war, wenigstens verlangen, dass die Teams die Beiträge der einzelnen Mitglieder klar kenntlich machten. Und er hatte die begründete Ahnung, dass zumindest in dieser Abteilung seine Chancen auf einen weiteren Lehrauftrag nicht sehr gut standen. Nun gut. Aber er nahm sich vor, weniger aus Rache, als um wenigstens die Ehre zu retten, dass die Korrekturen das Werk eines Gerechten sein würden. So geschah es.

Jede der drei Verfasserinnen dieser Arbeit – denn diese eine Arbeit war bis vor Gericht gelangt, ohne dass wir erfuhren, wie die anderen Fälle geregelt wurden – erhielt eine andere Note, minutiös begründet mit dem Niveau ihres Beitrags zum gemeinsamen Werk. Aber diese drei Noten reichten von einem Extrem der Skala zum anderen: Ein E für einen völlig misslungenen Beitrag, ein ausreichendes C ohne weitere Qualität und ein A, die Höchstnote für eine hervorragende Leistung.

Alle Einspruchsmöglichkeiten wurden zunächst ausgenutzt, damit alle Noten auf A korrigiert wurden. Der Ausschuss lehnte diese Ausrichtung an der Höchstnote ab. Dies war der einzige Punkt, den man ihm zur Entscheidung vorlegte, es ging um sein Ansehen. Eine der Studentinnen war anscheinend zu den Arbeitssitzungen ebenso wenig wie zum Unterricht erschienen. Ihre Teamgefährtinnen, die gezwungen waren, ihren Namen auf die Arbeit zu setzen, hatten klar durchblicken lassen, dass diese nur zwei Verfasserinnen hatte. Und hier schaltete ich mich ein. Ich hatte mich zweimal mit zwei Studentinnen getroffen, die auf Besuch in Montreal waren. Sie arbeiteten über die Wiederentdeckung Haitis durch die Chronisten dreier Jahrhunderte, auf gute amerikanische Weise, von Las Casas bis Moreau de Saint-Méry. Sie waren niemals zu dritt, dies hatte ich einem Kollegen der anderen Universität telefonisch und anschließend dem Revisionsausschuss schriftlich erklärt. E machte keine Schwierigkeiten mehr. Inzwischen waren sechs Monate vergangen, und bei beiden Parteien hatte sich viel Feindseligkeit angesammelt.

Und dann wechselte die Sache plötzlich den Kriegsschauplatz, und das Mädchen mit dem A verlangte aus Solidarität mit ihrer Teamkollegin ebenfalls ein C. In ihrer Antragsbegründung argumentierte sie, dass sie das A nur erhalten habe, weil sie mit dem Kursleiter seit der Mitte des Semesters eine Liebesbeziehung gehabt habe. Die Meinungsverschiedenheit darüber, wie die Gruppe zu bewerten sei, sei übrigens der Grund für ihre Trennung gewesen.

Der Lehrbeauftragte gab keineswegs klein bei und erklärte seinen Standpunkt. Dank ihrer Liebesbeziehung hatte die Studentin schließlich als Einzige die Kursinhalte beherrscht, von denen bei ihren Treffen oft die Rede gewesen sei. Und sie hatten sich oft getroffen. Er hielt daher die Note A aufgrund dieses zwar unüblichen aber umso effektiveren didaktischen Vorgehens für objektiv gerechtfertigt. „Affektives didaktisches Vorgehen?" Der Richter hatte sich verhört. Ja, fügte der brillante Didaktiker hinzu, er sei immer noch verliebt und bedauere nur, dass es zur Trennung gekommen sei.

Der Streit nahm eine neue Wendung. Die Blicke, die die beiden Protagonisten wechselten, waren keineswegs stumm. Die beiden Anwälte waren nicht mehr mit demselben Schwung bei der Sache. Der Journalist, dem dies ebenfalls nicht entgangen war, berichtete am nächsten Samstag des Langen und Breiten darüber. Der zweifelnde Richter zog sich zur Beratung zurück, in zwei Wochen sollte das Urteil verkündet werden.

Mit ihm endete die letzte Chronik von *La Presse* über diese Affäre: A wie Anne und wie Amor.

Im Sommer war ich zu meiner ersten Hochzeit in Québec eingeladen: Eine Studentin gab einem Lehrbeauftragten das Jawort.

Das große Geschrei

In diesem Land der Mündlichkeit, der unsicheren Datierung, der ungefähren Uhrzeiten und der hoffnungslosen Unpünktlichkeit muss man sich an markante Ereignisse halten, wenn man einen zeitlichen Anhaltspunkt sucht. So wird man unter diesem oder jenem Präsidenten geboren und war ein junges Ding, als die amerikanische Besatzung zu Ende ging; nach dem Zyklon Hazel emigrierte die Familie nach Port-au-Prince, und beim Sturz der Duvaliers heiratete man; die Nacht bricht an, wenn die Hühner auf die Bäume steigen und ähnlich verhält es sich mit dem Kaffeeduft und dem Morgen … Die Fixpunkte der Erinnerung sehen so aus: „Ist ihr Baby vor oder nach dem großen Geschrei geboren, Madame?"

Donnerstag, der 13. Juni 1974, früher Nachmittag, wenn es nicht Freitag, der 14. war, denn dort, wo ich mich befand, war das Zeitgefühl durcheinandergeraten. An diesem Tag also, dem 13. oder 14. Juni, in Süd- und Mittelamerika und auf der Westseite von Nordamerika war es früher Nachmittag, in Europa und Afrika Abend, erschütterte eine Schockwelle mehrere tausend Millionen Personen an ihren Radios und Fernsehern überall auf dem Planeten Erde einschließlich des fernen Ostens, wo gerade der Morgen anbrach. Die Zeugnisse aus der ganzen Welt und die Tausenden von Publikationen aller Art, die sich in zwanzig Jahren angesammelt haben, bestätigen es: Das Geschrei bildete eine Kette um den Globus. Das Epizentrum befand sich in Port-au-Prince, wo ein Schrei gleichzeitig aus einer halben Million Kehlen aufstieg. Die Welle schwappte mühelos über die ersten Hügel am Eingang der Unterstadt hinweg und pflanzte sich an Hängen und Hügeln fort, während sie die steilen Täler hinaufstieg, um die Nachricht fünftausend Fuß höher in die Dörfer der nebelverhangenen Gipfel von Kenscoff zu tragen. Keine hundert Sekunden später glitt sie durch das Gosselinetal direkt auf Jacmel zu, das auf der anderen Seite an der karibischen See liegt. Jacmel hielt im Schreien inne, als es die Stimmen aus Port-au-Prince vom Gebirge herunterkommen hörte. Dies war das einzige Mal, dass ein Geschrei die Halbinsel im Süden Haitis überquerte.

Die Apenninenhalbinsel wiederum erschauerte wie bei einer Katastrophe und verharrte in Lautlosigkeit, erfüllt von der Stille, die einkehrte, als alle Italiener gleichzeitig verstummten. Auch das war eine Premiere. Zu Beginn der zweiten Halbzeit dieses Spiels der Weltmeisterschaft 1974 war die haitianische Mannschaft mit dem ersten Tor gegen die *Squadra Azzurra* in Führung gegangen! Diejenigen, die diesen Moment in Italien miterlebt haben, berichten, dass die Stille der ersten Sekunden sich wie eine Ewigkeit hinzog, an die sich jedermann genau erinnert, bis Flüche und andere Schimpfwörter Atem geschöpft hatten und wieder die Oberhand gewannen. Für lange Zeit. Denn die Spieler kehrten unbemerkt von den Medien, heimlich und auf unterschiedlichen Wegen nach Italien zurück, um der Wut der Tifosi zu entgehen und einen brachialen Empfang wie nach der Weltmeisterschaft 1966 zu vermeiden.

In Montreal saßen die Haitianer und Italiener, die ihren Beitrag zu der Stimmenkette leisteten, im Centre Claude-Robillard vor einer Großleinwand. Die Ersteren sprangen alle gleichzeitig von ihren Stühlen auf, und die Letzteren erhoben sich dreißig Sekunden später geschlossen, um zu applaudieren. Noch nie haben so viele Haitianer so viele Italiener umarmt.

Jeder Haitianer erinnert sich genau, mit wem er zusammen war, als Manno Sanon sein Tor schoss, was er gesagt und was er gedacht hat. Tausende von Jungen erhielten in diesem Jahr den Namen Manno, wie zwanzig Jahre später die Kandidatenliste der Abiturprüfungen von 1994 bestätigte. Eine regelrechte Epidemie.

Und gehen Sie vor allem nicht hin und erzählen den Haitianern, dass sie das Spiel ja doch mit drei zu eins verloren haben, sie würden Ihnen vorwerfen, dass Sie nichts von moralischen Siegen im Fußball verstehen, dass Sie unfähig sind, den subtilen symbolischen Gewinn zu erfassen, dass Sie ein hoffnungsloser Fall sind, weil Sie den Sinn der glücklichen Niederlagen im Spiel mit dem runden Leder, welche ruhmreicher sind als die Weltmeisterschaft, nicht begreifen, und dass Leonidas am Thermopylenpass so wie Manno Sanon … etc. Der Beweis: Wer erinnert sich schon noch an die UDSSR, die sich von der unwürdigen FIFA lieber würdig disqualifizieren ließ, als gegen Chile in dem Stadion zu spielen, das Pinochet bei seinem Staatsstreich vom 11. September 1973 zu entweihen gewagt hatte? Niemand! Dagegen erinnern sich alle an das haitianische TOR an diesem Tag, das erste dieser Weltmeisterschaft. Und im Centre Claude-Robillard von Montreal brachten die Haitianer natürlich auch jedem der drei italienischen Tore Ovationen dar und verließen den Saal Arm in Arm mit den Italienern, welche sich wunderten, dass die Haitianer weit mehr feierten als sie selbst.

Die Haitianer hatten diese Überraschung eben zehn Jahre lang mühsam vorbereitet.

Schon bei den Ausscheidungsspielen der CONCACAF für die Weltmeisterschaft von 1970 in Mexiko hatten die Haitianer die Qualifikation in der Verlängerung gegen El Salvador nur um ein Haar verfehlt, und nach der neuen Regel, die alle erzielten Tore berücksichtigt, wären sie unter den damals sechzehn Mannschaften der Endrunde gewesen. Das sangen alle Radios und Fans während der Vorbereitung der WM 1974 in Deutschland mit ohrenbetäubender Lautstärke:

Si gen katran
nou manke pran'l
nan fè prolongasyon
ane sa-a n'anpwen plan
Ayiti pou devan

(Vor vier Jahren
haben wir's knapp verpasst
in der Verlängerung.
Dieses Jahr klappt's bestimmt:
Wir sind dabei.)

Und der Refrain dieser mitreißenden Merengue kündigte bereits Sanons Tor an:

Zim, bim bowww
Manno Sanon toup pou yo

(Manno Sanon schießt und trifft.)

Dieses Tor ist in die kleine Geschichte des Fußballs eingegangen – sogar in die große, werden die Liebhaber dieses Sports sagen, die sämtliche Statistiken auswendig kennen, die Einzigen, die Pélé kokett bei seinem richtigen Namen Edson „Dico" Arantes Do Nascimento nennen, den der wahrscheinlich längst vergessen hat –, nicht nur, weil es das erste Tor dieser Weltmeisterschaft und das erste von Haiti war, von dem man das nicht unbedingt erwartete (es gab noch ein zweites, bitteschön! Gegen Argentinien, auch wieder von Sanon!), sondern auch, weil es gegen Italien fiel, den amtierenden Weltmeister, dessen Niedergang bei dieser WM mit diesem Tor begann, noch dazu gegen den unbesiegbaren Dino Zoff, einen Teufel von Torhüter, der sämtliche Rekorde der Welt brach, weil er seit zwölf Spielen ohne Gegentor war. Der Himmel stürzte getroffen von einem Heber ein, Haiti gewann SEINE Weltmeisterschaft.

Aber es gab in diesem Jahr 1974 auch die, die *incommunicado* in den Gefängniszellen von Duvalier Sohn vegetierten. Das Geschrei überraschte sie direkt nach der widerlichen Mahlzeit dieses Tages, einem flüssigen, weißlichen gemahlenen Mais mit einer Kelle wässriger und verbrannter roter Bohnen, denn der Gefängniskoch ließ systematisch die verlängerten und klaren Soßen für unsere roten Bohnen anbrennen, jedes Mal, ohne Ausnahme, wenn ich auf seine Kochkunst angewiesen war. Ich hatte gerade den *major tinette* darauf aufmerksam gemacht, den Pisspottmeister, wie der nicht sehr barmherzige Spitzname der gewöhnlichen Kriminellen lautete, die in den Zellen der *Politischen* für sanitäre Aufgaben und Verpflegung, d. h. für das Wechseln der Eimer und das Austeilen der Näpfe eingesetzt wurden. Er hatte mich soeben spöttisch gefragt, ob ich immer noch glaubte, in einem Restaurant für Mulatten zu sein, als ohne Vorwarnung dieser apokalyptische, infernalische Lärm losbrach.

In jeder unserer vierzehn unterirdischen Zellen wurde er anders gedeutet. Keiner von uns fand indessen die richtige Lösung. Einige begannen, voll Eifer und Angst ihre letzten Gebete zu sprechen: Die Reuebekenntnisse der Katholiken und die Anrufungen der Protestanten vermischten sich und schaukelten sich gegenseitig auf. Andere taten ihre demokratische Gewissheit kund, dass das Volk das Ende der Diktatur und den Weggang der Tyrannen bejubelte. Für mich konnte nur ein Vulkanausbruch eine so plötzliche allgemeine Panik hervorrufen, wahrscheinlich war der intakte Vulkankegel des Matheuxgebirges wieder aktiv geworden.

Mir fiel der letzte Ausbruch dieser Art in der Region ein, der des Mont Pelé, der im Jahr 1902 zur selben Jahreszeit Saint-Pierre auf Martinique zerstörte und von den dreißigtausend bis vierzigtausend Einwohnern der Stadt, damals die bevölkerungsreichste der Insel, nur einen am Leben ließ: den Gefangenen, den sein unterirdisches Verließ vor der Glutwolke schützte, die an diesem 8. Mai aus dem Krater quoll.

Dies war das einzige Mal, dass ich mich glücklich schätzte, an diesem Ort zu sein.

Der Etwas-mehr-Wert

Zwei Brüder. Unzertrennlich. Der eine weiß, der andere schwarz. Dicke Freunde seit der Schulzeit an der *Polyvalente* Louis Philippe Paré in Châteauguay. Sie waren gemeinsam Jahr für Jahr Schüler von Ben, Jean-Marie und Georges, von Mireille und Pierrette und von Henri, ohne dass auch nur der Schatten einer Uneinigkeit diese in der Kindheit getroffene Wahl trübte. Es war also ganz natürlich, dass sie beim Herannahen der Computerkatastrophe des Jahres 2000 beide den einträglichen Beruf des Informatikers wählten und dass sie schnell viel Geld verdienten. Sie kauften in einem neuen Komplex gemeinsam zwei Wand an Wand stehende halbfertige Stadthäuser, um mit herrlichem Blick auf den Fluss und die Mercier-Brücke als Nachbarn am Ufer zu wohnen. Sie hatten am selben Tag beim selben Notar demselben Verkäufer derselben Firma denselben Preis gezahlt. So waren sie. Zwillinge. *Marasa.*

Der Frankokanadier hatte ein hervorragendes handwerkliches Talent geerbt und der Haitianer zwei linke Hände. Wenn's weiter nichts ist! Die solide Freundschaft sorgte dafür, dass sie auch in ihrer wenigen Freizeit – so gefragt waren sie – ihre Häuser gemeinsam fertigstellten. Der Bau zog sich also über zwei Jahre hin, während denen der eine durch das Beispiel des angesammelten Know-hows als Lehrmeister wirken konnte und der andere mangels Traditionen *by doing* lernte, so gut er konnte. Keine Unstimmigkeit störte den Frieden auf der Baustelle. Jeder wusste, wo sein Platz war. Der eine war der Boss, der andere der Hilfsarbeiter.

Sie waren zufrieden. Es war gute Arbeit. Das Resultat sah gut aus. Während der letzten Pause der letzten Inspektion des fertigen Baus bewertete der Kenner das Ganze voll Genugtuung. Die Küchen aus Eichenholz fügten dem Grundpreis jedes Hauses gute fünfzehntausend Dollar hinzu. Die komplett ausgestatteten Badezimmer mindestens zwanzigtausend Dollar. Was die ausgebauten Kellergeschosse betraf, so waren sie für mindestens fünfzehntausend Dollar gut. Der weiße Freund hob sein Glas, um mit seinem schwarzen Freund auf ihre siamesischen Häuser anzustoßen, und bemerkte, sie hätten soeben den Wert ihrer Investition um fünfzigtausend Dollar gesteigert, während die Materialien höchstens ein Drittel der Summe gekostet hätten. Ihre Arbeit habe guten Lohn gebracht, aber das größte Vergnügen empfinde er darüber, dass sie alles selbst gemacht hätten. Die letzte Heimwerklektion ließ so die Hämmer und Nägel, den Gips und die Farbe hinter sich und kam auf den Stolz auf das gelungene Werk zu sprechen, ein entscheidendes Kapitel, das, so hoffte der Meister, eines Tages den trocken-zweckmäßigen Handbüchern hinzugefügt werden würde. Sie hoben ihre Gläser auf diesen Gedanken.

Als die Reihe an ihn kam, einen Vorwand zum Trinken zu finden, erklärte der Schwarze, dass bei seinem Haus die Wertsteigerung noch um zwanzigtausend Dollar höher liege als die behaupteten fünfzigtausend. Wenn's weiter nichts ist! Der Weiße fand die Summe etwas übertrieben, aber an diesem Tag der Einweihung wollte er seinen Freund nicht verärgern. Er stimmte der überhöhten Schätzung zum Schein zu, denn die Preise stiegen, und mit ein wenig Glück könnten sie zu diesem Preis einen Käufer finden. Da erklärte der schwarze Freund ihm, dass er für dasselbe Haus in jedem Fall zwanzigtausend Dollar mehr bekommen würde, egal welchen Preis sein weißer Freund verlangte.

Als der ihn aufforderte, sich näher zu erklären, erläuterte er unter Anführung zahlreicher Fallbeispiele, dass er bei einem Verkauf Profit daraus schlagen könnte, keinen Haitianer als Nachbarn zu haben.

Ballade für Galata

Ihr geheimer Frauenname war Galata, und ein Mann, der das Weinen zurückhielt, wachte über sie. In dem abgelegenen Landstrich, aus dem sie kam, hatte jedes Mädchen einen *nom de chrétien-vivant,* einen Christenmenschennamen für die Melde- und Militärbehörden, aber vor allem, um die wilde Auswanderung zu zähmen, die eines Tages unvermeidlich kommt. Viviane, Carmen, Jacqueline, Edith … sind solche Namen für Stempelpapier. Aber die Gemeinschaft der Frauen jeder Familie gibt ihren Töchtern auch einen geheimen Namen, wie eine Wegzehrung für den Fußweg durchs Leben. Denn in ihrem Land gehen die Frauen immer zu Fuß durchs Leben. Galata war also ihr richtiger Name. Er bedeutet auf Kreolisch einen Dachboden, auf dem Vorräte gespeichert werden – natürlich nur, wenn es welche gibt. Vorratskammerfrau, das war ein schöner Name. Der Name, den sie ihrer Tochter zuflüsterte, wenn sie sie wiegte, war Sara, ein schöner Name für Markt-Frauen, der die Hoffnung in sich trug, dass aus ihr eines Tages eine Madame werden würde, eine *madamesara.*

Erst viel später erfuhr sie, dass die christlichen Kreuzfahrer den Namen Galata von dem Turm mitgebracht hatten, der Konstantinopel, die Stadt mit den hundert Monumenten, überragt, um daraus den französischen *galetas* zu machen, die zugigen Dachkammern und Mansarden für Dienstmädchen. In den Kolonien wurde der Ausdruck zu *gal'ta,* dem pidginfranzösischen Wort für die Mundvorräte der Sklaven, zusammengezogen und wurde schließlich unter den Dächern der Hütten des Südens zum *galata.* Was für ein tausendjähriger Weg bis zu ihrem Namen! Die Frauen bei ihr zu Hause konnten es gar nicht fassen, als sie es ihnen erzählte. An diesem Abend hörte auch ein Mann zu, der sofort gespürt hatte, dass sie diesen tausendjährigen Umweg verdiente. Er hatte sie in dieser Nacht nicht mehr aus den Augen gelassen, so wie er jetzt jeden ihrer Züge in sein Gedächtnis einmeißelte, damit das Bild seiner Frau darin so langsam wie möglich verlosch.

Als Tochter durchschnittlicher Bauern von den Südplateaus war sie auf dem Land mit Märchen, Sprichwörtern, Liedern und den am Abend erzählten *lodyans* aufgewachsen. Sie konnte nur ihren Namen schreiben, Ergebnis eines sporadischen Besuchs der Schule im Pfarrhaus und unerlässliche Grundfertigkeit der Mädchen aus den Bergen. Es ist wichtig, dass die jungen Mädchen ihren Namen schreiben können, damit sie nachher ihre Zustimmung zu den Abtretungsurkunden nicht bestreiten können. In diesem Punkt sind sich die Männer in den Bergen und ihre Anwälte seit langem einig. Und außerdem ist auch der Priester froh, wenn er sie mindestens zweimal pro Jahr in seiner Schule hat: Es sieht auf den Klassenfotos besser aus, wenn die Mädchen dabei sind, und auch beim jährlichen Besuch der Geldgeber. Das gibt also genau zwei

Schulbesuche im Jahr. Das Erlernen der Unterschrift konnte sich also über zwei oder drei Jahre hinziehen. Aber bei Galata ging es schnell. So schnell, dass man in der Gemeinde ihre Begabung für die Schule anerkannte und alle bedauerten, dass sie kein Junge war. Und das war alles.

Aber dann wurde sie mit zwölf Jahren nach dem Tod ihres Vaters von einem protestantischen Pastor in der Hauptstadt aufgenommen und in die Abendschule geschickt. Nach einigen scharfen Kurven – darunter die Emigration nach Montreal als Dienstmädchen mit 25 Jahren und drei Jahren an der weiterführenden Schule, wie ein staatliches Diplom bestätigte – hatte Galata sich so angestrengt, dass sie mit fünfzig Jahren zur Promotion zugelassen wurde. Gelehrt wie sonst keiner. Dieses Leben ist sie im Kopf teuer zu stehen gekommen.

Sie würde also nicht alt werden mit diesem Kieselstein, der so ungünstig lag, dass man ihn nicht entfernen konnte, und der seit zwei Jahren wuchs, so dass er ihren Kopf hin und wieder verrückt machte. Es war nicht mehr lange hin, und sie musste ihr Leben in Ordnung bringen, denn danach würde sie ihre ganzen Kräfte brauchen, um sich bis zum Ende gleiten zu lassen. Ein halbhundertjähriges Leben. Seit einem Monat ließ sie das nicht mehr schlafen, so wie sie seit zehn Jahren oft einen Monat lang nicht schlief. Aber bislang hatte sie sich geweigert, es mir zu erzählen, denn all diese Erzählungen vom Zerfall, von Aids bis Alzheimer, von Wahnsinn zu Wahnsinn, regten sie auf. Alles Männergeschichten, sagte sie, als sie zu mir, dem Doktorvater ihrer totgeborenen Dissertation, ins Büro kam. Als wären die Frauen mit dem Pech so vertraut, dass sie nicht davon zu sprechen brauchten. Dennoch musste sie schnell machen. Aber was?

Ihr endloses Schwanken zwischen einem Thema über „die Frauen und den Raum in den *lodyans* der südlichen Gebirge" und einer didaktischeren Dissertation über „die traditionelle Ausbildung der Mädchen in den Bergen mittels der *lodyans*" hatten für die zur Akademikerin gewordene Bäuerin keinen Sinn mehr. Sie fiel vom Zufrüh ins Zuspät, zu früh, um durch das Schreiben die Wechselfälle ihres Lebens zu beherrschen, und nun, angesichts des nahen Todes, zu spät. Da sie es so eingerichtet hatte, dass ihr die kommenden vier Monate des Sommers 2001 zur Verfügung standen, entschloss sie sich, die große Leere, die sich nach und nach in ihr auftat, zu füllen, indem sie den letzten Schlägen ihres Lebens lauschte. Sie erzählte ihre Geschichte in einer Million Wörtern, sagte mir ihr Mann, als er mir vor dem Sarg zehn Kassetten überreichte. „Ihr letzter Wille", fügte er hinzu – es war, als wollte sie mich an diesem letzten Ort zum Zeugen dafür aufrufen, wie kostbar ihre Anstrengung war. Sie hatte alles in das Tuch eingewickelt, das sie jeden Tag trug, so wie es die Bäuerinnen in ihrem Land tun, wenn etwas so kostbar ist wie das Leben!

Ich weiß, dass Galatas nun verstummtes Lachen jedes Wort der drei dicken Bände eines Lebens auf bloßer Erde bewohnen wird, wenn ich sie eines Tages für Madame Sara, ihre Tochter, transkribiere.

Ein Leben auf bloßer Erde, eine passende Grabinschrift, oder?

Die drei Tode des Gérard Pisket

Mein haitianischer Frisör in der Rue Van Horne, Montreal macht diskret hinter einem Wandschirm auch Tönungen und verleiht damit meinen Landsleuten, die mit glänzend schwarzem Haar fortgehen, neues Selbstbewusstsein. Nur dass ich ihn einmal beobachtet habe, wie er das Umgekehrte tat und schwarze Haare grau färbte. Der Kunde, ein junger Mann vom *marabout*-Typus mit langen, pechschwarzen Haaren und Adlerprofil, stammte sichtlich aus einer der Landgemeinden, die nach der Unabhängigkeit von den Überresten der zwei zur Eingeborenenarmee übergelaufenen polnischen Brigaden gegründet worden waren. Es war eine zu gute Gelegenheit, mich mit ihm über die Eigenheiten seiner Gruppe zu unterhalten, vor allem über die weißen väterlichen *lwa*, Soldaten und Trinker, ihres Voodoo-Pantheons. Aber nachdem in der üblichen Überschwänglichkeit der Samstagnachmittage in haitianischen Frisörsalons der Kontakt erst einmal hergestellt war, erkannten wir uns: Er war der ehemalige Sektionschef von Fond-des-Blancs, ich hatte Ende 1988 eine Wandertour durch die Region unternommen. Diese gegenseitige Identifizierung sorgte zwischen uns für eine so plötzliche und mit Händen zu greifende Abkühlung, dass die anderen Kunden verstummten, das Unvorstellbarste, was an einem solchen Wochentag an einem solchen Ort geschehen kann. Er verließ überstürzt den Salon. Zehn Monate später brachte mir diese Begegnung eine Vorladung als sachkundiger Zeuge in einem Gerichtsprozess um mehrfach vertauschte Identitäten ein.

Eine mit dem neuesten Bordcomputer von Montreal ausgestattete Polizeipatrouille fand bei einer Kontrolle wegen einer banalen Geschwindigkeitsüberschreitung heraus, dass der Besitzer des Führerscheins seit fünfzehn Monaten als verstorben geführt wurde. Und als die Nachforschungen mit dem nagelneuen Spielzeug fortgesetzt wurden, entdeckte man, dass er vor zwei Jahren schon ein erstes Mal verstorben war. Seine sofortige Verhaftung geschah mit einem Luxus an Vorsichtsmaßnahmen, der später die Zuschauer im Gerichtssaal erheiterte, weniger wegen der Chirurgenhandschuhe oder der hastig angezogenen kugelsicheren Westen, als vielmehr wegen des Rosenkranzes, den die Polizistin italienischer Abstammung sich zu exorzistischen Zwecken um dem Hals gehängt hatte. Man kann nie wissen …

Die Sache war zwei Jahre her. Der fünfzehn Jahre ältere Bruder Gérard, der über Weihnachten nach Haiti zurückgekehrt war und zum ersten Mal seinen nagelneuen kanadischen Pass dabei hatte, erstickte an einem *doumbrèy*. (Was hatte der Schreiber geschwitzt, bis ich aufgefordert wurde, dem Gericht klarzumachen, dass es sich um einen gekochten Mehlknödel handelte, mit dem man die roten Bohnen in Sauce verdickt, und dass dieser erste Tod des Falles wahrscheinlich ebenso natürlich war wie Gérards verhängnisvolle Gefräßigkeit, denn die berühmten *doumbrèy* von Fond-des-Blancs, abgeschmeckt mit Pökelfleisch und aufgelockert mit geschlagenem Ei, waren schlüpfrig und köstlich, auch wenn sie in der Gegend bekannt dafür waren, dass man – wie der vorliegende Fall bewies – leicht an ihnen erstickte.)

Bei der Totenwache, zu der Verwandte und Freunde, Nachbarn und Durchreisende versammelt waren, erklärte die Großmutter, dass es schade wäre, keinen Profit aus Gérards Papieren zu schlagen, zumal sie zwei *carrés* von sehr gutem Kaffeeanbauland hatte verkaufen müssen, damit ihr erster Enkel ins Ausland gehen konnte. „Blue Mountain, meine Freunde!" Und außerdem musste man der jungen Witwe helfen, einer weißen Frau aus Chicoutimi, sowie den beiden Kindern, kleinen pflaumenfarbigen Brünetten mit hellen Augen und langen schwarzen Zöpfen, deren Fotos auf dem Sarg thronten. Ich hatte oft die *tireurs de lodyans* am Werke gesehen, wie sie auf Totenwachen, von denen man keine versäumen darf, das Wunderbare webten, und hatte mich so an den Gedanken gewöhnt, dass im ländlichen Haiti jeder Tod eine zu entschlüsselnde Botschaft ist und dass der kaum verhüllte Vorschlag der Großmutter, den die Anwesenden die ganze Nacht weiterspannen, den Weg wert gewesen war.

Aber sie setzten ihn in die Tat um!

Der jüngere Bruder – alle *marabouts* sehen sich ähnlich – wurde in aller Eile älter gemacht, damit er den graumelierten Haaren auf dem Foto im Pass des Verstorbenen ähnlich sah. Er stieg ins Flugzeug und kam ohne allzu große Probleme bis zur Ehefrau, um ihr den Identitätstausch und seine neue Verantwortlichkeit für den Unterhalt der Familie seines Bruders mitzuteilen. Er musste Chicoutimi am selben Abend im Laufschritt verlassen.

Die Ehefrau war noch während der Gerichtsverhandlung außer sich: Sie hatte alle Mühe gehabt, ihren Mann legal sterben zu lassen und hatte von der Lebensversicherungssumme, die bis zur Klärung des Verwirrspiels zurückgehalten wurde, immer noch nichts erhalten.

Der andere Pisket behauptete, er habe sich an der Endstation Berri-de-Montigny nur so lange aufgehalten, wie er zum Umsteigen in einen Bus nach New-York brauchte, wo er in der Anonymität der Bronx untertauchte. Nach zwei Jahren war er beruhigt, er kam mit einer Gruppe von Leuten im Auto nach Montreal zurück und gab sogar beiläufig zu, dass er seine Krankenversicherungskarte einem herzkranken Freund geliehen hatte – oder vermietet? dieser Punkt blieb in der Verhandlung unklar –, welcher seither kein Lebenszeichen mehr von sich gegeben hatte. Und nicht ohne Grund, denn er war in einer Sportklinik während des Belastungs-EKGs gestorben, das seit zwei Jahren im Dossier von Gérard Pisket, einem Sportler mit robuster Gesundheit, empfohlen wurde. Dieser starb damit zum zweiten Mal.

An diesem Samstag war er zum Schneiden und Tönen zum Frisör gekommen, denn seine Haare waren für das Foto im Pass wieder zu schwarz geworden. Er bereitete sich auch auf den Ball mit einem gerade durch Nordamerika tourenden Ein-Mann-Orchester vor, denn er begleitete die hohen Ränge der veranstaltenden *macoute*-Gruppe von New-York als Chauffeur und

Leibwächter. Den letzten Fehler beging er, als er abrupt den Salon verließ und zu schnell in die Avenue du Parc einbog.

Noch bevor das Gericht die Aneignung der Identität von Gérard Pisket vollständig bewiesen hatte, starb, wiederum unter diesem Namen, eine dritte Person, diesmal in Untersuchungshaft in Erwartung des Urteils und seiner Verkündung. Man hatte ihm mit einem selbstgebastelten Messer die Halsschlagader durchgeschnitten, ein Ende, das früher nur für Kinderschänder und inhaftierte Denunzianten reserviert war, seit kurzem auch für *tontons macoutes.*

Tischgespräche

Eine der großen Gaben, die die tropische *lodyans* uns hinterlassen hat, ist, dass sie, wenn sie es mit dem Winter zu tun bekommt, den Exilanten Anlass gibt, lange Abende an gedeckten Tischen mit dem Ausarbeiten von Vergangenheits- und Zukunftsszenarien zu verbringen, zu denen jeder seinen kleinen Baustein beiträgt. Unter lautem Gelächter. Es dauert manchmal Stunden, bis das Kartenhaus der gemeinschaftlichen Schöpfung oder der sorgfältig gesponnenen urbanen Legende beim Aufbruch der Teilnehmer in sich zusammenbricht. Theater total – alle sind abwechselnd Schauspieler, Publikum und Chor – in bester Provinztradition der Galerien vor dem Haus mit vier „Leuchtkäfern" (kleinen Öllampen) zur Abgrenzung der Bühne für die Gesellschaft. Man kann gar nicht genug betonen, wie sehr diese Tischgespräche der Machtlosigkeit des Exils geschmeichelt und sie über ihre narzisstischen Wunden hinweggetröstet haben.

Ich habe bereits einmal am Südufer von Montreal, in Brossard, eine Sylvesternacht erlebt, in der das eine Traumthema der Abschaffung des Dienstbotenwesens in Haiti zwölf Stunden lang vorhielt! Niemand hätte gedacht, dass jeder der zehn Teilnehmer in der Lage war, so, aus allen vorstellbaren Blickwinkeln, am Unabhängigkeitsfest über die Produktion des Untermenschen zu sprechen. Und jener andere Abend, an dem eine Nacht lang eine Gedenkstätte für die Silbermedaillen errichtet wurde. In der haitianischen Politik gibt es nämlich keinen zweiten Platz und damit keine Silbermedaille. Der Gewinner kann sich mit dem Dritten verbünden oder sogar eine Front mit den hinten im Feld Gelandeten bilden, aber der, der direkt hinter ihm kommt, ist der Feind, der zur Strecke gebracht werden muss, die Bedrohung, und das umso mehr, je geringer der Abstand ist. Es gibt keinen schlimmeren Platz als den zweiten, den Platz des Toten, wie man den Beifahrersitz im Auto nennt.

Ein markantes Ereignis in der Gemeinde wird so immer ausgewertet, und ein Staatsritual wie die Wahl des Premierministers grundsätzlich mit dem, was jeder darüber weiß, rekonstruiert. Und wenn etwas Außergewöhnliches passiert, wie dieser Unglücksfall, der Tod von K., der eine kollektive Erschütterung hervorrief, dann ist an den Tischen lange davon die Rede, aus zwanzig verschiedenen Blickwinkeln, in zwanzig verschiedenen Versionen der zwanzig Facetten ein und desselben Lebens. Als beglaubigte *lodyans* wird die Chronik zur Romanze und die Biographie zur Fiktion.

*

An seinem Todestag zählte jede Stunde. Die Geschichte könnte also sowohl am frühen Morgen mit der Waschung vor der Operation beginnen oder Schlag zwölf, als sein Tod verkündet wurde, oder auch mit der Totenwache am späten Abend. Jede dieser vierundzwanzig Stunden des 18. März 1986, nur vierzig Tage und vierzig Nächte nach dem Sturz der Duvaliers, sollte noch lange wie ein Vorzeichen in den Erinnerungen nachhallen und zu wiederholten Rekonstruktionen der Ereignisse Anlass geben, denn viele weigerten sich, daraus einen einfachen Narkosetod zu machen. Für sie konnte er nur mit den Waffen in der Hand sterben. Außer Atem zwar, aber nicht aus Luftmangel wegen einer verlegten Luftröhre. Das war zu dumm. Für andere hatte er sich dagegen in der Diaspora verausgabt und verschwendet, indem er sich in allen kleinbürgerlichen Schichten und Mittelklassen herumgetrieben hatte, und schickte sich an, endlich, zum ersten Mal, Bekanntschaft mit dem Heimatland, dem Bauern und dem Slumbewohner zu machen. Er wäre so an der Schwelle zum Wesentlichen gestorben. Das war zu dumm. Man musste alles wieder und wieder durchsuchen, um herauszufinden, wem dieser als grober ärztlicher Kunstfehler getarnte Tod nutzen konnte, denn viele, zu viele, profitierten davon.

Es hatte am … begonnen. Aber welcher Beginn führte zu diesem Ende? Der Beginn der Symptome sechs Monate zuvor, der seines Engagements bei der Gesellschaft Jesu vor sechsundzwanzig Jahren, der des politischen Aktivismus, den er vor zwanzig Jahren in der Gruppe der haitianischen Studenten in Straßburg anstieß, oder ganz einfach der Beginn dieses fünfzigjährigen Lebens am 10. Januar 1937? Alle diese Anfänge schienen zu diesem Ende zu führen, das das Vorher vom Nachher schied, das Vorher des engagierten Lebenden mit jeder Menge Intimfeinden vom Nachher des Toten, der auf einmal nur intime Freunde hat. Das ist die neue Zeit, die die Grabrede schafft, die von der beweihräuchernden Sorte, die eigentlich besagt, dass der Verstorbene hienieden niemand mehr Angst macht. Denn das bedeutete sein Tod: Er würde niemandem mehr Angst machen. Weder den Nahe- noch den Fernstehenden. Übrigens vor allem den Ersteren. Und vor allem nicht sich selbst, was vernünftigerweise die große Angst seines Lebens war.

Es hatte im Sommer 1985 auf seltsame Weise begonnen. Wenn er den Telefonhörer ans rechte Ohr hielt, hörte er weniger Wörter. Die Sätze hatten Lücken, und er musste sich anstrengen, um die ausgelassenen Wörter zu erraten. Auf dem linken Ohr war der Redefluss durchgängig. Er scherzte ein wenig darüber und legte gewisse Gesprächspartner grundsätzlich ans rechte Ohr, um so viel wie möglich von ihrem Geschwätz zu verpassen. In dieser Zeit des zu Ende gehenden Duvalierregimes voll wirrem Tratsch war das bequem.

Weniger als einen Monat nach Erscheinen der ersten Symptome, über die er scherzhaft als Effekt des herannahenden fünfzigsten Geburtstags sprach, kamen Sehstörungen und Schwindelanfälle hinzu. Er begann, sich Sorgen zu machen, vor allem, weil seine Beschwerden die Benutzung des Motorrads verboten, das er in den ländlichen Gebieten Haitis als Transportmittel zu benutzen gedachte. Ohne Motorrad konnte er sich nicht vorstellen, als Landpfarrer in La Grande-Anse zu arbeiten. Er ging in die Notaufnahme des Krankenhauses Jean-Talon, wo der diensthabende

Internist ihn an einen Neurologen verwies, der ihn zu einem Chirurgen schickte, der ihm eine Überweisung zu einem Hals-Nasen-Ohrenarzt gab, der ihn zum Chirurgen zurückschickte. Und so fand er sich am 18. März morgens um 7.30 im OP-Vorraum wieder, wo er anästhesiert wurde, damit ihm ab 8.30 ein Tumor am Hörnerv entfernt werden konnte. Et cetera et cetera und nicht irgendwas, denn bei der noch am Tag seines Todes durchgeführten Autopsie wurde festgestellt, dass der Tumor gutartig war.

*

Und der gestrige Abend, mitten in einem weiteren langen weißen Winter. Nach den Auberginen mit Alaskakrabbenbeinen, gekauft bei Waldman, war der Reigen der Realität sehr nahe gekommen, hatte er sich doch um ein Dokument gedreht, von dem jeder behauptete, dass es existierte, das aber niemand mit eigenen Augen gesehen hatte. Alle behaupteten, jemanden zu kennen, der jemanden kennt, der es gesehen hat. Klassisch. Das Gerücht besagt zudem, dass das Dokument für fünfzig Jahre versiegelt wurde, gestempelt mit dem Anglizismus *klassifiziert*. Wenn's weiter nichts ist, sie werden das Dokument trotzdem in ihrem Kreis durch die Magie des Wortes öffnen. Der Schnee, der fiel, fiel die ganze Nacht.

*

Montreal 2044. Vancouver hat als erste Stadt Kanada verlassen und sich mit Seattle im ehemaligen Staat Washington zu einem Städteverbund an der Pazifikküste zusammengeschlossen ... In dieses Jahr fällt auch der hundertjährige Geburtstag von P. und M. aus der ersten Generation. Ihre Töchter, N. und S., die als Mütter und Großmütter in ihr siebtes Lebensjahrzehnt eintreten, stehen im Mittelpunkt des Festes. Clou des Abends ist eine Versteigerung. Von dem Dokument existiert nur ein einziges Exemplar. Nicht einmal eine Fotokopie. Datum: 14 August 1994. Seitenzahl: 5. Autoren: 3 Spitzenexperten in politischer Meinungsforschung. Alle wissen im Großen und Ganzen, worum es darin geht, aber alle Versuche, es vorzeitig einzusehen, sind fehlgeschlagen. Und von der Handvoll Leute, die es damals gesehen haben, ist keiner mehr am Leben! Ist es die Million US-Dollar wert, die vor fünfzig Jahren als Anfangsgebot festgesetzt wurde?

Obwohl die geforderte Million 2044 nicht mehr das ist, was sie 1994 war, zeigt die Summe von fünf Millionen US-Dollar, für die das Objekt versteigert wurde, dass es schon einige gab, die es besitzen wollten und die wussten, was sie erwarben, da sie es vor der Versteigerung sorgfältig untersucht hatten. Der Prospekt des Manuskripts sprach von der beispielhaften Illustration des Riegels, den acht Generationen von Haitianern nicht sprengen konnten – denn 2044 würde die Situation in Haiti genau dieselbe sein: Die örtliche Elite würde unverrückbar 2 % ausmachen, außer dass 50 % der Haitianer dann amerikanische Staatsbürger aus allen Abstufungen der Mittelklasse sein würden. Daher sei das Dokument wert, zur Anschauung der kommenden Generationen unter Glas aufbewahrt zu werden.

Das Dokument trägt den Titel „Wahl eines geeigneten Premierministers“ und der Hauptteil gibt eine klare Antwort auf die Frage des Auftraggebers „Wer soll Premierminister werden?“ Es hat zu seiner Zeit ein kleines Vermögen gekostet.

Eine ganze Woche lang arbeiteten die Experten gemeinsam, jeder über einen Aspekt der Umfrage. Der erste Schritt war die Aufstellung einer vollständigen Liste derer, die den Posten des Premierministers bekleiden könnten. Nachdem diese nacheinander durch die immer feineren Siebe geschüttelt waren – man hätte meinen können, in einem geologischen Labor zu sein –, waren von der anfangs umfangreichen Truppe noch dreißig Kandidaten übrig, das heißt zwei pro Jahr für die nächsten drei Amtsperioden. Vorsichtig, oder? Auf der anderen Seite musste eine Jury von sechs Personen – die ebenso streng aus einem großen Pool ausgewählt wurden – jedem der zuvor handverlesenen Kandidaten zehn Noten erteilen. Die zehn Fragen, die ausgewählt wurden, ergaben ein Profil, mit dem dieser Premierminister zu dem utopischen Regierungschef wurde, von dem die Verfassung von 1987 träumte.

Der nächste Samstag war ganz der Inszenierung der Jury gewidmet, die die Kandidaten benotete, eine Frage nach der anderen. Kurz, am Ende der Übung musste die Liste der potentiellen Kandidaten, geordnet nach erreichter Punktzahl, stehen. Und seitdem konnte man an keinem Tisch mehr sitzen, ohne irgendeine Version dieser Geschichte zu hören. Alle möglichen Gerüchte waren über die Namen und ihren Platz auf der unsichtbaren Liste umgelaufen. Die hartnäckigste der Fabuliererereien besagt zehn Premierminister später, dass bei jeder Krise der Posten streng nach Liste vergeben wurde, und zwar natürlich immer an den Letzten, den mit den wenigsten Punkten.

„Hinten anstellen, meine Damen und Herren, hinten anstellen!“ Der Dreißigste, der Neunundzwanzigste, der Achtundzwanzigste, usw.

*

Das Problem ist, dass sie 2044 feststellen werden, dass es stimmte.

Die Feuerwehr von Saint-Marc

In Saint-Marc gibt es einen Standort für eine Feuerwache, eine Garage für zwei Feuerwehrautos, einen Erlass der Stadtverwaltung über die Bedingungen, die erfüllen muss, wer Feuerwehrmann in Saint-Marc werden will, und peinlich genaue Vorschriften zur Brandverhütung in der Stadt, aber es gibt in Saint-Marc weder Feuerwehrleute noch Feuerwehrautos.

Zu dieser kuriosen Situation kam es vor einigen Jahren, als die Vereinigung der *Saint-Marcois* in Montreal auf ihrer dreiundzwanzigsten ordentlichen Versammlung das Problem behandelte, was mit der runden Summe geschehen sollte, die sich im Laufe der kreolischen Volksfeste, Wohltätigkeitsdiners, Bälle, Bingoabende, Tombolas und Kaffeeverkäufe angesammelt hatte. Vor allem der Kaffeeverkäufe. Des berühmten Kaffees aus Saint-Marc, dessen Qualität dem Blue Mountain aus Jamaika entspricht, welcher in den Röstereien von Nédgé um die hundert Dollar kostet. So teuer wie der Zucker im achtzehnten Jahrhundert, oder fast.

Der Vertriebsweg war im Enthusiasmus über den Sturz der Duvaliers im Februar 1986 aufgebaut worden. Ein Miniunternehmen kümmerte sich um das Abpacken des Produkts, das in Handarbeit im Vorland des Matheuxgebirges geerntet wurde, eine seit der Kolonialzeit für ihren Kaffee berühmte Region, und die Bohnen wurden in kleinen Zehnpfundsäcken bis zum Höchstgewicht von 30 kg pro Koffer befördert. Dies war vollkommen legal. Eine bekannte große Kaffeehandelskette nahm die Produktion zu guten Preisen ab und verarbeitete sie zu Gott weiß welchen Mischungen unter Gott weiß welchen anderen Namen, denn niemand hat je gesehen, dass irgendwo in Montréal zu hohen Preisen Blue Saint-Marc angeboten wurde.

Für den Verein zählten jedoch nur die regelmäßigen und schätzenswerten Einkünfte, die diese bescheidenen Kofferträger mit jeder Reise ermöglichten. Hatte er einmal die kanadische Staatsbürgerschaft erlangt, die den Scherereien am Zoll und an der Grenze ein Ende machte, so flog jeder Neubürger als Erstes heiter und seiner Rückkehr sicher nach Haiti, um die Seinen zu besuchen. Und seine Pflichten gegenüber den Ahnen zu erfüllen. Und sieben Sack Kaffee mitzubringen. Sie hatten auf diese Weise voll Stolz hundertachtzigtausend Dollar angespart, mit denen sie bei der Stadt Montreal zwei neu überholte und an die Einsatzbedingungen in unterentwickelten Ländern angepasste Feuerwehrautos anzahlen konnten. Zum ersten Mal in ihrem Leben hielten sie eine solche Summe in Händen und waren in der Lage, einen Vertrag über eine Viertelmillion Dollar zu unterschreiben, um der Bezirkshauptstadt, aus der zu stammen sie stolz waren, diese schönen verchromten Objekte zum Geschenk zu machen. Mit grünen und gelben Streifen, den Farben der Stadt und des örtlichen Fußballklubs.

Der erste Punkt der Tagesordnung betraf die Dringlichkeit des Projekts. Innerhalb von fünf Jahren hatten nämlich drei vollkommen banale Brände über vierhundert Häuschen zerstört, bis zwei Löschwagen mit dreistündiger Verspätung aus Port-au-Prince kamen. Und nun waren in Port-au-Prince drei nagelneue Feuerwehrautos an einem Wochenende verschwunden, als hätten sie sich in Luft aufgelöst. Dergleichen war in diesen Zeiten gang und gäbe geworden. Über die heimlich verkauften Militärflugzeuge, die zum Hummerfang umfunktionierten Boote der Küstenwache, die dreißig Müllwagen, die eines Nachts einer hinter dem anderen über die Grenze zur Dominikanischen Republik gebracht wurden, konnte man ja noch hinwegsehen, aber doch nicht drei von den fünf Feuerwehrautos einer aus Zunder gebauten Hauptstadt! Eine einzige Angst für die Provinzen, in die die beiden übrigen Wagen nun nicht mehr geschickt würden. Und man durfte nicht auf die Löschwagen des Flughafens Maïs Gate zählen, die mit ihrer niederen Bauweise nur einige Kilometer auf Landepisten in gutem Zustand fahren konnten und die lange vor der Brandstelle ausfielen, wenn man sich mit ihnen auf die löchrigen Straßen von Port-au-Prince wagte.

Kurz, jedes Mitglied der Vereinigung der Saint-Marcois in Montreal konnte stolz auf seine Treue zu seinem kleinen Vaterland sein und jeder stellte die Zahl der Säcke heraus, die er in vier Jahren auf so und so vielen Reisen transportiert hatte. Saint-Marc würde also einen genauso großen Park von Löschfahrzeugen haben wie Port-au-Prince, bemerkte der Koordinator des Vereins unter endlosen stehenden Ovationen. Es war ein Triumph, zu dem man die Vorstände der elf anderen Regionalvereine von Montreal als Beobachter eingeladen hatte, um sie neidisch zu machen. Ich war im Namen der *Freunde der Stadt Quina* dabei.

Es galt, rasch die vier Mannschaften zu bilden, die sich im Zwölf-Stunden-Rhythmus an den Löschwagen ablösen würden, denn die Stadt Montreal erbot sich, diese zwölf Feuerwehrleute gratis auszubilden, wenn nur die haitianische Gemeinde für Reise und Aufenthalt aufkam. Fast alle erklärten sich bereit, einen von ihnen unterzubringen, drei Mahlzeiten inbegriffen. Die Freude schlug sich in großzügigen Gesten nieder. In der festlichen Atmosphäre dieser Sitzung wirkten selbst die grün-gelben Fahnen mit dem Stadtwappen stattlicher als in den zweiundzwanzig vorherigen, flüsterte mir ein Nachbar zu. Dann trat der Bürgermeister von Saint-Marc, flankiert von seinen zwei Stellvertretern, ans Rednerpult. Sie waren alle drei zur Entgegennahme des Geschenks des Vereins der Saint-Marcois nach Montreal gekommen.

Der Bürgermeister berichtete der Versammlung von der Arbeit, die der Stadtrat geleistet hatte, das heißt der Auswahl des Standortes für die Feuerwache, der Beaufsichtigung der Bauarbeiten zur Schaffung eines provisorischen Fahrzeugunterstandes und schließlich der Vorbereitung und Verabschiedung des Erlasses zur Ausschreibung eines landesweiten Auswahlverfahrens der Feuerwehr von Saint-Marc. Und laut Artikel eins des Erlasses musste, wer Feuerwehrmann in Saint-Marc werden wollte, haitianischer Abstammung sein und durfte „niemals eine andere Nationalität angenommen haben".

Bei diesem letzten Teil des Satzes stand die ganze Versammlung der Saint-Marcois auf, als handelte es sich um eine lang geprobte Choreographie mit einem Gepolter von Metallstühlen als Geräuschkulisse, diese wurde jedoch bald vom Geschrei übertönt. Die Polizei von Montreal bereitete dem allgemeinen Tumult, der auf die Verlesung von Artikel eins folgte, ein Ende. Sie fürchtete zu Recht, dass die drei Stadtväter gelyncht würden.

In den Aussagen der zahlreichen vorläufig Festgenommenen, die allesamt außer sich waren, war oft von Beleidigungen die Rede, „die kein Hund einem Schwein unter einem Mangobaum von La Gonâve angetan hätte" und die ein geistreicher Kopf auf dem braunen Einband der Protokolle meisterlich mit jeder lapidaren, in Québec üblichen Formel übersetzt hatte, die hier gerade in ihrer Saloppheit passend ist: „Man hat ihnen in die Hand geschissen."

Wo sind die Schlachten von einst?

Sie waren überall. In unseren Garagen, die sie mit ihren Löchern unterhöhlt hatten und in unseren Kellern, in die sie sich bereits eingeschlichen hatten. Die Ratten von Nédgé hatten in diesem Mai alle unsere Nachbarschaftsgespräche besetzt. Ein Schlachtplan musste her, und bei der ersten Grillparty am langen Wochenende des Dollard-Festes saßen zehn Freunde aus dem Viertel bei ihrem ersten Treffen nach dem langen Winter in ernstem Gespräch beieinander. Wir hatten uns alle Ende der siebziger Jahre kennengelernt, als unsere Kinder in die Kinderkrippe *Die kleinen Wolken* in Nédgé gingen. Der allmächtige Elternbeirat hatte *ex nihilo* eine große pädagogische Richtungskrise hervorgerufen, als ein gelehrtes Gremium von Leuten mit Doktortitel und auseinanderstrebenden fest gefügten Ansichten als Papas und Mamas von gesunden Kindern auftrat, die nur in Frieden miteinander spielen wollten. Die Krise wurde erst überwunden, als angesichts der unmittelbar bevorstehenden Schließung der Einrichtung alle einwilligten, die Pädagogik einer neunzehnjährigen Kindergärtnerin mit frischem *Cégep*-Abschluss anzuvertrauen und die Klappe zu halten. Seit diesem stark dramatisierten Zwischenfall, bei dem so gut wie alle pädagogischen Schulen und Tendenzen von drei Kontinenten aufeinandergetroffen waren, ging alles gut. Wir hatten soeben in Nédgé unser eigenes Modell einer Trikontinentalen geschaffen, das noch eine lange Zeit gültig sein würde. Und alle trafen sich auch noch weiter bei Kindergeburtstagen, Erstkommunionen und Firmungen. Aber nun, zwanzig Jahre später, sprangen die Fünfzigjährigen noch einmal flink in die Bresche.

Die Argentinierin gab als Erste einen gelehrten Überblick darüber, mit welchen Techniken man sich in Buenos Aires des Volkes der Ratten erwehrte. Wir gaben zu, dass das Exposé auch auf einem Symposionsnachmittag hätte gehalten werden können. Der Bretone, ein intimistischer Literat, erinnerte sich daran, wie er in seiner Kindheit in der Familienküche ihrem verbotenen Eindringen nachgespürt hatte. Der Québecer sprach von der guten Harmonie die zur Zeit seiner Kindheit in Saint-Michel schließlich und endlich unter allen Tieren des Hofes einschließlich der Nager geherrscht habe. So wie sie zum Angriff bliesen, würden die Ratten auch wieder zum Rückzug blasen, war seine Erwartung. Unter Arzt aus Ontario warnte in dieser Zeit der Umweltbesessenheit vor „inkorrekten" Giften. Nachdem bei diesem Gartenbrainstorming die vier Universitäten der Stadt zu Wort gekommen waren, einigten wir uns zur Eindämmung der Invasion auf die Technik der Rattenfalle.

Mein Nachbar, der Pfarrer, der gerade bei *Libre Discours* eine vielbeachtete Allegorie veröffentlicht hatte, bewies ein weiteres Mal Einsatz für die Gemeinde und brachte aus der großen Eisenwarenhandlung in der Rue Sherbrooke die sieben Fallen mit, welche dem Archäologen, einem gebürtigen Montrealer, der in Karthago grub, den Vorwand zu einem solide aufgebauten Exkurs über die Kriegsmaschinen bei römischen Belagerungen lieferte. Und wir bekamen auch von meinem Freund, der Derek Walcott zum ersten Mal seit seinem Nobelpreis links liegen ließ, einen Vortrag über „die Pest und die Ratten in der Literatur" zu hören. Der Bezug war unvermeidlich in diesen Tagen der wiederaufkommenden Camus-Begeisterung. All das artete in eine unglaublich gelehrte Weltschau aus, bei der niemand ausgelassen wurde, der sich eines Tages zu Ratten (Einstein soll gesagt haben, dass diese Tiere die Erde beherrschen würden, wenn sie fünfzehn Pfund wögen) und ihrer Herdenorganisation geäußert hatte.

Als als Köder ein *P'tit Québec* empfohlen wurde, ein milder Mozzarella, der fest genug war, um an der richtigen Stelle befestigt zu werden, und gerade so zart, dass er ihre unermüdlichen Zähne auf sich ziehen konnte, war es Zeit, denn das bedrohte Nédgé musste die Initiative zurückgewinnen. Wir kamen überein, dass alle Versuche noch an diesem Abend beginnen sollten, und ein weiteres Generalstabsbarbecue wurde schon auf den übernächsten Tag, den immer noch freien Montag, letzter von drei Sonnentagen hintereinander, gelegt.

Der Schatten roch angenehm nach blauem Flieder, als der Nachbarschaftszirkel erneut zusammentrat und feststellte, dass die Rattenfallen alle dasselbe und zwar genau dasselbe Ergebnis geliefert hatten. Schon am Samstagabend, in der ersten halben Stunde nach Aufstellung, ging die erste Ratte in die Falle. Aber dann war bis zu diesem Montagabend, fast achtundvierzig Stunden lang, keine der Fallen ein zweites Mal fängig geworden. Die Sache war in der Tag seltsam, sie erforderte eingehende Beratungen und reichlich Getränke.

Und so schwangen sich die Hypothesen drei Stunden lang zwischen Punsch und Blutwurst, Sangria und Steaks, Bier und Würstchen zu Gipfeln des Scharfsinns, die unter anderen, abstinenten Umständen selten erreicht werden. Die Demonstration von allem, was an diesem frühen Abend vorgeschlagen wurde, würde viele Forschungsteams ein ganzes Jahr lang beschäftigen. Anscheinend besitzen diese Tiere einen bei uns unbekannten Sinn, mit dessen Hilfe sie die Maschine wiedererkennen, die einen von ihnen getötet hat; damit wurde erklärt, dass die zahlreichen Neuaufstellungen der Fallen an anderer Stelle vergeblich blieben. Auf der Suche nach einem Ausweg aus der Krise befragten wir die Geschichte über das Ende der großen Pestepidemien des Mittelalters und die Tierpsychologie über die dieser Art eigene Intuition, die sie sinkende Schiffe verlassen lässt. Um auf einmal so gut über die winzigen Nuancen Bescheid zu wissen, die die fünfhundert Familien dieser Nagerart voneinander unterscheiden – von der Wanderratte, der grauen Kanalratte, bis hin zur seuchenverbreitenden Hausratte –, hatte die amerikanische Soziologin das ganze Wochenende lang irgendwelche esoterischen rattenkundlichen Abhandlungen durchackern müssen.

Wir waren beim Nachtisch, und ich hatte den Posten an meinen zum Grill umfunktionierten Holzofen schon eine Weile verlassen, als eine letzte Flamme aus der Glut hochstach und ich deutlich meinen Vater sah, wie er vor einer brennenden Zeitung kniete und unsere Ratten- und

Mausefallen abflammte. Ich schnupperte auch in meinem Kindheitsgedächtnis den beizenden Geruch nach verbranntem Blut, der dieses allabendliche Ritual begleitete, und die säuerlichen Ausdünstungen der trockenen Orangenschalen, die besser als jedes Spray die Mücken vertreiben.

Dezimiert durch die abgeflammten Fallen haben die Ratten die Schlacht von Nédgé verloren, und wir erwarten an unserem Grill entschlossen die spätsommerliche Mückenplage.

Der Geschmack eines Landes

Sie saßen zu dritt auf der Terrasse im Schatten des Gebäudes des *Grand Journal de Montréal*, mit Sorgenfalten auf der Stirn, ernstem Gesicht, betrübter Miene und tieftraurigem Blick. Solche Klischees waren jedoch am besten geeignet, ihre echte Verärgerung darüber auszudrücken, dass sie sich zusammen an diesem Ort befanden. Sie waren drei und standen für die drei früher konvergierenden Tendenzen, die die Hoffnung auf Veränderung in Haiti erweckt hatten. Aber inzwischen waren sie drei feindliche Brüder – Intimfeinde, wie man in der haitianischen Politik sagt –, alternd und bitter, einbestellt von einer jungen Schwatzjournalistin im Alter ihrer dreißigjährigen Kinder in einer letzten Bemühung, der Welt das Jahr 2004 zu verkaufen. Zwei Jahrhunderte nach der Unabhängigkeit von 1804. Sie hatte von ihrer Zeitung, bei der sie eine Kochseite leitete, die Erlaubnis bekommen, eine Serie von aktuellen Artikeln zu schreiben, die Haiti schmackhaft machen und wenigstens ein bisschen das negative Image ändern sollten, das das Land der Väter vor allem in diesen Tagen aussandte. Nach ihrer verstörten Rückkehr von einer einwöchigen Recherche vor Ort fragte sie sie, die ältesten Vertreter der ersten Auswanderungswelle, vor der endgültigen Niederschrift, wie man in dieser Zeit von Blut und Feuer die Leute auf den Geschmack von Kroatien, Somalia, Kambodscha, Palästina, Ruanda, Afghanistan … oder Haiti bringen sollte.

„Eigentlich ist das jetzt eine Sauregurkenzeit, wenn die Völker so viel davon kosten. Es gibt einfach kein Rezept.“

Die Leute sollen auf den Geschmack gebracht werden, fügte die junge Journalistin hinzu, und zwar auf literarische Weise, in weniger als tausend Wörtern. Fünf Tage hintereinander sollte sie sagen, was sie hörte, wenn sie diesem Herkunftsvolk zuhörte, um zu schreiben, was es ihr diktierte und zu schreien, wenn es litt, das Herkunftsvolk. Und deswegen rief sie sie an diesem Nachmittag zu Zeugen über den Geschmack dieses Landes auf.

„Auf den Geschmack bringen ist eine gute Sache, aber wen?“

Bestimmt nicht die, die schon zu viel Geschmack daran gefunden haben, an Haiti nämlich, und die sogar abhängig davon sind wie von einem Schlaraffenland, einem Nirwana, dessen Türen die weißen Pulver aufschließen, einem rettenden Hafen für Seeräubertum und Piraterie.

„Diese Leute mit dem zweifelhaften Geschmack sind nicht sehr viele, aber wie soll man ihnen den Geschmack daran nehmen, ihnen, die alles Mögliche sind?“

Sie sagte, sie habe sogar welche getroffen, die geschmackloserweise in historischen Kostümen herumliefen, Korsaren mit gezogenem Säbel. Wenn man sah, wie süchtig sie waren, musste man schon im ersten Artikel zeigen, wonach sie süchtig waren und warum sie so sehr Geschmack an Haiti gefunden hatten.

„Wie soll man die Leute auf den Geschmack eines Landes bringen, wenn man ihm sogar den Geschmack am Leben dort genommen hat?“

Konnte man dann wieder beim Vorgeschmack auf den gescheiterten Traum einsetzen, fragte sie und begann eine neue Tirade. Sie kam auf den gar nicht so lange zurückliegenden Moment zu sprechen, da alle davon träumten, von der wiedereroberten Freiheit eines Volkes zu kosten, denn dieses Land muss doch einen guten Geschmack haben, wenn sein Volk so gut schmeckt.

„Aber die behelmten und gestiefelten Horden haben ihm das Träumen verboten.“

Ein gutmütiges Volk, und hinter seinem Lachen und Lächeln war noch nicht zu ahnen, dass es eines Tages in fest geschlossenen Reihen zur Wahl gehen würde, um von den Freuden der Demokratie zu kosten. Es hat seinen bitteren Kelch bis zur Neige geleert und geduldig darauf gewartet, dass die Chance wiederkam, da es bereits Geschmack an der Demokratie gefunden hatte, Salz der Erde, dank dem es nie mehr wieder Zombie sein würde. Das war ihr dritter Artikel. Der lyrischste bis jetzt.

„Man darf sich nicht täuschen, Haiti, der Geschmack Haitis hat nichts mit all diesem Insel-Exotismus zu tun.“

Dieses Land war ein Land der tiefen Hoffnungen, der rebellischen Traditionen und des unergründlichen Widerstandes. Dieses Land war sicher eines der wenigen, das seine Art, sein Schicksal zu meistern, seinen eigenen Weg zum radikalen Neubeginn und zur Öffnung in sich selbst trug. Dieses Potential des Volkes war ermittelt, aufgespürt, kalibriert worden …

„Aber die Chance ist vorbei. Wird sie eines Tages wiederkommen?“

Sie sagte, sie glaube manchmal daran, ein wenig, stark, leidenschaftlich, und dass das sogar möglich sein konnte, wenn alle begannen, ihre alten Dämonen auszutreiben …

„Der erschöpfende Glanz der Demokratie! Mit dieser Pointe und ihrer Prise Utopie müsste das der fünfte Artikel sein.“

Sie sagte sogar, dass die haitianische Frage die einzige ist, die es ihr noch ermöglicht, mit ihren Freunden, Köchen so wie sie und Leute des Wortes, des Geschmacks und der Farben (sie könnte mit niemandem befreundet sein, der kein Koch ist), ausgiebig über Geschmäcker und Farben zu diskutieren. Der Geschmack an Haiti, so sagte sie, komme nur mit diesen täglichen Gesprächen, die man in der Abenddämmerung, während der langen Stunden beim Planters Punch teilen müsse, in ihrer Laube im Viertel Plateau Mont Royal, die in diesen Tagen zu grünen begann. Wenn wir je in der Gegend wären, müssten wir unbedingt zu ihnen auf ihre Dachterrasse kommen.

Ja, sie hatte Geschmack an diesem Land und an dem Traum gefunden, den sie für das Land träumte, mit all der Kraft, die das Kreolische in das Wort *grangou,* Hunger, legt. So sehr, dass sie in der kurzen Zeit, die ihre Gäste brauchten, um ihren Kamillentee nicht kalt werden zu lassen, schon über dreißig Mal das Wort *goût,* Geschmack, gebraucht hatte.

*

War die Sache schließlich und endlich doch keine Zeitverschwendung?

¿Rate, wer zum Tanzen kommt?

Die Karnevalsumzüge von Port-au-Prince sollen immer um zwölf Uhr mittags beginnen – *punkt* zwölf Uhr, mit all der Verzweiflung, die der desillusionierte Spanier in die Worte *en punto* legt – und beginnen immer zwei Stunden später. Aber der sehr ausgelassene haitianisch-karibische Karneval von Nédgé hat mit dieser Tradition der Verspätung gebrochen, denn er beginnt wirklich um zwölf. *Punkt* zwölf. Die Einwanderer der ersten Generation sind über diese kulturelle Anpassung ihrer Sprösslinge immer noch nicht hinweggekommen. Und außerdem brachten nur Westinder es fertig, den Karneval aus den kalten Tagen vor der Fastenzeit in die Hitze des letzten Junisonntags zu verlegen, der dieses Jahr auf den vierundzwanzigsten fiel.

Der Zug, der die Rue Sherbrooke von Osten nach Westen entlangzieht, geht im Park an der Rue Girouard los und endet gegen fünf Uhr nachmittags am Sportplatz des Loyola-Campus, der bis zum späten Einbruch der Dunkelheit an diesem Johannistag noch einige Stunden Platz für die Hüftverrenkungen von zwanzigtausend jungen Tänzern und Tänzerinnen außer Rand und Band bietet.

Die Bürgersteige von Nédgé waren auf der drei Kilometer langen Strecke in Straßencafés verwandelt worden, in denen die Eltern und sonstigen Babyboomer dem Zug zusahen. Es war eine Flutwelle aller Mischfarben, die gewagte Verkleidungen in einer unendlichen heißen Vielfalt entblößten. Die älteste bekannte Klassifizierung, die von Moreau de Saint-Méry, teilte sie Ende des 18. Jahrhunderts durch Kombination der hundertachtundzwanzig Anteile weißen oder schwarzen Blutes in zwölf Typen mit so schönen Namen wie *sacatra, griffe, marabout,* Mulatte, Viertelneger, *mamelouc, métif,* Achtelneger, Mischblut ein. Ganz abgesehen von den zahlreichen anwesenden Nuancen von schwarz und weiß, vom kupferfarbenen Peulh bis zum milchweißen Iren.

Traktoren zogen zwölf Plattformen im Abstand von dreihundert Metern, auf denen riesige Lautsprecherboxen aufeinandergetürmt waren. Die Plakate auf den Lastwagen waren französisch mit spanischen Ausrufe- und Fragezeichen. ¿Warum nicht? Mehrere Orchester und Musikensembles taten sich für den Anlass zusammen, um die Dezibel zu erreichen, die nötig waren, um im Freien zu spielen und die Schreie der vielen kostümierten Banden und einzelnen Maskierten in den wimmelnden Farben eines Marktes in Port-au-Prince zu übertönen.

Die karibischen Rhythmen der Anfänge des Karnevals von Nédgé um 1970 waren ab 1980 den Latinorhythmen gewichen, und inzwischen war jede Plattform einem besonderen Stil und nicht mehr wie früher einem Ursprungsland gewidmet. Für die Merengue fanden sich Leute haitianischen und dominikanischen Ursprungs zusammen und vergaßen oder hatten vielmehr gar nicht gewusst, dass ihre *Alten* sich hundert Jahre lang darum gezankt hatten, wer diesen Rhythmus erfunden hatte. Die Reggae-Plattform war jamaikanisch dominiert, auch wenn alle englischsprachigen Inseln und das anglophone Kanada sich darauf festgesetzt hatten, während die haitianische *compas*-Plattform im Sturm frankokanadisch geworden war. Die deutlich brasilianische Samba, der *zouk* aus Martinique und Guadeloupe und die afro-kubanische Salsa nahmen ebenfalls jeden auf, der sich zu ihnen gesellen wollte, und die große Mehrheit, die zum Tanzen gekommen war, tanzte von einer Plattform zur anderen und wechselte laufend den Rhythmus und die Gruppe. Von den unerwarteten Synkretismen wurde der befreundete Ethnomusikologe, mit dem ich dem Zug zusah, noch kahlköpfiger. Er raufte sich angesichts solch bilderstürmerischer Kühnheit die letzten Haare. „¡Was für ein Mischmasch! ¡Was für ein Mischmasch!", rief er immer wieder.

Die Erben von Nédgé ignorierten die Grenzen, vermischten ungeniert die Genres und zeichneten fröhlich die Weltkarte neu. Sie klebten die Kontinente, die sich im Laufe der geologischen Zeit voneinander gelöst hatten, wieder zusammen und bürsteten sogar die zeitgenössische Geopolitik gegen den Strich, indem sie eine Brücke zwischen Kuba und New Orleans schlugen und Schlag auf Schlag alle feindlichen Brüder versöhnten. Die vorherrschenden Rhythmen schlossen nicht aus, dass man hin und wieder als eine Art *ochan* an die Zuschauer in den Cafés überrascht eine mitreißende Rumba von früher à la Papa oder einen athletischen Mambo aus der Jugendzeit von Mama zu hören bekam. Die Eltern waren noch bei Bebo Valdes, dem Vater, und die Kinder mit Chucho Valdes, dem Sohn, weit enteilt.

Dann begaben sich alle in den Park, wo die Sonne nicht mehr wärmte, sondern nur noch gedämpftes Licht über den riesigen Sportplatz schickte, an dessen Rand hundert Kioske und Bauchläden mit tausenderlei einstmals exotischen Produkten standen. Dieses Jahr waren die Haitianer an der Reihe, das kulinarische Thema des Jahres zu stellen. Sie hatten sich für den Mais entschieden, das haitianische Nationalgericht und die amerikanische Getreideart schlechthin, die vom oberen bis zum unteren Ende des Kontinents zubereitet wird, die in verschiedenen anderen Zubereitungsarten in vielen Ländern verbreitet ist und die weltweit unter ihrem aruakischen Namen aus Ayiti bekannt ist: Mahi. Es verschaffte einem ein gewisses Glücksgefühl, dass man so eng mit einer der wichtigsten Getreidearten der Welt verbunden war. Und das Fest war opulent mit Mais vom Kolben aus Québec, US-amerikanischem Popkorn, mexikanischen Tortillas, Tapas der Maya, gemahlenen Mais und *acassan* von den Zuckerinseln, chilenischer *umita* und *pastel de choclo* aus den Anden … bis hin zur Polenta aus dem mediterranen Europa und der *mamaliga* der östlichen Länder, dazu Maisgetränke wie die berauschende *chicha* der Inka mit dem Ferment aus den Kordilleren.

An den Öfen standen fast nur Männer, die die Migration dazu gebracht hatte, diese im Heimatland dem anderen Geschlecht vorbehaltene Aufgabe zu übernehmen. Viele von ihnen wurden durch stetige Bemühungen zu berühmten Küchenchefs. Hier trug der Herr Professor für Literatur stolz seine Kochmütze, dort der Romancier und Übersetzer seine Schürze über den zu dieser Uniform gut passenden Rundungen. Kurzum, alle kochten und servierten, aßen und tranken zum großen Vergnügen von Miguel Angel Asturias als Maismänner und –frauen in einem Park von Nédgé.

Der Umzug hatte sich in ein Volksfest verwandelt, das zwei Tage nach dem längsten Tag des Jahres, der Sonnenwende, auf das für die Bewegungen der nationalen Truppen unerlässliche verlängerte Sonnenlicht zählen konnte. Dass die chilenische *cueca* direkt auf den haitianischen *tresse-ruban*-Tanz folgen konnte, war eine Gabe Nédgés, denn noch nie zuvor waren sich die beiden Kulturen so nahe gewesen. Dass manche sogar gemeinsam jedes Jahr in einer Ecke des Parks am 11. September den Fall der Moneda in Santiago, den Sturm auf die Kirche Don Bosco in Port-au-Prince und den Anschlag auf die Zwillingstürme von New York begehen, hat schon Ausmaße eines Traums. Eines Traums in einer Sommernacht der Rue Sherbrooke, wo eine neue Regenbogengeneration vor den Toren eines Landes wie bei einer Generalprobe ungeduldig mit den Füßen scharrte.

Gelobtes Land

Der Wunderbaum

Der erste Schock bei der Rückkehr in die Heimat traf mich, als ich das einzige Familienmitglied wiedersah, das mich im Exil niemals besucht hatte, nämlich den Mangobaum. Er steht mitten im Hof der Familie in Port-au-Prince, in der Rue Magny, die hundert Meter weiter auf das Marsfeld mündet, den Hauptplatz, an dem die imposante Masse der Dessalines-Kaserne steht, der Präsidentenpalast, der Palast der Ministerien und die Tribünen, vor denen martialische Soldaten, hüftkreisende Karnevalsgruppen und, bei der Parade am ersten Mai, Studenten vorbeimarschieren, -tanzen und -defilieren. Er ist auch das kulturelle Zentrum von Port-au-Prince, wo sich die beiden damaligen Kinos befanden, das *Rex* und das *Paramount*. Der alte Mangobaum lebte damals ein geordnetes Leben mit seiner Saison von Mai bis Oktober, sechs Monate Produktion und sechs Monate Ruhe. Er trug *mangues-fil*, die besten für das sogenannte *tòtòt*, ein Ausdruck, der vermutlich auf das Baby anspielt, das an der *tòtòt* seiner Mutter saugt. Dafür musste man an ein Ende der Frucht ein kleines Loch machen, durch das man den saftigen Nektar aussog, bis nur noch die Haut und der Kern übrig waren. Eine *mangue-fil* so zu verspeisen ist würdig, im Pantheon der Wonnen neben den Proustschen Madeleines oder dem Speichelfluss der Pawlowschen Hunde zu stehen, literarischen und wissenschaftlichen Referenzen in der haitianischen Kultur. Da man sie so essen kann, fast immer direkt unter dem Baum, denn sie ist mit ihrer bauchig-saftigen Ladung zu empfindlich für eine lange Lagerung oder den Export, ist die *mangue-fil* zur Mango schlechthin geworden. „Die einzig wahre Mango ist die *tòtòt*", werden Ihnen sogar einige nostalgische Liebhaber der wenigen *tòtòt*-fähigen Sorten wie der *mangue-corne* sagen. Diese Kenner verschmähen alle Mangos, die sich nicht dazu eignen und deshalb auf den Weltmarkt gehandelt werden, wo man keine einzige *mangue à tòtòt* findet.

Wir standen alle im Kreis um den Baum und bewarfen ihn mit Steinen und allen möglichen anderen Gegenständen, damit die gelben, gerade richtig reifen Mangos herunterfielen, alle außer Sanzo, dem kleinen Cousin, der zwar noch kaum gehen, dafür aber schon wie ein kleiner Affe bis zum Wipfel des Baumes klettern konnte, ein Talent, das viel Neid erregte und von dem noch fünfzig Jahre später bei jedem Familientreffen die Rede war.

Er war ein sehr alter Mangobaum, sagte man uns damals, 1950, Mitte des Jahrhunderts. Er wurde angeblich am Tag der Unabhängigkeitserklärung gepflanzt, am 1. Januar 1804, einem Sonntag. An diesem Tag war in der Plaine du Cul-de-Sac und auf den Höhen der Stadt die Parole ausgegeben worden, dass jeder als Vorsorge für schlechte Tage einen Mangobaum pflanzen sollte. Der ehemalige Sklave der Kaffeeplantage, der diesen hier gepflanzt hatte, hatte auch die Idee, in dem Loch symbolisch die eisernen Strafinstrumente aus der Zeit zu vergraben, die an diesem Sonntag zu Ende gegangen war. Auf diese Weise war eine Sklavenkette in den Baum eingewachsen, deren Enden an den Seiten des Stammes herunterhingen und die man nicht entfernen konnte, ohne den Baum zu töten. Und in Haiti tötet man einen Mangobaum nicht, er ist der Wunderbaum des Landes.

Zwei bis drei Mangos pro Tag und pro Person hundertfünfzig Tage lang, auf diese Weise kam man immer über die Zeit zwischen der Aussaat im regnerischen Monat Mai und den ersten Ernten im kühlen November, eine Zeit, in der nur der Wunderbaum Unterstützung für die leeren Mägen bietet. Drei Milliarden Mangos pro Jahr also, überall, wo ein Mangobaum wachsen kann, an den ungewöhnlichsten Orten, heiliger als eine indische Kuh, niemals gefällt, denn die Strafe wäre eine Hungersnot in der nächsten Zeit zwischen Aussaat und Ernte.

Es waren drei von uns Fünfjährigen notwendig, um den Stamm zu umspannen, immer zwei Hände fest zusammengeklammert. Bestimmt über einen Meter Durchmesser. Um so dick zu werden, hatte er alle unsere Unruheperioden aus Revolutionen und Konterrevolutionen überstehen müssen, bei denen die jubelnden Menschenmassen Zweige schwenkten, die sie von den Bäumen am Weg abgerissen hatten. Ein Mangobaum, der in der Nachbarschaft des Marsfeldes stand, wo solche Veranstaltungen seit hundertfünfzig Jahren unweigerlich endeten, musste es leid sein, auf diese Weise über Gebühr Kontributionen leisten zu müssen. Er hatte sich gewehrt, indem er den wiederholten politischen Beschneidungsaktionen keine Angriffsfläche mehr bot: Sein Stamm war bis zu einer Höhe von drei Metern völlig glatt, bevor der erste Ast kam, was uns das Erklettern ziemlich erschwerte. Nur Sanzo schaffte es und erzählte uns anschließend, was er von dort oben auf dem Dach des ganz nahen Präsidentenpalasts gesehen hatte. Eine solche, fast schon aufdringliche Nähe war jedoch auch eine ständige Gefahr; schon 1957 wäre der Baum fast von einer Bombe getroffen worden, die von einem Flugzeug abgeworfen wurde und den Palast – sofern er das Ziel war – verfehlte.

Die Caillard-Affäre zehn Jahre später, als die drei Kanonenboote der haitianischen Marine ausliefen und das Feuer auf den Nationalpalast eröffneten, sollte dem Mangobaum ein schweres Trauma zufügen. Drei der schlecht gerichteten Dinger fuhren ihm ins Laubwerk, und die letzte Granate trennte den oberen Teil des Baumes einfach ab, bevor sie im ersten Stock des Hauses einschlug und einen Onkel schwer verletzte. Unser Mangobaum trug mehr als fünfzehn Jahre lang keine Früchte, wahrscheinlich als Zeichen des Protests gegen diese Verschwörer, die nicht einmal schießen konnten. Er beendete keine Blüte mehr. Es tat weh, ihn so verstümmelt und schmollend dastehen zu sehen. Und dann im Jahr 1986, dem Jahr des Sturzes der Diktatur, begann er plötzlich wieder Mangos zu tragen, aber diesmal das ganze Jahr über, ohne Rast und ohne auf Trocken- und Regenzeiten, Ruhe- und Produktionsphasen zu achten. Er war verrückt geworden, völlig aus der Bahn geworfen, so sehr, dass er alle Vorsicht vergaß und in Griffhöhe neue Äste voller Mangos trieb. Es sei denn, es handelte sich um eine politische Entscheidung gegen die zu stürzende Diktatur oder einen Anfall von Mitleid mit der Not des Volkes. Wir fürchteten freilich, dass dieser zweite Frühling in seinem Alter ein letztes Ehrengefecht vor dem Tod war.

Man ließ die botanische Fakultät mit ihren Mangobaumexperten und ihren Bewahrern der dreihundertfünfundzwanzig lokalen Mangoarten und vor allem der Koryphäe des Fachs, meinem Freund dem Agronom François, zu einer Konsultation kommen. Keiner von ihnen war schließlich Psychiater für verrückte Mangobäume, Beichtvater für mystische Mangobäume oder *tòtòt*-Semiotiker, was ganz offensichtlich nötig gewesen wäre, um aus dem Überschwang des Baumes klug zu werden, der im Jahr 2004 zu seinem zweihundertjährigen Geburtstag auf einmal rasant zu wachsen begann, als wäre er eine Königspalme. Größenwahn vielleicht, wahrscheinlich, um der Königspalme ihren Platz im Wappen der Republik streitig zu machen, denn in der Tat hatte kein Baum außer ihm dieses Volk so sehr auf Ästen getragen.

Die entführten Babys

Während ich einen Urlaub in meiner Provinz verbrachte, beobachtete ich weiter genau die richtungslosen Improvisationen einer neuen Regierung. Es war der geeignete Moment, um Anschauungsmaterial für eine Verhaltensstudie zu suchen, die näher erforschen sollte, was in den ersten Momenten im Kopf derer vorgeht, die frisch auf eine Position unbeschränkter Macht gelangt sind, ob es nun um Geiselnahme, die Führung einer Verbrecherbande oder um das höchste politische Amt ging. Der Machtrausch treibt die neuen Demiurgen dazu, gleich zu Anfang ihre Befugnisse offensichtlich zu missbrauchen, um zu illustrieren, bis wohin sie zu weit gehen können. In diesem Fall ist das Schlimmste zu befürchten, man sollte daher bei jedem neuen Unterchef erst einmal Zeit gewinnen, damit der anfängliche Rausch ein wenig von seiner perversen Wirkung einbüßt. In diesen kritischen Momenten werden Geiseln erschossen, durch eine Kabale die seltene Ressource geopfert, die eine vage Bedrohung für die herrschende Verantwortungslosigkeit darstellt, oder unersetzliche Gebäude und Denkmäler achtlos zerstört. Man könnte ja noch verstehen, dass dieses Phänomen auftritt, wenn es starke Rivalitäten gibt oder im Namen der Staatsräson Großes auf dem Spiel steht, aber es auf allen Ebenen bis hin zu den bescheidensten erleben zu müssen, war zum Verzweifeln.

Der Leiter der Kinderklinik auf der anderen Seite meiner Hecke war ein erfahrener Arzt, der in Haiti studiert, in den sechziger Jahren im Krankenhaus Sainte-Justine, Montreal seine Facharztausbildung erhalten hatte und ein seltenes lokales Know-how besaß. Seit zwei Jahren widerstand er den lärmenden Vorschlägen einer jungen Ärztin, die aus einer europäischen Universitätsstadt gekommen war. Die politische Aktivistin – denn das war sie, seit sie ihre Zeit im Pensionat Sainte-Rose-de-Lima in Lalue mit Jungen aus dem benachbarten Collège Saint-Martial, einer Schule für Priesternachwuchs, verbracht hatte – bestand unbedingt auf „die Sozialisierung der Neugeborenen, indem diese von Geburt an den integrativen Besuchen der Verwandten und Freunde der Familie als Austauschfläche ausgesetzt werden …“ Diesem Gefasel hatte der Alte sich immer widersetzt, indem er die Säuglingsstation penibel bewachen und die Besucher filtern ließ. Seit er als junger Student im Hof des allgemeinen Krankenhauses von Port-au-Prince verkehrt hatte, hatte er in seinem Medizinerleben zu viel gesehen und gehört, als dass er seine Säuglingsstation importierten und nicht akklimatisierten Praktiken überlassen hätte.

Dafür gab es umso mehr Gründe, als seit einigen Monaten in den Fernsehnachrichten seltsame Schlagzeilen zu hören waren. Kinder wurden für illegale Adoptionen im Ausland entführt, und ich selbst wurde im Stadtteil Bicentenaire von einem Menschenauflauf angezogen, der drei ausgeweidet im Kanal schwimmende Babyleichen betrachtete. In der Reportage, die am selben Abend ausgestrahlt wurde, hieß es, man habe sie operiert, um ihre Organe zu verkaufen, die auf einem ganz bestimmten ausländischen Markt sehr gefragt seien. Man durfte nicht die Augen davor verschließen, dass ein verrückter Metzger aus der Umgebung von Pétionville, ein Massenmörder, zu einem schaurigen Lieferanten von Menschenfleisch geworden war und dass die Geschichte vor den Wahlen im Dezember 1990 großes Aufsehen erregt hatte. Ganz abgesehen davon, dass man immer noch flüsternd von Mord- und Kannibalismusritualen berichtet. All dies erinnerte einen daran, dass in diesem Land in den siebziger Jahren, zu den schlimmsten Zeiten der Jean-Claudeschen Geschäftemacherei, in großem Stil mit Blut und Leichen gehandelt wurde, um die Nachfrage einiger Krankenhäuser und medizinischer Fakultäten in Übersee zu befriedigen.

Der Alte wurde von dem verheerenden Ansturm der neuen Hundertfünfzigprozentigen hinweggefegt, der durch die Medizin ging. Mit ein wenig kollektivem Eifer und viel individueller Feigheit entließ man alles, was nicht aus Europa kam. Ihre Hexenjagd, deren Folgen sie als Einzige nicht zu sehen schienen, konnte lange vor dem Ende einer neunmonatigen Tragzeit zur Katastrophe führen, und so kam es auch.

Und in der kleinen Kinderklinik in der Nähe meiner Hecke wurden, als erste herausfordernde Geste *der neuen Chefin ohne Furcht und Tadel, obendrein eine Frau, die sich auf dem Beton auskannte …*, die Türen der Säuglingsstation endlich weit geöffnet.

Als man am ersten Tag nach der ersten Besuchsstunde die Babys zählte, fehlten drei. Man hatte sie entführt, und sie wurden nie wiedergefunden.

Der Tod des Obersts

Wir fuhren an diesem Sonntagabend gerade zu mehreren in normalem Tempo die letzten Kilometer der Badestrandküste östlich von Port-au-Prince, als alle Radiostationen ihre Sendungen unterbrachen, um das folgende Kommuniqué zu verlesen: Den zurzeit mächtigsten Oberst hatte es erwischt. Bei ihm zu Hause. In seiner morgendlichen *gelben Suppe*. Vergiftet. Tot. Kalt. Und es begann das verrückteste Rennen, das man je in Port-au-Prince gesehen hatte. Zu Fuß oder im Auto, alles hastete nach Hause oder zu irgendeinem Unterschlupf. Man berichtete später Unglaubliches: Autos fuhren ineinander, und die Fahrer verschoben die Formalitäten liebenswürdig und ohne anzuhalten auf den nächsten Tag. *So Gott will!* Drei dankbare Gelähmte erzählten die ganze Woche lang allen Mikrofonen, dass sie plötzlich aufgestanden und ohne Stock oder Krücken losgelaufen waren. *Ein Wunder!* Nicht einmal eine Stunde nach dem Kommuniqué waren die üblicherweise von Menschen schwarzen Straßen weiß. Nicht das geringste Lebenszeichen. Ein Radiosender sprach von den öffentlichen Folgen der Ermordung des Erzherzogs in Sarajewo … und ein anderer von den privaten Folgen des großen Stromausfalls von New York …, aber keiner hielt sich bei der *gelben Suppe* auf. Die überlasteten Telefonzentralen waren ausgefallen, und unter der plötzlichen Nachfrage nach Strom war das gesamte Versorgungssystem zusammengebrochen. In Port-au-Prince herrschten Dunkelheit und Stille. Die erzwungene Nachtwache, die nun begann, würde lang werden. Eine ganze Stadt hatte sich verkrochen und hielt in Erwartung apokalyptischer Folgen bis zum frühen Morgen den Atem an. Aber es geschah nichts. Absolut nichts. Jedenfalls schien es so. Denn …

Man musste bis zur Zeit der Sklaverei und der Unabhängigkeit, in der Gifte eine alltägliche Waffe waren, zurückgehen, um zu erfassen, dass all diese Praktiken in der nationalen Periode sicherlich nicht mit einem Schlag verschwunden waren. So war die wichtigste der weisen, von einer Generation zur nächsten weitergegebenen Ängste eben die Furcht vor Vergiftung. Außerhalb der eigenen vier Wände musste man sich permanent durch geeignete Maßnahmen davor schützen. Aber es war auch eine Frage der Ehre, das eigene Haus davon freizuhalten. Es war sogar üblich, anständige Häuser durch den Terminus *poison free* auszuzeichnen. Und da der Begriff des natürlichen Todes in Quina niemals gebräuchlich gewesen ist, war ich natürlich wie alle Leute von Kind auf den raffinierten Geschichten ausgesetzt, in denen ein erschöpfender Katalog der Substanzen und ihrer Anwendung erstellt wurde. Zwei oder drei von ihnen hatten mich in meiner Jugend besonders frappiert.

Auf die üblichen Konventionen waren sogar besondere Konventionen für Empfänge aufgepfropft worden, sofern man politisch tätig war. Und es waren alle politisch tätig, da jeder von morgens bis abends die Nachrichten des Tages kommentierte, die verrücktesten Gerüchte verbreitete und gelegentlich neue erfand, wenn Mangel an Neuigkeiten herrschte. Als Folge davon wurde alles politisch, und der Kodex wurde bei jedem Besuch irgendeiner fremden Person angewendet. Wenn man beispielsweise einem Mandatsträger oder Amtsinhaber, Beamten oder Offizier, Erben oder *homo novus,* kurz irgendwem einen Rum anbot, so durfte man dies nur aus einer neuen, hermetisch verschlossenen und originalversiegelten Flasche tun. Sie musste ostentativ, mit echter oder gespielter Anstrengung, vor den Augen des Gastes geöffnet werden, und dieser musste seinerseits so tun, als ob er es nicht bemerkte, oder, besser noch, nachträglich beteuern, dass eine offene Flasche es auch getan hätte. Ich habe oft den Satz „Wir haben keinen Rum mehr" gehört, während im Regal zwei oder drei kaum angebrochene Flaschen standen. Das bedeutete: „Wir haben keine neue Flasche mehr, falls jemand zu Besuch kommt."

Und so versank Quina langsam in eine Vergiftungspsychose mit seltsamen Höflichkeitsritualen und exorzistischen guten Manieren. Alle Gesten waren kodifizierte Gegengifte zur breiten Palette der Gifte. Zum Beispiel musste man einen Besucher immer bis zur Grenze seines Anwesens zurückbegleiten, wenn die Abenddämmerung bereits eingesetzt hatte, denn eine der gefährlichsten Substanzen wirkte nur, wenn derjenige, der sie aufgenommen hatte, sich anschließend der Abendkühle aussetzte. Das war das berühmte *pinga serein,* das „Hüte dich vor der Abendkühle"! Man konnte so den Trank in geselliger Runde mit seinem Gast trinken und ihn dann allein im Dunkeln verschwinden lassen. Und was sollte man zum Kaffee sagen, den die großen Liebhaber dieses Getränks nur zu Hause trinken, weil das Pulver angeblich auf ihre persönliche, raffinierte Art dosiert werden muss. Der prosaischere wahre Grund ist, dass der Boden einer Kaffeetasse schwarz genug ist, um alles Mögliche zu verbergen: *Anba kafe fè nwa*!

Man nervte die Jugend zwar mit den Grundlagen einer guten Erziehung – „stets zu Diensten" ist *üblich,* „nein danke" ist *förmlich* – und die Sprache von Quina hatte, wie um zu belegen, dass Höflichkeit und gute Manieren die Zeiten ohne Falten überdauern, einige altertümliche Wendungen bewahrt, doch hatte sich auch eine Reihe von Ritualen der freundschaftlichen Vertrautheit und der aufrichtigen Verbundenheit entwickelt, deren wichtigstes die gemeinsame Einnahme der gelben Suppe war. Bei allen wichtigen Gelegenheiten wie dem ersten Januar, dem Geburtstag des Familienvaters oder dem heiligsten Moment der Woche, dem Sonntagmorgen, sowie zum Abschied oder zum Wiedersehen: Die *gelbe Suppe* auf dem Speiseplan war von hoher symbolischer Bedeutung. Jede Hausfrau hatte ihr besonderes Rezept, und man wusste im Voraus, welche Gewürze man darin finden würde und welche Geschmacksnote ihre *gelbe Suppe* wie eine Unterschrift von allen anderen unterscheiden würde. Dies war sogar die einzige Einladung, bei der man die Schutzformalitäten nicht einzuhalten brauchte, man trank gierig sämtliche angebrochenen Flaschen leer, schlürfte einen Kaffee nach dem anderen, und die Gäste gingen munter allein und ohne Begleitung in die Nacht hinaus.

Allen kleinen Provinzlern war regelmäßig gepredigt worden, sich vor den Tücken von Port-au-Prince in Acht zu nehmen, und man hatte sie vor dem verräterischen Treiben der Hauptstadt gewarnt, doch niemals war je die Rede davon gewesen, dass eines Tages auch die *gelbe Suppe* entweiht werden könnte.

Der kleine Pfarrer von der Brücke

In Léon gibt es eine Brücke. An der Brücke gibt es einen Pfarrer. Den Pfarrer von der Brücke. Der Pfarrer von der Brücke ist klein. Deswegen nennt man ihn den kleinen Pfarrer von der Brücke.

Der kleine Pfarrer von der Brücke träumte vom großen Publikum und landesweitem Einfluss, seit 1990 einem jungen Amtsbruder das Kunststück gelungen war, zum Präsidenten der Republik gewählt zu werden. Und so hatte der kleine Pfarrer von der Brücke die falsche Bescheidenheit, die seinen Demutsgelübden anstand, immer weniger im Griff. Er begann zu schreiben, aber seine Prosa kam nicht über das höfliche Publikum der Nuntiatur von La Grande Anse hinaus. Der Bischof ließ ihm sogar sagen, dass er sich bei seiner Beschreibung der Flussüberquerungen an Markttagen an einer *Bounda mouillé* genannten Furt zu ausgiebig mit den dabei durchnässten intimen Körperteilen der Frauen befasste. Der kleine Pfarrer von der Brücke war wirklich betrübt darüber, so in dem Schatten zu stehen, den die Vorsehung anscheinend über ihn geworfen hatte, seit er von seiner Ausbildung in Montreal zurück war.

Als eines Tages während eines Zyklons die Brücke von den wütenden Wassermassen fortgerissen wurde, glaubte er jedoch ein Zeichen des Himmels zu sehen, dass seine Zurücksetzung beendet war. Gott sei Dank, er hatte endlich seine Chance, und er würde sie nicht ungenutzt lassen!

Der kleine Pfarrer von der Brücke, der keine Brücke mehr hatte, stellte eine Petition mit vierhundert Namen zusammen, ohne bei den Verstorbenen der letzten Jahre sonderlich wählerisch zu sein, denn die hätten ohnehin unterschrieben, wenn sie noch am Leben gewesen wären. Kurz und gut, der kleine Pfarrer von der Brücke, der keine Brücke mehr hatte, hatte doppelt so viele Namen auf seiner Liste, als es lebende Menschen im Dorf gab. Aber wer bitteschön würde sich in diesem Land, in dem die Toten regelmäßig scharenweise zur Wahl gehen, bei solchen Details aufhalten?

Der erste Brief mit den vierhundert Unterschriften handelte von der weggeschwemmten Brücke, aber vor allem von der dringenden Notwendigkeit, sie wieder aufzubauen, um den Infektionen der Geschlechtsteile vorzubeugen, die die Frauen bei der Flussdurchquerung riskierten. Der Erfolg des Briefes ließ sich daran ablesen, wie viele Radiostationen ihn verlasen. Er triumphierte, denn angesichts der Flut von Briefen über die Schäden des Zyklons, die die Redaktionen erreichten, konnte man nur dann auf Lektüre hoffen, wenn man aus den einfach nur dringenden und vorrangigen Forderungen durch irgendeinen ungewöhnlichen und unerwarteten Aspekt herausstach. Der Hauptkommentator von Radio Haïti Intra titelte am Morgen: „Die Furt *Bounda mouillé* trägt ihren Namen immer noch zu Recht", und in der Vier-Uhr-nachmittags-Ausgabe von Radio Quisqueya fügten die Hauptkommentatoren hinzu: „In Léon diskutiert der Pfarrer nicht nur über das Geschlecht der Engel!" Der zweite ausgewählte Brief war keine Petition mit vierhundert Namen und nicht so pikant wie der erste, denn es handelte sich nur um den Abgeordneten von Anse-à-Foleur, der trotz des nicht vorhandenen Kraftfahrzeugverkehrs die Asphaltierung seiner Stadt und der Straßen seiner Gemeinde verlangte. Der Staub rufe bei den Einwohnern Bindehautentzündungen hervor. Man könnte glauben, dass eine Konzeption des prophylaktischen Tiefbaus sich mühsam ihren Weg bis zu uns bahnte, aber eigentlich wäre ein bescheidener Abschnitt von 1850 schnurgeraden Metern, der allerdings gut beleuchtet und ausreichend solide, mehr als ausreichend für den Abgeordneten und die kleinen Flugzeuge voll Sie-wissen-schon-was gewesen. „Die Leute bekommen keinen Staub, sondern Sand in die Augen …", sollte das Editorial schließen.

Ermutigt durch diesen ersten Erfolg setzte sich der kleine Pfarrer von der Brücke, der keine Brücke mehr hatte, an seinen Schreibtisch und verfasste eine Folge von Briefen, die allesamt vierhundert Unterstützerunterschriften trugen. Er hatte sich eine Basis geschaffen und gedachte nicht, es dabei bewenden zu lassen. Und außerdem war es überflüssig, jedes Mal alle erneut unterschreiben zu lassen, denn die eine Hälfte war des Schreibens unkundig und die andere nicht mehr in der Lage dazu. Die Liste wurde ausgiebig fotokopiert und lag den Briefen an die Radiostationen, die Ministerien und das Parlament bei.

Der Einfall des kleinen Pfarrers von der Brücke, der keine Brücke mehr hatte, wurde zum gefundenen Fressen für die Geschäftemacher von Port-au-Prince, welche begannen, Petitionslisten zu verkaufen. Für einige Dollar konnte man seinem Antrag auf persönliche Begünstigung eine beeindruckende Reihe von sechshundert Personen hinzufügen, die das Ansinnen durch ihre Unterschrift unterstützten. Der Markt pendelte sich rasch bei drei Dollar für hundert Unterschriften ein.

Der kleine Pfarrer von der Brücke im Wiederaufbau ergab sich voll in seine Bestimmung und stöberte lange in der Geschichte berühmter Brücken, um eine Basis für seine künftige Kampagne zu legen. Er war immer nachdenklich und eilig und murmelte ein seltsames Brevier vor sich hin, aus dem man wild durcheinander *Die Brücke am Kwai* heraushörte, die im *Rex* ausverkauft war, und den *Pontus Euxinos*, der keine Brücke, sondern ein Meer ist, aber das scherte den Pfarrer nicht. Er interessierte sich nicht für die laufenden Arbeiten, widmete seinen pastoralen Aufgaben gerade so viel Aufmerksamkeit wie nötig und spulte die Messen im Schnelldurchgang ab, um wieder zu seinen Arbeiten über Brücken zurückzukehren. Nur bei den Predigten hielt er sich etwas länger auf, und die Gläubigen waren immer verblüffter, je mehr sie über die Gemeinsamkeiten zwischen der Heiligen Kirche und den Brücken erfuhren: Die Brücke von Avignon zur Zeit der päpstlichen Residenz bildete den pontifikalen Auftakt der Serie. Dann kam die Kirche als Brücke zwischen Gott und den Menschen, wobei er die Frauen ausdrücklich erwähnte, er war nicht der Mann, zu vergessen, was sie beim Durchqueren der Furten auf dieser Erde, die ihre „Natur“ mit Wasser bedrohten, erdulden mussten. (Er gebrauchte den Ausdruck, mit dem der niedere Klerus, seit der spanischen Eroberung übrigens, gehalten war, dieses ganz und gar nicht katholischen Gewächs und Gegenstand seiner Besessenheit zu bezeichnen.)

Natürlich berichtete man höheren kirchlichen und politischen Ortes von der seltsamen Fixierung des kleinen Pfarrers von der Brücke, der eine neue Brücke bekommen sollte. All dies war ihm Bestätigung seines günstigen Geschicks, und der Gipfel war erreicht, als im US-Präsidentschaftswahlkampf von 1996 die Demokraten mit dem Slogan „Eine Brücke in die Zukunft“ für Clinton warben. Dies war zu viel der himmlischen Zeichen: Er startete seine Kampagne unter dem Thema *Eau Secours!*, „Hilfe das Wasser kommt!“, eine Gegenmetapher zu dem Sturzbach, den *Lavalas* im Namen führte. Die nach Léon geschickte kirchlich-politische Untersuchungskommission – damals war das nur ein subtiler Unterschied – berichtete, dass in der Tat Gefahr für die verschiedenen und verquickten Hierarchien bestand und dass man diesen *pongongon* so schnell wie möglich loswerden musste.

So endete das Abenteuer des kleinen Pfarrers von der Brücke in der psychiatrischen Klinik von *Pont Beudet*, und er nahm weder an der Einsetzung des neuen Pfarrers noch an der Einweihung der neuen Brücke teil. Sein Nachfolger ging in seiner ersten Predigt ausführlich auf die „Natur“ der Frauen ein und sagte …

Die Liebenden von der Nordschlucht

Bei meiner Ankunft fand ich in dem Dossier nur ein Foto, ein Luftbild, vom Hubschrauber aus aufgenommen. Sämtliche Papiere waren verschwunden und hatten mich mit einem surrealistischen Dokument allein gelassen: Man sah die Fahrbahn einer Brücke, die auf einer Seite im spitzen Winkel lächerlich herunterhing, tief unten einen mit allen möglichen Gräsern und Lianen überwachsenen Bulldozer und im Hintergrund am Berghang ein kleines Vierzimmerhaus aus Stein ohne Dach mit leeren Tür- und Fensteröffnungen, ebenfalls von Buschwerk überwuchert. Der einzige rote Faden all der fehlenden Dokumente des Dossiers stand auf der Rückseite dieser Begegnung einer Ruine mit einer schweren Baumaschine und einer Handwerksarbeit: Mit Bleistift stand da die Ortsangabe *Ravine de l'Arbre,* Baumschlucht, und ein Datum mit zwei fast unlesbaren Endziffern.

Eine *Ravine de l'Arbre* gab es in unserem Ortsnamenverzeichnis nicht, und niemand wusste irgendetwas über dieses vier mal vier Zoll große Luftbild, das durch den Maßstab 1/1000, bei dem 1 Meter im Gelände einem Millimeter auf dem Foto entspricht, obendrein schwer zu lokalisieren war. Die Suche nach diesem 1 Hektar großen Schauplatz glich der Suche nach der Stecknadel im Heuhaufen, aber ich wusste, dass zumindest einige es wussten, denn da waren ein Bulldozer, eine Brücke und ein Haus.

Kurz, ein weiteres Foto, das seine Geschichte nicht preisgab! Wir brachen schier zusammen unter den von der Diktatur bei ihrem hastigen Aufbruch zurückgelassenen Fotos, und viele dieser Folterzeugnisse waren wirklich grässlich. Kistenweise Fotos, aufgenommen von einem Regime der bürokratischen Repression, dessen Schergen während der Verhöre gut sichtbar und erkennbar waren. Woher kam diese Manie, alles zu fotografieren und in großen, schwarzen Heften sämtliche Worte und Taten der Akteure festzuhalten? Das war mehr als Beflissenheit, vielleicht ein Ritual, um alle an die große Familie zu binden. In dieser Serie verdiente ein kleines Foto von einer verlorenen Brücke, einem umgestürzten Bulldozer und einem unvollendeten Haus nicht mehr Aufmerksamkeit.

Einige Monate später kam ich im Hubschrauber von einem Rundflug an der Nordküste zurück und stellte zu meiner großen Überraschung fest, dass ich über das Bild hinwegflog. Ich ließ sofort die entsprechenden Karten kommen und kreiste das wahrscheinliche Gebiet des Fotos ein. Die kleine Brücke sollte über eine Schlucht führen und dadurch den Weg in ein Tal öffnen, das sich nach und nach zu einer dürren Ebene erweiterte, der *Plaine de l'Arbre,* der Baumebene. Nun musste ich noch jemand finden, der mir die Geschichte des Fotos erzählen konnte. Zuerst erzählten mir drei Leute jeweils ein paar Bruchstücke, die sie von jemandem hatten, der jemanden aus dem Trupp kannte, der dort gearbeitet hatte – und von dem man nie mehr etwas gehört hatte. Und dann der vierte, damals Minister, ein Augenzeuge.

Es war der Tag der Einweihung. Notabeln und Offizielle waren gekommen, um das traditionelle Band der kleinen Brücke zu zerschneiden, die symbolisch für die Leistungen der Handwerker beim Bau der neuen Straße stand. Das Staatsoberhaupt selbst war mit dem Hubschrauber erschienen, um die Lobpreisungen zu hören. Viele Reden und heiße Sonne standen auf dem Programm der mit Stoffen in den Nationalfarben bedeckten Bühne. Die kleine Brücke hatte vier gleich aussehende Pfeiler, aber einer von ihnen, der zuletzt gegossene, hatte nicht gehalten, als die schwere Baumaschine darüberrollte, um auf die andere Seite der Schlucht zu fahren, in die Baumebene, in der es keinen Baum gibt. Der große, gelbe Bulldozer rollte bis ganz unten in den Graben und sah jämmerlich aus mit seinen Stahlkiefern, die sich nach drei Überschlägen halb in den lehmigen Boden gegraben hatten. Für den Bau der kleinen Brücke waren raffinierte Berechnungen angestellt worden, damit die Lastwagen mit dem Bewässerungsmaterial in die Baumebene fahren konnten, die nun endlich Bäume bekommen sollte. Aber man hatte die Rechnung ohne die Liebschaften des Poliers gemacht.

Im dritten Baumonat, kurz vor dem Guss des vierten Pfeilers, kam ein junges Bauernmädchen ihre Tante besuchen, die am Rand der Baustelle ein Geschäft betrieb. Dieser auserlesene Bissen stand von Rechts wegen dem Polier zu, der ihr Kommen möglicherweise mit der Tante ausgehandelt hatte. Man sah sie jeden Abend, sobald es dunkel genug war, auf den Ziegenpfaden hinter den Gipfeln der Hügel verschwinden. Sie bediente die Bauarbeiter mit stets gleicher Munterkeit und roch gut nach in Bay Rum eingelegtem Ilang-Ilang. Ihre violetten Lippen und ihre weit auseinanderstehenden Zähne ließen die Geschichten von den *femmes fatales* wieder aufleben, die ihre Männer zuverlässiger ins Verderben stürzten als die Sirenen der Ozeane. Der Polier baute an der Kreuzung des letzten Passes vor dem Tal einen Regenschutz für das Geschäft seiner Verlobten. Dann einen Pavillon, der bald darauf zu einem Zweizimmerhaus wurde. Bis dahin hatte sich niemand wirklich Sorgen um die Brücke gemacht, denn bei jedem öffentlichen Auftrag wurden auch anderswo ein paar Wände hochgezogen. Aber als der Polier aus Liebe erwog, einem einzigen Pfeiler ein Vierzimmerhaus abzugewinnen, machten mehrere Untergebene ihn darauf aufmerksam, wie riskant es war, über zwei Tonnen Zement und Eisen von einer einzigen Stelle abzuziehen. Der Polier schob alles auf die Eifersucht. Aus eigener Machtvollkommenheit machte er die Sache zu seiner persönlichen Angelegenheit, entließ die Widerspenstigen und umgab sich für den Bau des Häuschens und des letzten Pfeilers mit einem Trupp von Getreuen.

Er hatte niemals damit gerechnet, dass diese kleine, völlig unbedeutende Brücke irgendwo im Gebirge Anlass für so viel Einweihungsfeierlichkeiten sein könnte. Noch vor Ende der Arbeiten sah er eines Tages ungläubig die Spezialtruppe anrücken, die dafür zuständig war, in aller Eile die Bühne für Regierungsspektakel wie Grundsteinlegungen, erste Spatenstiche und sonstige prunkvolle erste Handgriffe auf- und wieder abzubauen. Die Regisseure von der Protokollabteilung hatten sich vor Ort begeben, um die Choreographie festzulegen. Am nächsten Morgen machte der Hubschrauber zwei Flüge mit Kameras, Reportern, Gästen und Sicherheitsleuten. Dann kamen beim dritten Flug der Chef persönlich und die Mitglieder der *Internationalen Gemeinde,* die sich dergleichen niemals entgehen lassen.

Der Letzte, der mir eines Abends in dem Büro, das er selbst belegt hatte, davon erzählte, sah, dass ich bereits viel darüber wusste. Da er möglicherweise glaubte, ich wüsste alles, bat er mich, das Foto sehen zu dürfen. In der rechten unteren Ecke war in der Tat ein kleines weißes Rechteck, auf das ich anfangs nicht geachtet hatte und das, nach dem Maßstab des Fotos zu schließen, ein Betonhügel sein musste, der unten etwa acht mal acht Fuß maß.

„Das scheint eine Grube zu bedecken", sagte ich. „Eine Sickergrube vielleicht?"

„Nein, ein Grab", vollendete er leise. „Ein Grab", wiederholte er mit noch leiserer Stimme.

Lincoln, Churchill und der Polier

Um in der kleinen Welt der angesagten Kreise von Port-au-Prince ein großangelegtes Gerücht in Umlauf zu bringen, braucht es drei Personen, zwei Telefone und einen Tag. Schon am nächsten Tag kann man nachprüfen, ob die Leute geneigt sind, sich der begonnenen Kabale anzuschließen oder nicht. Am dritten Tag kann der mittlerweile autonom gewordene *zen*, die glaubwürdig klingende Lüge, anschwellen, bis er öffentlich akkreditiert wird, oder an Schärfe einbüßen, wenn niemand sich dafür interessiert. Und so nutzte ich einen neuen Posten aus und hielt die beobachtbaren Elemente einer Theorie der Kabale fest. Es war mir ein Anliegen, so sehr ist dieses höchste Stadium des *coup de langue* zum normalen Ausdruck der Angst der kleinen, mittleren und großen Bourgeoisie geworden. Angst wovor? Vor allem, was den zweihundertjährigen Status Quo in unbestimmter Weise bedroht oder stört.

Ich hatte einen Polier, der ein Meister im Finden von Lösungen für abwegige Probleme war. Er holte nachts Straßenlaternen aus Hinche und stellte sie in Jérémie auf, wo er Lastwagen für die Baustelle von Hinche abzweigte …, womit er sowohl den ungelegenen Druck eines Bischofs verminderte, der sofort Straßenlaternen wollte, als auch den nicht minder ungelegenen Druck eines Bauernführers, der sofort Lastwagen wollte. Lastwagen und Straßenlaternen kehrten wieder an ihren jeweiligen Platz zurück, sobald die von den Medien weit verbreiteten und lautstarken Forderungen nicht mehr aktuell waren.

Ein anderes Mal erreichte er, dass ein Geschäft für Baumaterialien einen ganzen Abend geöffnet blieb, damit ein Gebäude, das laut Auftrag um Mitternacht eingeweiht werden sollte, fertiggestellt werden konnte. Von den zwei Dutzend Polieren, die sich geschworen hatten, ihn zur Strecke zu bringen, schien er der einzig effiziente zu sein, der einzige, der arbeitete. Das Komplott war gut eingefädelt. Innerhalb einer Woche hatten praktisch alle begonnen, schlecht über ihn zu sprechen. Zu Beginn warf man ihm nichts Besonderes vor, aber man ließ durchblicken, dass etwas vor sich ging, etwas Schwerwiegendes. Als es dann in der zweiten Woche so aussah, als müssten keine Sanktionen gegen ihn verhängt werden, wurden die Anschuldigungen präziser. Alles und jedes wurde vorgebracht: Seine Mutter sei ein bekannter Werwolf, der des Abends von Baum zu Baum flog, er schlage Frauen, er sei unter Duvalier ein triumphierender *macout* gewesen, er stehe auf der Gehaltsliste der finsteren *attachés* unter dem Militärregime … Der eine behauptete, er sei knauserig, der andere, er sei ein Verschwender. Er isst für drei, behauptete der eine, er isst überhaupt nicht, fügte der andere hinzu. Und außerdem war er viermal durchs Abitur gefallen, bevor er Polier wurde … Das war das Menü einer gewöhnlichen Woche. Aber als zum Schluss die wildesten Gerüchte und die tiefsten Schläge vom Tisch waren, blieben als Anklagepunkte gegen den schlauen Polier nur die 5 % Provision für gewisse Baumaterialien und ein solider Hang zum Alkohol übrig.

Ich beschloss, diesen effizienten Arbeiter zu schützen, indem ich ihm außer Reichweite seiner Kollegen – die nichtsdestoweniger alte Freunde waren – einige wichtige Aufgaben anvertraute: ein Netz von Pfaden und Kreuzungen auf dem Land, um die Isolation von drei Millionen armer Bauern zu beenden, denen sonst nichts anderes übrig geblieben wäre, als nach Port-au-Prince zu ziehen und sich zu den zwei Millionen zu gesellen, die schon dort waren. Es war in der Tat höchste Zeit, dass sich ein geschickter Mensch der Land- und Gebirgsbevölkerung in abgelegenen Gebieten annahm. Aber ich geriet in eine Pechsträhne, als das Gerücht, der *zen* umlief, ich wollte mich um andere Dinge als die Löcher in den Straßen von Port-au-Prince kümmern. Ich hatte eine Rebellion bei der allmächtigen, wenn auch winzigen, nicht mehr als dreißigtausend Personen starken Gruppe provoziert, die diese Straßen mit Privatautos befuhr. Kaum ein Hundertstel der betroffenen Landbevölkerung, aber wie mächtig! Seit 1804!

Der Mann, der so viele Feinde hatte, kam eines Tages am frühen Morgen zu mir. Er begegnete dort einer anderen frühmorgendlichen Besucherin, der Anwältin einer Gegenpartei vor Gericht. Sie war noch früher als er gekommen, um den alten, effizienten Anwalt des Ministeriums als Rechtsbeistand der putschenden Militärs zu denunzieren und zu verlangen, dass man ihr einen jüngeren und weniger erfahrenen gegenüberstellte, damit sie ihre Forderung durchsetzen konnte. Eine Forderung, die zwar nicht zu rechtfertigen dafür aber den Freunden der politischen Freunde günstig war … Der Polier hatte alles gehört. Er benutzte es, um das Milieu zu charakterisieren und mich zu bitten, ihn nicht mehr so sehr zu verteidigen, denn mit solchen Machenschaften waren meine Tage gezählt. Dass ich mich so lange gehalten hatte, lag nur an dem Überraschungseffekt, den die Erstkommunikantin im Bordell hervorruft, fügte er hinzu.

Ich blieb im Bild und kleidete mich ganz in Weiß für das Treffen mit den Polieren, die ich zusammengerufen hatte, um aus ihrem Mund die Vorwürfe zu hören. Sie wussten bereits alle, dass nur noch zwei Anklagepunkte übrig waren und machten sich im Chor daran, sie zu erhärten: die Einweihungsfeier mit dem Präsidenten, auf der er betrunken gewesen war, die Provision, die einmal wirklich riesige Höhen erreicht haben musste, denn er hatte sich ein Auto gekauft, kein neues, sogar ein ziemlich altes, aber immerhin ein Auto, mit Chauffeur, der seine Kinder zur Schule und seine Frau zum Markt brachte. Als ich fragte, woher es kam, dass sie alle genauso lebten, antworteten sie, immer noch im Chor, dass sie alle Glück in der *borlette* hätten und dass ihnen immer in der Nacht vor der Ziehung die richtigen Zahlen im Traum erschienen. Darauf hätte ich auch kommen können!

Ich schnitt ihnen das Wort ab und wies sie auf seine Effizienz bei der Arbeit hin. Ich wäre froh, wenn alle, die sich auf ihn einschossen, mindestens genauso viel täten wie er. Die unbeantwortete Frage in solchen Fällen ist immer: „Wer kann es besser?" Also erlaubte ich allen, zu versuchen, es ihm gleichzutun, einschließlich der Provisionen, aber unter der ausdrücklichen

Bedingung, dass sie die gleiche Leistung brachten, denn die größte Gefahr ginge von einer Gruppe engelsgleicher, aber ineffizienter, jammernder, nörgelnder, sprücheklopfender und obendrein intriganter Poliere aus. Zum Schluss kam ich auf die Frage des Alkohols zu sprechen: „Es scheint, dass er einen *clairin* mit Feigenaroma aus Saint-Marc trinkt. Ich habe nachgeforscht, es handelt sich um einen *trempé* aus der Brennerei Nonez. Ich habe also, für den Fall, dass darin die Lösung für mehr Leistung steckt, auf eigene Kosten mehrere Gallonen für Sie bestellt."

Am nächsten Tag zogen mich meine zwei Chefs, der Präsident und der Premierminister (denen alles, was ich tat, natürlich sofort hinterbracht wurde), während der Kabinettssitzung mit breitem Lächeln auf, was für einen Wind ich da in der Baubehörde verursachte, aber sie wollten vor allem wissen, woher ich die zwei Lösungen hatte, die so wenig politisch waren.

Die erste von Winston Churchill und die zweite von Abraham Lincoln.

Das verlorene Lächeln der Kellner

Er war schon seit einem Monat im Lande. Auf der Suche nach einer Nische, in der er sich nützlich machen konnte, war er zum ersten Mal aus der fernen Montrealer Diaspora zurückgekehrt. An seinen wiederholten Schwüren, dass man sich die dreißigjährige Erfahrung eines gerade in Pension gehenden Elektroingenieurs unbedingt zunutze machen musste, damit in diesem Land der Schwärze endlich Licht wurde, war nicht zu zweifeln. In diesen Zeiten der Stromausfälle war dies eine willkommene Aussicht, zumal sie jedes Mal aufs Neue bekräftigt wurde, wenn es in einem der beiden angesagten Restaurants der Innenstadt von Port-au-Prince Mitternacht schlug.

Das Ritual der Exilanten, das in diesen beiden Cafés ablief, hatte dafür gesorgt, dass der Volksmund das in der Rue Pavée schon bald in *Nédgé sur Mer* und das andere am Marsfeld in *Columbia Boys* umtaufte. Seit wann genau trugen sie diese Spitznamen? Ich erfuhr es nie, wenn ich mit den Kellnern sprach, aber dafür fand ich heraus, dass diese hinter ihrem zur Uniform gehörenden Lächeln voll abgeklärter Resignation alles registrieren und es seit langem verstehen, die Gäste an ihren Trinkgeldern zu messen: Zwischen den Geizkragen, die es vergessen, und den Blendern, die übertrieben hohe Trinkgelder geben, sind die vornehmen Leute angesiedelt, die weder zu viel noch zu wenig geben, sagte mir Rhum, einer der Kellner und feinsinniger Beobachter seiner Terrasse. Er hatte mir auch verraten, dass diejenigen, die wieder nach Haiti kommen würden, das Café in Maßen besuchten, während diejenigen, die nicht wiederkommen würden, an jedem Tag ihres Aufenthalts dort saßen.

Als etwa fünf Monate später der höchste Posten in der Energieversorgung frei wurde, waren in diesen beiden Lauben viele ganz selbstverständlich der Meinung, dass dies die Gelegenheit war, unserem so entschlossenen Experten ein Angebot zu machen. Dies geschah, nachdem viele individuelle Empfehlungen ausgesprochen und das öffentliche Gerücht in Gang gesetzt worden waren. Die Antwort, die nach zehn Tagen, als niemand mehr damit rechnete, endlich eintraf, war ein Lehrstück: ein Vertrag aus Beton, eine goldene Brücke und eine stahlharte Absicherung.

Erstens der Beton: Der gewünschte Vertrag sollte für sieben Jahre ohne Möglichkeit einer vorzeitigen Kündigung geschlossen werden. Die geforderte Unablösbarkeit war gepaart mit einer Verlängerung um weitere sieben Jahre durch einfachen Beschluss des Posteninhabers, also ein Posten für vierzehn Jahre, der mit fünfundsiebzig Jahren zu einem zweiten Ruhestand führte. Es folgten alle möglichen Ausführungen zu den Arbeitsbedingungen, der Vollmacht, Ernennungen und Entlassungen in der Verwaltung vorzunehmen, der völligen Autonomie und dem Vorsitz im Vorstand (der nach dem Gesetz dem Minister vorbehalten war). Der Rest war entsprechend.

Wie bei allen anderen Posten auf dieser Ebene handelte es sich nur um einen Schleudersitz, auf dessen Knopf nicht die Finger des Inhabers lagen. Im Übrigen bestand der Vertrag nur aus einem simplen Ernennungsschreiben und der Handlungsspielraum eines Neuernannten war zu Anfang immer gering … Wir waren weit von seinen Forderungen entfernt.

Zweitens das Gold: Die finanziellen Klauseln sahen eine Bezahlung in amerikanischen Dollar und eine Vorauszahlung von drei Jahresgehältern vor. Außerdem eine Kreditlinie im Ausland, so dass die übrigen vier Jahre auf jeden Fall gezahlt werden konnten. Das Ganze wurde ergänzt durch bedeutende Tagegelder in Landeswährung und gewürzt durch Umzugskostenerstattung und Zuwendungen in kanadischen Dollar für regelmäßige Familienferien im Land, aus dem er angeworben wurde. Und so weiter.

Es wurde errechnet, dass der verlangte Vertrag das Dreizehnfache von dem gekostet hätte, was schließlich dem neuen Posteninhaber gezahlt wurde.

Drittens Stahl: Er forderte ein *full metal jacket.* Seine Angst war so groß, dass er sich vorstellen konnte, mit einundzwanzig Leibwächtern zu leben, die sich zu je sieben im Achtstundenrhythmus ablösen sollten. Dazu drei identische Allradjeeps mit getönten Scheiben und gepanzerter Hecktür, wobei in jedem Ablenkungsauto ein Chauffeur und ein Leibwächter sitzen und drei Personen ständig an seiner Seite sein mussten.

Die Wirklichkeit auf diesem Posten bestand aus einigen sporadischen Wachleuten einer privaten Firma, die mit ihren Jagdgewehren im Hof herumlungerten. In einer braungelben Uniform immerhin. Alle vorangegangenen Krisen hatten gezeigt, dass die Wachen immer als Erste Reißaus nahmen. Im Übrigen wurden sie mehr und mehr zur reinen Demonstration, denn um jeden Zwischenfall zu vermeiden, war beschlossen worden, die Gewehre nicht zu laden. Kurz, in punkto Sicherheit machte man es auf diesem Posten besser wie alle Leute und empfahl sich der Gnade Gottes.

Das Fax kam mit einer solchen Verspätung an, dass alles bereits vollzogen und der neue Amtsinhaber schon seit einer Woche auf seinem Posten war. Aber, politische Klasse verpflichtet, die Kaffeelauben verlangten eine Erklärung und das öffentliche Gerücht Beweise.

Während der ganzen nächsten Woche war unsere Diaspora im *Nédgé sur Mer* und im *Columbia Boys* beim Aperitif das Gesprächsthema Nummer eins derer, die seine Kandidatur unterstützt hatten und die nun seine Forderungen überrascht kommentierten. Die belustigten Galerien übertrieben den geforderten Vertrag noch, sofern das überhaupt nötig war. Und man bezeichnete ihn nur noch mit seinem neuen Spitznamen BOA, dem gefräßigen Reptil aus den Anfangsbuchstaben von *béton, or, acier,* Beton, Gold und Stahl. Sogar die Kaffeehauskellner kamen hinter ihrem Uniformlächeln hervor und erzählten, woher und warum sie schon immer gewusst hatten, dass er einen Vorwand finden würde, um nicht ins kalte Wasser zu springen.

Man rechnete also damit, ihn nicht wiederzusehen. Aber es kam anders. Jedes Jahr kommt die Boa zur selben Zeit wieder, um an denselben Tischen dasselbe zu erzählen, als wäre nichts geschehen. Das Einzige, was sich geändert hat, ist das Lächeln, das nicht mehr zur Uniform der Kellner gehört. Das wäre auch wirklich zu viel verlangt.

Das Vorzimmer des Nobelpreisträgers

Es war Ende November 1990. Mitten in dem Präsidentschaftswahlkampf mit den wenigen Führern, denen der Sieg bald mehr Freunde bescheren sollte, als ihnen lieb war, Freunde, die dem Sieg mit fliegenden nach dem Wind gedrehten Fahnen zu Hilfe eilten. Aber dieser Abend, an dem wir die Kultur als einzigen Sympathieträger und letzten Verhandlungstrumpf unter die Lupe nahmen, war noch einer von den einsamen: Wir waren nicht einmal zu zehnt. 1492 jährte sich bald zum fünfhundertsten Mal, und man musste kein Hellseher sein, um die Hypothese aufzustellen, dass der Literaturnobelpreis 1992 wahrscheinlich in die Karibik gehen würde. Wir mussten so schnell wie möglich unsere kleine Welt Revue passieren lassen, um zu entscheiden, mit wem wir die sich bietenden Chancen nutzen wollten. In dieser Zeit war viel von Chancen die Rede.

Wir hatten zwei gute Karten in der Hand. Einerseits den Kandidaten, dessen Profil als Mann des Friedens jeden Tag mehr Aufmerksamkeit fand – damit er ins Finale kam, musste man nur seine Entgleisungen zügeln –, und andererseits den Autor, der die eingefahrenen Gleise aller Gattungen weit genug hinter sich gelassen hatte, um von der obersten Jury ausgezeichnet zu werden. Er stand in der Tradition der dreiteiligen Männer, die in Haiti das 19. und 20. Jahrhundert bestimmt hatten: Wissenschaftler, politisch engagiert, mit literarischer Karriere. Oder umgekehrt. Mit unterschiedlichem Erfolg in jedem der Teile. Eine respektable Liste dieser dreieinigen Kombination zog sich durch unsere Geschichte, von Jean Price-Mars bis Jacques Roumain bis Jacques Stéphen Alexis bis ... Es blieben die Lebenden, unter denen wir unsere Wahl treffen mussten. Unsere Entscheidung, wer fähig war, eines Tages diesen Zufall zu verdienen, fiel einstimmig.

Ein haitianisches Double war unter diesen außergewöhnlichen Umständen, die das Land in seinen sämtlichen Facetten schillern ließen, keine völlig unsinnige Vorstellung. Es sah ganz so aus, als wollte das Land einen Eintrag in die Weltgeschichte vornehmen, wie es ihn erst zweimal vorgenommen hatte: Hispaniolas Jahr 1492 und Saint-Domingues 1804. Das Jahr 1992 war unser Traum für Haiti, dem damals ein ganzes Volk jubelnde Lieder zur Wahl sang:

Wenn man allein träumt,
dann bleibt es ein Traum.
Wenn wir gemeinsam träumen,
dann erwachen wir vielleicht.

Dennoch mussten wir strenge Maßnahmen treffen, so wie sie die anderen um uns herum trafen, deren Kandidaten vom Kaliber her unseren im Großen und Ganzen recht nahe kamen. Oder fast. Überall in der Karibik wurde heftig über Wesentliches diskutiert. Nur nicht bei uns, bis zu diesem Abend. Wir beschlossen also, mit der Literatur zu beginnen, da das viel einfacher zu erstellende Dossier für den Friedensnobelpreis warten konnte, bis die Versprechen eines neuen Zeitalters sich nach den ersten Regierungsmonaten und der Umsetzung des Programms aus dem Manifest *Die Chance ist da* konkretisierten. Das Vorgehen sah so aus, dass wir zunächst die Meinung einiger Freunde, allesamt Kenner des Autors, über die eventuelle Bildung eines Unterstützungskomitees einholen wollten, denn ein Nobelpreis will sorgfältig geplant sein. Und als wir nach dem Beschluss, eine zweitägige Umfrage zu veranstalten, spät in der Nacht auseinandergingen, waren wir überzeugt, einen Schritt hin zu einer verantwortungsvollen Verwaltung der öffentlichen Angelegenheiten getan zu haben.

Der erste befragte Kenner und Freund sagte mit seinem dröhnenden Lachen als Theatermann, man müsse beim Autor zuerst durch sein Vorzimmer, und die Wände dieses Vorzimmers seien bedeckt von lauter identischen Selbstporträts des Autors et cetera, et cetera.

Aber über das Werk sagte er kein Wort.

Der zweite befragte Kenner und Freund sagte mit einem nagerhaften Kichern, man müsse beim Autor erst an ihm vorbei, bevor man ins Vorzimmer käme, und dieses verborgene Zimmer sei gespickt mit lauter Skulpturen des Autors, die ihn selbst darstellten, et cetera, et cetera.

Aber über das Werk sagte er kein Wort.

Der dritte befragte Kenner und Freund sagte mit reptilienhaftem Zischen, man müsse einmal in das Vorzimmer voller *Wand-zu-Wand-Spiegel* des Autors kommen, er schreibe dort zwischen lauter endlos in alle Richtungen gespiegelten Bildern von sich selbst et cetera, et cetera.

Aber über das Werk sagte er kein Wort.

Bei unserem zweiten Treffen mussten wir feststellen, dass unsere kabalenschmiedenden Dämonen in zwei Tagen ebenso wenig wie in zwei Jahrhunderten auszutreiben waren. Nichts Neues also und obendrein nichts Verborgenes über die unselige Manie der Kurzsichtigen, sich an den Finger zu halten, wenn er auf den Mond zeigt. Ein Historiker und nichtsdestoweniger Literat hatte lange *Das ständige Debakel der Intelligenz* in diesem Land erforscht, während ein anderer Historiker und nichtsdestoweniger Politiker, Autor des *Ständigen Komplotts gegen die Qualität* sich folgendermaßen äußerte:

Edmond Paul war arrogant …
Aber über das Werk nicht ein Wort.
Dabei war er der größte Modernisierer des 19. Jahrhunderts.

Louis Joseph war kleinlich ...
Aber über das Werk nicht ein Wort.
Dabei war er der Größte des 19. Jahrhunderts.

Anténor Firmin war eitel ...
Aber über das Werk nicht ein Wort.
Dabei war er der universalste Gelehrte des 19. Jahrhunderts.

Demesvar Delorme war eingebildet ...
Aber über das Werk nicht ein Wort.

Und fünfzig andere waren hochmütig ...
Aber über das Werk nicht ein Wort,

Nicht einmal, um sich davon abzusetzen.

Die beiden Nobelpreise für die Karibik von 1992 sollten sich Derek Walcott und Rigoberta Menchu verdienen, und ich weiß immer noch nichts über das Vorzimmer des haitianischen Autors, aber anscheinend, so hat man mir später gesagt, hat er gar kein Vorzimmer.

Wer versenkte die Neptune?

Das Gemurmel der Vernissage verstummte in meinen Ohren plötzlich, als ich an einem Bild ankam, das durch seine Größe in eine andere Epoche gehörte: *Die Rinder der Neptune.* Eine untergehende, schon den Horizont berührende Sonne beschien ein nach dem Sturm ruhig und glatt daliegendes Meer in allen Abtönungen der dominanten Farben Blau und Gold. In der zu Ende gehenden Dämmerung dienten fast schon lebensgroß dargestellte tote Rinder aufgebläht wie Schläuche als Rettungsbojen. Je vier Schiffbrüchige klammerten sich an den steifen Gliedern der Tiere fest. Die angegebenen Maße, 491 x 717 cm, entsprachen zu genau denen des *Floßes der Medusa,* als dass diese Übergröße zufällig sein konnte.

Ich sah das überladene Schiff wieder vor mir, wie es sich am Kai von Jérémie in den frühen Morgenstunden anschickte, den Anker zu lichten. Die Matrosen, die die immer noch an Bord gehievten Ladungen festzurren sollten, liefen in letzter hektischer Aktivität durcheinander. Die unten im Laderaum kompakt aufgestapelten Kaffeesäcke hätten allein schon ausgereicht, um das Schiff bis zur Markierungslinie ins Wasser zu drücken. In den vorangegangenen Tagen hatte ich die Spur des Kaffees weit genug zurückverfolgt, um zu wissen, dass das Foto des vollen Laderaums, das ich gerade aufgenommen hatte, die Kontakte einer ganzen Kette von Zwischenhändlern symbolisierte. Aber meine Frau und ich sollten erst noch entdecken, bis wohin man die Höchstbeladung – und die Profitgier – ausreizen konnte. Ich hatte instinktiv schon die Kamera gewechselt, um in Schwarzweiß zu arbeiten, denn ich musste auch Fotos veröffentlichen, um das drohende Schicksal zu bannen.

Das Deck war in einen zweiten Laderaum voll aufgehäufter Waren und in einen Viehpferch verwandelt worden: Große lebende Fleischstücke, an den Hörnern festgemacht, und eine Menge gefesselter Ziegen, immer zwei zusammengebunden. In der Mitte des Decks waren in Weidenkörben alle Arten von Geflügel und Wild zwanzig Stockwerke hoch aufgestapelt. Und um diesen reichen schwimmenden Markt aus dem Vorratsspeicher von La Grande-Anse zu vervollständigen, hing die gesamte Reling außen voll nackter grüner Bananenstauden, die schon fast das Wasser berührten.

Das dritte Stockwerk war eine Art nachträglich hinzugefügte Empore, die als zweites Holzdeck diente. Sie wurde über ihre ganze Länge hinweg von schmalen, dunkelgrün gestrichenen Bänken eingenommen, auf denen die Passagiere saßen, die einen Sitzplatz gebucht hatten, denn zu einem ermäßigten Preis konnte man stehend reisen oder sich da festhalten, wo es möglich war. Über allem ein Dach aus einem leichten Gestell und einer dunkelblauen Plastikplane, die sich unter den Angriffen der Sonne und der Unwetter langsam entfärbte und auffranste.

Es war schon fast dunkel, als wir auf dem Oberdeck ankamen, um die Szene von oben zu betrachten. Ich erinnere mich, dass ich mich angesichts der Funzeln, die diese Halde von Menschen, Tieren und Waren markierten, fragte, wo sie wohl diese 5-Watt-Birnen her hatten. Die kleinen Kinder schliefen schon zusammengerollt auf den Säcken, und man stieg über sie hinweg, während man das Schiff noch weiter belud. All dies erinnerte mich an die Arche Noah und dann, unwiderstehlich, an das *Floß der Medusa* von Géricault, ein Bild, über das ich als junger Student eine lange Arbeit geschrieben hatte und für das ich in vier Jahren viermal den Louvre besucht habe.

Wir besuchten den Führerstand, der voll mit defekten Instrumenten war. Nicht nur defekt, auch überflüssig, erklärte uns der Kapitän, denn er würde in Küstennähe fahren. Außerdem sei er Hochseelotse, da er in der karibischen See *vor dem* Passatwind von Insel zu Insel und *unter dem* Westwind von Festland zu Festland gefahren sei. Er erzählte uns weiter von sich selbst und dem Schiff, die es beide in ihrem Alter für den Pendelverkehr zwischen Jérémie und Port-au-Prince noch taten, und von der Hauptkabine, die wir bekommen könnten, man würde vor dem Auslaufen für unseren Jeep noch einen kleinen Platz an Deck freiräumen. Wir hatten das Angebot abgelehnt und lieber die unmögliche Straße genommen, die uns zur Überquerung der höchsten Gipfel des Landes zwang.

Die *Neptune* brauchte fünf Jahre zum Sinken. Der angekündigte Untergang der gesamten Unternehmerschicht der Gegend, nämlich der tausend *madansara,* wurde als „Übertreibung“ aufgenommen, ein Schlüsselwort, mit dem man in Port-au-Prince alle alltäglichen kleinen Weigerungen bezeichnet, irgendeine Verantwortung zu übernehmen. Und niemand fühlte sich mehr von der unausweichlichen Katastrophe betroffen.

Ich war gerade auf Besuch in Haiti, als es im Februar 1993 schließlich passierte – und die Arche Noah kam mir umso eindringlicher wieder in den Sinn, als jemand bemerkt hatte, dass Gott „am elften Tag des zweiten Monats“ zu Noah sagte … Was dann zwei Tage lang bei Miragoâne an unsere Strände geschwemmt wurde, übertraf das Bravourstück des Schiffbruchs der *Medusa* bei Weitem. Tatsächlich dienten tote Rinder aufgebläht wie volle Schläuche Schiffbrüchigen, die sich an ihren steifen Gliedern festklammerten, als Rettungsbojen.

Aus den wiedergefundenen Logbüchern der Neptune geht so ziemlich alles hervor, was an diesem Tag untergegangen ist, bis zur genauen Zahl der an Bord genommenen und umgekommenen Tiere – *Hornvieh und Pferde, Mundvorräte und Lebensmittel …,* wie in den Registern aus dem Saint-Domingue des 18. Jahrhunderts –, doch das Einzige, was nicht gezählt wurde, waren die Menschen an Bord, *Neger und Negerinnen, Negerknaben und Negermädchen,* hätte es damals in denselben Registern geheißen.

Der Maler, der kam, um mich darauf aufmerksam zu machen, dass ich seit über einer Stunde dasselbe Bild betrachtete und dass die Galerie schließen musste, verhörte sich und dachte, ich hätte nach dem Preis gefragt. „Wie viele?“, wiederholte ich.

Verbatim: Rezept für vier

Die Botschaft in Paris hatte kodierte Anweisungen erhalten, sich am Donnerstag direkt nach Erscheinen drei Exemplare von Jacques Attalis voluminösem Werk *Verbatim* zu besorgen und sie durch einen Boten mit dem direktesten Flug nach Port-au-Prince bringen zu lassen. Diese Protokolle der täglichen Gespräche zwischen dem Präsidenten Mitterand und seiner Umgebung wurden umso ungeduldiger erwartet, als der Autor, der gerade Haiti besuchte, am Montag zu einer Audienz empfangen werden und anschließend mit den wichtigsten vier Regierungsmitgliedern zu Mittag essen sollte. Es blieb nur das Wochenende, um sich eine genaue Vorstellung von den fast tausend Seiten zu machen.

Kaum hatte der Kanzler die Exemplare in der Nacht zum Freitag persönlich überbracht, als eine Minikabinett-Beratung stattfand, um das weitere Vorgehen festzulegen. Keine der anwesenden Autoritäten wollte die Verantwortung übernehmen, das Buch zu lesen und für die Kollegen zusammenzufassen, denn man würde ihm die Schuld geben, wenn irgendjemand während des Mittagessens mit dem als sarkastisch bekannten Autor ein Schnitzer oder eine sonstige Dummheit unterlief. Da sich kein Freiwilliger fand und alle plötzlich sehr beschäftigt waren, wurde beschlossen, einen Ausschuss zu bilden, der die Aufzeichnungen auf drei Ebenen lesen sollte. Die Wahl der Mitglieder war Anlass für mancherlei Palaver, bis eine wohlabgewogene Dosierung gefunden war. Da es bereits zwei Uhr morgens war, als der Konsens zustande kam, wurden die drei Auserkorenen, die diese Ehre gar nicht beansprucht hatten, geweckt und im Morgengrauen unverzüglich zu der weit weg in der Ebene gelegenen Präsidentenranch bestellt. Das Faszinierende an der Macht ist, dass sie alle drei akzeptierten, sich so vom Fleck weg vergattern zu lassen und erst am Sonntag in die Stadt zurückgebracht zu werden, nachdem sie beim Abendessen ihre Stellungnahme abgegeben hatten. Abgeschirmt vom Kommen und Gehen eines normalen Wochenendes an diesem hohen Ort, begannen sie sofort mit der Lektüre.

Der Erste, der aufgefordert wurde, zu sprechen, war ausgewählt worden, weil er alles auf der ersten, wörtlichen Ebene las wie ein eifriger Schüler. Seines Zeichens Agronom war er unschlagbar und unerschöpflich, wenn es um das komplexe Universum der kleinen Dinge ging. Nach zwei Tagen war er immer noch nicht fertig mit dem Lesen und Wiederlesen seines mit Anmerkungen randvollen Exemplars. Er führte aus, dass die von Attali ausgewählten Aussprüche – denn der hatte offensichtlich eine regelrechte Säuberung vorgenommen – zu dem für das Staatsoberhaupt reservierten Bereich gehörten: Außenpolitik, Ernennung der Kader, Verteidigung, große Bündnis-, Bundes- (Aufbau des vereinigten Europas) und Bauvorhaben (als steinerne Fortsetzung der Amtsperiode für künftige Generationen). Da es unmöglich ist, in den engsten Zirkel der

Macht vorzudringen, war es faszinierend, über ein *Verbatim* zu verfügen, auch wenn es noch so gesäubert war. Die Dimension des Staatsoberhauptes tritt sofort zu Tage. Und dem Mitterand, den uns Attali in dieser Chronik präsentierte, fehlte es nicht an erhabener Größe, auch wenn er, um absolut glaubwürdig zu wirken, einige kleine Verfehlungen und geringfügige Fehler des Chefs nicht unterschlagen hatte. Aber was die Fehler betraf, führte der erste Leser weiter aus, so würde die Zeit später die weniger geringfügigen ans Licht bringen, wie dies bei sämtlichen Präsidenten sämtlicher Republiken geschehe – unter so voyeuristischen Titeln wie *Tonton m'écoute*, „Onkelchen hört mich", ein durch den Anklang an die *tonton macoute* unleugbar haitianisch konnotierter Einfall.

Er zog eine Parallele zu den Aufzeichnungen aus Nixons Oval Office und wunderte sich wie alle über die Verflachung und die Verrohung der täglichen Aussprüche dieses von der Halali blasenden Presse bereits tödlich getroffenen Präsidenten am Ende seiner Amtszeit. Bereits damals hatte er sich gefragt, wie wohl das *Verbatim* aus dem Präsidentenbüro von Port-au-Prince für jeden der vielen Staatschefs aussehen mochte, die sich darin abgelöst hatten. Duvalier Vater, dessen Hauptsorge es war, möglichst lange an der Macht zu bleiben, konnte man sich leicht vorstellen: ausschließlich von Militärs und Milizionären umgeben, vertieft in die Polizeiberichte und die Verhörprotokolle seiner vermeintlichen Opponenten. Bei einer Bilanz von 30.000 Vermissten und 300.000 Verhafteten in fünftausend Tagen musste dies in der Tat einen erheblichen Teil der Tagesbeschäftigungen des Staatschefs ausmachen. Das waren nur kleine Folterknechte und elende Spione. Das Interesse der Machthaber für Demokratie und Entwicklung war so gering, dass von solchen Dingen sicherlich nicht oft die Rede war, diese waren aber letztlich die einzigen, die im *Verbatim* eines Präsidentenamtszimmers wie des unseren Platz finden sollten. Uff! Das Resümee war ein wenig lang, gab aber den Text getreu wieder, und die Abschweifungen waren etwas unerwartet, aber so aufschlussreich, wie man es sich nur wünschen konnte. Sie bewiesen, dass man mit ihm als Leser für die erste Ebene eine gute Wahl getroffen hatte.

Der Zweite, dem das Wort erteilt wurde, wunderte sich, dass alle Mitglieder des Zirkels um Mitterand und Mitterand selbst so versiert in Wirtschaft und Finanzen, Geld und Banken waren, so dass man schon glauben konnte, es gebe nur die abstrakten Bewegungen von Defiziten, Abwertungen und sesshaftem, nomadisierendem oder sogar fliehendem Kapital zu verwalten. Es handelte sich sicherlich um einen Trick, dass von diesen sozialistischen Machthabern und ihrer Art, das Land zu regieren, nur das Bild von Technokraten ein und derselben Disziplin überliefert wurde, die sich über die winzigen Unterschiede zwischen den zahlreichen Clans der Bankergilde stritten. Diese Protokolle sagten letztlich vor allem etwas über den Autor aus, über seinen Trick (und seinen Traum) und über die schmeichelhaften Leistungen, die er sich gern zuschreiben wollte wie den Gipfel von Versailles, weit mehr als über Mitterands tägliche Regierungsarbeit in all ihren Facetten oder gar über Mitterand selbst. Daher die Polemiken, die bereits achtundvierzig Stunden nach Erscheinen des Buches tobten, eines voreingenommenen, unvollständigen und nicht immer feinfühligen Buches, das allem Anschein nach auf parteiische Weise einen partiellen Ausschnitt behandelte. Er hatte nur den Samstag gebraucht, um sich eine Meinung über das dicke Werk zu bilden, und seine Brillanz gereichte den Lesern der zweiten Ebene, die er als talentierter Wirtschaftswissenschaftler vertreten sollte, zur Ehre.

Nun kam der Dritte an die Reihe, ein müder alter Kämpe, der diesem Pensum nur einen Vormittag gewidmet hatte, da er anderes zu tun gehabt hatte, insbesondere sein Brevier zu lesen und alle Bücher der Bibliothek zu durchstöbern. Dieser Freiheitsentzug zur Unzeit hatte ihn verstimmt. Er tadelte zunächst das vorliegende *Verbatim*, das weit davon entfernt war, den Großen der Welt in der Tradition der Propheten die Leviten zu lesen, und ging dann ohne Umschweife dazu über, die Grundzüge des *Verbatims* zu entwerfen, wie er es sich für die nächsten Jahre erträumte. Es sollte die Form von wöchentlichen Bilanzen haben und sich zunächst auf die frühmorgendlichen Gespräche beschränken, in denen sich der Präsident – der von den Wählern dazu ausersehen wurde, zu wachen und zu führen – mit dem Premierminister austauschte, welchem es oblag, im Gespann mit der Regierung Hoffnung und Verzweiflung visionär zu verwalten.

Es war wünschenswert, dass jemand dieses *Verbatim* verfasste, denn dieses Genre musste allein schon in seiner Funktion als letzte Sicherung gefördert werden. Die beiden Kabinettschefs sollten daher dem täglichen *briefing* als Zeugen und Schreiber beiwohnen, um uns Bericht über die wesentlichen Dinge zu erstatten, von denen an jedem Tag der Woche die Rede gewesen war; dies würde als Beleg gelten, dass die Exekutive ihre Aufgabe erfüllt habe. Allein das wäre ein unverhoffter Anfang.

Aber da er die fraglichen vier Personen gut kannte – er war ihr Professor gewesen – vertraute er ihnen auch die Befürchtung an, die ihn beschlich, wenn er so davon träumte, sie jeden Morgen zum Vergnügen seines *Verbatims* vereint zu sehen: Die Karikaturisten der Opposition könnten die Übung ausnutzen, um sie montags als *Viererbande,* dienstags als *Streichquartett,* mittwochs als *vier Musketiere,* donnerstags als *die vier apokalyptischen Reiter,* freitags als *die vier Evangelisten* und samstags als *die vier Daltons* zu sehen …

Man machte ihn ein wenig ärgerlich darauf aufmerksam, dass er nichts für den Sonntag vorgesehen hatte. Er antwortete halb im Scherz halb erst, er hege starke Zweifel, dass die Karikaturisten der Opposition bis zum Sonntag überleben würden, wenn sie eine Woche lang das Chefquartett gezeichnet hatten, das da vor ihm saß.

Die Lochmaschine

Die Markierungsmannschaft zeichnete die Mittellinie der neuen Straße, schweren Herzens, denn jedes Mal, wenn eine Straße wieder halbwegs befahrbar wurde, verwandelten die Unfälle sie in einen Weg in den Tod. Keine Anforderungen an die Fahrer mehr, keine staatliche Kontrolle des Zustands der Fahrzeuge, keine Beschränkungen der wilden Importe von Material, das gerade noch für die Autofriedhöfe zwischen Boston und Miami taugte, keinerlei Normen mehr. Der leitende Ingenieur wusste, dass er gelbe Trennlinien, weiße, überfahrbare Linien und gestrichelte Vorfahrtslinien für tausend künftige Tote bemaß, berechnete und zeichnete. Aber niemals hätte er gedacht, dass er die Serie eröffnen würde.

Der Anblick dieser neugebauten Straße im Norden verlieh dem Auto des Richters anscheinend eine zweite Jugend. Seit Jahren war es gezwungen, nur im Schritttempo von Riss zu Riss zu fahren. Nur auf den 1850 Meter langen, schnurgeraden Teilstücken, die auf wundersame Weise von hervorragender Qualität und obendrein so gut beleuchtet waren, dass sogar die nächtliche Landung kleiner Flugzeuge möglich war, konnte es hin und wieder in Trab verfallen. Jedoch waren diese Teilstücke zwar zahlreich, aber zu gut bewacht, um sich zu oft dorthin zu wagen.

Und nun war endlich ein kilometerlanger gestreckter Galopp möglich. Es erinnerte sich nicht an das letzte Mal, sein Gedächtnis ließ es schon seit langem im Stich. Es gab das Letzte, trunken von der Meeresbrise, die es vor sich herschob, letzter Rausch einer abgehalfterten Karre, die auf einem langen, nagelneuen Asphaltband losstob, ohne sich um die lächerlichen gelben Hütchen zu kümmern, welche anscheinend signalisierten, dass die Farbe noch ganz frisch war. Es achtete auch nicht auf die neuen Geräusche von unten und ihr metallisches Echo. Die Hinterräder schienen den Vorderrädern nicht mehr aufmerksam zu folgen. Auch die Bremsen stellten, müde von der langen Beanspruchung, jede Tätigkeit ein. Die Lenkung schloss sich an, indem sie nichts mehr lenkte. Das Auto brauchte den Richter nicht mehr, um ein letztes Mal zu tun, was es wollte, im Zickzack von links nach rechts, von rechts nach links zu fahren. Dann erfasste es in einem langen Quietschen von zu Tode abgefahrenen Reifen den leitenden Ingenieur und schleuderte ihn hoch in die Luft, bevor es gegen einen schönen *francisque*-Mangobaum unvermittelt zum Stehen kam. Es war Juli, und so schüttete der Baum ihm den ganzen saftig-gelben Ertrag der Saison auf das Dach. Das Auto war sofort tot. Der Richter auch. Die Schaulustigen hatten bereits alle Mangos aufgesammelt, als die *boss réchaudliers*, die Ofenmacher, wegen des Altmetalls anrückten. Sie trafen kurz vor den Rettungssanitätern für den Richter ein. Der leitende Ingenieur war allerdings schon nicht mehr da, denn seine Mannschaft hatte ihn so schnell wie möglich ins Allgemeine Krankenhaus von Port-au-Prince gebracht. Die Unfallbeschreibung der anwesenden Landvermesser war als Hommage an ihren Chef ein Meisterstück an Präzision. Es war von der konvexen Kurve die Rede, die der Schwerpunkt des Körpers beschrieben hatte, vom höchsten Punkt der Flugbahn seines Körpers (8,75 Meter über den Telefonleitungen, denn er war durch die Wucht des Aufpralls tatsächlich über die Telefonleitungen geflogen) und von den 32,50 Metern, die er bis zum Aufprall zurückgelegt hatte. Um punkt zwölf Uhr, betonten sie, wie um das Schicksalhafte und Magische daran zu betonen, bevor sie alle in der *borlette* die Nummer 12 und ihre Kehrsumme 21 spielten. Sie erwähnten in dem Bericht weder, dass es heiß war und die Dämpfe des weichen Asphalts Rauchkringel bildeten, von denen man Fata Morganas sehen konnte, noch, dass dieses Auto auf keiner Straße, auch auf keiner privaten, mehr hätte fahren dürfen. Ein rollender Sarg, das war zu banal für sie.

Es war bereits zehn Uhr abends, als man ihn in aller Eile verlegte, um ihn zu operieren, denn da, wo er war, war erst in zweiundsiebzig Stunden ein OP verfügbar. Man fuhr ihn mit zurückgeklappten Sitzen in das sehr exklusive Krankenhaus in Canapé Vert. Es gab drei offene Brüche einzurichten, mehrere Paare gebrochener Rippen, eine perforierte Milz zu entfernen und so ziemlich überall sonst Verletzungen gleichen Kalibers, die einen zweimonatigen Krankenhausaufenthalt notwendig machten. Aber zunächst musste man dringend zwei *pintes* Blut der Gruppe 0+ auftreiben, die das Rote Kreuz nur herausgeben wollte, wenn es eine gleichwertige Spende erhielt. Zu seinem Glück, wenn man so sagen darf, gab es jemanden mit 0+ vor Ort.

Die ihrem Chef ergebenen Landvermesser ließen es damit nicht bewenden und verfassten eine lange, von allen Mitarbeitern der Dienststelle unterschriebene Eingabe. Sie gratulierten an Backbord, prangerten an Steuerbord an, alarmierten Radiostationen und Zeitungen und setzten vor allen Dingen die Gerüchteküche in Gang, so dass aus dem banalen Unfall auf einer mörderischen Straße ein politisches Ereignis wurde, das niemand mehr ignorieren konnte. Es würde also Leute geben, die dafür waren, und andere, die dagegen waren, solche, die heftig dafür und solche, die heftig dagegen waren, solche, die mäßig dafür, und solche, die mäßig dagegen waren, solche, die weder dafür noch dagegen waren, und andere, die im Gegenteil weder dagegen noch dafür waren: Die subtilen Nuancen mancher Stellungnahmen waren extrem schwer zu entschlüsseln, zumal anfangs nicht so recht klar war, wofür oder wogegen man war.

Jeder musste jedoch für eine der vier Möglichkeiten Partei ergreifen: dafür, dagegen, weder dafür noch dagegen oder auch sowohl dafür als auch dagegen. Die wahren Überlebensspezialisten fanden sich in den beiden letzteren Gruppen.

Die Sache begann Ausmaße anzunehmen.

Ein Bekannter mit Fliege, seines Zeichens Bankier, große Schnauze und feinsinniger Kenner der Labyrinthe der politischen Klasse, fasste für mich die drei groben politischen Fehler zusammen, die in diesem Dossier begangen worden waren. Zuerst der kleinste: Das Unfallopfer kam nicht aus der richtigen Ecke. Da der Ingenieur zu keinem der herrschenden Clans gehörte, hätte er zumindest das erste Krankenhaus niemals verlassen dürfen. (Er wäre nach drei Tagen operiert worden, und es wäre im besten Fall eine Amputation mit nachfolgender Schwerbehinderung herausgekommen. Er wäre nicht der Erste gewesen, genauso wenig wie im ungünstigsten Fall, denn die neue Liste der Opfer war ja schon vom Richter eingeweiht worden.) Der zweite, schwerwiegendere Fehler war, dass das entnommene Blut in irgendeiner Weise eine Gabe des CHEFS hätte sein müssen. Alles musste von IHM kommen und bei IHM enden. Ansonsten wäre jeder verdächtig, eine „Agenda“ zu haben und politisches Kapital sammeln zu wollen. Er erläuterte mir zwei oder drei verschiedene Möglichkeiten, einem Chef, der offensichtlich die Blutgruppe Null, Rhesus negativ hatte, eine Spende Null, Rhesus positiv zu entnehmen. Die Hämatologie kam dabei nicht gut weg. Und der dritte, wahrhaft unverzeihliche Fehler war, dass man in der Behörde nicht erkannt hatte, dass das Markieren der Straßen die letzte noch nicht aufgeteilte Profitquelle darstellte. (Es war nämlich schon fast alles dem Kannibalismus zum Opfer gefallen, sogar die Herstellung der Nummernschilder, ursprünglich die eigentliche Aufgabe der Behörde. Maschinen und Material waren jedoch unter dem früheren Regime schon vor langer Zeit an ein privates Unternehmen übergegangen, das durch solide Protektion bis jetzt eine Rückkehr zum Normalzustand verhinderte.) Er beendete seine Lektion, indem er hundert gegen eins wettete, dass „der kleptokratische Appetit des Bonzenpacks“ binnen eines Monats über diese erbärmliche und letzte kleine Tätigkeit der Straßenverkehrsbehörde herfallen würde. Genau so drückte er sich aus und pflegte er sich auszudrücken.

Er war wirklich begabt, und ich besaß keines der erforderlichen Talente. Er setzte sogar die verzweifelte Miene des Lehrers, der gerade die Neunerprobe zum fünften Mal vergeblich erklärt hat, auf, als ich ihm meinen größten Traum in dieser Angelegenheit darlegte, nämlich den Kauf einer Maschine zum Durchlöchern aller Landstraßen und Autobahnen, Straßen und Gassen, Boulevards und Avenuen ... Schöne Löcher in Quincunx-Anordnung Elegante Löcher in Reihe Frivole Löcher im Schachbrettmuster Perverse Löcher im Hinterhalt Junge Löcher vom Vortag Sauflöcher Alte Löcher vom letzten Monat Faltige Löcher Drecklöcher Nesslöcher Mauselöcher, Gucklöcher, Schlupflöcher Schwarze Löcher Weiße Löcher Gedächtnislöcher Luftlöcher Männerlöcher Frauenlöcher Eierlöcher Käselöcher Dämliche Löcher Kluge Löcher Überall Löcher.

Arschlöcher!

Das Licht und das Ende des Tunnels

Wie kann man Haitianer sein? Manche braven Leute glauben, dass es einfach sei, Haitianer zu sein, dass man absichtlich Haitianer sein könne und dass man es ja so gewollt habe. Aber nein, man wird eines Tages zufällig Haitianer, ohne dass man darum gebeten hätte, weil es den Eltern, die ebenso wenig darum gebeten haben wie man selbst, ebenso ergangen ist. Und so weiter, bis zum Urahn und seiner alten Schiffsgeschichte. Haitianer zu sein bedeutet das. Das bedeutet es auch, wenn man irgendetwas anderes ist, aber der Unterschied liegt darin, dass man sich als Haitianer fragt, warum man Haitianer ist. Die anderen fragen sich das nicht oder so spät, dass man ihnen offensichtlich gesagt hat, sie sollten sich diese Frage stellen. Bei uns ist das fast schon die erste Frage des Kindes: „Agaga gugu?"

Diese essentielle Frage versuchten also während der tausend Tage (Oktober 1991–Oktober 1994), die eine Krise mit außerordentlichem Medienecho dauerte, weltweit zehntausend Zeitungsartikel über Haiti als Test einer entstehenden neuen Weltordnung zu beantworten.

Das größte Treffen aller denkenden Köpfe des Landes fand in Washington statt; man wollte herausfinden, wie man der Sintflut von Artikeln begegnen sollte, die in alle Richtungen auseinanderströmten und eine Menge Gerümpel mit sich schwemmten. Es war außerordentlich enttäuschend, dass sich aus den Hunderten von Meinungen keine Linie für eine gemeinsame Aktion ergab. Eine junge Frau allerdings, die sich dorthin verirrt hatte und das Thema von Grund auf verfehlte, sagte, dass Kindermund Wahrheit spräche und die Mütter die besten Exegeten des ersten fragenden „Agaga-gugu" seien. Die Überraschung war groß, die Verärgerung ebenfalls. Dennoch, da man angesichts der Frage so hilflos war, konnte man es auch mit einem ultimativen postnatalen Treffen versuchen. Der seltsame Vorschlag gelangte auf verschlungenen Wegen bis zu einem runden Tisch von zwanzig Kinderschwestern, die mit der Aufgabe konfrontiert waren, Antworten auf die großen Fragen der Kleinsten zu liefern. Ich war brennend interessiert, zu erfahren, bis wohin diese Entgleisung gehen würde. Es ist kaum zu glauben (und dabei erzähle ich jetzt ausnahmsweise die Wahrheit!), aber die an den Haaren herbeigezogenen Elaborate dieser Damen führten zu einer einfachen Möglichkeit, eine befriedigende Antwort auf „Agaga gugu?" zu finden.

Sie hatten die Idee zu einer Meinungsumfrage, die im ersten Quartal 1994 in fast allen Ländern durchgeführt wurde, in denen Haiti diplomatische Vertretungen unterhielt. Es wurde dazu das ausschließlich weibliche Unterstützungspersonal mobilisiert, das sich in den Konstellationen auskannte, die sich gerade in der Umlaufbahn um die Botschaften und Konsulate befanden. Die gesamte Logistik wurde zu ihrer Verfügung gestellt. Die von ihnen ausgewählten Befragten mussten durch die Wahl einer einzigen von dreizehn möglichen Antworten ihren Haupteindruck von Haiti charakterisieren. Ziel war, zu erfassen, wie Haiti in der internationalen Meinung wahrgenommen wurde, und zu bewerten, wie man diese Wahrnehmungen nuancieren konnte. Auf die sieben häufigsten Antworten entfielen über 88 % der abgegebenen Stellungnahmen. Der Umfrage folgte im nächsten Monat eine dreiseitige Klarstellung über jede der sieben Antworten, und man fragte jeden der Antwortgeber, ob er unter Berücksichtigung der gelieferten Informationen bei seiner ersten Antwort blieb. In 69 % der Fälle gaben die Befragten an, dass ihr erster Eindruck nicht mehr bestehe.

Man sollte meinen, dass dieses Land, das seit dem Staatsstreich vor 30 Monaten täglich in den Schlagzeilen war, unbekannte Tiefen und ein ungeahntes Potential besaß, denn 7 von 10 Personen änderten ihre Wahrnehmung nach der ersten Klarstellung!

Für 27 % der Befragten ist Haiti vor allen Dingen ein „armes Land" mit versiegten materiellen und verschwendeten menschlichen Ressourcen. Wenn man dem Kehrreim vom „ärmsten Land und dem einzigen WEL (am wenigsten entwickelten Land) des amerikanischen Kontinents" auch kaum widersprechen kann, so genügten zwei Argumente, um die scheinbar so unerschütterlichen Gewissheiten ins Wanken zu bringen: Zunächst ist die haitianische Diaspora als möglicher Teil des Landes eine absolut außergewöhnliche Konzentration menschlicher und finanzieller Ressourcen, und zweitens kann das Überlebens-Know-how einen vorteilhaften Ausgangspunkt für den Aufschwung darstellen ... Ein armes Land? Ja, aber sicher nicht so mittellos, wie allgemein angenommen wird, wenn ...

18 % denken, dass Haiti vor allem ein „gespaltenes Land" mit gegensätzlichen und unversöhnlichen politischen Lagern ist. Die unseligen und unaufhörlichen politischen Konflikte täuschen sicherlich darüber hinweg, dass die haitianische Bevölkerung dasselbe Demokratieideal teilt. Man findet sogar selten ein Land, in dem eine so massive Einigkeit herrscht, dass es zu 70 % für dieselbe Option stimmen kann. Aber es gibt eine blockierende Minderheit ... Ein gespaltenes Land? Ja, aber zwischen den Herren, die weniger als 5 % ausmachen, und den über 95 % Sklaven wie in Saint-Domingue ... Die Demokratie und die Modernisierung können in Gang kommen, wenn ...

Für 14 % der Antwortgeber ist Haiti ein „zerfallenes Land", ein Land ohne gesunden Menschenverstand. Der Eindruck ist geprägt von vier Millionen zerstreut lebenden Bauern, von Dörfern ohne Ordnung, von einer Hauptstadt, in der zwei Millionen Slumbewohner sich aufs Geratewohl irgendwo ansiedeln. Verwilderte Anbauflächen und folkloristische Märkte, heißt es ... Die drei Seiten besagten, dass sich hinter dieser Sicht nur die Unfähigkeit verbirgt, die Ordnungen, die in der Armut existieren, die Logik, die ihnen zugrunde liegt, und ihr Potenzial für den Neuanfang und den Aufschwung zu beschreiben ... Ein zerfallenes Land? Sicherlich, aber nicht chaotisch und erst recht nicht anarchisch. Ein Land, das noch Erstaunen erregen kann, wenn ...

Für 9 % der Antwortgeber ist Haiti ein Land „ohne Ziele“. Das Land, in dem ein absurdes Ereignis auf ein anderes folgt, macht den Eindruck, dass alles weggeht, ohne dass irgendjemand wirklich wüsste, wohin man gehen soll und wie man dorthin kommt. Eine kleine Insel, auf der groteske blutrünstige Potentaten und unverantwortliche Plünderer ein bis zu den Knochen abgemagertes Volk drangsalieren. Es reichte aus, die demokratischen Forderungen aus sechs Jahrzehnten in strukturierter Form zu präsentieren, um diesen Eindruck eines den Bach heruntergehenden Landes wirksam zu mildern … Ein Land ohne Ziele? Nein, denn der Aufschwung ist möglich, wenn …

7 % wählten die Antwort, nach der Haiti „chancenlos“ ist, aber eigentlich haben wir es geschafft, die Chance jedes Mal zu verpassen, wenn sie sich bot. Wer verbirgt sich hinter diesem Wir? Die alten Dämonen einer Blockademinderheit, die unfähig ist, sich einen Ruck zu geben und aufzuwachen, wenn der Augenblick es erfordert. Im Gegenteil, dieses Volk hat dem Land viele Chancen gegeben, die seine Führer hätten ergreifen können, wenn …

Der Prozentsatz derer, die fanden, dass Haiti ein „Hilfsempfänger“ sei, betrug 7 %. Haiti sei unfähig, sein Schicksal selbst in die Hand zu nehmen, ein ausgehaltenes Land. Es stimmt, dass die Einheimischen, die sich am Ruder abgelöst haben, nur von Hilfen und Subventionen träumen und reden, von Projekten aus dem Ausland, Geldtransfers der Diaspora etc. Aber das ist nicht das Problem. Man kann vom lokalen Know-how ausgehen, so dass die Hilfe von außen nur noch Unterstützung und nicht mehr Ersatz für dieses Know-how ist, ein Stellenwert, den sie niemals hätte gewinnen dürfen, wenn …

Für 6 % der Befragten ist Haiti ebenfalls „ein Land ohne Hoffnung“. Dabei ist klar gesagt, was wie wann und mit wem zu tun ist. Es gibt sogar eine starke Strömung mit einer realistischen „Agenda“, die in diese Richtung drängt, erst recht wenn …

Man verstand schließlich, warum der Deckname der ganzen Aktion „Wenn“ lautete. Sie waren an dem Punkt angekommen, an dem man dem Chef sagen muss, dass er nicht fähig ist, das Wunder zu vollbringen, an dem andere gescheitert sind, dass er keinen Zauberstab besitzt und es keine Rezepte gibt, dass er kein Erlöser ist, dass Pläne für einen radikalen Neubeginn hermüssen und ein Modernisierungsprojekt und eine Vision einer von 2 % auf 40 % angewachsenen Mittelklasse und dass man das ein politisches Manifest nennt, ein gesellschaftliches Projekt, ein Regierungsprogramm und dass die vorangegangenen 7 durchwachsenen Eindrücke zu 7 irrigen Thesen über Haiti werden müssen et cetera et cetera. Und das war es, was man von ihnen erwartete!

Aber sie taten, was sie mit den Kleinen zu tun verstanden: Sie versüßten die bittere Pille. Die Antwort auf „Agaga gugu?“ ist inzwischen bekannt; und es ist eigentlich nicht das Licht, das fehlt, sondern das unauffindbare Ende des Tunnels.

Oh ja!

Der Albtraum von Governor's Island

Es war an einem gewittrigen Abend auf der Marinebasis von Governor's Island in der Bucht von New York. Ich war eingenickt, als ich auf der Landungsbrücke des Offiziersklubs die Freiheitsstatue betrachtete, die in dem dicker werdenden Nebel ihre Fackel als nächtlichen Orientierungspunkt für die Küstenwachen hochhielt. Zwischen den Haitianern, die hier verhandelten, lief es so schlecht, dass Gott sich eingeschaltet hatte, um die Worte und Dinge zu entwirren, denn die hatten begonnen, jeder für sich vor sich hin zu leben und sich nicht mehr darum zu scheren, dass die einen die anderen benennen sollten. Die Menschen waren verrückt geworden. Sie wurden zu einer Aussprache in den Himmel einbestellt. Petrus hatte über der Eingangstür ein großes Transparent in passendem Himmelblau anbringen lassen, auf dem in unpassend blutroten Lettern die Tagesordnung stand: „Die Widersprüche des Embargos, die haitianische Krise."

Es ist schon verrückt, wie viel in diesem Land geträumt wird! Verrückt, wie viel man träumt, wenn man aus diesem Land stammt! Aber das Komischste ist, dass sich jeder abmüht wie ein Verrückter, um sich so genau wie möglich an seine Träume zu erinnern. In der Lotterie, der *borlette* kann es sich auszahlen, wenn man richtig deutet, welche Zahl dem jeweiligen Traum entspricht. Dafür gibt es ein Buch, das *thiala*. Man kann sich auch an professionelle „Deuter" wenden. Ein neuer Berufsstand: Sie verlangen 5 %, wenn man mit der vorgeschlagenen Zahl gewinnt und nichts, wenn man verliert. Aber man kann für einen Traum auch sterben. Im Traum angezeigt, diesen Trick wendeten sogar die Denunzianten an, um ihre Behauptungen zu untermauern: „Exzellenz, ich habe geträumt, dass der Soundso eine Verschwörung ausheckt!" Und oft reicht das aus. Man stellt auch günstige Traumbedingungen her. Manche meinen, dass man direkt vor dem Schlafen essen sollte. Die Verdauung bringt sie zum Träumen. Es entstand so ein Handel mit Gerichten und Getränken, die dem Träumen förderlich sind. Andere träumen nüchtern. Die Mehrheit in diesem Land. Nicht dass sie vor dem Schlafen nicht gern essen würden. Aber man muss sich schließlich mit dem behelfen, was man nicht hat. Also sagen sie sich, dass das Träumen mit nüchternem Magen die letzte Chance der Armen ist. Ich für meinen Teil erinnerte mich immer genau an meine Träume. Erst nach meinem Gefängnisaufenthalt entwickelte ich ein schlechtes Verhältnis zu diesem Medium. Das geht nun schon seit dreißig Jahren so. Auch wenn ich mich jetzt im Verdacht habe, Farbe hinzuzufügen, zu retuschieren, dreidimensional vorzugehen ..., um meine Albträume als Träume zu tarnen, denn Albträume zahlen sich in der *borlette* nicht aus. Mein System ist aus dem Takt.

Die Verfahren im Himmel waren eine seltsame Mischung aus akademischen und politischen

Ritualen, zu der beide ihre ihre lästigsten Eigenheiten beigesteuert hatten. Jede Partei musste drei Denkschriften zur Verteidigung ihres Standpunkts verfassen, den ein Sprecher in wenigen Worten vorstellte. Es gab nur eine Bedingung, aber die war etwas völlig Neues in diesem Dossier, nämlich die Wahrheit zu sagen, denn im Himmel wird nicht gelogen.

Die erste Gruppe, die sich zu Wort meldete, war das Volk. Sein Anwalt war Harry L., der in der Vorwoche in Carrefour, einem Vorort von Port-au-Prince, mit vier Kugeln getötet worden war. Er trug den schwarzen Anzug mit feinen weißen Streifen, in dem er in den Sarg gelegt worden war, man hatte uns soeben das Foto zukommen lassen. Sein Gesicht war aufgedunsen von den Kugeln, die man ihm mit aufgesetzter Waffe in den Kopf geschossen hatte. Ich dachte mir, dass ich nach seinem Exposé dafür sorgen müsste, dass man sich um die zwei Familien kümmerte, die er hinterließ, und dass ich zusammen mit ihm die Namen der vier Killer bestätigen musste, die wir im Verdacht hatten. Er begab sich in die Niederungen des Alltags und sprach gerührt über das Individuum, das ohne Hoffnung auf Besserung im Mangel überleben muss. Unter den Bedingungen des materiellen und moralischen Elends, den Lebensbedingungen der Mehrheit der haitianischen Bevölkerung, ist das Embargo eine furchtbare Maßnahme, die die einfache Bevölkerung aus der größten Armut noch einige Stufen tiefer in das schwärzeste Elend bringt. Ich erkannte seine metallisch gewordene Stimme hinter seiner Totenmaske nicht wieder. Er sprach jetzt mit dem dumpfen, langsamen Tonfall eines verworrenen Tonbandes von der tiefen Not, in der über 95 % der Bevölkerung lebten. Und ausgerechnet unter diesen Menschen finden sich die heftigsten Verfechter des Embargos, diejenigen, die bereit sind zu sterben, damit es zum Ziel führt, so wie man an einem Hungerstreik stirbt. Sie hatten nichts mehr zu verlieren. Die drei Titel, die er vorlegte, machten Eindruck: *Eine Grenze namens Sieb. Die Lügen der Vormünder und Mörder. Der Embargokrieg findet nicht statt.* Ich dachte mir, dass man ihn gut „gecoacht" hatte und dass ich die drei Texte so bald wie möglich lesen musste.

Die zweite vertretene Gruppe waren die *panzouistes*. Eine Anwältin sprach in ihrem Namen, eine schöne Mulattin vor dem Herrn! Eben. Sie hielt eine selten wahre Einleitungsrede: Wir sind vor Ort die unbeugsamsten Gegner des Embargos und dabei sind wir diejenigen, die durch Schwarzmarkt, Schmuggel, Preisabsprachen und künstlich erzeugte Knappheit, durch Insider- und Drogengeschäfte, durch Geldabgaben in der Stadt und Naturalabgaben auf dem Land am meisten davon profitieren. Wir brechen schier zusammen unter den außergewöhnlichen Profiten, die wir dank dem Embargo anhäufen, aber wir sind dennoch nur von einem Ziel besessen, nämlich seiner Aufhebung. Die Drogenhändler haben das Land, durch das sie ihr Pulver völlig ungestraft durchschleusen, buchstäblich aufgekauft. Wir haben sogar regionale Bündnisse mit unseren Nachbarn, die wie wir auf dem Drogentrip sind, geschlossen, und keine Situation war je so lukrativ. Dennoch setzen wir uns alle für die Aufhebung des Embargos ein. Ihre Titel lauteten: *Die neue Kontinentaldrift. Über missbräuchliche Embargos. Embargo: die Alternative des Teufels.* Ich fand, dass sie sich ziemlich viel traute und dass ihr das in diesem Land kein

Glück bringen würde.

Für die dritte Gruppe trat ein *Bleichgesicht mit gespaltener Zunge* vor. Ich fragte mich in meinem Traum, ob ich träumte, als diese Person hier so als Comicfigur verkleidet auftrat. Er räumte zunächst ein, dass es nicht um das Embargo selbst gehe, sondern darum, welche Botschaft man damit transportierte. Er sagte weiter, dass es andere, weniger grausame Möglichkeiten gebe, einen legitimen Anspruch klar anzuerkennen, so wie es selbstverständlich auch andere Möglichkeiten als den Hungerstreik gab, um kollektiv für seine Sache zu sterben. Aber durch eine Folge von Chancen, die in unredlich geführten Verhandlungen tatsächlich oder scheinbar vergeben wurden, war es leider so weit gekommen. Die brutale Aussage des Embargos hier und jetzt sei NEIN zum Staatsstreich und JA zur demokratischen Legitimität, auch wenn man zögert, die letzte Konsequenz dieser Entscheidung zu ziehen, nämlich die Wiedereinsetzung. Mit diesem letzten Satz legte er seine drei Denkschriften vor: *Die falschen Tangoschritte des Argentiniers. Erprobung der neuen Weltunordnung (NWU). Aufhebung unwahrscheinlich, Aufrechterhaltung unmöglich.*

An diesem Punkt der himmlischen Versöhnungsprozedur, als ich gerade nach den neun Berichten mit den vielversprechenden Titeln schielte, stellte Petrus – ihn habe ich wirklich gesehen, und er sieht so aus, wie man ihn sich vorstellt, bis hin zum langen Bart, dem weißen Gewand und dem großen Schlüssel – den Teufel vor, damit er ein Resümee der Aussagen zog. Auch er sah so aus, wie man ihn sich vorstellt: groß und schwarz, Hörner, dreizackige Gabel und ein breites, fratzenhaftes Lachen, ein richtiger Athlet, dieser Luzifer! Er fasste die Sache griffig zusammen. Jedem sein Embargo und drei Embargos zum Preis von einem: das Totschlägerembargo, das Siebembargo und das Verschleppungsembargo. Resignierte Hinnahme der Aufrechterhaltung des Totschlägerembargos unter den Bedingungen eines kollektiven Hungerstreiks durch die Massen. Eindringliche Forderung der Putschisten nach Aufhebung des Siebembargos, das sie durch seine Existenz bereichert, das sie aber durch seine Aufhebung noch mehr bereichern würde. Zögerndes Lavieren der Internationalen Gemeinschaft, die ihren mangelnden politischen Willen zur Wiedereinsetzung dieses Präsidenten mehr schlecht als recht hinter ihrem Verschleppungsembargo versteckte.

Dann brach er wie der Weihnachtsmann in abgehacktes Hoho! Hoho! (so lacht man dort oben wohl über uns) aus, ein Gelächter, das ich sofort als das erkannte, das mich seit Beginn der Krise oft aus meinen Albträumen weckte. Die Wolken brachen unter gewaltigem Blitzen und Donnern. Ich war schon bis auf die Haut nass, als ich mich von dem ungeschützten Landungssteg nach innen retten konnte, wo meine Freunde angeregt darüber diskutierten, welchen Titel sie den Widersprüchen des Embargos geben könnten. Sie sahen mich fragend an, als ich mit noch schlaftrunkenem Gesicht in den Saal platzte. Ich antwortete, dass ich gerade im Traum den Titel gefunden hatte, den sie suchten: *Embargo, die ehrbare Dirne.*

Der Admiral aus Léogane

Seit einer guten Stunde kreuzte ich allein gegen den heftigen Wind an, der mir in dieser stürmischen Diskussion über die Frage der haitianischen Flüchtlinge von drei Volksvertretern aus Florida entgegenwehte. Es war die dritte Nacht der internationalen Konferenz von Miami zu dieser Frage, und mir war bewusst, dass ich wie ein Seemann aus Quina bei schwerer See unter Rollen und Stampfen lavierte, um Zeit zu gewinnen. Ich musste einen Zugang zu ihrer Position finden, und tatsächlich fand ich hinter einer Antwort eine schmale Bresche in einem nur flüchtig enthüllten Gedanken, durch die ich in ihren kollektiven Albtraum eindringen und den Film ansehen konnte, der in Miami seit dem Staatsstreich von 1991 jeden Abend ausverkauft und mit geballten Fäusten gezeigt wurde:

Die sechste haitianische Flotte mit tausend Schiffen und hunderttausend Boatpeople darauf hat sämtliche bunten Segel gesetzt und bewegt sich auf breiter Front (denn es handelt sich um einen amerikanischen Albtraum in Farbe und auf Großleinwand) auf Florida zu. Das Kommando führt ein Admiral aus Léogane, ein Bauer und Fischer, wie Bob sagen würde … und über diesem ozeanischen Fest, das auf die halbe Million zurückt, die bereits von den fünf vorangehenden Flotten an Land gesetzt wurden, kreist der CNN-Hubschrauber.

Die Vision war durchaus kühn, der Albtraum durchaus begründet und das Risiko durchaus real. Mein Gott, wenn es nur nach den Tausenden von Statisten ging, dann konnten die Dreharbeiten sofort beginnen, in Echtzeit, denn durch den Staatsstreich war das Drehbuch auf der anderen Seite fertig. Seitdem träumte man auf dem gegenüberliegenden Ufer abends genau dasselbe. In Schwarzweiß freilich, denn der haitianische Traum ist ein *low-budget*-Traum:

Die sechste haitianische Flotte mit tausend Schiffen und hunderttausend Boatpeople darauf hat sämtliche bunten Segel gesetzt …

Dass auf beiden Seiten des im Kielwasser des Admiralsfloßes zu durchquerenden Bermudadreiecks dieselben intimen Bilder finstere Albträume und schöne Wunschträume bevölkerten, war ein guter Anknüpfungspunkt für die Diskussion. Man musste sich damit abfinden, dass dies noch lange Zeit die wichtigste haitianisch-floridianische Traumserie bleiben würde – die Seifenoper an der Spitze der Primetime-Hitparade – und die Geheimwaffe der Demokratie, die allein in der Lage war, für andere Träume zu sorgen. So träumte der Staat Florida von einer lückenlos demokratischen Zukunft für Haiti, wenn ihm, der obligatorischen Eingangspforte der Haitianer zu den USA, weitere Wellen von Boatpeople erspart blieben.

Es war eine große Konferenz, diese Konferenz die Hundert vorbereitet hatten und bei der sich Tausende versammelten, um das Phänomen der eineinhalb Millionen Auslandshaitianer als

Fortsetzung des Landes in die Fremde zu begreifen. Es hieß, zunächst die erste Generation von Auswanderern durch ein neues juristisches Gebilde (das zehnte Departement) und ein neues Begriffsfeld mit den neun Inlandsdepartements zu verknüpfen. Das gefürchtete Problem der zweiten Generation blieb im Moment ungelöst, denn wenn sie in zwanzig Jahren an der Reihe war, würde sie praktisch nicht mehr zu diesem Land gehören und nicht einmal mehr Geld schicken. Der Bruch drohte innerhalb einer Generation vollzogen zu werden. Die Organisation der Diaspora konnte daher nur von innen erfolgen, ebenso wie die Anreize für die zweite Generation, sich später im Land der Eltern zu engagieren. Nur eine demokratische Regierung konnte sich für einen so folgenschweren Befund interessieren. Man musste für die zahlreichen und verschiedenartigen Ströme von Haitianern in der Welt die Empfangsstrukturen im Inneren anbieten aber auch die notwendigen institutionellen Kanäle nach außen schaffen. Was die zweite Generation betraf, so lag die Chance darin, aus dem Land eine riesige Ferienkolonie zu machen, in der diese sich von Kind auf mit Sprache und Kultur der Ahnen, der Geschichte des Landes ihrer Eltern und den Pflichten gegenüber dem Ursprungsland bekannt machen konnte.

Mit vollen Segeln spannen wir die Sache weiter. Die Schuljahre mussten aufeinander abgestimmt werden, damit die Lehrer in den Ferien zur Verfügung standen, und das größte Netz an Forts auf dem amerikanischen Kontinent war für die Unterweisung der Kinder und den Tourismus der Eltern zu restaurieren … Mit dem Wind im Rücken umschifften wir wie im Rausch das übliche haitianische Politikertaktieren, denn jeder haitianische Radioreporter stellte nur eine Frage: *Kandidat oder nicht Kandidat?* Als könnte in diesem Land niemand mehr bis drei zählen und sich ein anderes Engagement, andere Motive oder sonst irgendetwas vorstellen. Aber nach drei Tagen musste man doch den Anker werfen und zu den Vertretern Floridas zurückkehren, die sofort Gewissheit wollten. Eine einzige kleine Gewissheit auf diesem wunderbaren Traumfischzug: keine Boatpeople mehr. Im Gegenzug schworen sie so unverbrüchliche Freundschaft, dass sie nicht einmal vor dem Äußersten zurückschreckten. Wir konnten annehmen, dass sie aufrichtig und bündniswürdig waren – solange die Bedrohung für ihre hübschen kleinen Strände bestand.

Die Huldigung war dargebracht, die Freundschaft zementiert und das Bündnis ins Auge gefasst, was hatten sie nun zu ihrer Verfügung, um die vom *american dream* so erfüllten Nächte von Washington an ihrem Albtraum teilhaben zu lassen? Nicht viel, sagten sie, gerade mal die 2 % Stimmen, durch die die Demokraten Florida mit seinen 27 Wahlmännern verloren hatten, ein Zehntel dessen, was notwendig ist, um ins Weiße Haus zu kommen, das Zehntel, das Bill für eine Wiederwahl beim nächsten Mal unbedingt brauchen würde …

Admiral, my admiral, hättest du gedacht, dass du die Rückkehr befehligt hast, obwohl du niemals ausgefahren bist?

Die gesamte politische Klasse machte es genauso. Oder versuchte es. Aber der junge Bürgermeister zeichnete sich durch die wirklich außergewöhnliche Virtuosität aus, mit der er anderen die Butter vom Brot nahm. So wie damals, als er nach einem Konflikt mit der Regierung ohne eine Gourde in der Kasse dastand, weil die ihm den Geldhahn zugedreht hatte. Er hatte keine Zeit, lange über die politischen Sitten des Landes nachzudenken, denn in drei Monaten sollte der Bürgermeister von Mexiko offiziell zu Besuch kommen. Ein nationales Budget von zehn Millionen Goldpiastern – so nannte man die amerikanischen Greenbacks zum Gedenken an die Zeit der Flibustier – wurde bewilligt. Das Bürgermeisteramt blieb indessen bei den Bauten und Projekten außen vor. So lauteten die Anweisungen des Kulturministers, des einzigen Bauherren. Es ging mit harten Bandagen zu.

Es wurde beschlossen, innerhalb eines Monats zu beiden Seiten der Straße, die in die Stadt führte, die Slums mit zwei langen, hohen Mauern zu kaschieren und verschiedenen Malern Stücke von je fünfzig Meter Länge und fünf Meter Höhe zur Verfügung zu stellen, auf denen sie, als Hommage an die mexikanischen Wandmaler, David Alfaro Siqueiros, José Clemente Orozco oder Diego Rivera spielen konnten. Das Festival der Farben und Formen wurde mit großzügigen Stipendien gefördert.

Man erwartete hundert Maler, es meldeten sich tausend. Richtige und falsche, große und kleine, junge und alte ... Jurys mussten ernannt und Wettbewerbe veranstaltet werden, vor der Nase des jungen Bürgermeisters, der davon ausgeschlossen blieb. Und einen Monat lang war der Korridor seiner Stadt mit Gerüsten gespickt wie eine Pharaonenbaustelle, so fieberhaft arbeiteten die Künstler und ihre Gehilfen. Die Mauern erwachten zum Leben.

Am Morgen des Besuchs brachte ein knappes Dutzend Kletterer kurz vor der Ankunft der Würdenträger etwa zehn Transparente in großer Höhe über der Zufahrtstraße an, auf denen in großen Lettern zu lesen war:

DER BÜRGERMEISTER IST STOLZ AUF IHREN BESUCH
DER BÜRGERMEISTER HEISST SIE HERZLICH WILLKOMMEN
DER BÜRGERMEISTER HIER ... DER BÜRGERMEISTER DA ...

In seiner Ansprache sprach der Staatsgast natürlich dem jungen Bürgermeister seinen Dank für dieses titanische Geschenk einer Straße der Malerei mit zwanzigtausend Quadratmetern haitianischer Wandmalereien in allen Stilen aus. Ein Triumph.

Nach Schätzungen musste der junge Bürgermeister für diesen Coup nicht einmal dreihundert Dollar investieren. Das war Mozart, Pélé und Michael Jordan zugleich!

Es war vor allem eine politische Meisterleistung, die in die Lehrbücher der Zunft eingehen würde. Ein Schulbeispiel für das Brevier des perfekten Kandidaten. Ein Geschenk für die *lodyans*. Die Galerien standen mit der Bewunderung der Kenner auf seiner Seite. Die Feindseligkeit verschärfte sich um eine Stufe. Er würde schon bald dafür büßen, bei den nächsten Wahlen würde man sich sprechen. Alles wurde in Bewegung gesetzt, damit er verlor, was auch prompt geschah. Die Dinge begannen sich zum Schlechten zu wenden.

Zunächst wurden die Weißen immer ausweichender. Dabei hatte er von Seiten der *internationalen Gemeinde* schon fast alle Garantien für seine nationale Karriere erhalten. Er zählte nach. Wie viele waren sie? Zehn, zwanzig, dreißig, vierzig? Mehr bestimmt nicht, aber waren es weniger als fünfzehn, wenn man nur die zählte, die zählten? Weniger als zehn? Sicherlich weniger als fünf. Gleichviel, während seiner dreihundert letzten Tage als Bürgermeister war er sechshundert Mal zu einem Cocktail, einem Galadiner, einem Stehempfang, einem Barbecue, einem warmen Büffet, einem Frühstück unter vier Augen, einem Geburtstag, einer Hochzeit, einem Nationalfeiertag, einem Empfang, einer Gedenkfeier … irgendwo auf diplomatisch immunem Terrain in Port-au-Prince eingeladen worden. Die Lektüre des Terminkalenders, den er aufbewahrt hatte, bereitete ihm in diesen einladungslosen Tagen große Pein. Mehr noch – oder schlimmer noch –, war er nicht ebenso oft im Büro besucht worden? Waren nicht all diese Frauen und Männer aus der internationalen Gemeinde während der dreiundvierzig Wochen seiner dreihundert Tage als Freundinnen und Freunde fürs Leben gekommen? Und jetzt? Nichts! Sogar die Einheimischen drückten sich.

Das Gerücht wurde mitleidlos, von schneidender Schärfe. Das letzte Stadium, das der volkstümlichen Refrains, war schnell erreicht. In Haiti bringt nämlich jedes wichtige Ereignis des öffentlichen Lebens Gelegenheitslieder hervor. Seit einem Monat trällerte man zur Melodie des Rap, der gerade im Schwange war:

Marco sagte alles,
als er sagte: „Ein Weißer hat mir erzählt."
Polo sagte alles,
als er sagte: „ein Weißer hat mir erzählt."
Dafür so lange Reisen.
Wir haben die Marco Polos, die wir verdienen

…, als man auf einmal wieder Candio hörte, den nationalen Chansonnier der dreißiger Jahre, und zwar folgenden berühmten Vierzeiler, den man seitdem in alle Fassaden des Präsidentenpalastes hätte einmeißeln müssen:

Ou mèt bon kavalye
Chouèl ou te mèt byen sele
Di moman'l pran ponpe
I fok kan mèm ou tonbe

(Du magst ein guter Reiter sein
und dein Pferd gut aufgezäumt
Wenn es zu tänzeln beginnt
fällst du trotzdem runter)

Und bei ihm blieben die Besucher weg, und das Telefon klingelte nicht mehr. Die kleine Stieftochter, die früher als Vollzeittelefonposten gedient hatte, war beschäftigungslos. Flaute.

Ich fand es seltsam, dass er ausgerechnet in diesem Moment seine letzten Verbindungen spielen ließ, um einen zweiten Telefonanschluss zu erhalten. Wenn es ihm seine Durststrecke erleichterte, zwei Anschlüsse anstatt nur einen zu haben, dann sollte es daran nicht liegen!

Er besuchte mich einige Tage später und dankte mir in warmen Worten, neu erquickt durch die zahlreichen Anrufe von einer Nummer zur anderen, mit denen er den Nachbarn vorgaukelte, dass es für ihn wieder aufwärts ging.

Die Berater des Staatsoberhaupts über seine Ermordung

Durch die Ausübung der Macht kommt es offenbar über kurz oder lang so weit, dass der Präsident die Überzeugung „Die Nation bin ich“ gewinnt, ein wohlbekanntes Syndrom. Die Ermordung des Präsidenten würde also die Feinde der Nation begünstigen („Meine einzigen Feinde sind die Feinde der Nation“, pflegte einer von ihnen zu sagen) und obendrein das Land der Sintflut preisgeben, die dieser Verlust unfehlbar zur Folge hätte („Nach mir die Sintflut“, pflegte ein anderer zu sagen). „Was für ein Verlust für das Land!“, denken sie alle auf dem Weg ins Exil.

Dieser ahnte sogar voraus, wie es passieren würde, nämlich mit einer Kugel in den Kopf. Er beschloss, den verschiedenen Typen von Individuen, die um die Machthaber kreisen, diese für seine Person wichtige Frage vorzulegen, um die Männer und Frauen auszuwählen, die ihm den besten Rat geben konnten. Mit diesen wollte er sich dann als persönliche Berater umgeben.

Berufsmäßig Ratschläge zu erteilen ist keine Sinekure. Was soll man zu einem Staatschef sagen, der angesichts der Macht das Gefühl hat, fünfundzwanzig Jahre eine schöne Frau umworben zu haben, um dann, als er sein Ziel endlich erreicht hat, festzustellen, dass sie Aids hat. Die Antwort liegt nicht auf der Hand, und nicht jeder zieht sich in diesem Amt ehrenvoll aus der Affäre. Versuchen Sie's nur!

Als Erste wurden die braven Messdiener herbeizitiert, die das beflissene Dienen gewohnt waren. Sie rissen sich ein Bein aus, um die Wünsche des Zelebranten zu erraten und dem, was sie für seine Entscheidung hielten, vorauseilend zu gehorchen. Alles, was sie ihm sagen konnten, war, dass der Staat ER war, dass daher seine Ermordung die Feinde der Nation begünstigen und obendrein die Seinen der unweigerlich folgenden Sintflut preisgeben würde. Zu Anfang ein beruhigender Spiegeleffekt, der aber schon bald geruch-, farblos und fade wurde.

Die zweite Gruppe war die der Mesner und Küster, Küsterinnen und sonstiger Kirchendiener, deren platte Unterwürfigkeit man nicht mehr auf ihr junges Alter schieben konnte. Die einhellige Meinung dieser Erwachsenen war große Ehrerbietigkeit, die vor allem trachtete, kein Ärgernis zu liefern. Da die Autorität ihre Ermordung für möglich hielt, nun gut, dann war sie wohl möglich. Und wenn sie sie nicht mehr für möglich hält, nun gut, dann ist sie eben nicht mehr möglich. Ganz einfach. Zu gefällig und ganz und gar nicht beruhigend.

Nun kamen die Stoßtruppen, für die gar kein Zweifel bestand: Wenn diese Frage schon so weit im Bereich des Denkbaren lag, dass sie gestellt werden konnte, dann war bereits ein Komplott im Gange. Sie nahmen Gitarre und Mikrofon, um *auf dem Beton* die Revolution zu verteidigen, gegen die man dieses schmutzige Komplott geschmiedet hatte. Die Ermordung rückte in den Hintergrund, was dem Präsidenten gar nicht gefiel. Ab.

Dann waren die Schmeichler an der Reihe. Sie hatten lange Übung und Referenzen vorzuweisen. Ihr Know-how stützte sich auf ein solides Repertoire, und die ein oder andere Geschichte wurde als Klassiker ihrer Gattung zitiert: Unter dem Präsidenten, der angeblich seinen Kaffee schräg am linken Mundwinkel trank, soll die Mode, so wie er zu trinken, während seiner gesamten Amtszeit im Präsidentenpalast Furore gemacht haben. Sie würden alle hinken oder stottern, wenn der Amtsinhaber diese Behinderungen hätte. In der Not konnte man sich auf sie nicht verlassen.

Es zogen anschließend jede Menge Würdenträger, Verbündete und Angehörige vorbei, die alle das Für und Wider abwägten, immer sagten, dass ein Mordanschlag möglich war, aber dass man wirksame und strenge Maßnahmen ergreifen konnte, um ihn zu verhindern. Weise, stichhaltig, aber langweilig.

Die namen- und gesichtslosen Berater plädierten dafür, auf die Mächte der Nacht zurückzugreifen. Voodoo. Sie argumentierten, dass dies in der haitianischen Welt gang und gäbe und banal sei. Ihr Drängen wurde immer mehr zur Nötigung. Es wurde also ein erster Termin im Norden des Landes ausgemacht. Nicht in einem versteckten Heiligtum, in dem ein inspiriertes Medium die Zeremonien leitete, nein. Es fing schon damit an, dass man kaum einen Parkplatz fand, so viele Autos standen da. Es war eine Kirmes im Disneyland des Voodoo, auf der man hundert, zweihundert, dreihundert Bekannte aus Port-au-Prince erkannte, die sich in das vermeintlich tiefe Landesinnere begeben hatten. Unseriös.

Erst beim dritten Termin, im Süden, kam man zu einer Voraussage von einer *mambo,* die bei einer dreitägigen landesweiten Zusammenkunft von hundert religiösen Führern begeistert hatte, da sie nur von Mädchen begleitet war. Diese waren natürlich weiß gekleidet, und es waren einige hervorragende Trommlerinnen in weißen Pluderhosen unter ihnen. Sie bestach durch ihre Haltung, ihr Gefolge und die Tatsache, dass die hohen Plätze in ihrer religiösen Hierarchie allesamt von Frauen eingenommen wurden. Man machte einen Termin aus und traf sich auf ihrem Gipfelplateau, das eine Aussicht von Miragoâne am Atlantischen Ozean bis Côtes-de-Fer an der Karibischen See bot.

Während der ganzen langen, der Ermordung des Chefs gewidmeten Nacht kam es darauf an, die Gefährten zu beobachten, deren Entschlossenheit immer größer zu werden schien, je länger die Zeremonie dauerte. Es zeigte sich die wahre praktische Beziehung zwischen Voodoo und Politik, über die sechs dicke Wälzer zu dieser Frage kein Wort verloren hatten und die darin besteht, die initiierten Mitarbeiter in ihrer Wahl zu bestärken und sie durch ihr eigenes System von Glaubensvorstellungen an sich zu binden. Ob die Hauptfigur gläubig war oder nicht – die Frage, an der sich die Hypothesen verbissen abarbeiteten –, war dabei völlig bedeutungslos. Aufschlussreich, aber am Thema vorbei.

Die Edelflibustier, die sich gelegentlich auch als Verschwörer betätigten, boten, sobald sie von der laufenden Umfrage hörten, ihr Geld, ihre Kreditkarten, ihr Scheckbuch an. Beziehungsweise einen kleinen Teil davon. Sie mussten auch etwas für den anderen, der danach kam, zurückbehalten, und für den anderen, der nach dem anderen kam … Sie verstanden nur zu kaufen und reichten Angebote zum Aufkauf des Mordanschlags ein. Doch der Hauptbetroffene wusste, dass auf diesem Gebiet die Erleuchteten keine Tasche und die Mystiker kein Bankkonto haben. Ungenügend.

Die Petzer und Petzen, Denunzianten und Denunziantinnen waren die Schlimmsten. Sie gaben sich redliche Mühe, sich vorzustellen, wer in die Vorbereitung eines eventuellen Attentats verwickelt sein könnte. Da das Spiel ihnen zusagte, fanden sie, dass diese Leute tatsächlich darin verwickelt waren, und gaben sie rasch höheren Ortes an, damit die üblichen Maßnahmen getroffen wurden. Die ganze Brut verschwor sich gegen die Verschwörer, so sehr, dass viele Leute untertauchten, bis die von vorn bis hinten erfundene Kabale vorbei war.

Man musste nun die Gemüter beruhigen, denn ein Bumerangeffekt war zu befürchten. Man hatte so viel davon gesprochen, dass bei den Untertanen hier und dort verderbliche Gedanken aufkamen und die Idee eines Mordanschlags sich in aller Ruhe einen Platz im Bereich des Möglichen schuf. Und so wurde in aller Eile die letzte Gruppe für einen letzten Ratschlag vorgeladen. Es war nur noch die Musikkappelle übrig. Es erschien also der Kappellmeister des Palasts.

Eine Dame, *Kinder!* Eine Venus mit enormem Hintern.

Kategorisch und keinen Widerspruch duldend schwor sie, dass ein Mord unmöglich war. Sie war ihrer Sache sicher, ebenso wie die Ihren, so sicher, dass sie bereit war, ihren Kopf anzubieten, falls ihre Prognose sich als falsch erweisen sollte. Man erkundigte sich, woher sie die Gewissheit nahm, dass der Präsident niemals eine Kugel in den Kopf bekommen würde. Sie beteuerte mit noch mehr Nachdruck, dass sie absolut sicher war, drohte, zum Beweis ihre Hand ins Feuer zu legen, ohne sich zu verbrennen, und wenn nötig als Gottesurteil einen gerichtlichen Zweikampf auszufechten. Dass sie nicht derselben Meinung war wie alle anderen, machte sie verdächtig. Sie zog vor allem eine *langärmlige* Kabale auf sich und ihr Sturz stand kurz bevor. Sie musste gestehen.

Ihre Rechnung war einfach: Solange der Präsident am Leben war, würde sie Recht haben und könnte auf die profitablen Folgen ihrer richtigen Vorhersage zählen. Sollte sie jemals nicht Recht behalten, so würde es der Präsident mit einer Kugel im Kopf niemals erfahren.

Eine Galerie von acht Porträts in groben Zügen

Der Pastor

Der Pastor ist tot. Wenn man über ihn nur eine Sache in Erinnerung behalten dürfte, dann wäre es, wie er damals am Flughafen Maïs Gate über das Wasser ging. Man hatte ihn aus seiner Zelle im Kasernengefängnis geholt und ihn, Hände und Füße in Eisen, zum Flughafen geführt, um ihn ins Exil zu schicken. Bislang war die Gunst dieser Verbannungsprozedur nur einigen Verurteilten gewährt worden, die internationaler Druck und sonstiges, in hohem Maße von der Diaspora gelenktes Getöse aus den Klauen der Diktatur gerettet hatte, einer Diktatur, die für grässliche Misshandlungen bis zum baldigen und grausamen Tod bekannt war. In unbeschreiblicher Freude feierte man so hin und wieder in New York, Montreal oder Miami den einen oder anderen Rückkehrer von den Toten. Eines Tages wurde sogar der amerikanische Botschafter gekidnappt – ein Feigling ersten Ranges, bei dessen unaufhörlichem Gejammer jeder Schiss bekam, eines Tages mit ihm eine Zelle teilen zu müssen. Durch diese spektakuläre Entführung tauchte ein gutes Dutzend Verschollener zu einem Flug ins Leben wieder auf. Nach dem Start des Flugzeugs ließen viele der Davongekommenen zum ersten Mal spontan ihren Tränen freien Lauf: was für eine Erleichterung, aus ihrem Gefängnis herauszukommen und sich sogar außerhalb ihrer Reichweite, im Ausland, zu wissen! Aber an diesem Tag war die Überraschung groß, als der Gefangene das Exil vehement ablehnte und ihm seine unterirdische Zelle vorzog. Er sträubte sich mit seinen endlich entfesselten Händen und Füßen so sehr, dass der Kapitän von Air Canada sich weigerte, ihn an Bord zu nehmen und man ihn wieder ins Gefängnis bringen musste. Wo man natürlich einige Stunden mit ihm in der *Schwarzen Kammer* verbrachte, auf deren Maschinerie mit ihren Bedienern wir hier nicht weiter einzugehen brauchen. Man bearbeitete ihn diesmal so sehr, dass er fast an einer Herzattacke gestorben wäre, erzählte er später voll Belustigung über die Panik der Folterer angesichts seiner Ohnmacht. Ein oder zwei Wochen später wurde er unter dem Blitzlichtgewitter der ganzen Welt aus dem Militärhospital entlassen. Er hatte gewonnen, weil er um den höchsten Einsatz gespielt hatte: sein Leben.

Der Pastor wird immer lebendig bleiben.

Der General

Das Treffen sollte drei Zeitstunden dauern. An einem Sonntag. Zwei Gäste. Der General bereitete ihnen zu der Uhrzeit, zu der man normalerweise den Aperitif einnimmt, einen nüchternen

Empfang mit Coca-Cola, um über die grundlegenden Probleme des Landes zu sprechen. Er hatte sein neues Lieblingsgetränk lange angepriesen. In seiner kleinen, gedrungenen und fest verschlossenen Flasche schien es ihm gerade richtig für ein Staatsoberhaupt, das vor allem auf der Hut sein musste – besonders vor seinem eigenen Ruf als Alkoholiker, hätte er hinzufügen können. Eine hinter ihm stehende Ordonnanz schien nur dazu da zu sein, jede leere Flasche durch eine neue zu ersetzen. Wie um die Echtheit des Inhalts zu beweisen, wurde jede Flasche vor aller Augen unter Kraftaufwand geöffnet. Welche Mengen Coca-Cola der General trank! Der Pferdefuß bei diesem Treffen war freilich, dass er durch eifriges Leeren der für ihn reservierten Flaschen nach einer Stunde angeheitert, nach zwei Stunden berauscht und nach drei Stunden derart volltrunken war, dass er nur noch stottern konnte.

„Diesen Sonntag wird das Evangelium von der Hochzeit zu Kana gelesen", flüsterte mir der Kirchenmann neben mir zu.

Der Professor

Es war das erste und einzige Mal, dass man Panik in jedem Augenpaar der *internationalen Gemeinde* in Haiti las. Und das schon einen Monat nach der Ernennung (Wahl?) des neuen Präsidenten. Sagen wir, dass dieser seinen Posten besser nicht auf diese Weise errungen hätte, er hat sich auf diese Weise unnötig auf die falsche Seite der Geschichte begeben ... Aber es war immerhin kein kakifarbener Kampfanzug mehr, den man gestärkt hatte, damit er aufrecht stand, kein herausragendes Double und auch kein Handlanger ohne Kopf. Nein, er war derart Professor, dass jedes befreundete Land eilig seine Gesandtschaft vor Ort überprüfte, denn sie würden bei der Audienz sicher einem mündlichen Examen unterzogen. Nie wieder wurde in einem halben Jahr so viel Personal versetzt und vorzeitig zurückbeordert. Aus dem kleinen Zirkel der Diplomaten kamen von überallher Anfragen, wie man sein plötzliches Hochschnellen deuten, jedes Stirnrunzeln dekodieren sollte und wie seine Notengebung funktionierte, nicht nur bei seinen Schülern, sondern auch bei seinen Gesprächspartnern ... Man riss sich für schweres Geld alles, was er geschrieben hatte, aus den Händen, um es Leuten anzuvertrauen, deren Beruf das Lesen war. Bei den Pressekonferenzen, die er gern und mit dem Tonfall von dreißig Jahren Kathedererfahrung abhielt, gerieten die ersten durchreisenden Journalisten, die versuchten, über die Stränge zu schlagen, an den Richtigen. Die Weißen gerieten in Panik, so wie sie vielleicht in Panik geraten wären, wenn Anténor Firmin über die *Schuld* gesprochen hätte, und wie sie sicherlich in Panik geraten sind, als Davilmar Théodore und Rosalvo Bobo über die *Schuld* sprachen. Aber auch die Neger gerieten in Panik. In den Angstwerten der Goldenen Kleinbürger (GKB) und der Unterdrückten Kleinbürger (UKB) ließ sich die Bedrohung an der Zahl der Intrigen, der *coups de langue* und der Gerüchte ablesen. Es keimte im Land jener Überschuss an Seelen, der beeindruckt, wenn der Chef es versteht.

Aber weiter ging das Experiment nicht, und es kehrte bald wieder die übliche Seelenlosigkeit ein.

Die Galerie

Man muss in der Politik viele Winter durchgemacht haben, um jedes Mal das Vorzeichen des Tauwetters im Frühling zu erkennen. Es gibt bestimmte Menschen, deren plötzliches Wiederauftauchen in deiner Laube ein offenkundiger Beweis ist, dass für dich bald eine neue Jahreszeit anbricht, viel sicherer als die Tagundnachtgleiche am 21. März. Man muss nur sehen, wie an einem Tag hundert Telefone nicht mehr klingeln und zwanzig Besucher sich davonstehlen, um zu ermessen, wie plötzlich in der Politik die Sauregurkenzeit hereinbricht. Die Galerie entvölkert sich, und es kehrt wieder Ruhe ein. Und an einem anderen Tag klingeln dann hundert Telefone und zwanzig Besucher kündigen sich an; die Galerie bevölkert sich wieder. Hochsaison. Es muss demnächst ein neues Kabinett gebildet werden. Namen machen die Runde, die Spekulationen sind in vollem Gange, die Wetten sind eröffnet, die Kabalen wachsen an, aber sie wachsen unmäßig an. Man vollführt Drehungen, Pirouetten und Arabesken, Märsche und Paraden, Kavalkaden und Promenaden, *coups de langue* und *coups de langue,* schließlich eine Kabale – und es bildet sich ein Konsens, wer am wenigsten bedrohlich ist, wer durch empfangene Gunst am tiefsten in der Schuld steht. Und hundert Telefone hören auf zu klingeln und zwanzig Besucher stehlen sich davon …

Das Unglaubliche ist, dass man sich danach über den Zustand des Landes zu wundern wagt, über das Wunder, das auf sich warten lässt, über das hartnäckige Pech und die Chancen, die dahinsterben …

Der Nachkomme

Palästina und Israel wurden mir am Vorabend des Sechstagekriegs von 1967 bewusst, als zwischen meinen beiden alten Freunden aus Kindertagen Jean-David B. und Mohammed-Antoine I., Landsleuten jüdischer und arabischer Abstammung, die Spannung wuchs. Dass ich so zwei junge Haitianer in den beiden Lagern hatte, sollte mir einen bevorzugten Zugang auf Kreolisch zu den israelisch-arabischen Problemen des – für mich dadurch wirklich Nahen – Ostens verschaffen. Sie waren also beide Haitianer, *natifnatal,* im Land Geborene, der zweiten Generation. Sie hatten ein Land, einen Boden, auf dem sie geboren und aufgewachsen waren, und eine Familienkultur von woanders, denn sie wussten, dass die haitianischen *ténèbres,* das Austreiben der Finsternis, zur Intifada werden konnten, wenn sie den Stein warfen, mit dem sie zwischen Karfreitag und Ostersonntag auf Eisen gehämmert hatten, um während Christi Abwesenheit die bösen Geister zu vertreiben.

Die Kinder der zweiten Generation außerhalb Haitis sind ebenfalls *natifnatal* dieser anderen, gar nicht mehr *fremden Länder* geworden. Welches besondere Erbe werden sie zur Schau stellen, welche Originalität hervorkehren? Man konnte befürchten, dass sie zu viel von den *tikouloutries* unserer menschlichen Beziehungen, den *timouneries* unseres Handelns und den *tyouleries* aus dem Verhältnis zu unseren Vormündern zurückbehalten würden. Denn sie können genug Kreolisch, um noch von der Verschlagenheit des *tikoulout* zu sprechen, den Kindereien des *timoun* und der Lakaienmentalität, die *tyoul* suggeriert. Es wäre ein Jammer, wenn sie nur die Fehler der ersten Generation erben würden!

Ich habe sie gefragt. Sie haben mir von ihrer viel weltoffeneren Erziehung erzählt, von der großen Empfänglichkeit für Ungleichheiten unter Menschen, die ihnen vermittelt wurde, von einer gewissen Fähigkeit, sich angesichts von Ungerechtigkeit zu empören, von der Hartnäckigkeit und der Treue zu einem Traum und schließlich von ihrer Vertrautheit mit der Utopie als Krücke für den Gang durchs Leben. Und als sie mir immer mehr und überreichlich von ihrem Erbe erzählten, um zu versuchen, ihren Beitrag als zweite haitianische Generation zu ihrem nicht fremden Land zu definieren, da begriff ich schließlich, dass die Antwort nicht darin lag, was sie sagten. Sie waren anders, weil sie sprachen. Denn so sehr es bei ihnen geschätzt wird, zu sprechen, um zu sagen, was man wirklich denkt, um sich abzuheben, Vorschläge zu machen, zu erkunden, so sehr ist es bei uns oberstes Gebot, immer und überall zu schweigen. Daher die Überraschungen, die wir bei jeder Diktatur serienweise erleben, wenn die wahre Natur unserer politischen Führer ans Licht kommt und unter harmlosen François die furchtbaren Duvaliers hervorkeimen.

Antoine hatte zu reden begonnen, wo er besser geschwiegen hätte. Er wurde mundtot gemacht, wie man so schön sagt.

Der Verführer

Mit entwaffnendem Lächeln, bei dem sich die Lider über smaragdgrünen Augen fältelten, und einem leichten Stottern, das zu seinem ständig eingesetzten Charme noch beitrug, ging er unter den vernachlässigten Ehefrauen der Entwicklungshelfer auf die Jagd. Er war sicher unter den hundert Bestplatzierten in der prestigeträchtigen nationalen Rangliste dieses Wettkampfsportes, der stolz auf seine bis in die Alkoven der Kolonialzeit zurückreichende Geschichte verwies. Dieser Sohn war also nicht das erste schwarze Baby einer weißen Frau. Es gab auch nicht einmal einen Skandal, nur eine Scheidung auf der einen Seite und ein Vorrücken um einige Plätze auf der anderen. Es war die souveräne Parade des betrogenen Ehemanns, die der Fortune dieser Profis einen Dämpfer versetzte. Die zweite Ehefrau, die der Entwicklungshelfer ins Land brachte, schien er nur wegen ihrer Unfähigkeit, irgendeinem einheimischen Verführer nachzugeben, gewählt zu haben, und er hatte sorgfältig gewählt. Dazu waren raffinierte geographische Recherchen notwendig gewesen. Zunächst musste der Ort, der als die anti-haitianische Hochburg galt, ausfindig gemacht und dann eine Wahl unter der Schicht getroffen werden, die von diesem Vorurteil am stärksten geprägt war.

Seit mittelalterlichen Zeiten war nie ein Keuschheitsgürtel besser versiegelt.

Der Schreiberling

Was Gelehrte und Politiker betrifft, so hat Max Weber sicher nicht alle Konsequenzen der Annäherung dieser beiden Termini in Situationen wie unserer überblickt. Es fand sich einer, der mitten in einer mit Zeitungsartikeln ausgetragenen Polemik eine „leidenschaftliche Apologie" verfasste, mit der, wenn man den in solchen Reden üblichen Übertreibungen glauben durfte, „die Opposition ein für allemal beerdigt" werden sollte. (Allerdings muss man sich in solchen Fällen immer vergewissern, was die Symbole der Macht sind!) Auf diese langen, oftmals gut geschriebenen Auslassungen antwortete die Gegenseite nur in fünf kurzen Zeilen:

> In der Ausgabe von Mittwoch, dem ersten Dezember 1993 eines gleichgeschalteten haitianischen Wochenmagazins bezeichnete ein Artikel auf Seite 11, 12 und 16 den Präsidenten 22 Mal als gelehrt.
> Die Opposition zählte mehrmals nach.
> Sie kam auf diese traurig berühmte Zahl.

Rayi chen di danl blan! (Hasse den Hund, so viel du willst, aber gib zu, dass er weiße Zähne hat!)

Die Opposition hatte sich für diese Antwort ganz besonders angestrengt. Hut ab!

Der lodyanseur

Er hatte das Land immer überstürzt verlassen. Und Erleichterung. Nun, da jede Vorsicht überflüssig war, wagte er, es zuzugeben. Von seiner ersten Abreise im August 1965 bis zu seiner letzten im August 1996 waren seine letzten Augenblicke im Land immer von derselben Hast gezeichnet gewesen und dem Wunsch anderswo zu sein, um atmen zu können. Dennoch hätten die Umstände und die Art und Weise seiner Abreise verschiedener nicht sein können: Abreise zum Studium, Abreise zum Ende der Ferien, Abreise nach Entlassung aus dem Gefängnis, heimliche und offizielle Abreise, kleine Abreise für einige Tage und große für lange Zeit, Abreise für immer … und immer wieder die Rückkehr. Über dreißigjährige Wiederholung derselben Szene, desselben Gefühls am selben Flughafen, am selben Bahnhof. Und dann diese letzte Abreise, diesmal richtig, wegen Schreibens von *lodyans*. *Ad patres.* Sie haben ihn ausgeschaltet mit dem guten Gefühl, ein Urteil zu vollstrecken, das er sich selbst gesprochen hat.

Eine selbst-mör-de-rische Sache, *tireur de lodyans, lodyanseur* zu sein, denn er hatte sie mehr als einmal dabei beobachtet.

Kuba ist wieder da!

Ich halte mein Versprechen, die Geschichte von der Rückkehr der *lodyans* nach Kuba zu erzählen. Mein Freund aus Santiago wollte es auf Biegen und Brechen, als Zeichen, dass am Horizont eine neue Zeit anbricht. Eines Tages nämlich hallte lautes Geschrei durch das ganze Inselarchipel, vom weit geöffneten Mund des Orinoko bis zur ausgestreckten Zunge Floridas. „Kuba ist wieder da! Kuba ist wieder da!", sangen die Schulmädchen, die auf allen Pausenhöfen von Trinidad bis zu den Bahamas gesehen haben wollten, wie die große gebeugte Insel den langen Antillenbogen entlangfuhr. Sie kehrte gerade rechtzeitig heim, um Besuch vom Papst höchstpersönlich zu bekommen. Und siehe da, mit der Rückkehr der Insel nach Hause kam auch die geknebelte *lodyans* sofort wieder zu ihrem karibischen Rederecht, um in einer Kürze, an deren Rezept nur sie allein sich erinnerte, von Alpha und Omega dieses Besuchs zu erzählen.

Johannes-Paul II. fehlte dieses Schmuckstück seiner Evangelisierungskampagne noch, und Castro brauchte ein Zeichen der Offenheit, um die Abschnürung abzuwenden. Hinter dem Pomp dieser doppelten Charmekampagne um ein Volk, das entzückt war, auf diese Weise hofiert zu werden, gab es hinter den Kulissen harte Verhandlungen, in denen die Staatsoberhäupter sich um die geringfügigsten Auswirkungen stritten. So ging das Gerücht um, dass die beiden Männer über den Preis für den Besuch diskutierten. Ein Geschäft auf Gegenseitigkeit.

Schon beim letzten Besuch, dem des kanadischen Premierministers, hatte ein wahrnehmbarer Schauer angezeigt, dass einige Schraubstöcke sich lockern würden. Zahn für Zahn. Es war am Papst, als Gegenleistung eine Verbesserung der Verpflegung der Kubaner zu erreichen. Die Rationierung auf ein Huhn pro Familie und pro Monat sollte nur noch eine Erinnerung aus den harten Zeiten sein, als im sozialistischen Lager alles Mögliche fiel: die Berliner Mauer, der Eiserne Vorhang etc. Er verlangte mit Nachdruck mindestens fünf Hühner pro Familie und Monat, um das sonntägliche *Huhn im Topf* der französischen Bauern zu übertreffen, das seinerzeit Heinrich IV, der *Vert Galant,* gefordert hatte. Der Papst konnte den König von Frankreich nicht unterbieten, ohne sich zu desavouieren. Das Argument verfing, und der Vorrang für die Anhebung der Nahrungsrationen wurde schließlich akzeptiert, zusammen mit der Rückkehr der Mitternachtsmette zur Feier der Geburt des Gottmenschen und einer unbehinderten Fronleichnamsprozession, damit die Rechnung stimmte. Wer weiß, wie sehr die Mächtigen feilschen, wenn die Kameras erst einmal weg sind, der weiß, dass dieser kleine Strauß ziemlich harmlos war.

Die Chemie stimmte zwischen diesen beiden Männern aus derselben Generation, beide am Ende ihrer Laufbahn, und es war zu spüren, dass sie nicht auseinandergehen würden, ohne in letzter Minute heimlich, als Unterpfand der gegenseitigen Wertschätzung, ein paar Staatsvertraulichkeiten auszutauschen. Dies geschah wie so oft am Fuß der Gangway. Flüstern. Zusammengesteckte Köpfe. Der Papst beugte sich zu Castro: „Weißt du, Fidel, Gott existiert gar nicht", und der antwortete: „Weißt du, Caroll, die Hühner auch nicht."

Weder dafür noch dagegen … Ganz im Gegenteil

Es brach im Königreich eines Tages hektische Betriebsamkeit aus, um für alle zu erkennenden Phänomene angemessenere Maßeinheiten festzulegen, anscheinend erforderte dies das Manna, das von den internationalen Organisationen versprochen, aber, wenn ich bitten darf, nie ausgeteilt wurde. In den Monatsstatistiken war von den Schwankungen des Durchschnittspreises für eine mittelgroße *Hühnermama* oder einen *Stapel von drei mittelgroßen grünen Bananen* auf jedem der fünfunddreißig regionalen Märkte die Rede, das konnte in ihren Augen nicht so weitergehen. Das beobachtete Auf und Ab schien im Wesentlichen davon abzuhängen, wie der Datenaufzeichner der jeweiligen Gemeinde an diesem Tag gerade gelaunt war. Schlimmer noch, dieser Zustand des Ungefähren hatte sogar schon die Kochrezepte erfasst, die mit Anfängen wie „Nehmen Sie für zehn Gourde Süßkartoffeln und lassen Sie sie eine ganze Weile kochen …" den Zusammenbruch der lokalen Gastronomie herbeizuführen drohten. Als wären diese Daten unveränderlich, die Mengen invariabel und die Kochzeiten offensichtlich. Nein, man musste dringend etwas tun, die Weißen wollten sich in diesem verwirrenden Land außerhalb aller Normen ein wenig wiedererkennen. Es wurde also beschlossen, jene beiden Dinge zu reglementieren, die für die beiden einander gegenüberstehenden Gruppen von unmittelbarem Interesse waren: das Ablagesystem für die Expertenberichte der internationalen Organisationen und, auf nationaler Seite, das Verfahren zur Information über die rasche Fluktuation der Gesprächspartner im Ministerrang. Da im Königreich nur die Hinhaltetechniken zur Erhaltung des über zweihundertjährigen Status Quo bekannt waren, brachte man nur einen Präsidialausschuss zustande, so nannte man die drei Experten, die die Aufgabe hatten, den Sand aufzuschütten, in dem sich jedes noch so drängende Vorhaben verlief. Die Sorgfalt, die jedes Mal darauf verwendet wurde, sie so auszusuchen, dass ihre Meinungen widersprüchlich und unverrückbar waren, lässt sich gar nicht beschreiben. Diesmal fiel die Wahl auf einen ehemaligen Finanzminister unter dem Militärregime, einen ehemaligen Erziehungsminister aus der Duvalier-Epoche und eine noch-nicht-Ministerin aus der Demokratiebewegung. Sie hatten die Posten der Vorsitzenden, des Generalsekretärs und des Sprechers inne, wobei alle genug Macht besaßen, um durch ihre unvermeidliche Uneinigkeit eine Lähmung herbeizuführen. Es blieb immerhin jedes Mal die Spannung, welche Form die Blockade schließlich annehmen würde, das Einzige, wozu ein Präsidialausschuss gut war.

Das Ausschussmitglied, das wegen seines hohen Alters zuerst das Wort ergriff, hatte zwanzig und mehr Jahre an der Sorbonne verbracht, um mit einem *doctorat d'Etat* in Philologie zurückzukommen; die Dissertation hatte niemand auf der Insel gelesen, aber jeder konnte sie in der Nationalbibliothek in dem imposanten Gehäuse betrachten, in dem die fünf dicken Bände des Originals seit dreißig Jahren unter Glas auf einen Verleger warteten. Alle waren sich einig, dass es ein verdienstvolles und gottgefälliges Werk war, zwei Jahrzehnte den Schöpfungen von Jean-Marie Robert de La Mennais, Erfinder der Brüder von der Christlichen Unterweisung, gewidmet zu haben. Er plädierte laut und gekonnt dafür, das Kilogramm zur Basiseinheit zu machen, damit die Gelehrsamkeit endlich ihr Gewicht in die Waagschale werfen konnte. Zwei Beispiele, absichtlich aus dem karibischen Raum gewählt, untermauerten seine These: einerseits die zehntausend Blätter im vorgeschriebenen Format (250 Wörter, doppelter Zeilenabstand) der Beschreibung einer winzigen Insel wie Guadeloupe und andererseits die 8 Bücher in zwölf Bänden der Übersicht über den Handel zwischen Sevilla und dem entstehenden Amerika zwischen 1504 und 1650. Er behauptete mit gewichtiger Miene, dass die 4,3 Kilo der Dissertation von Guy Lassere und die 12,6 Kilo der gemeinsamen Dissertation von Huguette und Pierre Chaunu den unmäßigen Umfang dieser massigen Werke besser wiedergaben. Ein zustimmendes Gemurmel bestätigte ihm, dass der Ausschuss seinen schwerwiegenden Argumenten zugänglich war.

Er fuhr fort, indem er die Expertenberichte der internationalen Organisationen aufs Korn nahm, die ständig bei der Quantität nachlegten (oft umgekehrt proportional zur Kürze der Studienaufenthalte), denen es jedoch nicht gelang, sich in die Erinnerung einzuprägen. Er verweigerte ihnen das Privileg des gewichtigen Werkes und schlug für sie, die auf ihrem Regalbrett stehenbleiben, bis sie beim Einreihen des nächsten Berichts zum selben Thema ein wenig abgestaubt werden, den Zoll und den englischen Fuß vor. So mäßen die in Reih und Glied nebeneinanderstehenden Berichte über die Ebene von Les Cayes 36 Zoll oder drei Fuß, und genauso verhielte es sich mit den übrigen spärlichen Ebenen und Regionen dieses Landes, das gerade ein Drittel der Insel einnimmt. Was die Nothilfeprogramme und die Ankurbelung der Wirtschaft betraf, so schlug er jedoch vor, zum metrischen System überzugehen, um die drei Meter wiederzugeben, die die Berichte dieser Abteilung maßen. Man muss sagen, dass dies bei neuntausend Berichten in den neuntausend Tagen der letzten fünfundzwanzig Jahre unvermeidlich war: ein Bericht pro Tag ein langes Vierteljahrhundert lang. Absoluter Rekord der Länder Amerikas, die Ziel solcher Missionen waren, und El Dorado des modernen Goldrausches der weißen Berater. Er zitierte die Pointe der *lodyans*, die seit einem Monat Furore machte: „Die ländliche haitianische Familie besteht aus Eltern, Kindern und einem ausländischen Experten." Staatsschulden von zweitausend Millionen nur für diese redundanten Berichte, wobei (zwei Milliarden geteilt durch neuntausend) jeder Bericht durchschnittlich 222.222 Dollar kostete. Das war das verborgene Gesicht der Zahl 22! Angesichts des Kopfnickens der anderen Kommissare war leicht vorherzusagen, dass seine Vorschläge unter den Empfehlungen des Abschlussberichtes sein könnten.

Was die Minister in Haiti betrifft, so könne man von ihnen eigentlich nur noch dutzendweise sprechen, brachte der zweite Kommissar vor. In den acht Jahren seit dem Sturz der Duvalier-

Dynastie im Jahr 1986 hatten 16 Kabinette mit durchschnittlich je fünfzehn Ministern einander abgelöst, das ergab insgesamt 20 Dutzend Minister in 100 Monaten. Er war gut im Rechnen und sogar finanziell versiert genug, um sich zu fragen, wo das Land bei diesem Tempo die Mittel hernehmen wollte, um der ganzen politischen Klasse ihre Ministerpensionen zu zahlen.

Aber die Dritte, die sprach, die Vorsitzende, ließ das Pulverfass hochgehen, indem sie hinzufügte, sie sei versucht, die vulgäre Erklärung des gesunden Menschenverstandes zu akzeptieren, nach der die Leute für den Titel Ex-Minister (das Amt ist so kurzlebig, dass der Titel immer in der Vergangenheitsform gebraucht werden sollte) zu allem bereit seien. Und zu allem Unsinn. Sie fand es völlig unlogisch, dass sich alle nach diesem höchsten Grad der Machtlosigkeit drängten, den es in der heutigen Zeit gab. Der Auftrag zu den notwendigen Neuanfängen, zum Übergang in die moderne Zeit, zur Errichtung der Demokratie, zum Anstoßen der Entwicklung etc., all das sei nur Prahlerei verglichen mit den Gelegenheiten, die das Amt bot. Gelegenheiten, die manche dazu nutzten, Eindruck zu schinden, andere, um beim geringsten Vorwand noch mehr Eindruck zu schinden, und eine gewisse Anzahl von ihnen, um sich während sieben kurzer Monate die Taschen zu füllen, denn dies war die durchschnittliche Amtsdauer der sechzehn vergangenen Kabinette und drohte die Lebenserwartung der kommenden Kabinette zu sein.

Sie illustrierte ihre These mit Beispielen von einigen der 240 Amtsträger der letzten acht Jahre, angefangen bei jenem Zahnarzt, der sich in der Diaspora mit dem Heiligenschein des Opfers umgab und nach seiner Rückkehr nach Haiti bei den Senatswahlen mit einem Untergrundergebnis scheiterte. In seiner engeren Montrealer Umgebung hieß es, er habe, gedrängt durch sein Alter und einen Herzanfall, der Versuchung nicht widerstehen können und habe gemäß seiner üblichen Praxis die Lücke zwischen dem, was er zu sein glaubte, und dem, was er vor allem in seiner Heimatprovinz wirklich darstellte, aufgefüllt. Minister für Ideologie bei den *panzouistes:* Seine in Montreal zurückgebliebene Tochter war überrascht, andere keineswegs.

Jene andere war eine tüchtige Notarin und eine Dame, deren Gesellschaft niemand ertrug, eine im Mai 68 steckengebliebene politische Aktivistin aus guter Familie. Das gesamte wohlhabende Kleinbürgertum gehörte zu ihren Klienten, aber das genügte nicht. Das Außenministerium, wo sie den Krieg erklären konnte, ohne dass es bei uns jemand mitbekam, machte ihr keine Angst. Den anderen schon.

Wieder ein anderer skizzierte als linker Journalist in einer großen Montrealer Tageszeitung talentiert internationale Themen und wurde zum hysterischen Reaktionär, sobald es um Haiti ging. Diese Persönlichkeitsspaltung musste ihn mit klinischer Logik im Laufe der Jahre zum Selbstmord führen: einem Posten als Finanzminister, auf dem er in schändlichster Weise dazu diente, die organisierte Ausplünderung der Nationalbank durch die Militärs zu decken.

Doch die Palme gebührte dem, der das Drehbuch der tragischen Komödie vollständig begriffen hatte und einen Minister spielte, der einen Minister mimt, der so tut, als wäre er ein Minister. Er errang Anerkennung als guter Schauspieler, bevor er an sein richtiges Theater zurückkehrte.

Diese Tirade der noch-nicht-Ministerin – man flüsterte, dass ihr Mann sein Veto gegen ihre Berufung eingelegt habe – war nicht nach dem Geschmack der beiden anderen, die bereits seit einer Weile schmollten, und als sie vorschlug, die Minister nach einem neuen Klassifizierungssystem in zwei Kategorien einzuteilen, nämlich die, die *auf der richtigen Seite der Geschichte* geblieben waren, und die, die ihre Seele für das Linsengericht eines Postens in einem Putschisten-, *de-facto*-, Militär- oder *macoute*-Kabinett verkauft hatten, ging ein Hagel von Beschimpfungen und Drohungen nieder.

Die obligatorisch einstimmige Stellungnahme wurde unmöglich, *quod erat demonstrandum*. Der Präsidialausschuss war nicht mehr entscheidungsfähig.

Erste Abstimmung: zwei Stimmen dagegen, eine dafür. Zweite Abstimmung: eine Stimme dafür, eine dagegen, eine weder dafür noch dagegen. Bei der dritten Abstimmung war es das genaue Gegenteil.

Eine Million Aidswaisen

Boss Ti-Raymond war der erste mir nahestehende Mensch, der an Aids starb, oder vielmehr der erste, bei dem ich verfolgte, wie er Tag für Tag weiter in den Tod eintrat. Er war Maurer, und ich sah ihn mit den letzten Tropfen seiner nach und nach schwindenden Energie auf meiner Baustelle arbeiten. Er hatte sieben Kinder von derselben Frau, die glücklicherweise verschont geblieben waren, aber mit seiner ebenfalls erkrankten Frau ging es zu Ende. Ich begleitete die Kinder, bis ihre weitere Verwandtschaft sie in Obhut nahm. Und seitdem habe ich erlebt, wie andere Geschichten zu Ende gingen und sich zu anderen beendeten Geschichten hinzuaddierten, bis der unpersönliche Grad an Abstraktheit erreicht war, den man Statistik nennt.

Als die Bedrohung zu Beginn der achtziger Jahre für das breite Publikum offenkundig wurde, nannte man sie zunächst nach den am häufigsten betroffenen Gruppen die Krankheit der 4 H: Homosexuelle, Heroinsüchtige, Hämophile und Haitianer. Und für die Haitianer hatte sie tatsächlich die Wirkung einer H-Bombe. Das medienwirksame und weittragende Kürzel verbreitete sich und veränderte radikal das Bild, das die haitianische Gemeinde abgab, und das Bild, das sie sich von sich selbst machte. Die Verstörung war groß und die Wunde tief, tief genug, um sich nie mehr zu schließen, auch wenn die Gruppen, auf die solchermaßen mit dem Finger gedeutet wurde, in einem langen gemeinsamen Kampf erreichten, dass am Ende die vier Anfangsbuchstaben von *Acquired Immune Deficiency Syndrome,* AIDS, überlebten. Das Unglück war nicht mehr rückgängig zu machen. Die Verheerungen schienen keine Grenzen mehr zu kennen, denn die Schläge kamen von überall. Die Mitteilung des kanadischen Roten Kreuzes, in der die Haitianer gebeten wurden, von Blutspenden abzusehen, zeugte mehr von Panik als von einem gelassenen Umgang mit der Sache. Die Emotionen schlugen hoch. Die Maßnahme wurde nie aufgehoben. Die entstehenden gemischten Paare, die sich ihrer Versprechen noch nicht sicher waren, lösten sich auf. Das Krankenhaus Sainte-Justine verkündete, dass nur oder jedenfalls fast nur haitianische Kinder infiziert seien, ohne diesen Befund jemals zurückzunehmen.

In diesem Kontext starben in Haiti die ersten Opfer. Die Krankheit breitete sich mit erschreckender Geschwindigkeit aus, als man begriff, dass der Prozess durch die Soldaten in Gang gehalten wurde, die wie Derwische von einer Kaserne und einem abgelegenen Winkel des Landes zum anderen rotierten. Als die Auflösung der Armee beschlossen wurde, wunderte man sich doch ein wenig über die seltsame Unterstützung der Epidemiologen, die geschlossen für die Maßnahme waren und dies als Erste in einem Kommuniqué mitteilten. Dennoch starben überall viele weitere Opfer. Es war bald keine Leistung mehr, die Katastrophe vorherzusagen, die sich zum fünfundzwanzigjährigen Jubiläum der Epidemie im Jahr 2004 anbahnte, ein ungehöriger

Zusammenfall mit dem zweihundertjährigen Jahrestag der Unabhängigkeit.

Noch gestern, nämlich im Jahr 1994, fragte man mich indessen mitten in einer Sitzung in verärgertem Ton, welche große Katastrophe Haiti wohl als Nächste heimsuchen würde. Die Frage kam vom Minister für Küstenschifffahrt, der sich als Präsidentschaftskandidat gab und nicht schlechter schlief, seit er den Schiffbruch der *Neptune* nicht hatte kommen sehen. Obwohl ich sehr gut wusste, welches Schicksal dem Überbringer schlechter Nachrichten letztlich blühte, antwortete ich auf diese Provokation: „Die Aidswaisen zur Zweihundertjahrfeier im Jahr 2004, dem letzten Jahr vor den Präsidentschaftswahlen von 2005." Falls wir nicht noch unsinniger handelten als gewöhnlich, so führte ich weiter aus, und wir nicht in einen kollektiven Blutrausch mit zehntausenden Toten wie in Europa oder Afrika verfielen, so würde das Geschenk zum zweihundertsten Geburtstag der Unabhängigkeit so aussehen: eine Millionen Waisen unter den vier Millionen Einwohnern unter zwanzig Jahren, mit all dem Potential für Ausbeutung und Ausbrüche, das diese Zahl mit sich bringt. Das musste uns passieren, uns, die wir schon mit den zweitausend Waisen vom Schiffbruch der *Neptune* völlig überfordert waren, so sehr, dass wir den Monsignore, der ihnen zu helfen versuchte, für den Nobelpreis vorschlugen!

Es bleiben nur noch wenige Jahre, um dieses unvermeidliche Geschenk einzupacken. Die unmittelbare Antwort auf die Ausmaße des Dramas, das man in seinem Lauf nicht einmal verzögern kann, da die Eltern, die sterben werden, bereits infiziert sind oder sich bald infizieren werden, kann nur von einer einheimischen Lösung kommen, nämlich der Tradition der erweiterten Familie, die es gewohnt ist, sich um ihre verwaisten Kinder zu kümmern, eine ebenso wirksame Adoptionsform wie jede andere. Es ist also eine streng familienorientierte Wirtschaftspolitik notwendig, die den eine Million haitianischen Haushalten mehr Ressourcen zur Verfügung stellt. Durchschnittlich ein Waisenkind pro Haushalt, das ist machbar, das ist als harter Kern der Lösung praktikabel. Der Minister, der Beton und Einweihungsfeiern wünschte, war stattdessen dafür, überall im Land Waisenhäuser nach dem Muster der Einrichtung *La Fanmi se la vi* (Familie ist Leben) zu errichten. Aber diese Formel ist unserer Tradition der Großzügigkeit so fremd, dass der Erste, der bei uns ein solches kleines Waisenhaus mit hundert Kindern einrichtete, eine Sensation war, die wir – mit staunend aufgerissenem Mund – zum Präsidenten der Republik machten. Angesichts der zehntausend *La Fanmi se la vi,* die diese Lösung voraussetzt, stellt sich die Frage, was wir mit den zehntausend Waisenhausleitern anfangen sollen, die sich bei den nächsten Wahlen alle für Sie wissen schon wen halten werden!

Wenn schon die eine Million Waisenkinder diesem Minister nicht den Schlaf geraubt hat, so weiß ich doch sicher, dass das Gespenst von zehntausend Konkurrenten beim Rennen um die Präsidentschaft im Jahr 2005 ihm schlaflose Nächte verursachen wird!

Haitianisches Pech

Es war ein Freitag, der dreizehnte. Um genau zu sein, Freitag, der dreizehnte August 1993. Ich erinnere mich, weil ich mich an diesem Tag, während ich mit der Metro ins Büro fuhr, fragte, welcher Ziegelstein mir wohl auf den Kopf fallen müsste, damit ich endlich abergläubisch wurde. Ich ließ zum Zeitvertreib einige neue Aphorismen Revue passieren, die die Zerstreuung der Haitianer in der Welt hervorgebracht hatte: *Sich kleiden wie ein Haitianer im Winter* oder *Der kurze haitianische Zeigefinger,* da mit ihm seit drei Jahrhunderten an jedem Sylvesterabend auf den Tisch geklopft wird, damit dies das letzte Jahr voller Pech war. Ich fragte mich, ob das *haitianische Pech* nicht bald ein ebenso universeller Begriff sein würde wie *die russische Seele* oder *der englische Humor.* Ich habe einen Freund, der, um unser Unglück zu beklagen, ständig wiederholt, was für ein unverschämtes Glück wir immer haben, wenn es darum geht, eine Pechsträhne zu erwischen.

Und so bekam ich an diesem Tag mitten im Staatsstreich Besuch von einer großspurig auftretenden Gestalt, die sich mit *General Palanrans* anreden ließ, eine Zusammenziehung aus den drei Wörtern einer kreolischen Redewendung, von der einem in diesem martialischen Zeiten Angst werden konnte, wäre da nicht der gutmütige Montrealer Universitätsflur, in dem sie lächerlicherweise zur Schau getragen wurde. Dennoch fanden sich in den kleinen Diasporazeitungen Schreiberlinge, die bereit waren, ihn so zu nennen, seit er flankiert von zwei anderen Kriegern, welche zu meinen Freunden zählten, von einem Trainingsaufenthalt im Nahen Osten zurückgekehrt war. Nur aus Neugier ließ ich mich auf ein Gespräch ein, denn ich muss einer der wenigen Vertreter meiner Generation sein, der sich niemals für eines der Lager vereinnahmen ließ, die den Sieg „aus den Gewehrläufen" versprechen: Ich hatte sehr früh das Glück, zu wissen und das Pech, laut zu sagen, dass er „aus den Konzepten" kommt.

Im friedlichen Montreal trug General Palanrans also stolz die im Armeeshop der Unterstadt gekauften äußeren Zeichen seines Standes zur Schau: Geschnürte Kampfstiefel zur Camouflagehose, dazu passende Mütze und Weste, die Taschen vollgestopft mit was weiß ich für Kram, der angsteinflößend wirken sollte. Er machte durchaus etwas her, aber er trug eine dunkle Brille, die er niemals abnahm. Sie ließ mich an die ersten Anfänge des Duvalierismus denken. Die Verkäufe dieses Accessoires stiegen damals so sprunghaft an, dass die Warenkategorie *lunettes,* Brillen, in unseren Importstatistiken allein und erwachsen zwischen *limousines* und *lustres,* Lampen, stand. Die dunkle Brille war ein eindeutiges und parteiliches Kennzeichen des *tonton macoute,* und es konnte einen teuer zu stehen kommen, wenn man sie einfach nur trug, um sich vor der Sonne zu schützen. Man riskierte die schwerwiegenden Folgen einer Titel- und Amtsanmaßung.

Seine dunkle Brille störte mich.

Er kam zur Sache. Sein Vorschlag war, den verräterischen General durch einen brutalen „Kaiserschnitt" auszuschalten, der durch ein einziges Projektil die Krise gebären konnte. Zu seinen Gunsten sei gesagt, dass damals viel von Kaiserschnitten die Rede war. Seine Kurzsichtigkeit war nicht nur ihm anzulasten. Überdies kam sein Preis mir so lächerlich niedrig vor, dass er in keinem Verhältnis zum anvisierten Ziel stand. Selbst meiner geringen Erfahrung mit Verträgen dieser Art, erschien das Ganze wie das Werk von Amateuren.

Ich lächelte beim Gedanken, dass ich mich unter allen anderen Umständen bereits der Verschwörung schuldig gemacht hätte. Ich musste der Sache sofort Einhalt gebieten und seine Komplottfantasien beenden. Ich verlangte daher unvermittelt einen Lebenslauf und entschuldigte mich mit der Deformierung durch den Arbeitsplatz, an dem er mich aufgesucht hatte, und meinen Beruf, denn der bestand darin, in solchen Unterlagen nach der einschlägigen Erfahrung des Bewerbers zu suchen. Ich wies ihn darauf hin, dass der geforderte Preis diese Formalität unerlässlich machte, um jeden Verdacht der Improvisation auszuräumen, und fügte hinzu, dass er auch erwähnen sollte, wie viele Generäle, *de-facto*-Würdenträger und *panzouistes* er bereits als Trophäen vorweisen konnte. Fürs Erste erscheine mir das ausreichend, Bürgschaften, Bescheinigungen und Referenzen könnten bis zur zweiten Phase warten. Ich bat ihn, in der Bibliothek im Untergeschoss das übliche Formular auszufüllen, auch wenn in diesem Fall *curriculum vitae* in *curriculum mortis* zu ändern war, und es mir irgendwann später am Tag zu bringen.

Es ist nun auf den Tag genau vier Jahre her, dass er ging, um seine Trophäenliste auszufüllen. Auch wenn ich ihn an diesem Jahrestag nicht wirklich erwarte (heute ist nur ein Mittwoch, der dreizehnte August), wäre ich keineswegs überrascht, ihn wiederzusehen, wenn der dreizehnte August zum nächsten Mal auf einen Freitag fällt, 2004 zum Beispiel, im Jahr des zweihundertjährigen Jahrestages, oder auch 2010, 2021, 2027, 2032 …, irgendwann, wenn seine dunkle Brille wieder in Mode ist.

Unser Pech ist von der Art, dass Daten für uns Fetische sind und die Moden immer wiederkehren.

Passwörter

Von abobo bis zenglendo

Abobo!: Zwischenruf, der während der Beschwörungen und Rituale des Voodoo, vor allem zum Ende einer Zeremonie, als Beteuerung inbrünstiger Teilnahme ausgestoßen wird. Man schlägt sich dabei meistens wiederholt mit der flachen Hand auf dem Mund. Die Bedeutung von *abobo!* ist ähnlich stark wie die von *Hallelujah!* in der jüdischen und christlichen Liturgie.

Ärmel, lange: In diesem heißen Land bedeuten lange Ärmel große Förmlichkeit. Ein „langärmliger" Streik verspricht in der Regel ernsthaft, umfassend und lang zu werden. Der Ausdruck ist allgemein üblich.

Attaché: Siehe *zenglendo.*

Ayiti: Als Gott vor zweitausend Jahren im Nahen Osten zu Gott wurde, erhielten in der Karibik die ganze Insel sowie ein Gebirgszug im Südosten von den Taínos, die das Land von der Orinokomündung aus über den Bogen der Antillen besiedelt hatten, den Namen Ayiti. Die zweitausendjährige, während der dreihundertjährigen Kolonialzeit zwischen 1492 und 1804 unterbrochene Tradition lebte im spanischen Teil der Insel fort und wurde unter dem Namen und der Schreibweise Haïti von den Menschen, die die engsten Bindungen zum spanischen Teil hatten, den Bewohnern der Region Artibonite, wieder aufgenommen. Zu ihnen gehörte der kommandierende General Dessalines, der den Namen bei der Unabhängigkeit durchsetzte.

Bah! Peu de chose: Gespielt bescheidener Ausruf. Ein Stadtviertel, das sprichwörtlich für die vielfältige haitianische Mittelklasse während der dreißig Jahre wirtschaftlicher Prosperität zwischen 1930 und 1960 stand, vom bevorstehenden Ende der amerikanischen Besatzung (1934) bis zu den fünf duvalieristischen Terrorjahren (1960–1965). Diese Bevölkerungsschicht fand sich nach der großen Abschiebung der haitianischen Mittelklasse in die Diaspora (1965–1985) vollständig im Exil wieder. Die Folge war ein schlimmer Mangel an Führungskräften.

Beton, Betonmann / Betonfrau: Politisch Aktive, die ständig hinter Transparenten auf den (aus Beton bestehenden) Straßen unterwegs sind, um die Rückkehr zur Demokratie zu fordern. Der Ausdruck, der ursprünglich bedeutete, dass jemand sein Handwerk *by doing* („auf dem Beton") gelernt hatte, bezeichnet jetzt in Ausdrücken wie „Betondiplomatie" den Druck der Straße.

Bonda (im Süden auch *bounda):* Allgemein das Gesäß, in gewissen Regionen im Nordwesten auch das weibliche Geschlechtsteil.

Bonda mouillé: Flurbezeichnung, die, wie im Dorf Léon, auf eine Furt anspielt. Der Fluss ist so tief, dass derjenige, der ihn durchwatet, am Hintern nass wird.

Borlette: Populäre Lotterie, die wegen ihres zwanghaften Erfolges inzwischen mehrere Ziehungen am Tag veranstaltet. Der statistischen Hoffnung wurde eine ganze Mystik aufgepfropft, die die Gewinnzahlen durch Traumdeutung vorherzusagen sucht. Spezielle, *thiala* genannte Bücher widmen sich den Verknüpfungen zwischen Träumen und Lottozahlen.

Bourgs-jardins („Gartendörfer"): Eine typisch haitianische Konfiguration ländlicher Siedlungen, Schlüsselwort der ländlichen Welt. Haiti zählt siebentausendfünfhundert Siedlungen dieses Typs, bei dem die Häuser um einen zentralen Marktplatz herum angeordnet sind.

Bracero: Haitianischer Saisonarbeiter auf den kubanischen und dominikanischen Zuckerrohrfeldern. Die Figur des *viejo* mit Goldzahn steht für die kubanischen Anwerbungskampagnen der zwanziger, dreißiger und sogar der vierziger Jahre. Das gesamte Vokabular dieses „grünen Sklavenhandels" ist spanisch, so wie *batey* in der Dominikanischen Republik oder *pitchoun* in Kuba. Nach dem Vorbild von *bracero* wurde *cerebrero* für die weiße Kopfjagd gebildet, deren Vokabular wiederum eher englisch ist: *brain drain.*

Chelèn: Neue, makellos glänzende Glaskugel im Gegensatz zum verschrammten *grison,* der von den vielen Zusammenstößen beim Spiel rau und trüb geworden ist. Zum reichen Wortschatz der Glaskugeln zählt auch *bika* für eine große Murmel, aber vor allem *boulpik,* die glückbringende Lieblingskugel, mit der man schießt und trifft *(tèk).* Die kleine *chelèn,* die man gern zu seiner *boulpik* machen möchte, gehört zum Vokabular des ersten Herzklopfens im frühen Jugendalter.

Chen *(sprich: Schin,* das I wie in *Kretin):* Hund. In Quina macht die Armut den Hund zu einem gottverlassenen armen Hund: *Ki mele bondie nan grangou chen!* (Was kümmert es den lieben Gott, wenn ein Hund Hunger hat!). In Nédgé ist der Hund ein Gefährte oder Freund; *Se pa tout chen!* (Er ist gar nicht so ein Hund!)

Clairin: Rum der Armen, mit nur einer Destillation aus Melasse oder Zuckerrohrsaft hergestellt. Ähnlich *grog, tafia trempé …*: alkoholische, mit Kräutern oder Obstschalen aromatisierte Getränke.

Coup de langue *(koutlang):* Schlechtes über andere sagen, ohne sich um den Wahrheitsgehalt zu kümmern. Der *koutlang* mündet systematisch in die *cabale,* welche zwangsläufig organisiert ist. So wie das Preziösentum im Frankreich des 17. Jahrhunderts charakteristisch für eine zu Ende gehende Herrschaft war, so ist die Kabale zurzeit die Lebensform der gesamten bürgerlichen Schicht, ob es sich nun um das Groß- Mittel- oder Kleinbürgertum oder auch das sehr kleine und winzigkleine Bürgertum handelt. Die Kabale ist ein sozialer Prozess der Selbstverteidigung und des zweihundertjährigen Konservatismus der 2 %, die die Elite Haitis bilden.

Dambhalah und Aida Wèdo: Siehe *Schlange.*

Dessalines, Jean-Jacques: General, der (nachdem er alle Opponenten und Dissidenten energisch und gewaltsam ausgeschaltet hatte) die Große Eingeborenenarmee mit bemerkenswerter Entschlossenheit zum Sieg führte und damit den Weg für die Unabhängigkeit Haitis am Sonntag dem 1. Januar 1804 freimachte, denn es war ein Sonntag! Diese ruhmreiche historische Tat war jedoch kein Schutz vor den Verschwörern, die ihn schließlich am 17. Oktober 1806, zwei

Jahre nach der Unabhängigkeit, im Hinterhalt am Pont Rouge ermordeten. Dieser Hang zum Clandenken, der nicht einmal vor einem Mord dieser Größenordnung (sowohl Vater- als auch Königsmord) zurückschreckte, war ein passender Auftakt der zweihundertjährigen blutigen nationalen Geschichte.

Ecole Normale Supérieure (ENS, genannt *la Normale):* 1946 geschaffene Speerspitze, die dem Land die Intellektuellen im Geist der *Revolution von 1946* liefern sollte, die es am Ende des 20. Jahrhunderts brauchen würde. Die *Normale* wurde dieser Definition zwanzig Jahre lang gerecht, indem sie vierhundert junge Männer und Frauen auszeichnete, die im letzten Viertel des Jahrhunderts Beiträge zu praktisch allen Bereichen des geistigen Lebens geleistet haben.

Femme-jardin: „Gartenfrau", die ein Grundbesitzer als Konkubine auf einer seiner Parzellen ansiedelt. Diese faktische Polygamie aus einer anderen Zeit hat (außer in den Reisanbaugebieten der Region Artibonite) der allgemeinen Verarmung und dem Druck der Überbevölkerung nicht standgehalten, so dass sie zum Thema der Literatur wurde.

Finsternis, die Finsternis schlagen *(battre les ténèbres):* Im strengen Sinne das Schlagen mit einem Stein gegen einen eisernen Laternenmast zwischen Karfreitag und Ostersonntag, um zu verhindern, dass in Abwesenheit des toten, noch nicht auferstandenen Christus böse Geister von der Erde Besitz ergreifen. Im weiteren Sinne das Austreiben böser Geister während des ganzen Jahres und damit eine Form des volkstümlichen Protestes gegen die Mächtigen. Während des Präsidentschaftswahlkampfs von 1957 setzte das Volk von Port-au-Prince (die *rouleau,* Walze, genannten Anhänger des Kandidaten Daniel Fignolé) dieses Mittel ein, bis in der Nacht zum Sonntag dem 16. Juni Armee und Polizei mit Maschinenpistolen ein Gemetzel in den Slums anrichteten, dem mehrere Tausend Menschen zum Opfer fielen. Noch fünfzig Jahre später spukt der Schrecken dieser Nacht, die als erster Massenmord die Ära der duvalieristischen Massengräber und der häufigen M-Pi-Massaker in den Slums einläutete, durch die Erinnerung. Damit verknüpft: *ténèbres* (Finsternis), Intifada, Fignolé, *rouleau,* Slums, Übergang, Cité Soleil (größter Slum von Port-au-Prince).

Galerie: Eine zu ebener Erde direkt an das Haus stoßende Konstruktion, zu unterscheiden von der Laube, die immer abseits des Haupthauses steht wie eine Pergola in einem Hof. Die Empfänge auf der Galerie, wo die Geschlechter sich mischen, sind förmlicher als in der eher den Männern vorbehaltenen Laube. Galerie und Laube stehen in Haiti in einem sehr metaphorischen Sinn für die Orte, an denen die Standpunkte einer Gruppe entstehen und verbreitet werden, so wie anderswo und zu anderen Zeiten der Salon, das Café oder der Stammtisch. Man kann jeden Teilnehmer einer Diskussion mit den Ansichten der Galerie, auf der er verkehrt, in Verbindung bringen.

Gede: Zelebrant des Totenkultes und der Riten zu Ehren des Geistes der Friedhöfe, vollständig schwarz gekleidet und weiß geschminkt, so dass er an das Skelett und den Totenkopf erinnert. Zu Allerseelen finden sie sich zu Banden zusammen und ziehen unter Absingen kritischer und subversiver Verse in einer extrem obszönen Sprache durch die Straßen. Die Kinder, die sie vorbeiziehen sehen und hören, lernen von ihnen ihren ersten Vorrat an Vulgärausdrücken.

Gourde: Haitianische Währung. Früher, als ein fester Wechselkurs bestand, war sie ein Fünftel eines US-Dollars, d. h. zwanzig Cent wert, heute ist der Kurs variabel und hat sich bei etwas über 2 amerikanischen Cent eingependelt.

Gouyades (gelegentlich *grouyades*): Vulgärer Ausdruck für den Bauchtanz während des Karnevals, die vorherrschende Art, auf der Straße zu tanzen.

Grangou: Wörtlich „großer Geschmack" *(grand goût)*, bedeutet zunächst „hungrig sein". *Grangou des mots* ist die Kreolisierung der „Lust am Text." Die zahlreichen Bedeutungen reichen von der Hungersnot, die ein *grangou* ist, bis zum Kleptomanen, der ebenfalls einer ist. *Grangou* und *mitan* gehören zur Alltagssprache.

Gwobanzanj und Tibonzanj: Wörtlich „Großer guter Engel" und „Kleiner guter Engel". Zwei spirituelle Prinzipien, die aus Sicht des Voodoo das Individuum ausmachen.

Haitianer, Haitianerinnen: Zurzeit (2005) leben auf der Welt zwölf Millionen Haitianer, verteilt auf drei Generationen, ein Drittel im Ausland und zwei Drittel in Haiti. Seit 1492 sind auch ungefähr zwölf Millionen Haitianer verstorben. Und dann gibt es vor allem die zwölf Millionen Haitianer, die im 21. Jahrhundert zur Welt kommen werden. Die erste Gruppe hat das Literaturgenre der *lodyans* geschaffen, und die zweite benutzt es, damit die dritte sich daran erinnert und die Tradition fortführt, daher dieses Buch!

Honfor: Siehe *potomitan.*

Hongan: Siehe *potomitan.*

Internationale Gemeinde: In Haiti hyperbolische Bezeichnung für die „Weißen", die sich aufgrund bilateraler oder multilateraler Abkommen im Land aufhalten (sie kann sich daher auch auf jeden Ausländer schwarzer Hautfarbe beziehen), mehr oder minder eigenständig und in ihren Organisationen mehr oder minder wichtig sind, so dass man sie nach Haiti geschickt hat, ein insgesamt bescheidener Posten, zumal die Dinge oft von den Entscheidungsträgern untereinander und an den traditionellen Kanälen vorbei geregelt werden.

Kalòt-marasa: Siehe *Marasa.*

Königspalme: Der in Haiti unter dem Namen *palmiste* bekannte Baum findet sich im Wappen der Republik.

La chance qui passe: „Die Chance ist da", Titel des gesellschaftlichen Projekts und des Regierungsprogramms im Manifest der Bewegung Lavalas aus dem November 1990. Vgl. dazu die Ausführungen von Georges Anglade im Gespräch mit Joseph Lévy in *L'espace d'une génération,* Montreal, Editions Liber, Reihe „de vive voix", 2004, 275 S.

Land ohne Hut: Die haitianische Umschreibung für das Jenseits, das Totenreich, wo man tatsächlich keinen Hut trägt, stammt offensichtlich aus der Zeit, als jedermann einen Hut trug.

Laube: Siehe *Galerie.*

Lavalas: Sturzbach. Der Ausdruck wurde zum Namen einer politischen Formation um die charismatische Gestalt Jean-Bertrand Aristides, die die Jahre zwischen 1990 und 2005 dominieren sollte. Die Versprechungen dieser Bewegung, in der anfangs die Mitglieder einer christlichen Gemeinde unter der Führung spiritianischer Priester und ihrer Schüler den Ton angaben, wurden nicht gehalten.

Lodyans: Haitianisches Literaturgenre, das dieses Buch in Form mosaikartig angeordneter Miniaturen illustriert, das aber auch die Form von Fortsetzungserzählungen annehmen kann, so wie zwischen 1899 und 1908 in der Zeitung *Le Soir,* in der Justin Lhérisson und Fernand Hibbert die *lodyans* aus der Mündlichkeit in die Schriftlichkeit überführten. (Vgl. *Et si Haïti déclarait la guerre aux USA?,* Montreal, Editions Ecosociété, 2003, 96 S., deutsche Ausgabe: *Und wenn Haiti den USA den Krieg erklärt?,* Kehl, litradukt, 2007, 100 S.)

Lwa: Siehe *vèvè.*

Madansara: Verkörpert den Einzelhandel mit den gängigen Lebensmitteln in Haiti. Im weiteren Sinne ist „Madame Sara" der Prototyp der Geschäftsfrau, oft Familienoberhaupt, deren Wirkungskreis weit über das Land hinausreicht und den karibischen Raum sowie die USA umfasst. Wenn im ländlichen Raum vom *potomitan* die Rede ist, ist sie gemeint.

Marasa (sprich: *Marassa*): Zwilling, Double, Klon – um ein aktuelles Wort zu gebrauchen –, verwandte Seele. Auch einfach die Paarigkeit wie in *kalòt-marasa.* Als zweites Ich oder als notwendige Ergänzung wie bei Kopf und Zahl unentbehrlich für die typische Zweiteilung in der haitianischen Kultur. Alles, was paarweise auftritt. Wichtige Gestalt des Voodoo. Ähnlich: Zwilling, *Polkapartner.*

Masisi (sprich: *Massissi*): Das einzige kreolische Wort zur Bezeichnung eines Homosexuellen deutet auch mit dem Finger auf ihn. Der letztere, neutralere Ausdruck wird fünfzig Jahre brauchen, um in dieser Gesellschaft einen kaum minder unwürdigen Platz zu finden. Die haitianische Gesellschaft ist so konformistisch, dass sie seit der Unabhängigkeit vor 200 Jahren (1804) regungslos verharrt.

Matelotes (immer im Plural): Frauen, die sich einen Mann teilen. Eine Besonderheit nach zwei Hundertjährigen Kriegen, der eine Neubetrachtung des traditionellen haitianischen Machismo eines Tages sicherlich Gerechtigkeit widerfahren lässt. Einem erschöpften Vorrat an Männern stand eine weit zahlreichere weibliche Bevölkerung gegenüber. Sollte es sich, entgegen der Sichtweise des traditionellen Machismo, nicht um einen Mann mit mehreren Frauen, sondern um eine soziale Ökonomie von Frauen handeln, die sich die wenigen vorhandenen Männer teilen? (Vgl. dazu den „Geschlechtervertrag" des 19. und 20. Jahrhunderts, den M. Neptune 1986 in *L'autre moitié du développement* nachwies.) Eher *matelotage* als Machismo? Hier bieten sich vielfältige Perspektiven für eine Reproblematisierung.

Moun: Mensch. Sehr komplexer ontologischer Begriff des Kreolischen für den Haitianer im Herzen seines Universums. Die Ausdrücke *Tout moun pa moun, Tout moun se moun …* spielen auf die Würde der Person, des Menschen an.

Ochan: Begrüßungshymne, gespielt zu Ehren von Machthabern wie politischen Würdenträgern oder als Auszeichnung für Personen, z. B. für die Ältesten.

Palastmusiker: Doppeldeutiger Ausdruck wie fast alle haitianischen Ausdrücke. Eine der klassischsten Posen des politischen Opportunismus, der immer bereit ist, das Loblied des gegenwärtigen Chefs zu singen und ihn mit Schmeicheleien zu umgeben. Wie die Musikkapelle des Palasts, die die musikalische Beweihräucherung den lieben langen Tag berufsmäßig betreibt. Die Palastmusiker besitzen naturgemäß eine außergewöhnliche Überlebensfähigkeit von einer Regierung zur nächsten: „Der Präsident ist tot, es lebe der Präsident!"

Panzou *(panzouiste, donneur de panzou):* Ursprünglich ein unschuldiges Kinderspiel, bei dem man jemandem einen Gegenstand mehr oder minder geschickt entwenden muss. Meistens geschieht das durch einen Schlag auf die Hand, damit der Betreffende das Objekt, etwa einen Bleistift, fallen lässt. Die Bedeutung erweiterte und verschärfte sich in zwei Richtungen, einerseits zur Bezeichnung des *taxage,* der strafrechtlich ein Diebstahl ist, und andererseits des Staatsstreichs, der eine Entwendung von Legitimität darstellt. Ein unter den in Haiti gegebenen Umständen sehr gebräuchlicher Ausdruck.

Plaçage: Die in den ländlichen Gebieten Haitis verbreitetste Form, als Paar zusammenzuleben, eine Art Ehe ohne Trauschein.

Polkapartner: Absolut verlässliche Person, mit der man ein Team bildet. Die Bedeutung des aus Polen stammenden Tanzes in Haiti rührt wahrscheinlich von den polnischen Legionären des Unabhängigkeitskrieges her. Die Bedeutung ist so stark wie die des englischen *partner in crime* und viel treffender als zum Beispiel *marasa* (Zwilling), um das stillschweigende Einverständnis zweier Personen auszudrücken, die ansonsten sehr verschieden sein können, was *marasa* ausschließt.

Pongongon: Gängiger, insbesondere im Nordosten Haitis verbreiteter Ausdruck für einen lästigen Störenfried.

Potomitan: Ritueller Pfeiler, der im wörtlichen wie im übertragenen Sinne das Dach des *honfor* (Tempel oder Heiligtum) stützt, in dem sich die Zeremonien des *hongan* abspielen. Die Bedeutung des *potomitan* kommt der des Altars gleich. Die Liturgie findet am Fuß des *potomitan* und um ihn herum statt. Im weiteren Sinne das „Rückgrat": „Die Frau ist der *potomitan* der Familie."

Pwen: Siehe *wanga.*

Raseurisme: Üblicher Zustand der Mittellosigkeit, der chronischen Geldnot; der *raseur* ist eine typische und häufige Figur auf der haitianischen Bühne.

Roche-à-ravet: Form der Erosion in kleinen eisenhaltigen Plättchen, die an Schaben *(ravets)* erinnern, häufig im Zentrum der südlichen Halbinsel zwischen Fond-des-Nègres und Aquin anzutreffen.

Rosa Seiten *(pages roses):* Im engeren Sinne die rosafarbenen Seiten mit geflügelten Worten des in Haiti weit verbreiteten französischen Wörterbuchs *Petit Larousse,* aus denen man die lateinischen Zitate für Reden und Diatriben bezog. Das Phänomen nahm solche Ausmaße an, dass die rosa Seiten zu einem eigenständigen, vom Wörterbuch unabhängigen Begriff für jede Art von Kompendium wurden.

Saint-Domingue: Name der Insel (das zum Haiti der Haitianer gewordene Ayiti der Taínos) während der französischen Kolonialzeit (17. und 18. Jahrhundert), nachdem sie 1492 von den spanischen Eroberern Hispaniola getauft worden war.

Schlange: Die metaphorische Figur des Voodoo, die über allen anderen steht. Der Schlangen-*lwa* (Dambhalah Wèdo in seiner männlichen und Aida Wèdo in seiner weiblichen Dimension) steht höher als alle anderen *lwa.* Wer von diesem Geist besessen ist, zischt und windet sich wie eine Schlange, die sich um den *potomitan* schlingt.

Sprechen / Reden: Zunächst kann man auch von einem Stummen sagen, dass er „zu viel redet", wenn er mit den Händen die grundlegenden Fragen stellt. „Schlecht" spricht, wer hartnäckig die ungerechten Verhältnisse anprangert oder sich darauf versteift, sie zu ändern, anstatt still sein Schäfchen ins Trockene zu bringen. „Hart" wiederum spricht, wer zu bemerken wagt, dass die großen und kleinen Chefs nicht immer unbestechlich, unfehlbar, immateriell und vom Schicksal bestimmt sind. „Er spricht gut", sagt man von einer wortmächtigen Person, die nach einhelliger Meinung bald lange schweigen wird …, ebenso „Er spricht allein", „Er redet ständig", „Er hat nie gesprochen", „Er spricht, um zu sprechen", „Er hört sich gern reden" … Das Land, in dem der Wortkarge als tiefsinnig und ein mürrischer Mensch als Stratege gilt, kennt gute zwei Dutzend feine Charakterisierungen für das zum Schweigen zu bringende Wort.

Tèt-gridap: *Gridap* bezeichnet krause aber ganz besonders krause Haare! Die Lampe der Armen, die *tèt-gridap*-Lampe hat einen selbstgemachten Docht aus zusammengedrehter Baumwolle, der an solche Haare erinnert. Ähnlich: *bobèche.*

Thiala: Siehe *borlette.*

Tikoulouterie-Timounerie-Tyoulerie: Furchtbarer kultureller Dreiklang der Minderheiten bis zur sechsten Generation. *Tikoulouterie* verweist auf die berechnende Vorsicht in menschlichen Beziehungen, *timounerie* auf Unverantwortlichkeit im Handeln und *tyoulerie* brandmarkt die Unterwürfigkeit gegenüber den Weißen. Die Verschlagenheit des *tikoulout,* die kindische Haltung des *timoun* und die Lakaienpose, die *tyoul* unterstellt, sind die häufigsten Fehler, die der Auswanderergeneration in der Diaspora von ihrer Nachkommenschaft vorgeworfen werden, um den beklagenswerten Zustand zu erklären, in dem das Land zurückgelassen wurde.

Tonton macoute: Siehe *zweiundzwanzig (22).*

Vèvè: Profan ausgedrückt, das Wappen oder Logo jedes „Geistes", „Mysteriums" oder *lwa* des Voodoo. Er wird als Eröffnung der Anrufung von den eingeweihten und geübten Händen der Zelebranten, des *hongan* oder *papa-lwa* bzw. der *mambo* oder *maman-lwa* gezeichnet, großen Zeichnern vor dem Herrn (dem „Großen Meister" in der Sprache des Voodoo). Man beachte, dass diese hohe religiöse Hierarchie, auch wenn sie patriarchalisch ist und in ihr keine Gleichberechtigung herrscht, Frauen offen steht und auch tatsächlich für sie zugänglich ist und dass das Zeichnen in ihr eine zentrale Rolle spielt.

Viejo: Siehe *bracero.*

Wand-zu-Wand *(mur à mur):* Ausdruck für die umfassendste Deckung: Wand-zu-Wand-Versicherung, Wand-zu-Wand-Teppich. Die französische Übersetzung des amerikanischen *wall to wall,* die weder im *Petit Larousse* noch im *Petit Robert* aber auf S. 293 des *Dictionnaire des canadianismes* steht, gehört zum alltäglichen Sprachgebrauch in Québec. Das kanadische Französisch hat Hunderte von Anleihen beim Englischen getätigt, ebenso wie das französische Französisch und das haitianische Kreolisch.

Wanga: Sämtliche magischen Präparate, die das gewünschte Resultat erbringen können, von der Zeremonie bis zum Trank. Man macht also einen *wanga* und ist an *wangas* gewöhnt. *Wanganègès,* lokale Bezeichnung für den Liebespulvervogel (eine Art Kolibri), bedeutet wörtlich „Negerinnen-*wanga*". Aber Achtung! *Négresse* bezeichnet allgemein das weibliche Geschlecht so wie *nègre* das männliche, beispielsweise in *grand nègre* = „großer Mann". Im haitianischen Kreolisch kann ein Weißer daher ein „großer Neger" sein und ein Schwarzafrikaner, der als Mitarbeiter einer internationalen Organisation in Haiti ist, als „Weißer" eingestuft werden.

Zen (sprich *sin,* das i wie in *Kretin,* nicht wie den buddhistischen Zen): Kolportierte Informationen oder Gerüchte. Im geschlossenen, nur sehr wenige Personen umfassenden Kreislauf der herrschenden Klassen kann der *zen* beträchtliche Kreise ziehen und beträchtliche verzerrende Wirkung entfalten. Er ist untrennbar mit dem *coup de langue (koutlang)* und der Kabale verbunden, mit denen er die Gerüchttrilogie bildet.

Zenglendo: Volkstümliche Wortschöpfung, die die Gestalt des Killers und die bewaffneten Banden bezeichnet. In jedem Zeitalter wurden dieselben Figuren mit einem anderen Ausdruck bezeichnet: *de facto, panzouiste,* Putschist, *zimbaboué, attaché, macoute,* Todesschwadron, rote Armbinde, Schimäre. Seit einiger Zeit tauchen auch weibliche Entsprechungen wie *zenglenda* auf, moderne Metamorphose der *fillettes laleu* der Nachkriegszeit, der ersten Vertreterinnen dieser Brut. Man beachte auch, dass das weibliche Pendant des *tonton macoute* unter der langen duvalieristischen Diktatur immer noch die *fillette laleu* war, die als Spionin und Milizionärin nicht minder gefürchtet wurde.

Zweiundzwanzig (22): Glückszahl und -datum der duvalieristischen Diktatur, die dreißig Jahre lang alle wichtigen Entscheidungen am 22. eines Monats verkündete, das Staatsoberhaupt mit 22 Salutschüssen grüßte, sich auf den wenigen Wahlzetteln durch die Nummer 22 auswies und die Truppe der *tontons macoutes* am 22. mit erhobener rechter Hand vorbeidefilieren ließ, wobei zwei Finger ein V bildeten … Zahlensymbolik und glückbringende Daten prägten die haitianische Kultur allerdings schon lange vor der Duvalier-Ära (1957–1986).